EISFLUT 1784

AF177157

Marco Hasenkopf, geboren 1973 in Hamm/Westfalen, studierte Archäologie und war viele Jahre als Drehbuchautor für Theater- und Filmproduktionen tätig. Er ist Preisträger des Kurt-Hackenberg-Preises für politisches Theater und lebt heute als freischaffender Schriftsteller und Theaterproduzent mit seiner Familie in Köln.

Dieses Buch ist ein Roman. Handlungen und Personen sind frei erfunden. Ähnlichkeiten mit lebenden oder toten Personen sind nicht gewollt und rein zufällig.

MARCO HASENKOPF

EISFLUT 1784

HISTORISCHER
KRIMINALROMAN

emons:

© Emons Verlag GmbH
Cäcilienstraße 48, 50667 Köln
info@emons-verlag.de
Alle Rechte vorbehalten
Umschlagmotiv: shutterstock.com/mycteria
Umschlaggestaltung: Nina Schäfer
Gestaltung Innenteil: DÜDE Satz und Grafik, Odenthal
Lektorat: Hilla Czinczoll
Druck und Bindung: sourc-e GmbH, Köln
Printed in Europe 2025
Erstausgabe 2021
ISBN 978-3-7408-1169-3
Historischer Kriminalroman
Originalausgabe
3. Auflage

Unser Newsletter informiert Sie
regelmäßig über Neues von emons:
Kostenlos bestellen unter
www.emons-verlag.de

Dieser Roman wurde vermittelt durch die
Literaturagentur Oliver Brauer, München.

Die automatisierte Analyse des Werkes, um daraus Informationen
insbesondere über Muster, Trends und Korrelationen gemäß
§ 44b UrhG (»Text und Data Mining«) zu gewinnen, ist untersagt.

Sie begehren von mir, lieber Graf, unglücksvolle Abschilderungen einer Stadt, wovon ich Augenzeug gewesen; könnte in diesem Augenblick der berühmtesten Schriftsteller ihre Feder entlehnet werden, so würde sie dennoch zaghaft sein, alles Schreckliche, alles Traurige in jener Lage zu entwerfen, die zwar ein Mitmensch sehen und fühlen, aber nicht fühlbar genug entwerfen kann; ich glaube mit großem Fug vom 27. Hornung ihnen zu schreiben: Una nox interfuit inter Urbem Maximam et nullam.*

Ja, lieber Graf! Diese Stadt war am Rande, unter den wütenden Eiswellen ihr Grab zu finden (...).

Auszug aus dem Brief eines nicht namentlich genannten Kölner Ritters an einen ebenfalls nicht genannten Grafen

Damit die Leser, welche unseren Ort nicht kennen, sich einiger-
maßen eine Vorstellung davon machen, und die Erzählung eines
und andern merkwürdigen Vorgangs besser verstehen mögen:
so will ich versuchen, seine Lage, so viel mir ohne Zeichnung
möglich ist, deutlich zu machen.
Mülheim, ein offenes Städtchen von vierhundertzwanzig
Häusern, liegt eine kleine Stunde unterhalb Köln, am rechten
Rheinufer in einer Ebene. Doch diejenigen Häuser, wo man
auf dem Wege von dem, Köln gegen über liegenden Städtchen
Deutz zu erst anlangt, liegen merklich niedriger als die übrigen
Gebäude des Orts; so, daß man hier gewöhnlich diese Gegend
unten *zu nennen pflegt, ob sie gleich nach dem Laufe des Rheins*
oben *zu liegt. (…)*
Das beweinenswürdige Schicksal, welches vor kurzem Mülheim
am Rhein, durch die verheerende Wasser- und Eisfluten vor an-
deren Orten her so hart getroffen hat, ist zwar in der Nähe und
Ferne bekannt geworden. Allein die Nachrichten davon sind
durchgehend zu unvollständig, als daß sie, zumal ausländischen
Freunden, eine hinlängliche befriedigende, und der Größe des
ganzen schrecklichen Vorgangs würdige Idee beibringen soll-
ten. Und obschon man nicht hoffen darf, diesen Zweck durch
gegenwärtige Blätter ganz zu erreichen: so hoffet man dennoch
mit Grunde, daß folgende umständliche, möglichst getreue und
zuverläßige Beschreibung dem theilnehmenden Publikum nicht
unwillkommen sein werde. (…)

Auszug aus: »Beschreibung der schrecklichen Überschwemmung
und Eisfahrt wodurch den 27. und 28. Februar ein großer Theil von
Mülheim am Rhein verwüstet worden ist, verfasst von einem der selbst
vieles mit gesehen, gehöret und empfunden hat, J. W. B.«

Johann Wilhelm Berger, Französischlehrer

Móðuharðindin – Nebelnot

Island, Sommer 1783

Sigrun Olafsdottir spähte über das, was einmal ihr Weideland gewesen war.

Die alte Bäuerin konnte nicht verstehen, was hier vor sich ging. Der Schrecken saß tief. Ihre faltigen Hände zitterten, die Lippen bebten. Rastlos hetzten die schreckgeweiteten Augen hin und her.

Ein Donnerknall, urgewaltig wie aus Walhalla selbst, hatte sie beim Rübenschälen erschrocken auffahren lassen. Tief unter ihr begann die Erde zu beben. Und hörte nicht mehr auf. Eilig hatte sie die armselige Bauernkate, die sie ihr Heim nannte, verlassen. Nun blickte sie sich um. Wo einst zwischen den kegeligen Hügeln das Vieh weidete und sie dem harten Land mit Mühsal ein karges Überleben abrang, herrschte ein unbeschreibliches Chaos aus Feuerströmen, Nebel, Rauch und Asche. Der Himmel war schwarz, und die Luft war erfüllt von Ascheflocken, als würde es schneien.

Zwei Kinder hatte sie zur Welt gebracht, beide waren noch im Kindesalter verstorben. Danach hatte sie keine Kinder mehr bekommen können, und sie hatten sich damit abgefunden, für ihren Hof keine Nachkommen zu haben. Aber wo war ihr Mann? Wo das Vieh?

Von irgendwo hörte sie ein Schaf brüllen, dann verstummte es jäh. Ein seltsamer Gestank lag in der Luft. Scharf und beißend. Noch nie gerochene Gerüche. Verzweifelt beschirmte sie ihre Augen, denn etwas verätzte ihr die Haut und ließ die Augen ungewöhnlich stark tränen. Kaum konnte sie etwas sehen. Was ging hier vor? Waren die alten Vulkane ausgebrochen? Das war doch zeit ihres Lebens noch nicht passiert!

Ein noch nie gehörtes Bersten und Krachen ließ sie herumfahren. Ein rot glühender Lavastrom wälzte sich durch ihr zerstörtes Haus. Das moosbewachsene Dach trieb noch einen Moment an der Oberfläche, dann versank es zischend im Fluss aus Feuer. Sigrun empfand Todesangst, doch die währte nur kurz. Es gab kein Entkommen. Unaufhaltsam wurde die Bäuerin von der Lavawalze verschluckt.

Einen Todesschrei hat die Welt von Sigrun Olafsdottir nicht mehr vernommen.

Teil I – Fimbulwinter

Donnerstag, 29. Hartung – Mittwoch, 4. Hornung 1784

1

Einmal begonnen, schien der Winter nicht wieder enden zu wollen.

Die Kälte war so unausweichlich wie der Tod. Schon im Sommer hatte sich auf unerklärliche Weise der Himmel verdunkelt. Die Ernte verdarb. Früh im Herbst waren die Temperaturen unter den Gefrierpunkt gesunken. Eis und Schnee legten sich unheilvoll über das ganze Land und begruben Mensch und Natur unter sich. Ein schier ewiger Winterschlaf begann. Gott – so schien es – hatte die Menschen verlassen.

Im Hartung, dem ersten Monat des Jahreslaufs, wurden die Äpfel in den frostigen Vorratskammern schrumpelig und verfaulten. Dann gingen den Menschen die Vorräte aus, und das Vieh schrie vor Hunger in den Ställen. Die Eiseskälte lähmte auch noch vier Wochen später das ganze Land. Allmorgendlich blickten die Menschen aus ihren Fenstern und sahen: Nachts hatte es erneut geschneit, und der Winter trug wieder ein knitterfreies Kleid.

Mit bangem Hoffen und Gebeten wurde der Frühling erwartet. Doch nichts geschah. Wann würde es endlich tauen? Mit der Schmelze drohte auch die alljährliche Verdammnis, dass das Hochwasser die Städte an den deutschen Flüssen überflutete. Angesichts des schier ewigen Winters herrschte große Furcht vor der zu erwartenden Flut, dem Zorn Gottes.

Und so nahm ein gottloses Grauen die gebeutelten Menschen im Rheinland in seinen Bann. Ein Grauen, so schrecklich, dass es nirgends verzeichnet wurde.

Dies trug sich zu im Schmelzmond im Jahre des Herrn 1784. Auf ausgelassenes Maskentreiben folgte die schwerste Naturkatastrophe jener Menschenzeit.

2

Die junge Frau rannte, wie es ihre Beine hergaben. Schmerz und Grauen entstellten ihr verdrecktes Gesicht. Blonde Strähnen kamen unter ihrer Haube hervor, klebten auf den tränennassen rot gefärbten Wangen. Panisch blickte sie zurück zur Scheune, aus der sie eben entflohen war. Die Holzpantinen verfingen sich im Saum ihres Kleides. Es riss sie zu Boden. Im Schnee liegend, weinte die junge Frau herzzerreißend und laut. Von Todesangst getrieben, richtete sie sich wieder auf. Kaum achtete sie darauf, dass die Fetzen, die ihr Kleid, aus grobem Stoff gewebt, gewesen waren, sie nur notdürftig bedeckten. Dabei verlor sie einen Holzschuh. Barfuß setzte sie ihre Flucht fort.

Im Scheunentor, keine zwanzig Schritt hinter ihr, tauchte ein Mann auf. Er trug eine abgewetzte dunkelbraune Redingote. Ein krauser, ungepflegter Bart beschattete sein Gesicht, das im Dunkel des Tores kaum zu erkennen war. Der Dreispitz auf seinem Kopf war mit einem Federbusch verziert, dessen Rot kräftig leuchtete. Kaum war er im Tor aufgetaucht, richtete er den Lauf seines Gewehrs auf die Fliehende. Ebenso schnell erfolgte der Schuss. Sein Knall hallte weit durch das Tal.

Selbst für ungeübte Schützen wäre die junge Frau ein leichtes Ziel gewesen. Es blieb ihr keine Gelegenheit, Schutz zu suchen. Die Kugel bohrte sich in ihren Rücken. Die Wucht des Schusses ließ sie herumwirbeln, als risse eine unbekannte Macht mit aller Gewalt an ihr. Erneut stürzte sie in den Schnee. Dieses Mal stand sie nicht wieder auf.

Der Mann mit dem Federbusch spuckte verächtlich aus, dann verschwand er wieder im Dunkel der Scheune.

Henrik Freiherr van Venray, Amtmann für policeyliche Wohlfahrterei im Dienst des bergischen Herzogs, ließ das Fernrohr sinken. Kaum konnte er glauben, was er gerade mitansehen musste. Vielerlei Verbrechen hatte er in den langen Jahren als

Amtmann erlebt, doch dieser feige Mord kam einer Hinrichtung gleich. Bis auf den Knall des Gewehrs war es lautlos und schnell vonstattengegangen. Das Weinen und Wimmern der jungen Magd hatte Venray in der Vergrößerung des Fernrohrs nur erahnen können.

Wütend legte er seine Muskete an. Doch anstatt zu schießen, besann er sich eines Besseren und löste langsam den Zeigefinger vom Abzug. Schließlich legte er das Gewehr ganz beiseite. Auf die Entfernung hätte er keinen Treffer erzielt. Außerdem hätte es dem Mann mit dem Federbusch seine Position und darüber hinaus die Anwesenheit der Policey verraten.

»Wir sehen uns noch«, presste Venray zwischen den Zähnen hervor. Grimmig biss er aufs Mundstück seiner Pfeife und drehte sich auf den Rücken. Er lag, hinter einer Schneewehe verborgen, auf einer Anhöhe im Wald oberhalb des Weilers, den er mit seinen Männern umstellt hatte, und sah in die blätterlosen Bäume über sich. Die dürren Äste griffen in den matten, wolkenverhangenen Himmel über dem Oberbergischen Land. Er blickte den Schwaden seines Atems hinterher. Zur Ruhe kam er nicht. Das Bild der ermordeten Magd würde er sein Lebtag nicht mehr vergessen.

Was ging nur in solchen Menschen vor? Was trieb Verbrecher an? Warum hatte der Federbusch einer davonlaufenden wehrlosen Frau in den Rücken geschossen? Welche unvorstellbar schlimme Tat müsste die junge Frau zuvor begangen haben, um diesen Schuss auch nur im Ansatz zu rechtfertigen? Venray versuchte, sich in die Gedankenwelt des Mörders zu versetzen, seine Beweggründe zu erforschen, die Hintergründe, die ihn zu dieser Tat angetrieben haben könnten, und stellte einmal mehr fest, dass es ihm nicht möglich war. Er war nicht willens. Er sah nur Feigheit und unnötige Brutalität darin. Und dagegen war er machtlos. Aber er konnte etwas anderes tun!

Entschlossen drehte sich Venray wieder auf den Bauch, spähte über den Rand der Wehe und betrachtete den unterhalb liegenden Bauernhof, um sich alles gut einzuprägen. Auf der gegenüberliegenden nördlichen Seite des Tals floss ein Bach, der Dhünn genannt wurde. Aufgrund des Schnees sah man das Gewässer nicht. Es gab das Gutshaus, eine mehrstöckige, große Wohnscheune, zwei kleinere Scheunen und Lager, ein Gebäude am Fluss, das eine Mühle sein konnte, sowie ein kleines Wohnhaus. Der Weiler mit seinen im Tal verstreuten Gebäuden sah an sich friedlich aus. Läge nicht mitten auf dem Hof eine halb nackte Frauenleiche, von deren Ermordung er, Venray, soeben Zeuge geworden war.

Eine unbekannte Anzahl marodierender Soldaten und anderes Gesindel hatten sich zu einer Räuberbande zusammengeschlossen. Seit Wochen zogen sie raubend und mordend durchs Bergische Land. Diese und andere sinnlose Gewalttaten mussten ein Ende haben, deshalb war Venray hier. Außerdem wurde es ihm in der Amtsstube oftmals einfach zu eng.

Fast zwei Klafter weit rutschte er die Schneewehe hinunter und stand kurz darauf zwischen seiner fünfzehnköpfigen Policeytruppe. Eine Schar aus Landreitern, Vögten, Bütteln und anderen Ordnungskräften, die er für diesen Einsatz rekrutiert hatte. Bis auf seine Landreiter wirkten die übrigen Männer, die alle aus der Umgebung kamen, nervös. Gewaltverbrecher zu stellen, die im Weiler die Gegend unsicher machten, war sonst nicht ihre Aufgabe. Dabei sah manch einer genauso hinterhältig und durchtrieben aus wie die Räuber, die sie jagten. Das traf nicht auf das Landreitercorps zu, das unter seinem direkten Befehl stand. Doch das Oberbergische galt als besonders rau und wild. Die Höfe waren abgelegen. Die Menschen blieben unter sich.

Insgesamt bestand das bergische Landreitercorps aus hundertfünfzig Reitern, die keine einheitliche Uniform trugen. Das Corps war paramilitärisch organisiert. Pferd und Waffen waren ihr höchstes Gut, der Herzog zahlte ein eher mageres Grundsalär. Einfache Soldaten, wie der junge Leutnant Carl, mussten sich durch Verhaftungen Geld dazuverdienen. Die Anfälligkeit für Bestechung oder andere Gefälligkeitsdienste war daher enorm hoch und ganz normale Praxis.

Landreiter Carl kam gerade mit verfrorenem Gesicht und

in Begleitung eines anderen jungen Mannes auf ihn zu. »Der hier hat eine Frage an Euch, wenn Ihr erlaubt«, sagte er.

Von dem anderen wusste er, dass er Gerichtsdiener im oberbergischen Städtchen Altenberg war. Ihm nickte er auffordernd zu.

»Mit Verlaub, darf ich fragen, was habt Ihr gesehen, Euer Hochgeboren?«, sagte er.

»Wir nennen im Feld keine Titel«, entgegnete Venray hart, »oder willst du mich zur Zielscheibe machen?« Dann drückte er seinem Landreiter das Fernrohr in die Hand und sagte zu beiden: »Geht rauf und seht selbst! Kein schöner Anblick. Und haltet verdammt noch mal eure Köpfe unten!«

Der Gerichtsdiener blickte Venray überrascht an. Doch der Landreiter zog ihn mit sich und meinte: »Gaff den Kommandanten nicht so blöde an! Jetzt weißt du, warum ich so gern mit Venray reite.«

Der Gerichtsdiener nickte eifrig, froh darüber, dass ihr Kommandant ihnen diese Erlaubnis erteilt hatte. Augenblicklich robbten die zwei die Schneewehe hinauf und blickten über den Rand auf den Weiler.

Als sie kurz darauf wieder zurückkamen, bemerkte Venray den veränderten Gesichtsausdruck des Gerichtsdieners. »Du kommst aus der Gegend hier, nicht wahr? Kanntest du die Frau?«

Der junge Mann nickte stumm, die Tränen konnte er kaum beherrschen.

»Sprich!«

»Else war ihr Name. War Magd beim Ludwig. Auf dem Jahrmarkt hat sie allen Kerlen den Kopf verdreht.«

Er klang, als wäre er selbst einer der Kerle gewesen.

Räuber, Diebe und Soldaten, die sich zu Banden zusammentaten, gab es zuhauf. Doch dieser Verbrecherhaufen hier fiel durch seine gottlose Skrupellosigkeit auf. In einem Nest im Sauerland hatten sie eine Müllerin ermordet und kaum einen Stüber erbeutet. Anderenorts zwei Bauernburschen für ein bisschen Butter erdolcht. Nun hielt die Bande den Großbauern

Ludwig, dem der Weiler unter ihnen gehörte, mit seiner Familie und dem Gesinde, insgesamt knapp zwanzig Personen, in ihrer Gewalt. Keiner wusste Genaueres.

Venrays Entschluss stand. Das Risiko war hoch, aber es musste gewagt werden. Vielleicht konnte er noch Leben retten. Sie mussten den Schutz der einbrechenden Dämmerung ausnutzen. Seinem Leutnant Winand Prins gab er das Zeichen zum Angriff. Nach langen Dienstjahren und viel Erfahrung verstand Prins seinen Befehlshaber nahezu wortlos.

»Ladet eure Karabiner«, erhob Leutnant Prins seine Stimme, um der Truppe Order zu erteilen. »Wenn wir unten den Wald verlassen, zieht die Handschuhe aus, damit ihr erst einmal besser zielen könnt. Eure Finger werden dann schnell eisig und taub, das wird euch beim Schießen behindern. Und denkt auch immer daran: Den anderen geht es nicht besser als euch, auch der Gegner friert! Jetzt legt die weißen Laken um. Macht euch bereit. Wir stürmen.«

Venray zog an seiner Pfeife, doch die war schon seit Stunden kalt. Der kalte Rauch schmeckte bitter. Venray vertrat die Überzeugung, dass eine Pfeife nahezu jederzeit geraucht werden konnte. Nur nicht eben dann, wenn man Gefahr lief, Räubern dadurch seine Anwesenheit zu verraten.

Noch heute Morgen hatte er am Ofen gesessen und Zeitung gelesen. Nun stand er im eisigen Nirgendwo im Angesicht eines bevorstehenden Gefechts mit ungewissem Ausgang. Egal, wie gut man sich vorbereitete, wie routiniert oder gar abgebrüht man darin war, in den Kampf zu ziehen, es gab keine Gewissheit, ob man das Ende dieser Auseinandersetzung erleben würde. Ob er sich jemals wieder einer guten Pfeife samt Lektüre erfreuen würde. Das war eines der ungeschriebenen Policeygesetze, das eigene Risiko, das man in Kauf nehmen musste. Oder ob er dieses Risiko sogar suchte? In diesem Moment aber dachte er wehmütig an den heutigen Morgen zurück.

Eine Zeitung ohne Pfeife, das kam nicht in Frage. Es war noch nicht ganz Mittag gewesen, aber es drang kaum Helligkeit in den dämmrigen Raum. Um besser lesen zu können, hatte Venray eine Kerze entzündet. Er hatte dem Knistern des Holzes im Ofen gelauscht und über den Rand seiner Zeitung aus dem Fenster hinausgeblickt. Eisblumen zierten die Scheiben. Auf dem Fensterbrett draußen hatten sich einige Fingerbreit Schnee gesammelt.

Venray rückte näher an den Ofen und genoss die wohlige Wärme. Er sog am Mundstück seiner Pfeife. Nichts geschah. Der Tabak war kalt. »Wittib«, zitierte Venray seinen Diener herbei.

Im Vorraum der Stube wurde ein Schleifgeräusch unterbrochen. Noch bevor sein Diener erschien, nahm Venray den Husten und den strengen Geruch des Alten wahr.

»Du weißt doch, wie sehr ich die kalte Pfeife hasse«, meinte er, als Wittib neben ihm auftauchte und eine frisch gestopfte Pfeife entzünden wollte. Der Alte hatte ein hochrotes fiebriges Gesicht. »Lasst, mein Guter«, sagte Venray wohlgesonnen, »ich rauche sie selbst an.«

Wortlos reichte Wittib seinem Herrn die Pfeife und nahm ihm die erkaltete ab. Dann entzündete er einen Kienspan im Ofen und reichte das brennende Holz seinem Herrn weiter. Venray paffte, bis sich dicke Schwaden in der Stube verteilen.

»Was ist das für ein entsetzliches Kraut?«, brachte der Freiherr hustend hervor.

»Oberbergische Wiesenkräuter«, erklärte Wittib.

»Willst du mich vergiften, Wittib?«

»Nur stückweise«, erwiderte der Alte, was Venray mit einem verblüfften Geschichtsausdruck quittierte.

Während Wittib die erkaltete Pfeife reinigte, erklärte er, dass er den guten Originaltabak aus Indonesien mit heimischen Kräutern vermengt habe. Grund dafür sei natürlich lediglich die dringend notwendige Sparsamkeit, nicht der Genuss. Denn der Tabak gehe – wie alles andere auch – aus, und man wisse nicht, wann oder ob überhaupt neuer nachgeliefert werde. Und bei der Menge Pfeifentabak, die der Amtmann tagtäglich in die Luft pustete, könne es zu einem ernsthaften Engpass kommen.

»Aber Euer Hochwohlgeboren meinen ja, ich wolle ihn vergiften«, maulte Wittib beleidigt weiter. »Kerzen bei Tag, den feinsten Tabak und was sonst noch – für Euch herrscht ja immer noch Überfluss.«

Venray ließ den Alten reden. »Ach, ein Bad und ein saftiger Braten«, tagträumte er dann, »das würde dir auch guttun.«

»Was?«

»Beides, vor allem aber wohl baden«, tadelte Venray seinen Diener.

»Euer Hochwohlgeboren können ja selber in den kalten Schnee springen.«

Nach einer Weile fuhr Wittib fort: »Ich habe schon mal gebadet, da hat Euer seliger Herr Vater, der Freiherr, noch in die Windeln geschissen.«

»So alt bist du nun auch wieder nicht«, presste Venray zwischen den Lippen hervor, ohne die Pfeife aus dem Mund zu nehmen.

»Ihr müsst es ja wissen.«

»Wittib, weißt du, der Trick – wenn man das so nennen kann – beim Baden ist der, dass man es öfters macht, also um genau zu sein, *regelmäßig* und nicht bloß einmal.«

»Nein«, beharrte der Alte stur, »wie gesagt, ich habe es ausprobiert, dieses Baden ist nichts für mich.«

Venray blickte seinen Diener an, und um sich ein Lachen zu verkneifen, begann er damit, seine Zeitungen zu ordnen. »Was würde ich nur ohne dich tun, mein lieber Wittib.«

»Vermutlich genauso durch die Welt tingeln wie jetzt und Schnitzeljagd mit Halunken spielen, statt daheim in Düsseldorf im behaglichen Amtmannhaus zu speisen«, spielte sein Diener auf die gegenwärtige Situation an. »Ihr solltet endlich wieder heiraten und die Füße stillhalten. Der Jüngste seid Ihr auch nicht mehr«, belehrte Wittib seinen Herrn weiter.

»Nun ist es aber genug«, entgegnete Venray dem Alten, »du alter Murrkopf. Nicht schon wieder diese Leier.«

Auf seiner Räuberjagd hatte sich Venray mitsamt seiner kleinen Schar Landreiter im bergischen Odenthal im Haus des Pulvermachers Franziskus Thelen einquartiert. Thelens Schwarzpulver war über die Landesgrenzen hinweg bekannt. Jederzeit erwartete Venray die Rückkehr seines Kundschafters, der ihm nähere Informationen zum Aufenthaltsort der Räuberbande bringen sollte.

Als Amtmann für gute Wohlfahrt war Venray für die öffentliche Ordnung und Sicherheit im gesamten Herzogtum Jülich-Berg zuständig. Die vereinten Herzogtümer Jülich und Berg unter ihrem Herzog Carl Theodor, der als Kurfürst auch die Pfalz und Bayern regierte, kesselten territorial die freie Reichsstadt Cöln von allen Seiten ein. Venrays Zuständigkeitsbereich erstreckte sich im Nordwesten vom Niederrhein nach Osten bis ins Sauerland und nach Süden weit über Bonn hinaus. Er kümmerte sich um eine Vielzahl von Gemeinden und Landkreisen. Daher war er auch viel unterwegs. Er war der höchste Policeybeamte im Herzogtum. Verbrecherjäger und Richter in einer Person. Nicht nur daran hätte Venray gerne Veränderungen vorgekommen. Im Rang über ihm stand – neben dem Herzog, Kurfürst Carl Theodor selbst – nur der Statthalter als der offizielle Vertreter des Herzogs: Hofrat Graf Melchior von Gollstein, Spross einer uralten Adelsfamilie. Der Graf hasste Veränderungen. Venrays Reformbemühungen waren ihm so willkommen wie eine tödliche Seuche. Die Abschaffung der alten Zeiten absoluter Willkür war in Venrays Augen längst überfällig, doch wann immer er mit Vorschlägen kam, winkte der Graf ab, egal ob er damit die Meinung des Herzogs vertrat oder nicht.

Wissenschaften und Vernunft waren dem Hofrat ein Graus. Mit großer Vorliebe trug er altmodische Perücken, momentan ließ er sich von einem niederländischen Maler im Hermelinmantel porträtieren. Dieses Vorrecht, weißen Pelz zu tragen, stand eigentlich nur dem Herzog in seiner Funktion als Kurfürst selbst zu, sprach aber Bände über Gollstein. Venray hatte bei seinem letzten Gespräch mit ihm einen Blick auf das noch unvollendete Werk werfen können. Eine gewisse Ähnlichkeit zum unlängst vom Herzog und Kurfürsten entstandenen Porträt desselben Malers konnte nicht geleugnet werden. Selbst der Wittelsbacher Hubertusorden sowie der Marschallstab durften auf dem Bildnis nicht fehlen. Dass er damit seine Befugnisse klar überschritt, kümmerte Graf Gollstein offenbar wenig.

Die Eitelkeit des Hofrats kannte keine Grenzen. Auf niemanden hätte die Bezeichnung »eitler Pfau« wohl besser gepasst. Gollstein bevorzugte gepuderte Perücken und schwelgte auch sonst gern im althergebrachten feudalen Prunk. Zwar ließ der Kurfürst seinem Statthalter bei vielen Fragen freie Hand, aber Venray wusste nur zu gut, dass beide nicht in allen Punkten einer Meinung waren. Denn Carl Theodor war durchaus bestrebt, Modernisierungen in seinem gesamten Fürstentum einzuführen.

Doch auch ohne ihn konnte Venray sowohl Recht ausüben als auch Urteile fällen. Der Herzog, sein Oberbefehlshaber, hatte ihn persönlich in das Amt des höchsten Policeyvertreters in seinem Herzogtum berufen. Kurioserweise hatte Venray tausend Reichstaler bezahlen müssen, um die Berufung antreten zu dürfen – auch für ihn war das eine beachtliche Investition. Ein solches Amt konnten nur diejenigen bekleiden, die über finanzielles Vermögen verfügten. Das alles schrie so sehr nach Reformen, dass es Venray immer öfter regelrecht schmerzte. Und das nicht nur, weil er Rousseau, Voltaire, Montesquieu oder die Werke des preußischen Völkerrechtlers Samuel von Pufendorf studiert hatte.

Venrays Lieblingszitat von Pufendorf war: »Der Mensch ist von höchster Würde, weil er eine Seele hat, die ausgezeichnet ist durch das Licht des Verstandes, durch die Fähigkeit, Dinge zu beurteilen und sich frei zu entscheiden, und die sich in vielen Künsten auskennt.« Das hatte dieser großartige Denker schon vor einhundert Jahren geschrieben. Die Monarchie und den deutschen Staat dagegen bezeichnete er als Monstrum. Und was war seitdem passiert? Veränderungen traten, wenn überhaupt, nur äußerst langsam ein. Generell gab es bei den Herrschenden, den weltlichen wie kirchlichen Fürsten, kaum ernsthaftes Interesse an sozialen Verbesserungen im Sinne der oft notleidenden Bevölkerung, gar nicht zu sprechen davon, für Gerechtigkeit zu sorgen. Es war einfacher, die zunehmende Verarmung zu verleugnen, als etwas dagegen zu unternehmen. Es war noch ein sehr weiter Weg, bis Reformen Fuß fassen konnten. Die Allmacht der Aristokratie war ungebrochen. Veränderungen auf Kosten des eigenen Wohlstands waren nahezu undenkbar. Wie der König von Frankreich vom ländlichen Versailles aus regierte, so bestimmte gleich ihm eine kleine Elite an Monarchen und Territorialfürsten von ihren luxuriösen Landgütern aus über das Schicksal der gesamten Welt!

»Ich liebe die Tat und die Tatsache«, begann Venray, und sein tadelnder Blick wanderte zum alten Wittib, doch dann brach er seine Ausführungen jäh ab. Kalter Schweiß stand auf der Stirn seines Dieners. Die Nase triefte, und die Wangen schienen zu glühen. Er fieberte. Sein Diener war krank, und was das in diesem Winter bedeutete, bereitete Venray augenblicklich Sorgen. »Setz dich zu mir und wärm dich.«

Das ließ sich Wittib nicht zweimal sagen und sackte auf eine Bank neben dem Ofen. Doch er ruhte nur kurz und holte aus seinem Umhang einen ellenlangen Parierdolch hervor, den er mit Geduld und Sorgfalt über einen Schleifstein zog. An den Schaft des Dolchs hatte man zwei Einkerbungen geschmiedet, die dazu dienten, die Klinge eines feindlichen Rapiers einzufangen und zu brechen.

Derweil vertiefte sich Venray wieder in seine Lektüre. Er überlegte, welchem Blatt er sich als Nächstes widmen sollte. Seine Wahl fiel auf ein Wochenblatt aus Cöln. »La Tribune Colonaise« war für ihren kaisertreuen Konservatismus bekannt. Venray las einen Artikel auf Französisch, der sich als ein reines Loblied auf Gottes Allmacht erwies: Güte und Allmacht des göttlichen Herrn seien auch dafür verantwortlich, Gerechtigkeit zu üben. Denn was sonst könnte Ursache für das sein, was die Menschen diesen Winter erlitten? Dieser besondere Winter drücke die besondere Schwere der Vergehen aus, die der Mensch büßen müsse. Man müsse beten, um den Winter zu beenden. Gottes Zorn – in Gestalt eines ewigen Winters – war gerecht. Arme und Mittellose litten besonders, während es bei den Reichen, Adligen und Kirchenfürsten oft genügte, sich einzuschränken.

Die Armen waren dieser Theorie folgend also die größten Sünder. Sie starben wie die Fliegen an Hunger und Krankheiten, was niemanden interessierte. Das meiste Unrecht aber wurde in Wahrheit durch Absprachen innerhalb der Obrigkeit begangen.

Der Verfasser war der Verleger selbst, der Cölner Papierfabrikant Johann-Nepomuk Dupois. Der fragwürdige religiöse Sermon riss nicht ab, und Venray legte die Zeitung kopfschüttelnd beiseite. Ein Minimum an Lesevergnügen sollte das Zeitungsstudium ja dann doch bereiten!

Auf Reisen wie in der Amtsstube waren diverse Zeitungen und Wochenblätter seine ständigen Begleiter. Er hielt mehrere Abonnements sogar von in Übersee erscheinenden Blättern. Sie verschlangen geradezu ein kleines Vermögen. Doch nichts hätte ihm das ausreden können. Die »Tribune Colonaise« war mit vier Reichstalern pro Jahr noch erschwinglich. Natürlich, die an dem kaiserlichen Hof in Wien orientierte »Tribune« spiegelte ganz das Bedürfnis ihrer Leserschaft in Cöln. Von aufklärerischen Gedanken wollte man dort nicht viel wissen. Doch Venray empfand Zeitungen, auch wenn sie nicht seine Meinungen und Auffassungen vertraten, als einen besonderen Gewinn des Fortschritts, da er so vieles an Nachrichten und Befindlichkeiten erfuhr.

Allerdings waren die Zeitungen seit Winterbeginn nur noch sehr unregelmäßig gekommen. Seit Jahresbeginn dann gar nicht mehr. Schon im November war der Postkutschenverkehr eingestellt worden. Das hieß, der gesamte Verkehr zu Land wie zu Wasser stand seit drei Monaten still.

Die »Amsterdamer Zeitung«, die Venray nun anstelle des Cölner Blattes zur Hand nahm, schätzte er besonders. Nicht nur, weil sie in seiner Muttersprache Niederländisch erschien und nicht wie sonst üblich auf Französisch, sondern vor allem widmeten sich die Redakteure der Zeitung besonders gern historischen und naturwissenschaftlichen Themen. Eine beständige Freude für sein wissensdurstiges Gehirn! Gab es eine neue Erfindung, eine Entdeckung oder eine kühne philosophische Theorie – die »Amsterdamer« berichtete mit Sicherheit darüber.

Neugierig blätterte er durch die Zeitung und blieb bei einem Bericht von einem amerikanischen Naturforscher namens Benjamin Franklin hängen. Franklin stellte einen Zusammenhang zwischen einem Vulkanausbruch auf Island im vergangenen Sommer und der veränderten Wetterlage her. Von Amerika bis Europa herrschte ein strenger Winter. Sogar aus Japan lagen Berichte über Missernten vor. Vor allem hatte es sich bei dem Vulkanausbruch nicht um einen einzigen Vulkan, sondern um Hunderte gehandelt.

Venray paffte und riss erstaunt die Augenbrauen hoch, während er jeden Satz des Artikels begierig verschlang. Die isländischen Laki-Krater waren noch nie zuvor ausgebrochen. Nun hatte diese Vulkankette im Südosten Islands ungeheure Mengen Asche und Staub in den Himmel geschleudert. Das schließlich habe den Himmel verdunkelt und das Wetter verändert, deshalb sah man seit dem Herbst die Sonne nicht mehr! Eine ebenso abenteuerliche wie gewagte Theorie! Beides gefiel Venray außerordentlich.

Die Klinge eines Dolchs schob sich Venray ins Gesichtsfeld und pikste durch das Zeitungspapier. Wittib!

»Pass doch auf«, meinte Venray, »am Ende spießt du mehr als ein paar Buchstaben auf!«

»Die müsste jetzt scharf sein«, murrte der Alte, dem selbst krank noch der Schalk im Nacken saß. »Schärfer, als wenn der Teufel selbst sie auf seinem Wetzstein im siebten Kreis der Hölle geschliffen hätte.«

»Du musst es ja wissen«, spottete Venray und überprüfte zufrieden die Klinge. »Deiner bissigen Zunge nach zu urteilen, warst du doch sicherlich schon dort.«

»Meiner Treu, spottet nur; wenn der Winter noch länger

anhält, werde ich mit Sicherheit Gelegenheit bekommen, es für Euch herauszufinden.«

Im Vorraum wurde die Haustür geöffnet. Die Kälte drang wie eine Welle bis in die Stube vor. Stimmen erhoben sich. »Der Kundschafter ist zurück«, meinte Wittib.

Kurz darauf betrat ein Landreiter den Raum. Seine Kleidung war über und über verkrustet mit Eis und Schnee. Ohne zu fragen, stellte er sich an den Ofen und erstattete Rapport. Anfangs fror er so stark, dass er kaum sprechen konnte. Venray rückte beiseite, ließ den Mann gewähren und sich aufwärmen. Er hatte es wahrlich verdient.

Der Landreiter berichtete von einem kleiner Weiler, einen halben Tagesritt östlich gelegen, in dem sich die Räuberbande verschanzt haben musste. Näheres war nicht herauszufinden gewesen. Venray entließ den Kundschafter und dachte nach.

»Es ist so kalt, wie es in der Hölle heiß ist«, meinte Wittib. »Was belieben Euer Hochwohlgeboren zu befehlen?«

Venray paffte einige Male an seiner Pfeife. »Der Teufel hat viel zu schaffen in diesen Tagen«, sagte er und faltete die Zeitung zusammen. »Es ist Zeit, aufzubrechen.«

»Vergesst nicht, Ihr werdet dringend in Rheinmülheim erwartet.«

Venray, von Berufs wegen nicht nur Amtmann, sondern auch Wasserbauingenieur, war ausgeschickt worden, um in Mülheim am Rhein einen Deich zu errichten, der die prosperierende Stadt vor der drohenden Flut schützen sollte. »Das muss noch zwei Tage warten«, sagte er.

Wittib wollte sich ohne Verneigung entfernen, um die Befehle weiterzutragen, doch Venray hielt ihn auf. »Besorg mir weiße Bettlaken. Zwanzig Stück.«

Der Alte nickte und ging, um die Aufträge seines Herrn zu erledigen. Venray raffte sich auf und verließ das Haus des Pulvermachers.

Draußen griff ihn die Kälte an. Ein schneidender Wind drang innerhalb von Minuten durch sämtliche Kleidungsschichten und biss wie Nadelstiche in die Haut. Das Atmen tat beinahe weh, so kalt war die Luft, die in die Lunge drang. Venray holte ein kleines Messinstrument hervor und blickte auf ein mit Alkohol gefülltes Glasröhrchen.

»Bei Gott, vierzehn Grad Reaumur! Bleibt hier!«, bettelte Wittib, der sich zu ihm gesellt hatte.

»Und was ist mit denen, die unsere Hilfe brauchen?«, erwiderte Venray.

»Wir brauchen doch selber Hilfe!«

Venray blickte in das schniefende und von Fieber gerötete Gesicht seines Dieners. »Wittib, du bleibst hier und passt auf meine Pfeifen auf.«

»Aber –«, widersprach der Alte.

»Keine Widerrede jetzt!«

So zum Schweigen gebracht, reichte Wittib seinem Herrn eine Gugel, die Venray dankbar aufsetzte. Die fellbesetzte Kapuze mit Schulterüberwurf wärmte ihn. Es war ein längst aus der Mode gekommenes Kleidungsstück, das aber angesichts der Kälte einen überaus sinnvollen Nutzen hatte.

Die Männer des Corps trugen alles, was die Kleidertruhen hergaben. Manches davon wärmte, eine Lederschürze beispielsweise, anderes, wie der Dreispitz, eher nicht. Venray befahl ihnen, alle freien Körperteile wie Hände und Gesicht mit Tüchern oder in Streifen gerissenen Decken zu umwickeln. Ein Mann, der sonst als Bettelvogt dafür zuständig war, Bettler und Hausierer zu vertreiben, war gar barfüßig in den Holzpantinen erschienen. Der Mann würde Erfrierungen erleiden, und das konnte Venray nicht dulden. Er schickte ihn heim. Die Motivation, den Amtmann auf dem Ritt zu begleiten, war hoch. Denn Venray hatte den Leuten für jeden gefassten Räuber ein hohes Entgelt versprochen.

Er selbst war gut gerüstet. Alle seine Kleidungsstücke waren gefüttert. Er trug lange Wollunterwäsche und die Kleidung in mehreren Schichten. Über dem Rock eine mit Fell gefütterte Redingote, einen wadenlangen Reitermantel – ein sehr teures Kleidungsstück. Auch andere trugen eine Redingote, nur selten war sie wie bei Venray gefüttert. Zu guter Letzt bedeckte seine

Gugel nun den Kopf und die Schultern. Die Kapuze gab ihm ein mönchisches Aussehen. Das Gesicht umwickelte er mit einem Wollschal. Die Hände steckten in Fäustlingen, die mit flauschigem Kaninchenfell gefüttert waren.

Den Pferden legte man bei langen Ritten, wie dem geplanten, grobe Decken über, damit die Tiere nicht zu sehr auskühlten. Aber das alles würde bei dem, was sie vorhatten, wenig nützen. Venray fror bereits jetzt. Wie würde es nach einem stundenlangen Ritt durch die Berge sein? Wasser konnten sie nicht mit sich führen, es begann innerhalb von Minuten zu gefrieren. Das Auftauen über dem Feuer dauerte ungleich länger. Aus ihm unerklärlichen Gründen war der frisch gefallene Schnee, über dem Feuer zu Trinkwasser aufgetaut, oft ungenießbar. Das Wasser schmeckte faulig, schwefelig, wurde aber oft genug trotzdem getrunken. Nicht selten führte es zu Durchfall, Erbrechen oder anderen Erkrankungen.

Es dauerte noch einige Zeit, bis Venray aufsitzen und den Befehl zum Aufbruch geben konnte. Dann endlich setzte sich die sechzehnköpfige bunt gemischte Truppe aus Bütteln, Landreitern und anderen Ordnungskräften samt ihren drei Lastenmaultieren in Bewegung. Die Führung übernahm der Kundschafter, der sich in der Gegend gut auskannte, dicht gefolgt von Venray. Die Pferde waren unruhig, sie spürten die Anspannung ihrer Reiter, und blieben es im Grunde den ganzen Weg über.

Die Wege durch das Bergische Land waren steil und eng, der Wald dicht, und wenn sie von Nadelbäumen umgeben waren, drang kaum Tageslicht zu ihnen. Die Pferde fassten auf dem eisigen Untergrund schlecht Tritt. Oft rutschten oder scheuten sie, weshalb Venray befahl, größere Abstände zwischen den Reitern zu lassen. So zog sich der Treck über eine beachtliche Strecke, und oft war Venray längst um die Biegung einer Serpentine geritten, da hatte der letzte Reiter die vorhergehende noch nicht passiert. Die bereits im Sommer kaum für einen Wagen befahrbaren Wege durch unwirtliches Hinterland wurden nun zu halsbrecherischen Pfaden.

Hin und wieder hielt der gesamte Trupp an, weil die Pferde

geführt werden mussten. Das kostete wertvolle Zeit. Aus einem Halbtagesritt wurde ein Gewaltmarsch. In manches Tal führte ein derartig steiler Pfad, dass sie die Pferde nur einzeln hinabführen konnten. Kaum einer der Männer murrte, vornehmlich wohl deshalb, weil der Amtmann bei ihnen war und die gleichen Strapazen erduldete wie sie selbst.

Wenige Augenblicke nachdem Venray eine Talsohle durchquert hatte, entstand Lärm hinter ihm. Ein Pferd war ins Leere getreten. Ross und Reiter stürzten drei, vier Klafter tief und schlugen auf dem Grund der Schlucht auf. Die Verunglückten versanken im Schnee. Venray sah noch ein Zucken der Hufe, das genauso urplötzlich erstarb, wie sich der schreckliche Sturz ereignet hatte. Zwei hinabsteigende Männer konnten nur noch den Tod feststellen.

Venray stieg ab und ging zurück, um die Ursache des Unglücks zu erkunden. Unter der Schneedecke befand sich eine schmale Brücke. Eine Brücke ohne Geländer! Das Pferd war danebengetreten und deshalb gestürzt. Es hätte jedem anderen genauso passieren können. Nur mit Glück hatte er selbst die Brücke getroffen, als er die Stelle zuvor passiert hatte. Er ließ die Brücke mit Ästen markieren, damit sich ein solcher Vorfall nicht wiederholte. Die Stimmung war gedrückt. Sie hatten einen Mann verloren.

Erst nach vielen Stunden erreichten sie den Weiler. Lange beobachtete Venray den Hof von der Schneewehe aus. Dann hatte sich der Mord an der jungen Magd ereignet. Ein längeres Zögern war auch allein deshalb nicht mehr möglich, weil die Männer des Trupps durchgefroren waren und sich der Tag dem Ende zuneigte.

Die mit weißen Bettlaken getarnten Männer des Policeytrupps pirschten wie Schneegeister durch den Wald ins Tal hinab. Die Pferde blieben angebunden oben im Wald zurück.

Das schwindende Tageslicht wie auch die Tücher boten ihnen Schutz. Dennoch waren sie entdeckt worden, denn kaum erreichten sie unten den Waldrand und verließen die Deckung des Waldes, um auf die freie Fläche vor der Hofanlage zu treten, da wurde das Feuer auf sie eröffnet. Die Männer duckten sich im Schnee. Venray zählte siebzehn Schüsse, bis Ruhe einsetzte. Folglich mussten sie mit mindestens siebzehn Gewehren rechnen. Dass es genauso viele Schützen waren, musste man zumindest annehmen. Demnach war er mit seiner Mannschaft in der Unterzahl. Natürlich konnte ein Schütze zwei oder gar mehrere Gewehre hintereinander abfeuern. Sehr viel länger dauerte das Nachladen der Vorderlader.

Ein großer Teil der Schüsse war in die Äste über ihnen gekracht. Das war ein Anzeichen dafür, dass die Schützen nicht genau wussten, wo sich ihre Ziele aufhielten. Er hätte den Schießbefehl so nicht erteilt, sondern gewartet, bis sie näher herangekommen wären und eine wandelnde Zielscheibe darstellten. Doch Venray unterschätzte seinen Gegner nicht. Momentan war ihre Tarnung noch ein Vorteil, was sich aber schnell ändern konnte, wenn sie das Feuer erwiderten und somit ihre Positionen preisgaben. Sie wussten nichts über ihren Gegner, und da war es ratsam, besonders vorsichtig zu agieren. Immerhin hatte man seine Leute sehr viel früher entdeckt, als Venray gehofft hatte.

Er schätzte, dass sie ungefähr eine Minute hatten, bis der erste Schütze nachgeladen hatte und erneut schießen würde. Rasch teilte er den Trupp in drei Gruppen ein und trieb die Männer angesichts der äußerst knappen Zeit zur höchsten Eile an. Die erste Gruppe sollte die Mühle am Bach durchsuchen, die zweite Gruppe nahm sich die beiden Scheunen und Ställe zur Linken vor, er selbst eilte mit drei seiner Untergebenen, darunter der Landreiter Carl und der Gerichtsdiener aus Altenberg, auf das unmittelbar vor ihm liegende kleinere der beiden Wohnhäuser des Weilers zu – eine einstöckige Bauernkate mit kleiner Stallung im Erdgeschoss. Eine enge, niedrige Tür teilte das Fachwerkgebäude in zwei Hälften. Links neben der Tür stand unterhalb von zwei kleinen Fenstern eine Bank, auf der sich der Schnee türmte.

Venray rannte los, doch als sie das freie Feld verließen und eine Streuobstwiese mit dürren Apfel- und Birnbäumen betraten, veränderte sich der Schnee unter ihren Füßen. Weicher Pulverschnee ließ sie fast hüfttief versinken. Mittlerweile waren sie dem Bauernhaus so nah, da half auch keine Tarnung mehr. Damit saßen sie wie auf dem Präsentierteller.

Venray sah einen Lauf aus der Tür herausgucken und hatte gerade noch Zeit genug, seine Männer zu warnen. Die zweite Salve Gewehrschüsse kam sehr viel gezielter. Nur knapp verfehlte eine Kugel Venray, der sich tief in den Schnee drückte. Einer seiner Männer hatte nicht so viel Glück. Jetzt eröffnete sich vermutlich ihre allerletzte Chance, die Situation zu ihren Gunsten zu entscheiden. Zwar waren die Banditen im Haus deutlich besser geschützt und damit generell im Vorteil. Doch wenn sie es schafften, die Kate zu erreichen, bevor die Räuber nachgeladen hatten, würden sie die Männer in einem schutzlosen Augenblick überraschen.

Es waren kaum mehr als vier Wagenlängen bis zum Haus. Venray sputete sich, so schnell es der tiefe Schnee eben zuließ. Doch es kostete Zeit und Kraft. Seine Augen ruhten stets auf dem Bauernhaus. Als er im Schatten der Haustür eine Bewegung wahrnahm, schoss er mit der Flinte und erzielte einen Treffer. Der Leichnam eines Räubers kippte aus dem Türrahmen vorwärts in den Schnee. Venray zog seine Pistolen. Nur noch eine Wagenlänge und er hatte es geschafft.

Am Haus angekommen, richtete er die vorgehaltenen Waffen in den Gang, sah aber nur noch, wie zwei im Dämmerlicht des Flurs kaum erkennbare Gestalten auf der anderen Seite des Hauses zur Vordertür hinausflohen. Venray feuerte beide Pistolen ab, traf aber nur die Türpfosten. Er fluchte und drückte sich an die Hauswand, um seine Männer nachrücken zu lassen.

Landreiter Carl schob sich geduckt durch den dichten Schnee und drückte Venray die nachgeladene Flinte in die Hand. Gleichzeitig nahm er ihm die Pistolen ab, um auch die wieder schussbereit zu machen. Carl war flink. Und in den Augen des jungen Gerichtsdieners brannte das Feuer der Rache. Sie waren nur noch zu dritt. Ihr vierter Mann lag tödlich verwundet auf der Wiese im Schnee.

Mit den Waffen im Anschlag arbeitete sich der kleine Trupp weiter in den schmalen Flur des Hauses vor. Links von ihnen im halb offenen Stall raschelte etwas – drei Gewehrläufe richteten sich auf einen abgemagerten Ziegenbock. Nur kurz atmeten sie auf, denn dichter Qualm drang nun aus einem Raum auf den Gang. Die Räuber hatten Feuer gelegt. Venray befahl seinen Männern, das Feuer zu löschen. Er selbst erklomm die schmale Stiege, schon eher eine Leiter als eine Treppe, hinauf ins obere Geschoss.

Den Treppenabsatz hielt er dabei im Visier. Er war noch nicht ganz oben angekommen, da sah er bereits den ersten Toten. Mitten auf dem Gang lag ein alter Mann inmitten einer längst getrockneten Blutlache. Die Hände waren dem Alten auf den Rücken gefesselt. Ein feiger Akt purer Grausamkeit.

Venray musste über den Toten hinwegsteigen, um die anderen Räume durchsuchen zu können. Auf der oberen Etage gab es vier winzige Räumchen, allesamt Schlafkammern, die so niedrig waren, dass er nur gebückt stehen konnte. In den vorderen Räumen entdeckte er drei weitere Leichen. Eine ältere Frau sowie eine Frau und einen Mann in Carls Alter. Anfang zwanzig. Vermutlich eine weitere Magd und ein Knecht des Bauern. Im letzten Raum jedoch verschlug es ihm vollends die Sprache. In der Schlafkammer lagen zwei Kinder, beide erschossen, vor dem Bett ihrer Eltern, die darin lagen. Die Mutter geschändet und mit durchgeschnittener Kehle, dem Mann steckte ein Dolch bis zum Schaft in der Brust. Ein Massaker. Sinnlos und unerklärlich brutal. Was konnte es anderes sein als die pure Lust, zu töten?

Unterhalb des schmalen Fensters, kaum größer als eine Schießscharte, sah er eine Wiege stehen. Mit zitternden Fingern bewegte er sich darauf zu. Er kam dem Fenster immer näher und musste schließlich nachschauen. Venray fand seine schlimmste Befürchtung bestätigt. Ein Säugling lag darin. Das zarte Gesichtchen des kleinen Geschöpfes zeigte die blaugraue Verfärbung der Erfrierung.

Er konnte nicht fassen, was er hier zu sehen bekam. Und kaum konnte er glauben, was dieses sinnlose Massaker in ihm auslöste. Ein alter Schmerz, an den er sich schon fast gewöhnt hatte, brach mit ungeahnter Heftigkeit erneut hervor.

In diesem Moment zersplitterte das Fensterglas, keine Armlänge von ihm entfernt. Ein Bolzen blieb dicht neben seiner Schläfe in der Wand stecken, sodass Venray sogar die Holzmaserung im Schaft des Geschosses erkennen konnte. Rasch spähte er nach draußen, um den Schützen zu suchen, und fand ihn in einer unverglasten Fensteröffnung im gegenüberliegenden Bauernhaus in der dritten Etage. Das musste der Heuboden sein, der sich über das gesamte Gebäude erstreckte. Er sah eine Bewegung, aber es war zu spät, um das Feuer zu erwidern. Der Armbrustschütze war längst wieder in Deckung gegangen.

»Bastarde«, fluchte Venray wutentbrannt. »Verdammte Bastarde!«

Hinter ihm betraten seine Landreiter den Raum. Die Männer bekreuzigten sich angesichts des Schreckens, den sie hier erblickten. Carl pflanzte mit wilder Miene das Bajonett auf sein Gewehr. Venray kannte den entschlossenen Geschichtsausdruck nur zu gut. Fühlte er doch ähnlich. Jedoch verleitete ein überhitztes Gemüt oftmals zu Fehleinschätzungen und leichtsinnigen Kampfaktionen.

Venray wollte sich eben wieder nach unten wenden, als er von draußen einen Schuss hörte, der rasch erwidert wurde. Eine wilde Schießerei folgte. Durch das Fenster beobachtete er, wie die anderen Abteilungen seines Corps von der nördlich gelegen Mühle und Scheune aus eine achtköpfige Räuberschar Richtung Haupthaus trieben. Dabei leisteten die flüchtenden Räuber erbitterten Widerstand und erhielten Unterstützung aus dem Haupthaus. Die Leiche der Magd lag unberührt an derselben Stelle wie zuvor, mitten auf dem Hof. Fünf Räuber lagen ebenfalls tot im Schnee, aber auch sein Corps verzeichnete Verluste.

Aus allen Löchern und Fenstern des Bauernhauses wurde gefeuert. Der Mann mit dem Federbusch und der Armbrustschütze suchten den offenen Kampf und traten ins Freie. Der Federbusch tötete innerhalb weniger Augenblicke einen Gerichtsdiener mit einem Kopfschuss, und einem Büttel trieb er den Säbel in den Bauch. Der Mann war kampferprobt. Sicherlich ein ehemaliger Soldat.

Genau wie der Bandit mit der Armbrust. Zwar war die Waffe aus der Mode gekommen, wurde aber immer noch bei vielen Regimentern und vor allem bei Freischärlern aufgrund ihrer Präzision und enormen Wirksamkeit bei nahezu lautlosem Einsatz abgefeuert. Was auch der Schütze im Hof unter Beweis stellte. Innerhalb weniger Augenblicke hatte er drei Bolzen durch die Luft schwirren lassen. Allerdings setzte die Kälte anscheinend dem Material zu, was sich auf die Treffsicherheit auswirkte. Die Geschosse verfehlten ihre Ziele.

Venray war erleichtert, legte an und erwiderte das Feuer. Er traf nur die Armbrust, nicht den überraschten Schützen. Aber immerhin war die Waffe nun unbrauchbar. Die Räuber zogen sich zurück ins Bauernhaus und schlossen das große Scheunentor. Venray wusste, sie mussten jetzt den Angriff fortsetzen und das Haus überrennen. Die Räuber sollten keine Gelegenheit haben, sich neu aufzustellen.

Während er in Begleitung seiner Landreiter ins Freie trat und auf das Bauernhaus zustürmte, erhielten sie Schützendeckung durch Gewehrsalven des übrigen Corps unter seinem Leutnant Prins, die noch etwas weiter entfernt waren, aber nun nachrückten.

Wie im Bergischen Land üblich, war das Haupthaus des Weilers ein großer Bau, der Scheune, Stall und Wohnhaus in sich vereinte. Die Mauern bestanden aus mindestens zwei Klafter hohen Natursteinen, die weiß gekalkt waren. Darauf waren eine weitere Etage aus Fachwerk sowie das Reetdach gesetzt. Oberhalb des Scheunentors hatte man eine kleine Luke in den weiß gekalkten Mauerstein gelassen, aus der vorhin einer der Räuber einen Schuss abgefeuert hatte. Im Laufen zielte Venray mit den Pistolen auf die Luke und feuerte. Eine kleine Tür weiter rechts, nicht viel mehr als einen Klafter weit entfernt vom großen Scheunentor, war ihr Ziel. Dort wollte Venray ins Haus eindringen.

Zu zweit warfen sie sich gegen die Holztür, die glücklicherweise sogar nachgab. Venray landete mit einem Landreiter neben sich auf dem staubigen Steinboden im Inneren. Sie waren in der offenen Werkstatt. Hämmer, Äxte, Hacken und Piken lehnten an den Außenwänden. Innen war das Fachwerk nicht zugemauert.

Der nachrückende Gerichtsdiener beugte sich durch die Türöffnung in die Werkstatt und feuerte über die Tenne hinweg in die gegenüberliegende Nische, dann duckte er sich, um nachzuladen. Diese Zeit nutzten die Räuber, die sich dort verschanzt hielten, und erwiderten das Feuer. Eine Salve von drei Kugeln schlug in die Holzbalken. Die anschließende Feuerpause nutzte Venray, um durch das offene Gebälk zu spähen und sich bessere Orientierung zu verschaffen.

Das geräumige Speichergebäude war dreigeteilt. Auf der linken Seite, wo sich die Räuber verschanzt hatten, lagen die Stallungen, in der Mitte befand sich die Tenne, eine Wagenhalle mit steinernem Boden, und rechts die Werkstätten, wo Venray mit seinen Männern hockte. Mitten auf der Tenne standen ein Leiterwagen, ein Ochsenkarren und mehrere Heukarren. Ein Teil der Gerätschaften war zerschlagen worden. Zertrümmert boten sie ein besonders beunruhigendes Bild der Verwahrlosung. Wieso hatte man die Karren zertrümmert? War der Räuberbande das Feuerholz ausgegangen?

Im Dunkel der gegenüberliegenden Stallung erspähte Venray eine Bewegung. Sofort feuerte er in die Richtung, seine Begleiter schossen ebenfalls. Um nachzuladen, gingen sie hinter einer Brüstung in Deckung. Die Räuber nutzten nun ihrerseits die Gelegenheit und versuchten, über die Tenne zu den hinteren Wohnbereichen des Hauses zu entkommen. Ihre Fußtritte verrieten sie, sehen konnte man kaum mehr als Schatten.

Anders als Venray war Carl längst mit dem Nachladen fertig. Darin war er sehr geschickt. Urplötzlich sprang der junge Landreiter auf und wagte einen Ausfall. Das war nicht abgesprochen, doch Venray blieb keine Zeit, zu fluchen. Mit einem lauten Schrei griff Carl an und trieb dem letzten Räuber das Bajonett in die Seite. Der Mann war sofort tot. Carl schoss auf den fliehenden zweiten Mann, traf aber nur die Schulter.

Mit abgefeuerter Waffe war Carl angreifbar. Prompt tauchte der Mann mit dem Federbusch am Hut hinter dem Heuwagen auf und holte zu einem gewaltigen Streich aus. Fieberhaft beeilte sich Venray, seinen Ladevorgang zu beenden. Es ging um Sekunden. Kaum hatte er das Pulver auf die Pfanne geschüttet und entzündet, da feuerte er auch schon aus der Deckung der Werkstatt in Richtung des Angreifers. Zwar traf sein Schuss nicht den Mann mit dem Federbusch, wehrte dennoch dessen Streich ab, der Carl getötet hätte. Zum erneuten Nachladen war keine Zeit mehr, und der Gerichtsdiener stocherte noch mit dem Ladestock im Lauf seiner Waffe herum. Ihm fehlte eindeutig die Übung. Venray sprang über die Brüstung, die die Tenne von der Werkstatt trennte, und setzte dem Federbusch nach, der irgendwo im Dunkel des hinteren Wohnbereichs verschwand. Er zog Säbel und Parierdolch und arbeitete sich mit höchster Wachsamkeit vor.

Auf Höhe des Heuwagens sprang ein Schatten auf ihn herab. Venray wurde zu Boden geworfen. Der Angreifer lag direkt auf ihm. Es entstand ein Gerangel, sie wälzten sich über den Boden. Auch Carl war angegriffen worden und befand sich in ähnlicher Situation. Der Gerichtsdiener rückte derweil mit neu geladenem Gewehr vor, konnte aber nicht schießen oder zustoßen, ohne Gefahr zu laufen, die eigenen Leute zu treffen.

Venray blickte in den zahnlosen Schlund seines Angreifers. Er erkannte den Armbrustschützen. Der Mann kämpfte mit todesmutiger Entschlossenheit, der Hirschtöter in seiner Rechten wanderte bedrohlich nah auf Venrays Gesicht zu. Dolch und Säbel hatte er beim Sturz fallen gelassen, um die Hände frei für den Nahkampf zu haben. Jetzt war seine letzte Chance, das eigene Jagdmesser im Stiefelschacht zu erreichen.

Mit einer ruckartigen Bewegung schaffte er es, den auf ihm liegenden Angreifer abzuschütteln. Dann rollte er beiseite, griff in seinen Stiefel, zog das darin verborgene Waidmesser hervor, umklammerte mit beiden Händen den Schaft und warf sich mit voller Wucht auf den Armbrustschützen. Das Metall knirschte, als die Spitze seines Waidmessers auf dem Rücken des Mannes wieder herausdrang und über den Steinboden strich. Doch der Armbrustschütze war noch nicht tot. Er wehrte sich. Venray blickte sich um und sah seinen Parierdolch, konnte ihn jedoch nicht erreichen. Es entstand ein Hin und Her, das jäh unterbrochen wurde, als ein Bajonett in der Brust des Armbrustschützen versenkt wurde. Venray blickte hoch, der Gerichtsdiener war ihm zu Hilfe geeilt.

Weitere Kampfgeräusche lenkten die Aufmerksamkeit auf sich. Carl rang mit dem Räuber, der ihn angegriffen hatte. Beherzt zog der Gerichtsdiener das Bajonett aus der Brust des toten Armbrustschützen und eilte seinem Freund zu Hilfe, indem er es diesmal im Leib von Carls Gegner versenkte. Venray konnte sich nur zu gut denken, was ihn antrieb. Vielleicht war die getötete Magd, die immer noch draußen im kalten Schnee lag, mehr als nur eine Kirmesbekanntschaft gewesen.

Wo sich der Rest der Bande versteckte, war unklar. Sie mussten das gesamte Haus von unten nach oben vollständig durchsuchen. Überall lauerte die Gefahr, in einen Hinterhalt wie gerade eben zu geraten. Im Wohntrakt hinter der Scheune lagen zwei Stockwerke über ihnen, die durchsucht werden mussten. Es gab unzählige Winkel, Türen und Ecken. Dazu kam beständige Dunkelheit, denn hier brannte nirgendwo ein Feuer. Warum die Räuber das Feuer hatten ausgehen lassen, erschloss sich Venray nicht. Fenster waren, so überhaupt vorhanden, klein und ließen auch am Tag nur wenig Helligkeit herein. Und mittlerweile wurde es dunkel draußen.

Unmittelbar hinter dem Heuwagen öffnete sich die Tenne zu einem langen Flur, der über die gesamte Breite des Hauses reichte. Dieser Flur stellte die räumliche Trennung zwischen Scheune und Wohnung dar. Jeweils am Ende des Flurs gab es Türen, die ins Freie führten. Beide Türen standen offen. Verdammt, die hatte Venray übersehen, ein Teil der Bande war sicherlich nach draußen entkommen. Nur gut, dass dort weitere Policeykräfte warteten, denen sie vermutlich in die Arme laufen würden. Kaum gedacht, hörte er draußen Schüsse. Der Ring, den sie um die Räuberbande gelegt hatten, zog sich immer enger.

An der Wand in der Mitte des Flurs befand sich eine große Feuerstelle, die normalerweise als Küche diente. Die Wand oberhalb des erloschenen Feuers war pechschwarz vom Ruß. Fast hätte man meinen können, es sei ein Loch oder ein Eingang, der irgendwo in die Tiefen des Erdreichs führte. Der Boden war teilweise mit Stroh bedeckt, das schon seit Ewigkeiten nicht mehr erneuert worden war. Im spärlichen Licht der Abenddämmerung, das einzig durch die offenen Türen hereinfiel, erkannte Venray Holzbottiche, Kochtöpfe aus Kupfer und andere Kessel, die wahllos verstreut herumlagen. Im Stroh sah er Essensreste und Knochen. Es roch erbärmlich nach Verwesung, und das, obwohl die Kälte den Geruch dämpfte. Venray musste sich instinktiv die Nase zuhalten, sonst hätte er sich übergeben. Links und rechts der Feuerstelle führten Türen in die guten Wohnstuben der Bauern. Es widerstrebte ihm zutiefst, dort einzutreten.

Und tatsächlich bot sich ihnen dort ein ähnlich verstörender Anblick wie zuvor im kleinen Bauernhaus. Egal ob alt oder jung, sämtliche Bewohner waren gemeuchelt worden. Die Abscheulichkeit des Verbrechens machte Venray erst sprachlos, dann tobte wilder Zorn in ihm.

Aus einer verborgenen Bodennische, vermutlich einer Kellertreppe, erfolgte ein Schuss. Die Kugel traf den Gerichtsdiener am Kopf. Der junge Mann war augenblicklich tot. Fast zeitgleich erfolgte ein kurzer heftiger Angriff eines Räubers. Carl, dem der Angriff galt, wehrte sich tapfer, aber es brauchte nur zwei Streiche, um ihn außer Gefecht zu setzen. Er hatte eine üble Verletzung am Bein und ging zu Boden. Wenn er nicht bald versorgt würde, würde der Landreiter verbluten.

Die Pulverwolke vernebelte den Gang und behinderte seine Sicht. Dennoch konnte Venray den Angreifer jetzt erkennen.

Es war der Mann mit dem Federbusch am Hut. Dieser Teufel hatte wahrlich genug Unheil angerichtet! Der Mann floh nach draußen, und Venray setzte ihm nach, entschlossen, ihn endgültig zur Rechenschaft zu ziehen.

Mit einem Sprung hechtete Venray ins Freie. Und er tat gut daran, denn kaum war er in der Türöffnung erschienen, wurde ein Pistolenschuss auf ihn abgefeuert. Im Schnee liegend, schoss Venray zurück. Nun hätte er nachladen müssen, um für eine Verfolgung Schusswaffen zur Verfügung zu haben. Doch das war viel zu umständlich und würde dem Federbusch einen enormen Vorsprung verschaffen. Er ließ die Waffen liegen und zog im Laufen seinen Säbel. Der Räuber mit dem roten Federbusch am Hut floh in südlicher Richtung. Er wollte wohl über die zugefrorene Dhünn in den Wald entkommen. Aber bald musste er erkennen, dass seine Flucht ausweglos war. Wie Venray zuvor auf der Streuobstwiese versank auch er nun im hüfttiefen Schnee. Hier befand sich der Garten des Bauernhofs, dessen Beete unter tiefen Schneeschichten begraben lagen.

Wild entschlossen drehte sich der Federbusch um und stellte sich Venray entgegen. Demonstrativ warf er die eben noch abgefeuerten schweren Kavalleriepistolen beiseite, zog Säbel und Parierdolch und forderte zum Duell heraus. Venray, der sonst dem Vergeltungszweikampf aus dem Weg ging, ließ sich nicht zweimal bitten. Beiden Männern war klar, dass es für einen von ihnen das letzte Gefecht sein würde.

Hieb folgte auf Hieb. Der Federbusch schlug mit solch enormer Kraft und Schnelligkeit auf Venray ein, dass er sofort erkannte: Dieser Mann war kein guter Fechter. Er war exzellent! Selbstbewusst und siegessicher. Auf jeden gewaltigen Hieb folgte ein rascher Stoß. Die Klingen schwirrten durch die Luft und sangen in hohen Tönen.

Venray kam bereits nach wenigen Augenblicken zu der bitteren Erkenntnis, dass sein Gegner ihm haushoch überlegen war. Der Federbusch verfügte über eine einzigartige Kampftechnik, die Venray nur von einigen Kürassierregimentern kannte. Der Mann vor ihm war sicherlich ein ehemaliger Angehöriger eines solchen Regiments. Was trieb einen guten Soldaten dazu, ein skrupelloser Räuber und Mörder zu werden? Hunger, Elend und Neid. Denn ein einfacher Mann konnte niemals zum Offizier aufsteigen, egal wie gut er auch war. Der Offiziersrang war einzig Adligen wie ihm, Venray, vorbehalten.

Zu mehr als Paraden kam er nicht. Die Finger wurden taub. Venray befürchtete, er könnte die Waffen verlieren oder aus den Händen geschlagen bekommen. Seine Kräfte schwanden, er wich zurück. Es war eine Frage von wenigen Augenblicken, er musste nur ein einziges Mal zu langsam reagieren, und er würde die Klinge des Gegners spüren. Gnadenlos.

Schweiß lief ihm in die Augen, gleichzeitig biss ihm der kalte Wind in die Finger. Als er einmal dazu kam, einen eigenen Angriff auszuführen, fing sein Gegner geradezu mit Leichtigkeit den Säbel in seinen Klingenfängern und verpasste dem Metall einen gewaltigen, hörbaren Knacks. Zwar gelang es Venray, seinen Säbel zu befreien, aber derartig geschwächt konnte die Klinge bei jedem neuen Hieb brechen. Er zog sich zurück. Dieses Duell konnte er nicht gewinnen. Er konnte von großem Glück sprechen, wenn er es überhaupt überleben würde.

Beim langsamen Rückzug stolperte er über einen unter dem Schnee versteckten Stein, wohl eine Beetbegrenzung im Garten. Es konnte auch ein auf dem Beet vergessener hart gefrorener Kohlkopf sein. Venray verlor seinen Säbel. Er wähnte den Kampf verloren.

Doch die Entscheidung fiel schneller, als man mit den Fingern schnippen konnte. Denn dieser unglückliche Sturz rettete ihm das Leben. Im Angesicht des fallenden Venray beging sein Gegner einen hochmütigen Fehler. Er wähnte sich als Sieger und wäre es wohl auch geworden, wenn er nicht die besonderen Wetterumstände außer Acht gelassen hätte. Der Federbusch holte weit aus, um Venray mit einem gewaltigen Streich zu erlegen. Zu weit. Bei normalem Wetter hätte er die Bodenhaftung gefunden, die sein Schlag benötigte, doch er musste auf eine eisige Stelle getreten sein. Er rutschte aus und fiel vorwärts direkt in Venrays Dolch.

Doch der Kampf war noch nicht vorbei. Der Federbusch gab sich nicht geschlagen. Er lag auf Venray und brüllte ihn an wie ein entfesseltes Raubtier, das keine Gnade kannte. Mit dem Dolch wollte er auf seinen Kopf einstechen, traf aber nur den Schnee. Venrays eigener Dolch saß fest im Leib des anderen, den die Verletzung langsam schwächte. Ihm gelang es, den Federbusch von sich zu wälzen und sein Jagdmesser zu ziehen.

Ein letzter Stoß und es war entschieden. Venrays Klinge fuhr dem Federbusch unter dem Kinn bis in den Schädel. Im Augenblick seines Todes öffnete der Federbusch mit einem seltsam röchelnden Geräusch den Mund. Venray konnte das Messer darin erblicken. Der Räuber bäumte sich nochmals auf und fiel dann seitwärts in den Schnee.

Erschöpft wandte sich Venray ab. Am liebsten wäre er einfach liegen geblieben. Aber der Schnee war viel zu kalt. Er erhob sich, sammelte seinen Säbel ein und ging. Den Mörder würdigte er keines einzigen Blickes mehr.

Schon nach wenigen Schritten holte ihn die Erschöpfung ein. Erst setzte Venray noch zwei-, dreimal einen Fuß vor den anderen zurück Richtung Bauernhaus, dann sank er atemlos in den Schnee. Ausruhen. Es kam Venray wie eine Ewigkeit vor, bis einige seiner Landreiter, unter ihnen Leutnant Prins, auftauchten und verwundert fragten, was vorgefallen war. Seinen Todeskampf mit dem Federbusch hatte niemand beobachtet.

»Der Weiler ist unter unserer Kontrolle«, erklärte Prins.

Venray nickte nur. Die Männer sahen durchgefroren und erschöpft aus.

Prins berichtete, ihre Verluste seien hoch, sie hätten einige Kameraden verloren. Eine Handvoll hatte leichte Verletzungen davongetragen. Von den Räubern waren bis auf vier Schwerverletzte, die wohl kaum die Nacht überleben würden, alle tot. Ebenso wie die Bewohner des Weilers. »Ein einziger Wahnsinn«, schloss der Leutnant seinen Bericht.

Venray blickte in die von Kälte und Kampf gezeichneten verhärmten Gesichter seines Corps. Dieser Winter machte sie alle zu Bestien. Sie hätten viel früher vor Ort sein müssen. So

war im wahrsten Sinne des Wortes jede Rettung zu spät gekommen. Was für eine unchristliche Zeit!

Prins kam auf Venray zu und half ihm auf.

»Macht ein Feuer an und kümmert euch um die Toten. Und
irgendjemand muss die Pferde holen. Wir bleiben heute Nacht
hier.«

Prins gab die Anordnungen weiter.

»Ach, und Leutnant«, ergänzte Venray, »im anderen Bauernhaus habe ich einen halb verhungerten Bock entdeckt. Schlach-
tet das Tier. Wir müssen was essen.«

Er spürte einen harten Schlag gegen den Kopf. Es dauerte noch eine ganze Weile, bis er richtig wach wurde, dann fuhr er erschrocken hoch. Er musste doch tatsächlich eingenickt sein. Wie leichtsinnig! Aber um sich zu tadeln, war er noch zu verschlafen.

Orientierung suchend blickte sich Venray um, dabei rieb er sich die pochende Stelle am Kopf. Der Schmerz schlug durch. Das würde bestimmt eine Beule geben. Er fühlte sich hundeelend. Zum körperlichen Schmerz gesellten sich die schrecklichen Bilder eines Alptraums, den sein unfreiwilliges Nickerchen geprägt hatte. Die Toten zu vergessen war nicht leicht.

Er griff in die Innentasche seines Justeaucorps und holte ein flaches Metallkästchen hervor, das er aufklappte. Die darin befindliche Miniaturmalerei zeigte auf der linken Seite ein kleines ovales Gemälde einer jungen blonden Adligen, die den Betrachter sowohl streng als auch herausfordernd anschaute. Das goldene Seidenkleid hatte Maayke nur für dieses Bild getragen. Das Gemälde auf der rechten Seite zeigte Maayke mit ihren Kindern Neeltje und Maarten. Venray stand hinter den dreien. Maarten war mit seinen acht Jahren schon ein besserer Schütze mit der Steinschleuder gewesen als sein Herr Papa. Die sechsjährige Neeltje war ein süßer Trotzkopf, er hatte ihr kaum etwas hatte abschlagen können. Nur gut, dass es seiner Frau Maayke gelegentlich gelungen war, unnachgiebig zu bleiben. »Ach, Mama«, hatte die kleine Neeltje dann gebettelt, »ich habe mir diese *eine* Bitte extra für diesen Wunsch aufgehoben. Und jetzt soll ich das nicht bekommen?« Und seine Frau hatte liebevoll tadelnd geantwortet: »Oh, ich benutze eine Bitte durchaus öfters, nicht nur, wenn ich mir etwas wünsche!«

Er erinnerte sich an die Worte, als wäre es erst gestern gewesen. Er musste lächeln. Dabei strich er zärtlich mit dem Daumen über die Abbildungen. Wieso hatte er das Duell mit dem Federbusch nur für sich entschieden? Wäre er umgekommen, dann könnte er seine Familie jetzt wieder umarmen, so wie auf dem Bild. Der Schmerz war plötzlich so frisch, als lebte er nicht seit über zwanzig Jahre allein. Und in das Lächeln mischten sich Tränen.

Ein erneutes Rucken holte ihn ganz in die Gegenwart zurück. Die Kutsche stand schief, fuhr aber weiter. Sein Kopf wäre beinahe wieder gegen den Messingbeschlag gedonnert, der das Verdeck der Reisekutsche hielt, das nur im Sommer zurückgeschlagen wurde, um aus der Berline ein Cabriolet zu machen. Was war da los?

Er sah sich um. Seine Pfeife war verschwunden. Katastrophe! Und eben wollte er nach Wittib rufen, als ihm wieder bewusst wurde, dass er seinen Diener, fiebrig, wie er war, in Altenberg in Obhut des Pulvermeisters und seiner Frau zurückgelassen hatte. Waren sie vom Weg abgekommen? Aber wieso fuhr der Kutscher weiter?

Venray rief den Mann an, doch nichts passierte. Er schlug den Überwurf beiseite, um kräftig gegen die vordere Wand der Berline zu klopfen. Verdammt, das Kohlebecken unter der Überwurfdecke war durch den Stoß umgeworfen worden. Nur gut, dass die Kohle mittlerweile nahezu vollständig verglüht war. Er hob die Wachstafel auf, auf der er unterwegs Notizen machte, um diese später mit Feder und Tinte in ein Buch zu übertragen. Er schrieb mit Bistertinte, deren bräunlichen Farbton er besonders schätzte, doch die musste im Haus in der Nähe des Ofens aufbewahrt werden, sonst gefror sie.

Venray fluchte. Wo war denn nur sein störrischer Diener, wenn man ihn brauchte? Nochmals rief er dem Kutscher zu, doch endlich anzuhalten oder das Fuhrwerk wieder auf den Weg zu führen. Aber nichts geschah. Venray war jetzt wieder hellwach. Er ärgerte sich über sich selbst, dass er unter der molligen Überdecke, unter der sich die Hitze des Kohlebeckens gestaut hatte, und begünstigt durch das einlullende langsame Dahingleiten der Kutsche eingeschlafen war.

Er überlegte. Er war noch nie ohne den Alten irgendwohin gereist. Die pure Gewohnheit. Doch Wittibs Fieber hatte sich zusehends verschlechtert, und so war Venray zum ersten Mal ohne ihn weitergefahren, um seinem neuen Auftrag nachzukommen. Er war von Altenberg aus nach Mülheim am Rhein aufgebrochen.

Venray öffnete die Kutschentür auf der Seite, die erhöht stand, und schob seinen Oberkörper hinaus, um den Mann auf dem Kutschbock anzuherrschen, aber der Platz dort war leer. Die Kutsche lief führerlos, und die Pferde trotteten einfach weiter. Die Kufen auf der rechten Seite hingen leicht in der Luft. Venray sprach beruhigend auf die Tiere ein, während er außen an der Kabine entlang auf den Kutschbock kletterte. Vom Kutscher keine Spur.

Er lenkte die Kutsche zurück auf den Weg, bis die Kufen, die man anstatt der Räder unter die Achsen montiert hatte, wieder ebenerdig standen. Er ließ die Pferde halten. Der schwerfällige Sechsspänner kam nur langsam zum Stehen. Venray spähte zurück. Es wurde bereits dämmrig, aber lag dort hinten nicht ein schwarzes Etwas am Wegesrand, halb im aufgetürmten Schnee?

Er sprang ab und beeilte sich, den Verbleib seines Kutschers zu überprüfen. Der Verdacht bestätigte sich. Das schwarze Etwas war der in seinen langen Reitermantel gehüllte Kutscher. Venray wusste, lange bevor er den Mann umdrehte und ins erkaltete Gesicht blickte, dass dieser tot sein musste. Er war beileibe nicht der erste Kutscher, der während der Fahrt auf dem Bock erfroren und vom Wagen gefallen war. Aber dieser Tod hätte vermieden werden können. Wenn sein Diener ihn begleitet hätte, hätten die Männer sich abgewechselt, das taten sie gewöhnlich so. Aber nun hatte ein Mann die ganze Strecke ab Altenberg allein bestreiten müssen.

Noch ein Toter, der auf sein Konto ging. Und Venray fiel noch nicht einmal der Name des Mannes ein. Wittib hatte sich ständig über ihn mokiert, was am Ende nur bedeuten konnte, dass sein Kutscher wohl eher alles richtig gemacht hatte. Wenn Untergebene etwas falsch machten, monierte Wittib nicht – schon gar nicht vor Venray –, sondern ließ den Stock sprechen.

Venray legte dem Mann die Hand auf die Augen, um die Lider zu schließen. Ein heftiger Schock durchfuhr ihn. Er schreckte zurück und plumpste rückwärts in den Schnee. Die Augenlider des Toten waren bereits gefroren.

Auf dem Rückweg zur Kutsche entdeckte Venray Tierspuren, die seinen Weg kreuzten. Der Verlauf der Spuren erregte sofort seine Aufmerksamkeit. Deutlich konnte er längliche vordere Ballen sowie die Abdrücke spitzer Krallen erkennen. Die Spuren waren zu groß für Füchse, außerdem jagten Füchse nicht im Rudel. Für Hunde waren die Spuren zu geradlinig. Hunde hatten die Angewohnheit, immer etwas hin und her zu wanken. Diese Tiere hier hatten ein Ziel, und sie liefen immer weiter. Es konnte sich nur um Wölfe handeln, was Venray erheblich beunruhigte und zur Eile antrieb. Es war sicherlich kein Vergnügen, allein und fern der nächsten Siedlung auf ein Rudel hungriger Wölfe zu stoßen. In diesem Winter zählte es nicht zum Reich der Märchen, wenn ausgehungerte Wölfe Menschen in den Siedlungen anfielen.

Auch deshalb kam es nicht in Frage, den Kutscher einfach liegen zu lassen, wobei es Venray viel Kraft kostete, den Toten zurück zur Kutsche zu schleifen. Er beeilte sich, so gut er konnte. Den Leichnam bugsierte er mühsam in die Kabine. Seine Pfeife fand er im Dämmerlicht noch immer nicht. Fluchend gab er schließlich auf. Es gab Wichtigeres. Er musste sich beeilen, um vor der Dunkelheit eine Bleibe zu finden. Eine Nacht im Freien würde er nicht überleben. Und er hatte keine Ahnung, wo sie waren, ob sie sich verirrt hatten und wie weit es noch bis zum freien Marktflecken Rheinmülheim war. Ihm blieb nur, die Kutsche weiter geradeaus zu lenken.

Im Sommer war die Strecke bei gemütlicher Fahrt sicherlich unter einem halben Tag zu bewältigen. Für einen schnellen

Reiter vielleicht sogar unter einer Stunde. Aber momentan gab es nur Verbindungswege, die sämtlich nicht geräumt waren und schon seit unbestimmter Zeit gar nicht mehr genutzt wurden. Der Verkehr zwischen Städten lag aufgrund des Winters brach. Venray zählte zu den ganz wenigen Personen, die überhaupt die Strapazen des Überlandverkehrs auf sich nahmen.

Er nahm auf dem Kutschbock Platz. Die Kutsche kam nur deshalb vorwärts, weil sie bereits in Benrath mit Kufen versehen worden war. Statt von zwei leichten Kutschpferden wurde die Berline nun von sechs starken Friesen gezogen. Die Pferde! Was, wenn die Wölfe gar nicht ihn, sondern die Pferde gewittert hatten? Ein Festmahl für ein Rudel hungriger Wölfe. Er ließ die Peitsche knallen. Langsam setzten sich die Friesen in Bewegung.

Wie sollte er im Dunkeln die Stadt finden? Kein Leuchtfeuer würde ihm den Weg weisen. Wo sollte er sich wärmen? Die Glut im Kohlebecken war erloschen. Venray zog seinen Säbel, bevor er in der Scheide festfror, um sich im Falle eines Wolfsangriffs verteidigen zu können, dann trieb er die Pferde an. Mit der Zeit wurden seine Finger taub vor Kälte. Die Augen wurden träge und sein gesamter Verstand schläfrig. Das Atmen fiel ihm schwer, denn die eiskalte Luft schmerzte in der Lunge. Seine Stimme hatte kaum genug Kraft, die Pferde anzutreiben, und noch immer war weit und breit kein Dach, keine Siedlung, rein gar nichts zu erkennen. Nur weiße Felder und entlaubte Hecken und Bäume, die sie umgaben.

Die Pferde dampften vor Anstrengung. Auch das war nicht gut. Schweiß witterten Wölfe noch viel besser, darüber hinaus ließ es die Tiere schneller auskühlen. Lag nicht vor Mülheim eine Ortschaft, die er passieren müsste? Venray spähte mit schwindenden Kräften Richtung Horizont. Nichts.

Am Wegesrand passierte er ein hölzernes Wegekreuz. Auf seinem kleinen Dach sammelte sich der Schnee einige Handbreit. Beim langsamen Vorbeifahren betrachtete Venray die groben Schnitzereien am Kreuz, und ihm fiel ein in den Stamm geschnitzter Totenkopf auf. Die überkreuzten Knochen waren stark verwittert. Unheimlich starrten ihn die hohlen Augen aus dem Schädel an.

Die Sonne schaffte es kaum, zwischen den Wolken hervorzukommen. Sie stand schon sehr tief. Im Dämmerlicht versuchte Venray, sich die Umgebung einzuprägen. Dass es ihm in der Dunkelheit nützen würde, glaubte er nicht. Aber was sollte er sonst tun? Aufgeben? Kurz darauf ging die Sonne unter. Bald würde es stockdunkel sein.

Er spähte nochmals um sich, hielt nach den Wölfen Ausschau. Wenn sie irgendwo lauerten, dann würden sie wohl jetzt, im letzten Tageslicht, angreifen. Venray trieb die Pferde erneut an. Die Erschöpfung der Tiere war zu spüren. Der eisige Fahrtwind ließ sein Gesicht gefrieren. Kein Wunder, dass sein Kutscher auf diese tragische Weise sein Leben verloren hatte!

Endlich tauchte in der Ferne etwas Spitzes auf. Was war das? Erst auf dem nächsten kleinen Hügel hatte Venray Gewissheit: Es war ein Kreuz. Auf einem Kirchturm? Weiter nördlich tauchte ein weiteres Kreuz auf, ebenso im Süden. Es mussten tatsächlich Kirchtürme sein. Endlich sah er auch Dächer einiger umliegender Häuser. Kaum sichtbar in der Dämmerung, stiegen Rauchsäulen aus den Kaminen auf.

Die Erleichterung war gewaltig. Er hatte es geschafft. Egal, ob es Mülheim oder eine andere Ortschaft war. Die Hoffnung, nicht im Freien nächtigen zu müssen, trieb seine Lebensgeister wieder an. Und als er endlich auf der verschneiten Straße in ein offenes Städtchen einfuhr, war er beinahe in Hochstimmung und Vorfreude auf einen wärmenden Ofen.

Von den Häusern, in denen nur vereinzelt Lichter brannten, hallte das Kratzen der Kufen auf den vereisten Straßen wider. Endlich fand er ein Wirtshaus. »Zum goldenen Wagen« hieß es. Wie passend. Er stieß die Tür zum Schankraum auf und brachte die völlig überraschten Wirtsleute in Aufruhr. Mit Gästen zu so später Stunde hatte hier niemand gerechnet. Wortlos durchquerte er den Schankraum bis zum Ofen, an dem er sich einige Minuten aufwärmte. Die Wirtsleute starrten ihn ebenso sprachlos an.

»Bin ich in Mülheim?«, fragte Venray schließlich. Seine Zähne klapperten vor Kälte.

Die Wirtsleute blieben vorerst fassungslos. »Ja, Müllem«, antwortete die Wirtsfrau endlich.

Nachdem er sich vom ersten Kälteschock etwas erholt hatte, ließ Venray es sich nicht nehmen, seine, wie er fand, tapferen Pferde in den Stall zu führen. Sie hatten ihm das Leben gerettet und verdienten Respekt und Fürsorge. Nachdem er schon bei seinem Kutscher so kläglich versagt hatte. Mit dem Knauf seines Säbels zerhieb er das Eis in der Tränke, damit die völlig erschöpften Tiere endlich saufen konnten. Er ließ ihnen Decken umlegen. Denn wenn der Schweiß sich legte, drohten die Pferde im zugig kalten Stall zu erfrieren.

Er klopfte einem Pferd dankbar und tröstend auf den Hals. »Glück gehabt«, murmelte er mit schwacher Stimme. Wittib hatte ihm dieses Pferd bereits für den Ritt in den Weiler ausgesucht. Es schien besonders kräftig zu sein. »Du hast tapfer die anderen geleitet. Vermutlich sollten wir in den nächsten Tagen kürzertreten, nicht wahr?«

Der schwere Friese zuckte mit dem Kopf, was Venray als Antwort nahm.

»Dachte ich mir, dass du das auch so siehst.« Dann wandte er sich um und ging in die warme Wirtsstube zurück. Dort schleppte er sich bis an den Ofen und brachte nur noch »Mein Kutscher –« hervor. Ihn überfiel das Zittern des Erwärmens. Es dauerte eine ganze Weile, bis das Schlottern so weit nachließ, dass er die heiße Erbsensuppe, die die Wirtsleute ihm gereicht hatten, auch löffeln konnte.

Schließlich konnte die Wirtsfrau nicht mehr an sich halten. »Wer ist so unvorsichtig und lebensmüde«, fragte sie und dachte dabei vermutlich an den verstorbenen Kutscher, dessen Leiche sie in der Kabine mit Entsetzen entdeckt hatten, »und macht eine Kutschfahrt bei diesem Wetter?«

»Gute Frage«, entgegnete Venray, der an seinen Dienstherrn denken musste, der ihm den Auftrag erteilt hatte.

Wie oft war er mit Hofrat Graf Gollstein aneinandergeraten,

weil der sich sperrte und pauschal sämtliche Vorschläge Venrays zur Verbesserung der Policey und allgemeinen Ordnung als Grillen und Hirngespinste abwehrte! Wollte sich Gollstein den unbequemen Reformer vom Hals schaffen? Dann wäre ihm das heute beinahe geglückt.

4

Die Fährten kreuzten den Weg in gerader Linie. Sie kamen aus Nordosten und verliefen nach Südwesten. Es war exakt dieselbe Richtung, die Venray zurückzulegen hatte. Wohin wollten die Tiere? Eilten sie ihm voraus, oder waren sie besonders listig und verfolgten am Ende ihn?

Die Abdrücke der Tatzen und Pfoten waren zahlreich. Fast sah es aus, als verliefe dort, wo die Wölfe hergelaufen waren, die eigentliche Straße, so breit und ausgetreten erschienen Venray die Fährten. Wie viele Tiere mochten es sein? Zwanzig? Das Rudel war ungeheuer schnell unterwegs. Die Wildtiere, die er in letzter Zeit zu sehen bekommen hatte, waren zumeist bis auf die Knochen abgemagert gewesen. Hirsch und Wildsau fanden ebenso wenig Nahrung und wurden rar. Wölfe und andere Raubtiere suchten sich neue Nahrungsquellen und kamen den Dörfern und Städten immer näher.

Er sah die Tiere jetzt vor sich. Der Hunger trieb sie voran. Gelegentlich schnappten sie sogar nach einander, wenn der eine dem anderen zu nahe kam. Es ging ums nackte Überleben. Venray ahnte, welche Witterung sie aufgenommen hatten. Weit und breit konnten die Wölfe unmöglich etwas anderes gerochen haben. Das Rudel hatte es auf seine Pferde abgesehen. Doch die Pferde sicherten sein Überleben, folglich musste er den Spieß umdrehen und die Wölfe stellen, bevor sie es taten.

Er folgte den Spuren, doch kam er kaum vorwärts. Tief und tiefer versank er im Schnee. Da stand auf einmal Skadi, die Jägerin, vor ihm. Leichtfüßig hielt sie sich auf dem Schnee und reichte ihm ihre Hand, die er, egal wie sehr er sich auch streckte, nicht erreichen konnte. Immer mühseliger und verzweifelter wurde sein Drang, vorwärtszukommen. Dieser vermaledeite Schnee!

Es war wie im Wasser treibende Takelage bei einer Havarie, die sich den Seemann einfing und ihn unter Wasser zog. Und als er sich nun mit immer größerer Atemnot an die Wasseroberfläche zurückkämpfte, begriff auch der sich im Schlaf umdrehende Venray, dass er träumte.

Denn der Schnee verwandelte sich nun vom stürmischen Ozean in ein grünes Blättermeer. Er stand im Dschungel Ostindiens und spähte mit einem Holzspeer bewaffnet ins Unterholz. Er jagte ein Wildschwein. Nur die ganz großen Eber. Aber hier sahen die Wildschweine mehr wie eine Kreuzung aus Schwein und Hirsch aus, und vor allem waren sie sehr viel größer und angriffslustiger. Die Jagd auf die Tiere galt als große Mutprobe. Die Hauer und Hörner konnten gefährlich werden. Aber eines dieser Tiere zu erlegen hatte ihm viel Ansehen verschafft.

Die Einheimischen hatten einen derart komplizierten Namen für dieses Tier, dass Venray, selbst als er die Sprache der Urwaldbewohner bereits einigermaßen beherrschte, ihn nicht aussprechen konnte. Ein Hirschschwein. Mit den Fingern und Händen zeigte er den anderen Kriegern Hauer und Hörner, bis sie verstanden. Dem Stamm hatte er durch seine Notlage viele Umstände und Kosten verursacht, nun war es an ihm, einiges wettzumachen.

Die Biester konnten hinterhältig sein, raffiniert geradezu. Wenn sie den Jäger entdeckten, schlugen sie einen Bogen im Dickicht und griffen von hinten an. Immer wieder starben Krieger bei der Jagd. Und fast jede Woche begab er sich auf die gefährliche Pirsch.

Der Waldboden klebte irgendwann überall an seinem Körper. Venray fand sich damit ab. Nie erzählte er davon in Europa, denn für Europäer lebte der Stamm im Dreck. Missionare kamen und rümpften die Nasen. Ein dreckiges, unzivilisiertes Volk, das in Schmutz und Schlamm lebte. Venray wusste es besser, denn die Erde im Wald, der Waldboden, das war ihr Teppich. Mehr wollten sie nicht. Verabscheuungswürdig, riefen die Missionare.

Der Dreck klebte überall, wie jetzt wieder der Schnee. Es gab Regionen in den Schichten seiner Kleidung, da hätte er nie geglaubt, dass der Schnee sich dahin verirren könnte. Aber doch gelangte er dorthin. Venray wusste nicht, wie das passierte.

Lange lief er den Wolfsspuren hinterher. Das Rudel war ihm weit voraus. Er hörte rein gar nichts. Aber Venray war sich sicher: Die Wölfe würden einen Bogen schlagen, zurück zum Weg und zur Kutsche finden. Denn dort stand das Fleisch. Mehr Fressen, als man sich erträumen konnte. Überleben für die nächsten Tage, womöglich Wochen. Das konnte sich das Rudel nicht entgehen lassen. Er musste sie erwischen.

Als er meinte, etwas vernommen zu haben, richtete er den langen Lauf seines Kavalleriegewehrs weit vor sich auf die schneebedeckten Felder. Er verspürte kaum Angst, nur die Aufregung der Jagd, denn wer Hirschschweine mit einem Holzspeer tötete, dem konnten auch hungrige Wölfe nur begrenzt Furcht einflößen. Siegessicher trat er vor, er würde töten, wenn er die Gelegenheit bekäme, einzig um sich zu schützen und natürlich das Leben der Pferde, die ihn nach Mülheim bringen sollten.

Dann stand Venray plötzlich unter den weit ausladenden Ästen einer gewaltigen Esche. Ein Baum, so groß wie ein ganzes Dorf. Er ahnte, dies konnte keine gewöhnliche Esche sein, zumal der Baum im Winter Blätter trug. Irgendwas konnte hier nicht stimmen. Blätter im Winter konnten kaum real sein. Auch nicht im Traum, oder?

Tief unter den Zweigen arbeitete er sich vor. Doch dann war der Weg jäh beendet, und er stand vor dem Rudel. Ein Wolf riss einen seiner Artgenossen und verschlang das Tier mit wenigen Bissen. Erst einen, dann immer mehr. Ein Wolf nach dem anderen landete im Schlund dieses einen Tieres. Und jedes Mal wuchs der Wolf. Er wurde größer und größer. Bald war der Wolf so gewaltig groß, dass Venray es mit der Angst zu tun bekam. Dieses Mordsvieh hatte nur eines im Sinn – fressen. Töten. Immer wieder. Töten und fressen. Das Wolfsungetüm öffnete seinen Schlund. Flammen schlugen daraus empor. Hatte Skadi ihn hierhergelockt und ließ ihn nun im Stich?

Venray wälzte sich im Schlaf hin und her, als er begriff, dass er sich im tiefsten Fimbulwinter befand. Nach drei strengen Wintern ohne Sommer, wie er es aus den nordischen Mythen kannte, wurde er Zeuge vom Beginn des großen Weltengerichts Ragnarök, und vor ihm stand Lokis Sohn, der feuerspeiende Fenriswolf. Nach Eis und Schnee würde die Welt brennen. Ragnarök war in vollem Gange. Und vor ihm stand auch dieses Ungeheuer von einem Wolf, Fenrir, vor dem selbst die Götter Asgards so viel Furcht hatten, dass sie ihn bis zum Beginn des Weltengerichts an eiserne Fesseln banden! Der Wolf war ein Bote des Untergangs.

Fenrir zerbrach seine eisernen Fesseln, als wären sie aus Papier. Alles Gute war außer Kraft gesetzt. Der Wolf bleckte seine gewaltigen Reißzähne und setzte eine Tatze vor die andere – zielstrebig auf Venray zu, mit gesenktem Kopf nahmen die glühenden Augen ihn ins Visier. Glühender Hass. Woher kam die Mordlust? Unbändig, unaufhaltsam. Er griff nach seinen Waffen, doch Säbel und Gewehr waren verschwunden. In den Händen hielt er einen Holzspeer. Das war ein Kampf, den Venray niemals gewinnen konnte. Dennoch, kampflos würde er nicht weichen.

Venray brüllte vor Wahn und Todesmut. Urplötzlich überfiel ihn Erleichterung: Dies war die Nacht, in der er endlich seine geliebte Frau und seine Kinder wiedersehen würde.

5

Die Erbsensuppe schmeckte grauenvoll. Sie war dünn, und sie roch verdorben. Erbsen sah er keine. Nur diesen sämigen grünlich braunen Brei, der vom Holzlöffel tropfte. Aber nach zwei Tagen, die er halb schlafend, halb delirierend im Bett verbracht hatte, musste er dringend etwas zu sich nehmen, um zu Kräften zu kommen.

Venray versetzte die Suppe mit einem ordentlichen Schuss Essig. Jetzt war sie noch dünner und viel zu sauer, aber wenigstens schmeckte er nicht mehr das Verdorbene. Wahrscheinlich würde diese Mahlzeit Koliken, Durchfall oder andere Beschwerden verursachen, essen musste er dennoch. Er riss sich zusammen und frühstückte weiter, ohne zu murren.

Was für eine Nacht! Heute Abend würde er nicht mehr in diesem Erzählband lesen wie am Abend seiner Ankunft. Da hatte er, weil ihm einfach nicht warm werden wollte und er nicht in den Schlaf fand, in den Sagen der nordischen Götter gelesen. Eines seiner Lieblingsbücher im halbwüchsigen Alter. Heute bekam ihm das Göttergemetzel offensichtlich nicht ganz so gut.

Die Asen aus Asgard hatten ihm fürchterliche Alpträume beschert. Blutrünstig. Rachsüchtig. Gnadenlos. Nie um einen Mord, Verrat oder ein anderes niederträchtiges Verbrechen verlegen. Diese vermeintlichen Götter waren nichts anderes als Diebe, Grobiane und Raufbolde, kurz: Verbrecher. Die Taten lasen sich wie die Steckbriefe, die er an gewöhnlichen Arbeitstagen verfasste. Und die Göttinnen dieses edlen Geschlechtes waren keinen Deut besser. Die Asen waren samt und sonders kriminelle Schwerverbrecher, deren Walhall das Zuchthaus sein sollte!

Odin, der Allmachtsvater, erinnerte ihn in gewisser Weise an den gegenwärtigen König Ludwig von Frankreich. Beides waren gewissenlose Tyrannen, die alles dafür taten, um ein

Machtsystem aufrechtzuerhalten, das eigentlich in die Mottenkiste gehörte. Wenn Loki, der Gott der List, wieder einen seiner meist mit Gewalt und Erniedrigung verbundenen »Streiche« verübte, hatte das Venray früher Vergnügen bereitet. Heute verursachte ihm dieses Weltbild Kopfschmerzen. Auch in Frankreich regte sich Widerstand. Doch wann würden die dringend benötigten Veränderungen einsetzen?

»Fast so schlimm wie bei den alten Griechen«, murmelte Venray und pustete über die Suppe, bevor er begann, sie vorsichtig zu schlürfen. Dazu trank er einen Krug mit gewärmtem Bier mit einem kräftigen Schuss Branntwein. Mit ein bisschen Brot würde das nahrhafter sein als die Suppe. Aus diesem Gedanken heraus rief er laut: »Gib mir Brot, Patroklos!«

Dabei vergaß er, dass sein Diener Wittib gar nicht in der Nähe weilte. Der hätte den Scherz verstanden. Der Wirt Johann Wilhelm Ersterer und seine Frau Gerlinde begriffen schlicht nicht, was ihr eigentümlicher Gast von ihnen wollte. Weder hatte dieser Gast seinen Namen genannt noch sonstige Auskünfte erteilt. Zahlen konnte er allerdings, und das genügte. So erhielt Venray eine dicke Scheibe trockenes Schwarzbrot. Genau das Richtige, um es zu zerbröckeln und im warmen Bier aufweichen zu lassen.

»Welcher Tag ist heute?«, fragte Venray, während er dem Brot beim Aufquellen zuschaute.

»Es ist Mittwoch, der vierte Tag im Schmelzmond«, erwiderte die Wirtin.

Und ihr Mann fügte hinzu: »Von Schmelze ist aber nichts zu spüren. Gestern Nacht hat es wieder geschneit.«

»Es ist eine schlimme Zeit. Wir haben schon seit Wochen kaum noch Gäste«, klagte die Frau. »Längst sollte es tauen. Spät wird die Aussaat beginnen. Und die richtigen Hungermonate stehen uns erst noch bevor, wenn auch die letzten Vorräte verbraucht sind und noch nichts nachgewachsen ist. Ihr seid unser erster Gast seit ... Ich weiß nicht mehr! Was führt Euch her?«

»Ich will den Deich besichtigen«, meinte Venray.

»Welchen Deich?«, fragte der Wirt ungläubig.

»Er meint sicherlich den Wall am Rhein«, mutmaßte die Wirtin, als wäre er nicht im Raum. »Das ist die einzige Sehenswürdigkeit weit und breit.«

»Was gibt es dort zu sehen?«, wollte Venray wissen.

»Das muss man selber sehen, sonst glaubt man es nicht«, erklärte die Wirtin.

Als er sich kurz darauf ankleidete, den Schankraum durchquerte und sich anschickte, das Wirtshaus zu verlassen, fragte ihn der Wirt: »Wo wollt Ihr hin?«

»Ich will zum Deich oder Wall, wie Ihr es nennt.«

»Ja, aber das war doch nur …«, begann die Wirtin, wusste gar nicht, wie sie ihr Entsetzen in Worte fassen sollte. »Seid Ihr denn von allen guten Geistern verlassen? War es Euch vorgestern nicht genug, dem Tod von der Schippe gesprungen zu sein?«

Venray sagte nichts dazu. »Holt mir eine Karte«, befahl er stattdessen, und die Augen der Wirtin wurden immer größer.

»Was für eine Karte?«

»Einen Stadtplan von Mülheim«, entgegnete Venray ruhig. »Und beordert mir Monsieur Le Maire hierher. Ich beabsichtige, mit ihm zu sprechen.«

Die Frau konnte nicht mehr an sich halten. Prustend begann sie zu lachen. »Wen darf ich denn dem Herrn Bürgermeister Brünninghausen melden, den König von Frankreich?«

Venray entzündete seine Pfeife. Der König von Frankreich. Seltsam, an den hatte er vorhin auch gedacht. »Der hätte hier nicht mal halb so viel zu sagen wie ich«, entgegnete er gelassen. »Man würde ihm wohl trotzdem viel gestatten. Derweil meldet Freiherr van Venray, Amtmann Seiner Durchlaucht Kurfürst Carl Theodor.«

Er ließ die verdutzte Frau stehen. Draußen kam ihm der Wirt hinterhergelaufen und entschuldigte sich vielmals für das Betragen seiner Frau. »Wir hatten ja keine Ahnung«, erklärte der Mann.

»Lasst gut sein. Besorgt mir Karten von Mülheim!«

Ersterer nickte, doch dann schüttelte er energisch den Kopf. »Woher soll ich die bekommen?«

»Es gibt doch ein Rathaus, oder?«

Und als der Wirt das bestätigte und erklärte, wo das Rathaus zu finden sei, schloss Venray: »Dort geht hin, holt die Karten und lasst Euch nicht von einer Schranze mit Federkiel abwimmeln, verstanden? Und jetzt sagt mir: Wo geht es zum Rhein?«

»Gleich da vorne«, sagte der Wirt und zeigte die Straße hinunter nach Westen.

Die Angabe sollte sich als richtig erweisen. Venray ging lediglich über den kleinen Marktplatz, den er daran erkannte, dass er etliche schneebedeckte Bretterbuden sah. Dann folgte er einer engen, kurzen Gasse, in der sich der Schnee türmte, dass er regelrecht balancieren musste, um zwischen den Schneehaufen hindurchzukommen, die links und rechts an die Häuser geworfen waren, bis man es aufgegeben hatte, den Schnee wegzuräumen. Er betrat die freie Uferpromenade und kam sogleich aus dem Staunen nicht heraus. Die Wirtin hatte nicht übertrieben, es war ein einzigartiges Naturschauspiel, was er hier geboten bekam. Doch von einem Deich hatte sie nicht gesprochen, sondern von einem mindestens zwei Klafter hohen Wall. Einem Wall aus Eis. Nicht mit einberechnet war bei dieser Schätzung der Höhenunterschied von der Promenade, auf der er stand, bis hinab auf Rheinniveau. Etwas Vergleichbares hatte Venray noch nie gesehen, und er bezweifelte, dass er so etwas je wieder zu Gesicht bekommen würde.

Ein schroffes Gebirge aus Eisplatten mit zahllosen Gipfeln und schneebedeckten Hochplateaus zog sich vom Süden bis weit in den Norden Mülheims entlang des Rheinufers. Tiefe Schluchten folgten dicht auf steile Grate. Abbruchkanten, spitz und tückisch wie Dolche, brachen das spärliche Licht der Morgensonne. Ein bizarres Trümmerfeld aus Eis.

Er drehte sich um und sah direkt auf eine kleine Kirche, die erhöht am Rheinufer stand.

Kurze Zeit später überblickte Venray vom Turm dieser Kirche aus den Verlauf des zugefrorenen Rheins, der sich in einer weit gewundenen Biegung Richtung Norden schlängelte. Um den Turm der St.-Clemens-Kirche schnitt ein eisiger Wind. Lange würde es Venray hier oben nicht aushalten, aber er wollte sich aus erhöhter Position einen besseren Eindruck von der Gesamtlage verschaffen. Der Eiswall verlor auch aus der Höhe nichts von seiner imposanten Erscheinung.

Es hatte ihn einige Überredungskünste gekostet, erst den Küster und schließlich den katholischen Pfarrer Heinrich Coenen davon zu überzeugen, dass es für seine Aufgabe zwingend notwendig sei, den Turm zu besteigen und einen Rundumblick über Rheinmülheim zu haben. Nun stand er auf der Westseite des Turms, blickte auf die weiße breite Fläche, die sich wie eine gigantische unter Eis und Schnee schlafende Schlange durch die Landschaft zog.

Richtung Norden erkannte er die Häuser einer Ortschaft, es musste Stammheim sein. Nicht ganz so weit im Norden erblickte er auch eine große Krananlage. War das die berühmte Anlage, mit deren Hilfe die Mülheimer das Cölner Stapelrecht umgingen? Mehrere Schreiben von Cölner Ratsherren und anderen Beamten, die alle den Abbau des Krans einforderten, waren auch über seinen Schreibtisch gewandert. Bisher erfolglos. Aber das mochte nichts heißen. Cöln war mächtig und verfügte über viel Einfluss am Hof – jedenfalls lieh der Wiener Hof den Cölner Belangen bereitwillig ein Ohr.

Gegenüber, am anderen Rheinufer, stand ein großes zweistöckiges Gebäude, dessen Funktion ihm unbekannt war. Ob es ein Gutshof war? Ganz weit im Süden erkannte er die freie Reichsstadt selbst – Cöln. Der »Erzfeind« des bergischen Herzogtums. Er selbst empfand die Dämonisierung als schlechten Stil. Aber es gab auf beiden Seiten Leute, die sich bereitwillig einer Verteufelung des Gegners bedienten.

Im dämmrigen Licht traten die Umrisse des Doms hervor, dieses spektakulären Kirchenbauwerks, über die Landesgrenzen hinaus berühmt, das ebenso spektakulär wie bisher unvollendet geblieben war. Eine unerklärliche Tatsache, die in Düsseldorfer Amtsstuben gern für spöttische Bemerkungen sorgte. Die Stadt selbst wurde von der davor gelegenen Flussbiegung und einer Insel verdeckt. Auf der Ostseite der Insel begann der Mülheimer Hafen. Venray sah zahlreiche Kähne, Boote und andere Schiffe. Viele der Flussschiffe waren zerstört, vom Eis zerquetscht – ein beträchtlicher Schaden.

Fast unmittelbar unter ihm lagen, am Ufer vertäut und ebenfalls im Eis eingeschlossen, zahlreiche Pontonschiffe. Sie bildeten vermutlich sommers die weithin bekannte Pontonbrücke, die die rechte mit der linken Rheinseite verband und seinem Pächter beachtliche Summen durch Fährkosten und dem Besitzer Kurfürst Carl Theodor in seiner Funktion als bergisch-jülischer Herzog ein ebenso sattes Sümmchen an Steuern einbrachte. Auch einige der Pontons waren nur noch Holzschrott.

Er ging um die Brüstung und stand nun auf der Südseite des Turms. Von dort aus blickte er entlang des Bachs Strunde Richtung Osten, um das Bauwerk ausfindig zu machen, dessentwegen er hier war – ein Deich, der Mülheim vor allem auch vor der jährlich anstehenden Überflutung aus dem Hinterland schützen sollte. Er sah einige der Mühlen entlang des Baches, unter anderem die kurfürstliche Cameralmühle. Diese Mühlen hatten dem Ort seinen Namen gegeben. Er konnte weit blicken, denn die Häuser waren nicht höher als zwei Stockwerke. Aus den Kaminen quoll dunkelgrauer Rauch und stieg auf, um sich irgendwo weiter oben mit dem Grau in Grau der Himmelsdecke zu vereinen. Eine Himmelsdecke, die so schwer zu wiegen schien, dass man nach vielen Monaten, in denen die Sonne kaum hindurchgeblickt hatte, die bleierne Schwere förmlich spüren konnte.

Venray suchte den Horizont ab. Irgendein Anzeichen des Baus sollte er erkennen können. Eigentlich mussten zahlreiche Arbeiter auf der Baustelle beschäftigt sein, das konnte man doch unmöglich übersehen. Aber selbst mit Fernrohr erblickte er nur eine weiße Schneedecke. Er würde vor Ort nachschauen müssen. Das konnte nichts Gutes bedeuten.

Bevor er sich aber auf den Weg machte, nahm er die Gelegenheit wahr, sich ein genaueres Bild vom Eiswall und der Situation zu machen. Die St.-Clemens-Kirche, auf deren Turm er sich befand, stand auf einer exponierten mit hohen, festen Mauern geschützten Anhöhe. Der Kirche drohte im Falle der Flut kaum Gefahr. Anders sah es bei den übrigen Häusern aus. Sie lagen tief, fast auf Flussniveau, und komplett offen. Es gab keine Stadtmauer oder sonstige Uferbefestigung, die auch nur einen geringen Schutz geboten hätte.

Wasser war in seiner ungezügelten Form als Sturm oder Flut, das wusste er aus eigener Erfahrung, ein Element, das mit rein gar nichts aufzuhalten war. Wasser fand immer einen Weg. Es war die zerstörerischste Kraft, die er kannte. Nur vergleichbar mit einem Erdbeben oder einem Vulkanausbruch. Wozu Wasser fähig war, wurde gern unterschätzt. Und das, obwohl »Vater Rhyn« als besonders tückisch galt. Viele Menschen waren schon in seinen Unterwasserströmungen und Strudeln auf Nimmerwiedersehen verschluckt worden. Was würde passieren, sobald die Schmelze einsetzte?

Denn dort unter ihm, wo sonst die Wellen an den Mülheimer Strand plätscherten, erhob sich das viele hundert Meter lange, mindestens zwei Lastkähne breite Monstrum aus ineinander verkeilten und übereinandergeschobenen Eisbrocken und Schollen, die hier seit Wochen und Monaten während des Winters genügend Zeit gehabt hatten, sich anzusammeln. Und es war mindestens so hoch wie die zweistöckigen Häuser auf der Mülheimer Freiheit. Es handelte sich um ein einzigartiges Naturphänomen.

Nicht nur hatte er so etwas noch nie gesehen, er konnte sich auch nicht erinnern, jemals von einer so ungewöhnlich großen Eisformation gehört oder gelesen zu haben. Und wenn das wirklich eine noch nie da gewesene Tatsache war, anhand welcher Informationen sollte er ausrechnen können, was passieren würde? Was würden diese Eisschollen anrichten? Würden sie von der Flutwelle in die Stadt gedrückt oder vorgespült werden?

Wie es ihm vorhin der Küster mit bildhaften Worten beschrieben hatte, wurden die Wellen sonst allein durch Gottes Klang in Form der Kirchglocke von St. Clemens gelenkt. Venray hielt nichts von derartigem Aberglauben. Was würde passieren, wenn die Wellen der Schmelzwasserflut auf all das Eis trafen? Was würde passieren, wenn das Eis auf dem Wasser »ging«? Eines war sicher, die Glocke würde läuten, heftiger denn je, aber nur, um die Mülheimer Bevölkerung zu warnen. Keine einzige Welle würde sich lenken lassen.

Das Einzige, was minimalen Schutz bot, war ein Deich.

Er blickte nochmals ins Landesinnere auf die Stadt. Menschen sah er keine auf der Straße. Rheinmülheim war ein beschaulicher, beachtlicher, aber auch seltsamer Flecken. Als Markt- und Handelsplatz war die Stadt weit über alle Grenzen hinweg bekannt. Es gab hier fast mehr Händler, Kaufleute für Wein, Tabak und andere Handelsgüter sowie zahlreiche Fabrikanten als im gegenüberliegenden Cöln. Mülheim war wichtig, nicht nur für das bergische Herzogtum. Hier saß so unglaublich viel Vermögen, dass der Herzog ihn, Venray, mitten im schlimmsten Winter seit Menschengedenken hierhergeschickt hatte.

Die Menschen galten als selbstbewusst und eigensinnig, ja sogar aufmüpfig. Freie Bürger. Privilegiert wie selbst manche Adlige nicht. Anders als an anderen Orten lebten Katholiken, Protestanten und Juden hier in friedlichem Miteinander. Die Handelsmacht der Stadt wurde vor allem vom viel größeren Cöln als Bedrohung empfunden. Und dennoch war dieser ganze Stolz, der Prunk, diese »Bedrohung«, nach drei Straßen vorbei. Die freie Stadt Mülheim am Rhein war nicht viel größer als ein Dorf.

Venray musste sich vor Ort umschauen. Hier hatte er vorläufig genug gesehen. Er stieg den Turm hinab. Weder Küster noch Pfarrer waren zu sehen. So ging er grußlos und kehrte durch die Kirchgasse zurück auf die Mülheimer Freiheit, auf der sein Gasthof »Zum goldenen Wagen« lag. Er wärmte sich eine halbe Stunde am Ofen auf, trank dabei einen Becher heißen

Branntwein, den die Mülheimer selbst brannten, und ging dann in den Stall, um ein Pferd zu satteln.

Venray streichelte die Ganaschen des Friesen und blickte hinauf auf die Stirn, auf der das Tier eine besondere Färbung hatte. Selten bei Rappen. Seit ihrem Abenteuer vor zwei Tagen hatte Venray eine ihm vorher etwas fremde Zuneigung zu diesem Pferd gefasst. Die Sache hatte zusammengeschweißt. Befremdlich empfand er die offene Vergötterung von Pferden, die viele andere Männer seines Standes betrieben. Pferde wurden weit mehr umsorgt und geliebt als Gemahlinnen, die man häufig als notwendiges Übel ansah. Generell wurde die Frau als niedere Lebensform betrachtet, denn sie hatte nahezu keine Rechte.

Venrays Liebe hatte immer mehr der See als den Vierbeinern gegolten. Bei diesem Pferd war das anders. Friesen fristeten gewöhnlich ein Leben als gewöhnliches Arbeits- und Kutschpferd, doch Venray beschloss, das Tier zu seinem persönlichen Reitpferd zu machen. Die Alpträume der letzten Nacht hatte er nicht vergessen. Und so taufte er den Rappen auf den Namen »Vidar«, den des Sohnes Odins, der den Fenriswolf erschlug.

Vom Wirt hatte er erfahren, dass eines seiner sechs Kutschpferde die Strapazen nicht überlebt hatte. Der Wirt hatte bei der Mitteilung keinen besonders traurigen Eindruck gemacht. Venray wusste auch, warum, denn der Wirt erbat seine Erlaubnis, das tote Pferd verwerten zu dürfen. Auch wenn ihm der Gedanke missfiel, stimmte er dem zu. Der Speiseplan konnte eine deutliche Veränderung vertragen.

Venray saß auf und wollte vom Hof reiten. Der Wirt kam ihm entgegen.

»Ersterer«, rief Venray ihm zu. »Bereitet mir in der Schankstube einen großen Arbeitsplatz. Für mindestens zwei oder drei Gehilfen. Und verständigt mir den Hofbaumeister Kees.«

Ersterer nickte.

»Gut, sagt mir noch eins«, sagte Venray. »Wer ist der beste Schmied in Mülheim?«

»Der Grinkenschmied«, erwiderte der Wirt ohne Zögern. »Im Wald zwischen Buchheim und Schönrade findet Ihr ihn.«

Venray verließ die Stadt im Süden und wandte sich dann Richtung Osten. Erst wollte er die Deichbauarbeiten besichtigen und danach den Schmied aufsuchen. Er beabsichtigte, seinen im Duell mit dem Räuber beschädigten Säbel reparieren zu lassen.

Er ritt über eine weithin unberührte Schneefläche und fragte sich, wieso er das, was er suchte, nicht schon längst gefunden hatte. Hier musste er doch sein, der Deich, der Mülheim vor der Schmelzwasserflut im Frühjahr beschützen sollte. Das wichtige Bauwerk, das bereits im Dezember letzten Jahres beschlossen und dessen Ausführung mit besonderer Eile vorangetrieben worden war. Aber er sah rein gar nichts.

Er wollte nicht daran denken, was das eigentlich bedeutete.

Venray lenkte Vidar einen nicht mehr als einen Klafter hohen Hügel hinauf, in der Hoffnung, seine Vermutung widerlegt zu finden. Er fluchte bereits innerlich, als er begann, diesen »Hügel«, über den er ritt, etwas genauer zu inspizieren. Er sprang vom Rücken seines Pferdes und blickte die Kammlinie der Erhöhung entlang. Es handelte sich eher um einen kleinen Wall, der ziemlich konstant auf einer Höhe in genau die Richtung führte, in der der Deich laut Planungen verlaufen sollte. Er hatte den Deich gefunden. Er stand darauf!

Auf dem Bauwerk türmte sich der Schnee. Wie lange wohl schon nicht mehr daran gearbeitet worden war? Dieser Deich war lange nicht hoch genug, um eine normale Flut abzuhalten. Was würde also angesichts dessen passieren, was sich da draußen auf dem Rhein ankündigte?

Venray schüttelte fassungslos den Kopf. Wie konnten die als so ungemein fortschrittlich geltenden Mülheimer an dieser Stelle nur so nachlässig, nein, fahrlässig sein? Jetzt musste er doch erst zum Rathaus reiten und mit dem Bürgermeister sprechen, bevor er sich auf den Weg zum Schmied machen konnte.

Innerlich tobend vor Wut und Fassungslosigkeit, wollte er eben wieder aufsitzen, als ihm eine Spur im Schnee auffiel, die sofort seine gesamte Aufmerksamkeit in eine ganz andere Richtung lenkte. Er sah eine Wolfsspur. Und da noch eine! Und eine dritte.

Eilig schwang er sich auf Vidars Rücken und folgte den Spuren. Schnell gesellten sich zu den Abdrücken weitere hinzu. Schon gestern hatte Venray die Fährten des Wolfsrudels als sehr beunruhigend empfunden, weil sich die Raubtiere zu nahe an menschliche Siedlungen heranwagten. Sie kamen nun schon in Sichtweite einer Stadt. Wie lange musste der Winter noch dauern, bis der Hunger die Wölfe in die Städte hineintrieb?

In gut dreihundert Fuß Entfernung sah Venray etwas auf dem Boden liegen. Die Wölfe hatten also ein Opfer gefunden und ein anderes Tier gerissen. Vielleicht eine Kuh oder ein Ochse. Vidar wurde unruhig. Seine Nüstern weiteten sich. Das Pferd witterte Gefahr. War es möglich, dass sein Vidar die Wölfe noch riechen konnte? Dann durfte der Vorfall gar nicht lange her sein. Denn bei der Kälte verflüchtigten sich Gerüche schneller als bei wärmeren Temperaturen. Er ließ Vidar anhalten, beruhigte das Tier und ging zu Fuß weiter.

Die Spuren wurden mehr und mehr und zogen sich aus dem Umkreis zusammen. Es musste ein ganzes Rudel gewesen sein. Die Tiere hatten das Opfer immer weiter eingekreist. Ob es dasselbe Rudel war, das er vor zwei Tagen gesehen hatte, oder ein weiteres, ließ sich nicht bestimmen.

Je näher Venray dem toten Körper kam, umso besser erkannte er, dass es sich nicht um eine Kuh oder Ähnliches handeln konnte. Was da lag, war viel kleiner. Blutspuren breiteten sich im weiten Umkreis um den toten Körper aus. Nach ein paar weiteren Schritten hatte er Gewissheit, denn er konnte Stiefel erkennen. Es handelte sich um einen Menschen.

Rasch blickte er sich um, aber die Tiere waren natürlich über alle Berge, und auch sonst war niemand in der Nähe. Venray trat jetzt näher an die Leiche. Allerdings wollte er nicht in den blutgetränkten Schnee steigen und begann, den Leichnam zu umrunden. Er hatte auf der Jagd schon oft Waidstellen gefunden, an denen von Wölfen gerissene Tiere lagen. Das Blut des getöteten Tieres, im weiten Umkreis verteilt, war stets ein abstoßender Anblick. Hier sah es ähnlich aus, nur handelte es sich nicht um eine Wildsau oder einen Hirsch, sondern um einen Menschen.

Das Rudel hatte ganze Arbeit geleistet und so lange am Fleisch gerissen, wie es die Temperatur zuließ. Ein Gesicht war nicht mehr zu erkennen. Der Brustkorb war ausgehöhlt, die Organe und Innereien aufgefressen. An anderen Körperstellen war der Tote bis auf die Knochen angefressen. Eine Wolfsleiche! Auch das noch!

Alles, was Venray noch erkennen konnte, war ein Teil der Kleidung. Die Wolfsleiche trug den Habit einer Ordensgemeinschaft. Der Tote war ein Geistlicher!

Teil II – Mülheim

Donnerstag, 5. Hornung – Samstag, 7. Hornung 1784

1

Das Kerzenwachs tropfte unablässig. Beständig war es von den vielen Armen des Kerzenständers hinabgetropft und hatte auf dem Boden, auf den Polstermöbeln wie am Ständer selbst bizarre Formen ausgebildet. Er beobachtete gern, wie aus den weißen Flecken illustre Gebilde wurden.

Es war spät in der Nacht. Seit Stunden wurde um ihn herum nach Herzenslust den Leidenschaften gefrönt, sodass auch er jegliches Zeitgefühl verloren hatte. Die Kerzen waren dabei, zu erlöschen, und mussten erneuert werden.

Die letzten Tropfen heißen Wachses suchten sich neue Wege, während er sich abmühte, neue Kerzen aufzusetzen und zu entzünden. Die durchsichtige Flüssigkeit quoll über einen Rand, der sich als natürliche Barriere aus ausgehärtetem Wachs gebildet hatte. Bald sammelte sich erneut so viel von der heißen flüssigen Masse an, dass sie wieder überlief, an einem Stalaktiten aus Kerzenwachs entlangrann und an der Spitze hinabtropfe. Er blickte dem Tropfen hinterher.

Das heiße Wachs landete auf der Brust einer älteren Frau, die sich unterhalb auf einer Récamiere aalte. Das Gesicht der Dame wurde von einer Maske verhüllt. Sie gab stöhnende Laute von sich. Ganz wie es die Mode verlangte, trug sie ihre Kleider und hatte nur das entblößt, was nötig war, um fleischliche Sinnesfreuden zu genießen. Er kannte den Namen der Frau, genauso wie den ihres Galans. Der sich über sie beugte, während er an seinem Glied herumhantierte, um es seiner Gespielin einzuführen. Seine grauen langen Haare wallten unter der Maske hervor, und er schien einige Schwierigkeiten mit der Standfestigkeit seines Geschlechts zu haben. Ob es an seinem Alter lag oder er schlicht nicht erregt genug war, konnte er, der momentan lediglich Betrachter war, nicht wissen.

Als aber der Tropfen heißen Wachses die empfindliche Haut am Busen der Frau berührte, geschah etwas, das sogar ihn in Erstaunen versetzte. Statt vor Schmerzen aufzuschreien, stöhnte sie lustvoll auf, als stünde ihr Höhepunkt bevor. Es trafen noch weitere Tropfen ihre Brust, und jedes Mal wurde ihre Erregung größer. Die kleine Pein, der Schmerz schien ihr zu gefallen. Das beflügelte dann wiederum auch ihren Partner, und der Akt konnte vollzogen werden.

Er grinste breit. Das war sicherlich ein Bereich, der ausbaufähig wäre. Manche mussten eben zu ihrem Glück gezwungen werden. Damit kannte er sich aus.

Im Kamin legte er auch noch rasch Holzscheite nach. Natürlich machte er das sonst ganz gewiss nicht selbst. Dazu waren die Diener da. Aber diese spezielle Situation erforderte besondere Maßnahmen, die ihn eben zwangen, persönlich Hand anzulegen. Das Personal war fortgeschickt worden. Die Türen und Fenster fest verschlossen. Er duldete keine Zuschauer, die sich als Zeugen entpuppen konnten. Nur Mittäter waren gefragt. Und deren gab es einige. Da links, der alternde Lüstling auf der wonnegeilen jungen Dirne, oder dort die alte Vettel mit dem jugendlichen Bock, dem jedes Loch recht war, das ihm Befriedigung verschaffte! Die in der Luft zuckenden Füße, die wackelnde Nacktheit und weit geöffneten Schenkel!

Ihre Verkommenheit kannte keine Grenzen. Sie zelebrierten ihre Exzesse, als gäbe es kein Morgen. Und genau das machte er sich zunutze.

Tagsüber frömmelten sie. Nichts konnte dann ihre angebliche Rechtschaffenheit auf die Probe stellen. Nachts galten andere Gesetze – an die Stelle makelloser Tugendhaftigkeit traten Laster und ausschweifende Sittenlosigkeit. Er staunte über die Scheinheiligkeit ebenso wie über das schier grenzenlose Verlangen nach Vergnügen. Lag es an der allgemeinen Lage, dem Mangel und der Not, die die Menschen dazu trieben, verschwenderische Lust zu suchen? Das konnte es nur zum Teil sein, denn diesen hier ging es in der Regel so gut, dass sie keinerlei Not litten. Andere schon.

Bald wäre ihre Orgie beendet, und sie würden verschleiert und inkognito in ihr sittenstrenges Ratsherren- oder Kaufmannsleben zurückkehren. Dünkel und Doppelmoral, darin waren die Katholiken federführend! Der Priester stand schon bereit, ihnen bei der Beichte ihre Sünden zu vergeben.

Vielleicht, so dachte er, gierten sie so sehr nach Ausschweifungen, weil sie nicht wussten, wie es weitergehen sollte. Weil ihnen irgendwas sagte, dass die Not besonders groß war, dass Veränderungen anstanden. Aber warum etwas ändern, wenn strikte Gesetze einen nicht dazu zwangen? Das Verlangen war weit größer als die Scham, etwas Unrechtes zu tun.

Wie auch immer, sie würden seine Vergeltung zu spüren bekommen. Er wusste schließlich, wer sie waren. Und das galt für alle Anwesenden, die sich lustvoll um ihn herum in jeder von Gott gegebenen Form und Möglichkeit Befriedigung verschafften. *Er* kannte all ihre Namen, und er würde sich sein Wissen schon bald zunutze machen. Sie fraßen ihm aus der Hand. Und sie würden darum betteln. Widerlich! Aber es belustigte ihn auch, es gab ihm Genugtuung, so viel Macht zu besitzen.

Und schließlich hatte er noch eine Überraschung parat, die ihm selbst große Erregung zu versprechen schien. Eine Tür wurde geöffnet. Der Luftzug brachte Kälte und ließ die Kerzen flackern. Drei grobschlächtige Gesellen führten seine »Überraschung« herein – eine Handvoll Wesen, die verschreckt und verängstigt mit großen Augen verwundert ihre Umgebung absuchten. Ein geiles Raunen ging durch die Feiernden. Wie ausgehungerte Wölfe stürzten sie sich auf die Beute.

Er lehnte sich im Sessel zurück, in dem er sich zuvor niedergelassen hatte, und betrachtete ausgiebig, was um ihn herum passierte. Dann trank er einen kräftigen Schluck Rotwein und entschloss sich zu genießen, wie kunstvoll ihm der Mund einer Dirne reichlich Vorfreude auf seine Überraschung schenkte.

Was er vorhatte, würde die Gesellschaft von innen heraus zersetzen. Er würde sie alle gegeneinander ausspielen und der lachende Dritte sein! Er grinste. Keine Frage, sie waren bereit für den nächsten Schritt, die nächste Stufe seiner gottgewollten Vergeltung. Sie waren bereit für ein Opfer.

2

Es war lausig kalt, anders konnte Anna-Maria es nicht bezeichnen. Sie schüttelte sich vor Kälte. Nicht zum ersten Mal an diesem Morgen. Erneut stopfte sie Papier in die Spalte zwischen Glas und Fensterrahmen und stocherte mit einer Stricknadel nach. Dann überprüfte sie das Ergebnis, indem sie ihre Fingerkuppen darüberhielt. Enttäuscht ließ sie die Stricknadel auf die Fensterbank fallen. Immer noch zog eiskalte Luft durch den Fensterspalt und breitete sich im Raum aus. Und dabei hatte sie die Ritzen sämtlicher Fenster im Haus bereits mit allerhand Filz-, Stoff-, Papier- sowie Wollresten ausgestopft. Sogar Sägespäne hatte sie verwendet.

Im gesamten Haus hatte sie akribisch kleine Ausbesserungsarbeiten durchgeführt, Löcher, Ritzen und Spalten in Türen wie Mauerwerk abgedichtet, alte Teppiche vom Speicher geholt und auf den Dielen ausgebreitet, Türen mit Vorhängen versehen. Wolldecken, Tischtücher, die gute Festtagskleidung – nichts war ihrem Erfindungsgeist zu schade, um dem beständig über den Fußboden wehenden kalten Luftzug Einhalt zu gebieten.

Eisblumen sprossen auf den Fensterscheiben und blühten zu formvollendeter Schönheit auf. Sie liebte Blumen und jedwede Pflanze. Dass sie die Eisblumen nicht dazuzählte, lag nicht allein an der Tatsache, dass diese spezielle Gattung nicht in ihren illustrierten Bestimmungsbüchern zur Pflanzenheilkunde zu finden gewesen wäre – selbst wenn sie sich die Mühe gemacht hätte, darin zu suchen –, und auch nicht daran, dass besagte Blume eben keine Pflanze im botanischen Sinne war. Anna-Maria Scheidt hatte nämlich Väterchen Frost den Kampf angesagt. Wie jede Herausforderung, die sich ihr im Leben stellte, so ging sie auch diese Aufgabe mit Einfallsreichtum und Besonnenheit an. Gut, manchmal überwog bei ihren Entscheidungen das Bauchgefühl. Das war wohl auf ihr italienisches Temperament zurückzuführen. Sie liebte nun einmal das helle

Tageslicht, diese unbeschreibliche Klarheit eines Sommertages, wenn die Sonnenstrahlen aus tiefblauem Himmel fielen und wohlig auf der Haut tanzten.

Südlich von Neapel, in einer Gegend, in der es sogar im strengsten Winter nur äußerst selten schneite, war sie aufgewachsen. Tatsächlich hatte sie Schnee erst im Rheinland kennen- und wenig lieben gelernt. Frost mit all seinen feuchtkalten Abstufungen und unangenehmen Begleiterscheinungen zählte für sie zu den abscheulichsten Naturereignissen, die sie sich vorstellen konnte, und immerhin war sie im Schatten des Vesuvs herangewachsen.

Auch wollte es ihr so gar nicht gefallen, dass es weder der Wissenschaft noch dem Ingenieurwesen gelungen war, in puncto Häuserbau etwas Effektives gegen Kälte zu erfinden. Obwohl sie heizte, so gut es ihre finanziellen wie materiellen Vorräte zuließen, reichte das beileibe nicht aus. Die Heizwärme verpuffte wie nichts. Sogar alte Möbel hatte sie vom Speicher geholt, im Hof zerhackt und im Ofen verfeuert. Es war schrecklich, sie konnte heizen, so viel sie wollte, es wurde nie richtig warm. Bereits im Hausflur war es so kalt, dass der Atem kondensierte. Es war zum Verzweifeln!

Die Kälte war mit nichts aufzuhalten. Mehr und mehr kroch sie wie ein ungebetener Gast ins Haus und nahm alles, was sie eroberte, vollständig in Besitz. Lange Zeit hatte Anna-Maria sich mit dem Gedanken an die flimmernde Mittagshitze in den Orangenhainen ihrer Heimat warm halten können. In eine Decke gehüllt, hatte sie in ihren botanischen Büchern geblättert und sich dabei auf den Frühling gefreut. Ein Glas Branntwein wärmte sie von innen. Mittlerweile beschränkte sie sich auf Letzteres. Die langen Monate der harten Entbehrungen setzten ihr zu. Vor allem abends, wenn Dunkelheit und sinkende Temperaturen, gepaart mit einem beklemmenden Gefühl der Einsamkeit, zusätzlich auf die Stimmung drückten. Dabei hielten sie trübe Gedanken an das feuchte, kühle Bettzeug davon ab, schlafen zu gehen.

Die Methode, ein Becken mit glühenden Kohlen unter das

Bett zu schieben, sorgte natürlich für behagliche Wärme, hatte aber auch zu schlimmen Unfällen geführt. Hin und wieder fing das Bettzeug Feuer, und die darin Schlafenden verbrannten bei lebendigem Leib. Sie hatte es einige Male versucht, aber dann, aus Furcht, im Schlummer ein Opfer der Flammen zu werden, nicht in den Schlaf gefunden. Von da an stand das Kohlebecken wieder in gebührendem Sicherheitsabstand zu ihrer Schlafstätte.

Alles in allem gelangte sie immer mehr zu der Ansicht, dass sie einen Kampf auf aussichtslosem Posten focht. Der sie belagernde Gegner, Väterchen Frost, eine unangebrachte Verharmlosung, wie Anna-Maria meinte, war einfach zu übermächtig. Deshalb beheizte sie nur noch den Laden sowie die sich nach hinten anschließende Küche, in der sie sich ein provisorisches Bett eingerichtet hatte. Dieser Winter konnte schließlich nicht ewig dauern. Die übrigen Räume ihres Hauses an der Taubengasse überließ sie dem unsichtbaren Usurpator.

Anna-Maria öffnete die Ladentür, um zu überprüfen, ob ihre Türglocke funktionierte. Auf der Straße bot sich ihr das gleiche Bild wie gestern und in den vergangenen vier Monaten. Der Schnee war nicht einfach über Nacht verschwunden. Nun war schon der zweite Monat des neuen Jahres angebrochen – wann würde es endlich tauen?

Ein paar Kunden würden dennoch kommen. Bei diesen Witterungsverhältnissen gab es kaum jemanden, der nicht krank wurde. Was sie eigentlich erfreuen sollte, denn die Kundschaft wurde seit dem Tod ihres Mannes immer weniger. Einer Apothekerin, egal wie gut ausgebildet, traute man eben nicht die gleichen guten Fähigkeiten zu wie einem männlichen Berufsgenossen. Außerdem war sie keine gute Kaufmannsfrau. Sie sorgte mit ihren Heilmitteln viel zu sehr dafür, dass die Kranken, die zu ihr kamen und eine Arznei verlangten, auch tatsächlich wieder gesund wurden. Das war nicht immer gut fürs Geschäft. Ihr seliger Ehemann hatte sich besser darauf verstanden, das musste sie sich eingestehen, auch wenn ihr gleichzeitig aufging, dass sich zu diesem einen Talent nur noch sehr wenige andere hinzugesellt hatten.

In ihrer Kindheit hatte sie stets geglaubt, Witwen könnten nur alte Frauen sein. Dieser Winter hatte sie eines Besseren belehrt. Nun war sie ganz auf sich gestellt. Und sie musste sich eingestehen, dass ihr die kaufmännische Seite ihres Berufs erhebliche Schwierigkeiten bereitete. Als findige Kaufmannsfrau hätte sie es anders anfangen sollen. Das begann schon mit den Mengen und der Dosierung. Man konnte die Zugabe teurer Wirkstoffe auch sparsamer handhaben. Diese Vorgehensweise beeinträchtigte natürlich die Wirksamkeit der entsprechenden Arznei. Es gab Apotheker, zu denen auch ihr verstorbener Mann gezählt hatte, denen das egal war. Für Anna-Maria kam das nicht in Frage. Und das betraf auch die vorliegende Rezepturanfrage von einem ehemals protestantischen Kaufmann aus Cöln nach einem Geburtstrunk für seine schwangere Frau Gemahlin.

Es sollte ein Stilltee nach ganz alter Rezeptur werden, der es der Frau ermöglichte, die Milchproduktion anzuregen und gleichzeitig nach den Strapazen der Niederkunft wieder zu Kräften zu kommen. Gerade in diesem entbehrungsreichen Winter war das besonders wichtig und konnte das Überleben des Babys und der Mutter zwar nicht garantieren, aber zumindest fördern. Es war nur ein recht simpler Kräutertee, keine große Geheimrezeptur, aber in Cöln konnte man für diesen »Hexentrunk« aus Hebammenhand bereits in Schwierigkeiten geraten. Besser, man überließ das Einschießen der Muttermilch diversen Reliquien und Gebeten, derweil das Neugeborene verhungerte.

Anna-Maria fühlte mit der Schwangeren. Während eines solchen Winters ein Kind zur Welt bringen zu müssen, die Sorgen und Ängste angesichts eines solchen Risikos, darum beneidete sie wahrlich niemanden. Im Mülheimer Spital, vor allem aber im angeschlossenen Armenhaus an der Wallstraße war die Anzahl der Säuglinge, die ihre erste Nacht in irdischer Kälte nicht überlebten, in den letzten Monaten drastisch angestiegen.

Der Cölner Kaufmann bestellte regelmäßig bei ihr und schrieb auch jetzt wieder vom Misstrauen der hiesigen – Cölner – Apotheker gegenüber einigen Heilmitteln. Deshalb richtete er seine Anfrage ins benachbarte Mülheim. Bloß nicht auffallen, musste die Devise des Mannes lauten. Selbst als Konvertierter wurde einem misstraut.

Da war sie, die Bestätigung ihrer Vermutung. Anna-Maria gab einen zischenden Laut von sich und schüttelte den Kopf. Diese Cölner waren ein abergläubisches Völkchen, dachte sie und überlegte, wann sie zum letzten Mal die Stadt auf der anderen Rheinseite besucht hatte. Das musste im letzten Sommer gewesen sein! Nun, obwohl Cöln seine schönen Seiten hatte, luden der Inhalt des Schreibens und dieser Winter nicht gerade ein, das zu ändern.

Wie beiläufig hielt sie die Hand an den Ofen und erschrak. Kalt. Nein und nochmals nein, fluchte sie in sich hinein. Sie konnte beim besten Willen nicht schon wieder ein Holzscheit nachlegen. Ihr Vorrat war knapp. Im letzten Herbst war sie nicht dazu gekommen, sich eine große Reserve anzulegen, und dann hatte ihr im letzten Monat irgendein Unbekannter eine Lattenkiste Holz geklaut. Sie musste noch warten, bis sie den Ofen wieder füttern konnte. Stattdessen legte sie sich eine Decke über die Schultern.

Die Kleidung trug sie bereits doppelt, und ihre braunen Korkenzieherlocken verbarg sie unter einer schwarzen Haube. Langsam bewegte sie sich vom Ofen hinter ihrer Ladentheke zu den dahinterliegenden Vorratsbehältnissen, die sich, sorgsam und ordentlich im Repositorium gestapelt, bis zur Decke türmten. Sie zog ein Holzkästchen aus dem Arzneimittelregal und öffnete es. Nur noch wenige Himbeerblätter bedeckten den Boden. Sie würde notgedrungen sparsam damit umgehen müssen.

Sie ging auf die Rückseite des Repositoriums, das wie ein großer Raumteiler funktionierte, und stellte das Kästchen auf ihrem Rezepturentisch ab, an dem sie die Arzneien mischte. Dann stieg sie auf eine Regalleiter, um die übrigen Zutaten für den Stilltee aus ihrem Herbarium zusammenzutragen. Zur anderen Seite, für die Kundschaft sichtbar, standen kunstvolle

Abarellogefäße aus Fayence. Die Keramiken waren mit handgemalten Darstellungen des Apothekerhandwerks – Balkenwaage mit Messinggewichten, Mörser und Stößel, Äskulapstab und vielen anderen Laborgeräten – verziert.

Anna-Maria ergriff das Gefäß, auf dem vorne eine Phiole abgebildet war und hinten ein lateinischer Name geschrieben stand: »Alchemilla vulgaris«. Dabei schreckte sie einen Weberknecht auf, der wohl beabsichtigt hatte, zwischen den Gefäßen zu überwintern. Sie beachtete den davonkrabbelnden Kanker nicht weiter und öffnete den Deckel. Leer. Verdammt, der Frauenmantel war aufgebraucht! In der Keramik hing nur noch ein herber Hauch des getrockneten Krauts. Ebenso das Hirtentäschel. Lediglich einige Brösel der zerstoßenen Pflanze sammelten sich am Boden des Behälters. Das schleichende Dahinschwinden ihrer Arzneien war ihr natürlich nicht entgangen, aber diese neuerliche Entwicklung war alarmierend.

Im Augenwinkel nahm sie eine Bewegung wahr. Vor ihrem Ladenfenster stand ein Mann und blickte neugierig in den Verkaufsraum der Apotheke. Warum kam er nicht herein? Als ihr klar wurde, dass man sie von außen, versteckt hinter dem Repositorium, nicht sah, was bei dem Mann den Eindruck erwecken konnte, die Apotheke habe gar nicht geöffnet, beeilte sie sich, die Leiter hinabzusteigen, um den Kunden in Empfang zu nehmen. Aber es war schon zu spät. Der Mann drehte sich um und ging weiter. Kurz darauf rutschte er aus und fiel der Länge nach hin. Das musste wehgetan haben! Sie selbst hatte die von Schnee versteckte Eiswelle dort am Boden erst kürzlich kennengelernt. Schmerzhaft!

Enttäuscht darüber, einen Kunden verloren zu haben, wandte sich Anna-Maria wieder ihrem eigentlichen Problem zu. Wie sollte sie der Anfrage gewissenhaft nachkommen und den Tee herstellen? Eventuell würde sie doch schneller nach Cöln kommen als vorhin noch gedacht, um bei einem Händler einige Arzneien, Inhaltsstoffe und Heilmittel nachzukaufen. Diese Fahrt würde mit Sicherheit beschwerlich und teuer werden. Kein Vergnügen also, und das zu einer Jahreszeit, in der nicht nur der Winter die Reise erschwerte, sondern auch noch der Karneval sein närrisches Unwesen trieb.

Bevor sie derartige Reisepläne weiterverfolgte, musste sie jedoch eine exakte Bestandsaufnahme ihres gesamten Lagers durchführen. Außerdem mussten Lebensmittel und Brennholz gekauft werden.

Doch statt Holz zu kaufen, sollte sie vielleicht die von ihrer Schwiegermutter geerbten Schlafzimmermöbel verfeuern. Und vielleicht konnte bei einigen Kräutern ihr Mülheimer Kollege Rademacher aushelfen. Rademacher würde sicherlich einen überteuerten Preis verlangen, aber das wäre nicht zu ändern. Oder die Krankenhausapotheke. Aber dazu müsste sie die Mutter Oberin, Schwester Elsbeth, aufsuchen und um Hilfe bitten. Auch kein verlockender Gedanke. In jedem Fall musste etwas unternommen werden. Sie konnte schließlich nicht bis zum Frühjahr abwarten, um Kräuter nachzubestellen, denn sonst bliebe die ohnehin schwindende Kundschaft bald ganz aus.

Es waren nicht nur das eigene Wohl und ökonomische Überleben, die ihr große Sorgen bereiteten. Im letzten Jahr hatte sie begonnen, die medicinalpoliceylichen Aufgaben, die ihr inzwischen verstorbener Mann übernommen hatte, denen er aber äußerst unzureichend nachgekommen war, im Armenhaus von Mülheim selbst auszuführen. Dort merkte, besser gesagt: interessierte niemanden, dass sie »nur« die Gattin des Apothekers war. Ihre Aufgabe war es, den gesundheitlichen Zustand der Armen und Ärmsten zu überwachen. Natürlich konnte sie wenig tun. Das Schicksal der Waisen hatte sie dabei besonders im Blick, und einen Jungen, Niklas hieß er, hatte sie ins Herz geschlossen. Erst einmal würde sie im Armenhaus nach dem Rechten schauen.

3

Im Eingang stampfte Venray kräftig auf, um den Schnee von den Stiefeln zu bekommen. Schnell schob er die Eingangstür hinter sich zu, um die Kälte auszusperren, doch sie schloss nur unzureichend. Im Flur war es stockdunkel, Licht brannte nirgendwo. Die Fenster waren mit Holzläden verschlossen. Nur durch einen Haustürspalt fiel trübes Tageslicht von draußen herein.

»Ist hier jemand?«, rief Venray in die Dunkelheit. Seine Stimme hallte durch das Haus, eine Antwort bekam er nicht.

Seine Augen bemühten sich, das Dunkel zu durchdringen. Das Haus wirkte abweisend auf ihn. Fast bekam er den Eindruck, hier drinnen wäre es kälter als draußen. Venray nahm sich vor, seiner täglichen Ausrüstung eine Laterne hinzuzufügen. Wittib hätte sicher eine dabeigehabt. Venray fluchte laut.

Langsam ging er vorwärts. Nach ein paar Schritten stieß er gegen ein weiches Bündel, beinahe wäre er darüber gestolpert. Nach seinem ersten Eindruck hatte hier jemand ein paar Decken achtlos auf einen Haufen geworfen. Als er mit den Stiefeln daran rieb, um den Schnee ganz abzuputzen, begann das Bündel sich zu bewegen. Ratten! Venray wurde es zu bunt.

Er trug eine Zunderbüchse bei sich. Eigentlich für den »Notfall«, wenn er seine Pfeife unterwegs entzünden musste, aber nun würde sie die Laterne ersetzen. Mit dem Feuerstahl schlug er Funken und setzte einen Kienspan in Brand. Das gelbe Licht der Flamme ließ die Schatten zurückweichen. Venray leuchtete auf das Bündel. Mit dem Fuß stieß er gegen den Stoff. Aber statt ein paar Ratten aus ihrem Nest aufzuscheuchen, schälte sich aus der Decke das faltenreiche Gesicht einer steinalten Frau.

Venray erschrak. Damit hatte er im Leben nicht gerechnet, dass hier im eiskalten Hausflur ein in Decken gehüllter Mensch herumliegen könnte. Aber er war im Armenhaus. Warum sollte ihn das also verwundern? Die Augen der Frau waren trüb, unter Umständen war sie blind. Die Lippen waren eingefallen, ihr Mund zahnlos. Venray wich überrascht einen Schritt zurück. Die Alte wirkte wie weggetreten. Auf Ansprache reagierte sie nicht. Außer einem Murren war nichts zu vernehmen.

An ihrem Hals trug sie ein kleines Messingschild. Eine Nummer stand darauf. Laut diesem Bettlerausweis war sie die Nummer »154« der Stadt Mülheim. Um die Flut der Bettler besser zu kontrollieren, war vor vielen Jahren die Verordnung erlassen worden, dass alle Bettler und Armen eines Armenhauses ein solches Schild zu tragen hatten. Wer kein Armenschild trug, konnte nicht im Armenhaus übernachten. Diese Praxis erinnerte ihn an Sklaverei. Aber deswegen war er nicht hergekommen.

Auf der Suche nach dem zuständigen Rat für Medicinalpolicey hatte er sich ins Mülheimer Hospital begeben, in dem auch das Armenhaus untergebracht war. Das einstöckige Gebäude stand auf der Freiheitsstraße in unmittelbarer Nähe zum Marktplatz. Die Fassade des Hospitals unterschied sich wesentlich von denen der übrigen Palaisbauten der reichen Kaufleute. Die Fenster hatten keine Verglasung, das gesamte Gebäude wirkte baufällig. Von innen sah das nicht anders aus. Augenblicklich fragte sich Venray, wieso die reichen Mülheimer ihr Armenhaus ausgerechnet auf der Hauptstraße errichtet hatten, wo jeder den Schandfleck betrachten konnte, statt, wie sonst üblich, ihn in einen Bezirk zu verbannen, der weniger besucht wurde. Es konnte nur bedeuten, dass man in Mülheim stolz auf die Einrichtung war. Was Venray hier vorfand, gab ihm wenig Anlass, dieses Gefühl zu teilen.

Er ließ das Licht der Flamme durch den Vorraum fallen und entdeckte, dass nicht nur die alte Frau ihr Dasein in Decken gehüllt auf dem Steinboden fristete. Zahlreiche weitere Bündel kauerten auf dem Boden.

Er entfachte am herunterbrennenden Kienspan einen neuen und leuchtete in den nächstgelegenen Raum. Wäsche hing über Schnüren, die quer durch den Raum gespannt waren. Allein diese Tatsache musste man schon als Luxus bezeichnen. Kleidung zum Wechseln hatten Arme natürlich in der Regel nicht. Ob der Raum von dem kleinen Ofen in der Ecke geheizt wurde oder ob die Vielzahl an Körpern das Zimmerchen erwärmte, hätte er nicht zu sagen vermocht. Es mussten mehr als zwanzig Personen unterschiedlichen Alters und Geschlechts sein, die hier in roh gezimmerten Bettgestellen dicht zusammengedrängt hausten. Wie im Vorraum gab es auch hier kein Licht. Die Luft stank abgestanden nach Schmutzwäsche, Krankheiten und anderen Ausdünstungen.

Plötzlich meinte er gedämpft sprechende Stimmen zu hören und lauschte in das ansonsten totenstille Haus. Stimmen, ganz sicher! Rasch folgte er seinem Gehör in den hinteren Teil des Hauses. Die Stimmen wurden lauter. Eindeutig handelte es sich um ein Streitgespräch zwischen einer Frau und einem Mann. Die Frau schrie jetzt. Brauchte da jemand Hilfe? Endlich erreichte Venray die Tür, hinter der er den Streit vermutete. Ohne zu zögern, stieß er die Tür auf.

Vor ihm standen eine jüngere Frau und ein etwa gleichaltriger Mann, verwickelt in eine lautstarke Auseinandersetzung, die allerdings abrupt abbrach, kaum hatte Venray den Raum betreten. Man starrte ihn verwundert an. Da Venray nun erkannte, dass es sich um eine rein verbale Auseinandersetzung handelte und niemand seinen Beistand benötigte, entschuldigte er sich kurz und gab mit einer Geste zu verstehen, dass die beiden ihr Gespräch fortsetzen sollten. Die Situation war ihm unangenehm, immerhin war er derjenige, der in einem fremden Haus in die Küche eingedrungen war. Der niedrige, verrußte Raum wurde von einer kleinen Feuerstelle mit Kamin spärlich erhellt. Kaum konnte man die Gesichter erkennen.

Die Frau trug schwarze Kleidung, ihr Gesicht wirkte blass, beinahe blutleer. Jedoch waren ihre Worte wie ihre gesamte Haltung alles andere als unlebendig. Sie las ihrem Gegenüber ordentlich und wortreich die Leviten. Die Frau wirkte auf Venray ungewohnt leidenschaftlich, gleichzeitig machte sie einen besonders strengen, geradezu erhabenen Eindruck. Ganz anders als ihr Gesprächskontrahent, der standesgemäß seine angebliche Überlegenheit einzig aus dem Umstand zog, dem sogenannten starken Geschlecht zuzugehören. Es dauerte eine ganze Weile, bis er erkannte, dass er einem Trugschluss unterlag. Er wurde nervös. Sein hellbrauner Herrenrock hatte schon bessere Tage gesehen. Die Strümpfe zu seinen Culotten waren schmutzig. Das Gesicht des jungen Mannes glänzte im Feuerschein speckig.

Die Frau ließ sich von Venrays Anwesenheit nicht weiter aus dem Konzept bringen, sie setzte das Gespräch fort. »Wie ich schon sagte, es erscheint mir höchst verwunderlich«, begann sie erneut, »dass Kinder einfach verschwinden können.«

»Was ist daran verwunderlich? Dieses Bettelpack ist mit allen Wassern gewaschen.«

Venray hörte aufmerksam zu.

»Wieso verschwinden Kinder einfach? Könnt Ihr das bitte erklären!«

»Was kümmert Euch das eigentlich? Ich sollte doch derjenige sein, der sich beschwert«, konterte der Mann.

»In der Tat, ein interessanter Gedanke. Wie habt Ihr den zustande gebracht? Durch Nachdenken?«

»Ach, was kümmert mich das stinkende Pack!«, winkte er ab, der die spitze Bemerkung der Frau nicht begriff.

»Ich sage es Euch, was Euch zu kümmern hat: Ihr seid für sie verantwortlich«, die Frau wurde zornig, »denn Ihr seid hier der Verwalter! Oder etwa nicht?«

»Wollt Ihr mir etwa vorwerfen, ich würde mich nicht ordentlich um das Haus kümmern?«

Die Frau holte tief Luft. »Um das Haus vielleicht noch. Um die Menschen garantiert nicht. Es ist nicht nur ein Vorwurf«, meinte sie, »es ist eine Tatsache.«

»Das ist eine Unverschämtheit«, protestierte der Mann.

»Die Menschen brauchen dringend was zu essen. Wann gebt Ihr ihnen was? Einige sind schon so teilnahmslos, dass sie nicht mehr reagieren, wenn man sie anspricht. Die Menschen da verhungern! Ganz zu schweigen von den verschwundenen Kindern. Wohin sind sie?«

»Für ihr tägliches Brot sind die Insassen selbst verantwortlich. Ich bin hier der Leidtragende. Immerhin fehlen mir nun fünf Albus pro Waise im Halbjahr.«

»Ein schmerzlicher Verlust!«

»Worauf Ihr Euch verlassen könnt …«, rief der Mann aus, brach aber ab, als er erkannte, dass sein Gegenüber ihn nur aufzog.

»Mein Herr, was kann ich für Euch tun?«, wandte er sich schließlich ruppig an Venray.

»Ich suche den Herrn Medicinalrat«, erklärte Venray.

»Ihr seid hier falsch. Das hier ist das Armenhaus. Geht jetzt.«

Der schroffe Ton verwunderte Venray. »Im Rathaus wurde mir gesagt, dass ich den Herrn entweder in seiner Apotheke an der Taubengasse oder hier vorfinden würde«, sagte er ruhig.

»Das hier ist doch keine Apotheke«, fuhr der Mann ihn ungewohnt unhöflich an. »Wer seid Ihr überhaupt?«

Gewöhnlich wusste man, wer er war, weil man eben wusste, dass der Amtmann Seiner Durchlaucht anwesend war. Für die seltenen gesellschaftlichen Fälle, in denen sein Rang und Name, seine Identität, nicht bekannt waren, stellte sein Diener Wittib ihn vor. In der Regel musste ein Amtmann wie Venray sich nicht selbst vorstellen. Doch dieser neue Umstand brachte ihn auf eine interessante Idee.

»Was wollt Ihr denn vom Herrn Apotheker«, fragte die Frau, die offensichtlich mehr begriff als der Mann. Die Frage erschien Venray dennoch mit einem seltsamen Unterton gestellt, so als wäre der Apotheker gar kein Apotheker. Die gesamte Situation wurde immer absurder!

»Das werde ich ihn dann selber fragen«, erklärte Venray kühl.

»Je nun«, mischte sich der Mann wieder ein. »Hier ist jedenfalls kein Apotheker, ich geleite Euch hinaus.«

Die Frau ergriff erneut das Wort und hielt den Verwalter zurück, wobei sie ihn belächelte. »Ich vermute, mein guter Herr Töns, dass der werte Herr vor uns zu mir will.«

Endlich begriff auch er.

»Wie ist denn der Name des Apothekers, den Ihr sucht?«, fragte sie.

»Friedrich Scheidt«, erwiderte Venray schmallippig. Langsam wurde ihm die Angelegenheit zu bunt.

»Vor Euch steht seine Frau«, klärte sie ihn auf und machte eine Geste in Richtung des Mannes, den sie als Herrn Töns angesprochen hatte, die wohl besagen sollte: »Seht Ihr!«

»Sehr erfreut«, entgegnete Venray höflich. »Ich würde gerne mit Eurem Gatten sprechen.«

»Das sagten Sie bereits. Das wird aber nicht möglich sein, Ihr müsst mit mir vorliebnehmen.«

»Danke, ich warte, bis Euer Gatte wieder Zeit hat. Es kann ja nicht ewig dauern.«

»Das kommt ganz darauf an, wie lange es dauert, bis das Jüngste Gericht stattfindet«, versetzte sie spöttisch.

Venray stutzte. Wieso sprach diese Frau so unverschämt mit ihm? Was hatte er ihr denn getan? Außerdem, diese Bibelzitate waren ihm doch arg verhasst. Für alles musste der Herrgott herhalten! »Ich glaube, so schlimm wird es nicht«, erwiderte er in einem Tonfall, der seinem Gegenüber vermitteln sollte, dass er das Gespräch für beendet hielt.

»Mein Mann«, begann die Frau nach einer kleinen Pause zu erklären, »ist vor drei Monaten, am 3. November 1783, an einer Lungenentzündung gestorben. Er war eines der ersten Opfer dieses fürchterlichen Winters. Er trank gerne und war kränklich. Die Kälte hat ihn früh hinweggerafft. Ich führe seitdem seine Geschäfte. Wenn Ihr also mit dem Apotheker sprechen wollt, müsst Ihr warten, bis er von den Toten aufersteht, oder mit mir reden.«

Venray verschlug es für einen Moment die Sprache. Es war nicht ungewöhnlich, dass eine Frau den Betrieb ihres verstorbenen Mannes weiterführte. Allerdings traf das eher auf Handwerksbetriebe, Wirtshäuser, Fährunternehmer oder ähnliche Berufsstände zu. Ein Apotheker musste studiert haben, um das heilkundliche Wissen zu erlangen. Zum einen durften Frauen gar nicht studieren, zum anderen wunderte sich Venray über den arg barschen Ton, in dem die Frau über ihren Mann sprach.

»In dem Fall rede ich natürlich auch mit Euch.« Er sagte das aus purer Höflichkeit. Er rechnete nicht damit, dass sie ihm bei seiner medicinalpoliceylichen Untersuchung behilflich sein könnte.

»Euer Gatte hatte das Amt der medicinischen Policey inne. Wer führt das nun nach seinem tragischen Ableben aus?«

»Hört Ihr nicht richtig zu?«, erwiderte die Frau angriffslustig. »Ich sagte Euch bereits, dass ich die Geschäfte meines Mannes weiterführe.«

Venray war sich unsicher, was er tun sollte.

»Frau Scheidt ist eine erstklassige Apothekerin. Sie hat wahre Heilkräfte und erfüllt die Aufgaben der medicinischen Policey mit beachtlicher Gründlichkeit«, wurde die Frau nun von einer ruhig klingenden männlichen Stimme gelobt, die sich zuvor noch nicht am Gespräch beteiligt hatte. Ein Pater, den er bisher nicht wahrgenommen hatte, trat ins Licht des Herdfeuers.

Venray fiel sofort auf, dass der Mann den gleichen Habit trug wie der von den Wölfen getötete Priester. Er entschloss sich, diese Tatsache aber zu verschweigen, bis seine Untersuchung abgeschlossen sein würde. »Mit einem so vortrefflichen Leumund werde ich meine Zurückhaltung ganz beiseiteschieben, Pater …«

»… Gerhart von den Redemptoristen. Mit wem habe ich die Ehre zu sprechen?«

»Henrik van Venray.«

»Sehr erfreut«, sagte der Pater und deutete eine zarte Verneigung an. »Mit Verlaub, ich dachte mir das bereits. Seine Hochwohlgeboren«, erklärte Pater Gerhart die Diskutierenden auf, »vertritt – wenn ich richtig informiert bin – Seine Durchlaucht Kurfürst Carl Theodor und ist zuständig für die Policey.«

Das Erstaunen war groß, keiner der beiden hatte wohl damit gerechnet, einem hochgestellten Amtmann gegenüberzustehen. Der Pater jedoch musste von Venrays Tätigkeit in Mülheim bereits Kunde erhalten haben.

»Anna-Maria Scheidt«, entgegnete die Frau knapp.

»Winand Töns, Hospitalverwalter«, flötete der Mann und machte eine tiefe Verbeugung dabei. Der Verwalter eines Hospitals wurde auch »Armenvater« genannt.

Der Respekt, der Venray vorher nicht entgegengebracht wurde, war nun umso größer. Bücklinge waren ihm verhasst. Andererseits wusste er zu genau, dass den meisten Leuten, wenn sie überleben wollten, keine andere Wahl blieb, als sich anzubiedern.

»Pater Gerhart, wo bitte befindet sich Euer Kloster?«, erkundigte sich Venray bei dem Gottesmann, ohne auf den Armenvater zu achten.

»Es ist noch keine Abtei, es ist nur ein kleines, bescheidenes Priorat am südöstlichen Stadtrand. Wenn Ihr der Straße am Merkerhof noch ein gutes Stück folgt, findet Ihr uns.«

Venray verneigte sich. Die Lage des Klosters korrespondierte mit dem Fundort der Leiche, beides lag im östlichen Gebiet der Stadt.

»Frau Scheidt, dürfte ich nun bitte mit Euch unter vier Augen sprechen?«

Pater Gerhart zog den Armenvater zur Tür hinaus. »Gönnen wir dem Amtmann doch die Diskretion, die er für seine Aufgabe benötigt.«

Venray dachte nicht daran, sich dafür zu bedanken. »Ihr spracht vorhin von verschwundenen Kindern. Was hat es damit auf sich?«

Töns verbeugte sich tief. »Die Kinder sind nicht verschwunden«, erklärte er leichthin.

Der Apothekerin entfuhr ein Schreckenslaut.

»Bruder Christoph hat den Waisen einen neuen Dienstherrn verschafft. Sie können sich glücklich schätzen.«

Eine derartige Vermittlung war nicht unüblich. In der Regel bekamen alle Beteiligten dafür ein paar Münzen. Venray war bemüht, derartigem Handel mit Menschen entgegenzuwirken, aber es war nicht einfach, dem beizukommen. »Wieso habt Ihr das nicht gleich gesagt?«, hakte er nach.

»Ich bin dieser Person keine Rechenschaft schuldig.« Töns zeigte verächtlich auf die Apothekerin.

Die überhörte die Beleidigung und fragte: »Wohin sind sie gekommen?«

Töns blickte Venray an, doch Venrays Gesicht blieb ausdruckslos. Er schwieg.

»Sie sind zu verschiedenen Handwerksmeistern gebracht worden. Ich glaube, zu einem Kürschner. Mehr weiß ich nicht.«

»Warum interessiert Euch das?«, erkundigte sich Venray bei der Apothekerin.

»Das ist meine Angelegenheit«, erwiderte sie kurz angebunden.

Sie wirkte aufgewühlt. Er wollte ihr doch nur helfen! Venray ließ es auf sich beruhen. »Führt Ihr Listen über die im Hospital Anwesenden?«

Der Verwalter Töns wunderte sich darüber, dass Venray ihn erneut ansprach. »Nein«, gestand er kleinlaut ein.

»Ihr solltet damit umgehend beginnen«, schlug Venray vor. »Führt die Listen ein und schafft die Nummernschilder ab!«

Der Armenvater nickte beflissen. Venray wusste sehr wohl, dass weder er noch der Armenvater berechtigt gewesen wäre, diese Bettlerschilder abzuschaffen. Das durfte nur der Kurfürst selbst. Doch wenn eine hochgestellte Person etwas von einem verlangte, tat man es, ohne nachzufragen. Auch, wenn man der Sache später doch nicht nachkam.

Die Angelegenheit brachte Venray auf die Idee zurück, die er vorhin schon mal angedacht hatte. Sollte er sich ein solches Ausweisschild zulegen, das ihn vor anderen Personen als Amtmann ausweisen konnte? Er würde nicht mehr in die Verlegenheit kommen, dass jemand von ihm Auskunft über seine Person verlangte.

Töns trollte sich. Auch Pater Gerhart wandte sich zum Gehen. Venray hielt sie nochmals auf. »Wann war das mit den Waisen?«

»Es ist erst ein paar Tage her.«

»Wieso habt Ihr mir das nicht gesagt?«, protestierte die Apothekerin erneut, ohne eine Antwort zu erhalten.

»Vier oder fünf Tage vielleicht«, meinte Töns. »Pater Christoph ist mit den Kindern nach Cöln gegangen und seitdem noch nicht zurück.«

Dass Venray eine traurige andere Vermutung hatte, verschwieg er. »Wird sonst jemand vermisst?«

Beide Männer verneinten übereinstimmend, und Venray entließ sie.

»Mein Beileid zum Verlust des Gatten«, meinte er zur Apothekerin, als sie allein waren.

Anna-Maria nickte kurz dankend. Sie wich seinem Blick nicht aus. Das war für Untergebene eher ungewöhnlich, wenn nicht gar ungebührlich. »Was kann ich für Euch tun?«

»Ich möchte, dass Ihr eine Wolfsleiche untersucht.«

»Was ist das, eine Wolfsleiche?«, erkundigte sie sich verunsichert.

»Ich habe heute Morgen einen von Wölfen Getöteten gefunden«, erklärte Venray. »Die medicinalpoliceyliche Verordnung sieht vor, dass solche Vorfälle untersucht und dokumentiert werden. Außerdem muss die Identität zweifelsfrei festgestellt werden. Seht Ihr Euch dazu in der Lage?«

»Warum denn nicht?«

»Der Tote wurde von Wölfen stark entstellt. Der Anblick der Leiche ist nichts für schwache Nerven.«

Die Apothekerin schwieg einen Moment. Worüber dachte sie nach? Schließlich sagte sie: »Ihr möchtet, dass ich untersuche, wie Bruder Christoph gestorben ist?«

Jetzt war Venray verblüfft. »Wie seid Ihr darauf gekommen, dass es sich bei dem Toten um Bruder Christoph handeln könnte?«

»Nun, Ihr sprecht von Wolfsleiche«, erläuterte Anna-Maria. »Vermutlich würdet Ihr den Toten nicht untersuchen lassen wollen, wenn es sich dabei nicht um eine möglicherweise wichtige Person handelt.«

»Unter Umständen«, entgegnete Venray knapp. »Andererseits sieht die Verordnung aber vor, dass jeder Tote gleich welchen Standes untersucht wird.«

»Also ja«, interpretierte sie freizügig, und Venray schüttelte erbost den Kopf. Dann fuhr sie unbeirrt fort: »Außerdem habt Ihr vorhin nach Vermissten gefragt, weil Ihr bereits wusstet, dass es sich bei der Leiche um einen männlichen Geistlichen handelt.« Sie blickte ihn herausfordernd an. »›Wolfsleiche‹, was für ein Begriff!«

»Beachtlich, wirklich beachtlich«, sagte Venray. »Allerdings könntet Ihr auch nur geraten haben. Und Raten ist selten gut für Ermittlungen.«

Anna-Maria schluckte den Tadel, dann sagte sie: »Ihr seid grausam, dem armen Pater Gerhart nichts gesagt zu haben!«

»Nein«, erklärte Venray, »denn ich habe lediglich eine Vermutung. Und um die zu bestätigen, benötige ich Euch! Bei aller offensichtlichen Klugheit seid Ihr hoffentlich auch klug genug, diese Vermutung so lange geheim zu halten, bis es *bewiesen* ist?«

Anna-Maria stimmte ihm zu, sagte aber dann: »Seit wann legt die Policey Wert auf Beweise? Üblicherweise sind Beweise doch tief in der Geldbörse verborgen.«

»Die Zeiten ändern sich«, erklärte Venray kurz. »Schon allein deshalb sollten wir das tun, denn wir wollen ja nicht jemanden für tot erklären, der eventuell bei bester Gesundheit in Cöln die Freuden des Karnevals genießt. Was meint Ihr?«

»Karneval ist keine Freude«, meinte Anna-Maria. »Es ist eine alljährlich wiederkehrende Plage. Nach den tollen Tagen liegt die eine Hälfte der Bevölkerung mit Kopfschmerzen im Bett, die andere Hälfte hat Erkältung. Solche Menschenansammlungen haben nur einen Vorteil, nämlich Krankheiten zu verbreiten. Es ist eine Seuche, von der sogar vernunftbegabte Menschen wie Pater Christoph befallen werden.«

»Es geht nicht um den Karneval«, erwiderte Venray scharf, dann begriff er, dass die Apothekerin eine scherzhafte Bemerkung gemacht hatte. Aus ihren Augen blitzte der Schalk. »Ihr werdet Eure Vermutung vor niemandem wiederholen, habt Ihr mich verstanden?«

»Natürlich. ›Wolfsleiche‹. Den Begriff habt Ihr vor ein paar Wochen eingeführt, als sich derartige Vorfälle häuften und Ihr einen Namen für diese schrecklichen Vorkommnisse suchtet.«

Genau so hatte es sich zugetragen.

4

Obwohl es erst früher Abend war, war es draußen bereits stockdunkel. Sämtliche Kerzenleuchter brannten. Es roch nach heißem Wachs und Ruß. Allein die hohe Anzahl an Kerzen hätte
genügt, den Raum zu heizen, doch im offenen Kamin prasselte
zusätzlich ein großes Feuer. An beindicken Holzscheiten zün-
gelten satte Flammen und tauchten den Saal in einen goldgelben
Flackerschein. Die sich ausbreitende Hitze trieb Venray den
Schweiß auf die Stirn. Gleichzeitig zog ein eisig kalter Luftzug
durch den großen Raum. Ideale Bedingungen, um sich eine
Erkältung zuzuziehen!

Dabei geizte sein Gastgeber, Hofkammerrat Bertoldi, nicht
mit Kerzen und Holz, um es seinen Gästen behaglich zu machen. Vor den großen Fenstern hingen schwere Vorhänge, die
die Kälte aussperren sollten. Die Wände waren reich mit Wand-
teppichen und Stuck verziert. Das Wappen der Stadt in Rot,
Weiß und Blau hing als Schild über dem Eingang. Auf dem
Stadtwappen lenkte ein Schiffer gemeinsam mit dem Bergischen
Löwen ein Flussschiff über den Rhein.

Joseph Zacharias Bertoldi zählte zu den ersten Bürgern der
kleinen Stadt am Rhein. Der junge Kaufmann hatte seinen
Reichtum durch umtriebiges Handeln in den verschiedensten
Geschäftsfeldern erworben. Er war Pächter des bergischen
Zolls sowie der Rheinfähre. Neben einer Seidenfabrik betrieb
er einen großen Weinhandel. Der kleine und wohlgenährte
Hofkammerrat galt als launisch, prahlerisch und vergnügungs-
süchtig. Die Einladung zum »kleinen« Souper, die Venray am
Morgen erhalten hatte, entpuppte sich als festliches Galaessen.
Die gesamte Gesellschaftselite Rheinmülheims war geladen.

Die Gesellschaft saß an einer reich gedeckten Tafel im Spei-
sesaal des Pohlschen Hauses. Der Saal lag im ersten Stock.
Bei Tag und gutem Wetter konnte man von den Fenstern aus
einen imposanten Panoramablick über den Rhein genießen.

Das Pohlsche Haus war einzig für festliche Aktivitäten wie diese errichtet worden. Es stand neben der St.-Clemens-Kirche unmittelbar am Rheinufer. Bertoldi bewohnte ein anderes Stadthaus, das nicht weit entfernt auf der Buchheimer Straße lag. Außerdem gehörte ihm die außerhalb der Stadt gelegene Isenburg, ein ehemaliges Rittergestüt.

Bevor das Essen serviert wurde, beehrte Bertoldi seine Gäste mit einer Konzerteinlage, die ihm viel Lob einbrachte, schon bevor sie beendet war. Dazu hatten sich die Gäste von der Tafel erhoben und sitzend oder stehend um die Musiker gruppiert.

Mit hochrotem Kopf versuchte Venray, sich auf das Konzert zu konzentrieren. Diese hohen Zimmertemperaturen war er gar nicht mehr gewohnt. Niemand heizte viel, da alle sparsam mit ihren Brennmaterialien umgingen. In der Regel konnten Zimmer nicht dauerhaft über zwölf Grad Reaumur beheizt werden. Dafür war es draußen viel zu kalt. Erst heute hatte Venray im Hof des »Goldenen Wagens« eine Temperatur von minus vierzehn Grad Reaumur gemessen und sich mehrere Schichten Kleidung übergeworfen.

Am liebsten hätte er ein Fenster weit aufgerissen. Die Luft war abgestanden und stickig. Aber das wäre natürlich ein Affront gegen seinen Gastgeber gewesen, der sich so große Mühe gab, es seinen Gästen warm und behaglich zu gestalten. Hätte Venray einen der schweren Vorhänge beiseitegezogen, hätte er direkt auf den Eiswall blicken können.

Die Besetzung des kleinen Orchesters bestand aus Damen und Herren der hiesigen Gesellschaft. Es waren keine Berufsmusiker. Es wurden Auszüge aus Christoph Willibald Glucks Oper »Alceste« vorgetragen. Die Sängerin Louise Andreae, die siebzehnjährige Tochter des Seidenfabrikanten Christoph Andreae, war bildhübsch und eine ihrer Jugend entsprechend lebhafte Erscheinung, aber ihrer dünnen Gesangsstimme fehlte es an Farbe und Kraft.

Glucks berühmte Oper zählte seit vielen Jahren zum Repertoire sämtlicher Opernhäuser in ganz Europa. In Venrays Zeitungen und Gazetten tauchten immer wieder die Kritiken unterschiedlicher Inszenierungen auf. Auch private Ensembles spielten die eingängigen Melodien nach. Wer was auf sich hielt, spielte Gluck! Die Oper ging auf die griechische Sage um Alkestis zurück. Die Götter versprechen dem im Sterben liegenden thessalischen König Admetos, ihn zu verschonen, wenn sich jemand anderes für ihn opfert. Seine Gemahlin Alkestis geht für ihn in den Tod. Doch der Halbgott Herakles nimmt sich der gefahrenvollen Aufgabe an und errettet die Königin aus der Unterwelt, damit beide – König und Königin – am Ende wieder glücklich vereint weiterleben können.

»Alceste« war die Lieblingsoper seiner Frau gewesen. Venray kannte die italienische Fassung, denn die französische, die hier gespielt wurde, kam erst zur Uraufführung, als seine Frau längst verstorben war. Kein Herakles hätte ihr helfen können. Heute wurden die lieblichen Klänge für ihn zur Qual, eine Zerreißprobe für seine Nerven. Ausgerechnet Gluck musste gespielt werden!

Immer wieder sah er Bilder seiner Jugend vor seinem geistigen Auge auftauchen. Da ihn die Musik und die Erinnerungen zunehmend quälten, zog er sich in einen Winkel des Saals zurück, wo er sich mit seiner Trauer unbeobachteter fühlte. Am liebsten hätte er sich ganz entfernt, aber das wäre sicherlich aufgefallen und als unhöflich empfunden worden.

Das Weihnachtsfest hatte Venray auf seinem Landgut verbringen wollen, aber da ihn auch diese Tage stets mit Erinnerungen quälten, war er nicht böse darum gewesen, dass ihm der schwere Winter wieder einmal einen Strich durch die Rechnung gemacht und seine Reisepläne verhindert hatte.

Noch bevor die letzten Noten ganz verklungen waren, setzte der Applaus ein und wollte nicht enden. Ein Konzert, Ball oder ein anderes gesellschaftliches Ereignis war momentan eine Seltenheit. Sämtliche Theater und Konzerthäuser hatten ihren Spielbetrieb eingestellt – wobei es weder in Cöln noch in Mülheim feste Schauspielhäuser gab, während sich andere Städte bereits solche Häuser leisteten. Und die Spielstätten, in denen Ensembles gastierten, waren schlicht nicht zu beheizen. Darüber hinaus gab niemand mehr Geld für Theater und andere Freuden aus. Man wartete auf bessere Zeiten, die hoffentlich im Frühjahr einsetzen würden. Alle lechzten nach ein bisschen Gesellschaft und kultivierter Unterhaltung. Nur die Karnevalssession machte da eine Ausnahme.

Venray schloss sich den vereinzelten Bravorufen an. Die junge Andreae-Tochter verneigte sich wie eine richtige Opernsängerin mit gekonntem Knicks. Sie hob ihren Reifrock, beugte sich leicht vor und zeigte dabei an Bein und Brust weit mehr nackte Haut als gemeinhin üblich. Aber angesichts ihres kleinen Bühnenerfolgs verzieh man ihr die Frivolität.

Mehrere livrierte Diener geleiteten daraufhin die Gesellschaft zurück zu ihren jeweiligen Plätzen an der Tafel. Venray erhielt einen Ehrenplatz. Das erkannte er daran, dass um sein Gedeck Lorbeerzweige drapiert waren. Bevor der Diener ihm den Stuhl unterschob, verneigte er sich formell in Richtung seines Gastgebers. Bertoldi seinerseits dankte zurück.

Bertoldis ältester Sohn übernahm die Funktion des Ausrufers und stellte Venray mit vollem Namen, Titel und Amtsfunktion vor. Im Gegenzug wurde er mit den wichtigsten anderen Gästen – längst nicht allen – bekannt gemacht. Es herrschte eine strenge Rangfolge. Neben Bertoldi und seiner Gattin saß Oberst Johann-Heinrich von Zuccalmaglio, zu dessen Rechter Venray saß. Der Oberst war der einzige Anwesende, der Bier aus einem Bartmannskrug serviert bekam. Er war als Befehlshaber des bergischen Sicherheitscorps quasi direkt dem Amtmann Venray unterstellt. Im gleichen Alter wie Venray, focht er bereits im Siebenjährigen Krieg im Regiment seines Vaters. Der Oberst galt als gesellig, er hatte elf Kinder, und ihn verband eine Freundschaft mit Bertoldi. Er war das oberste Sicherheitsorgan in Mülheim und Soldat durch und durch.

Der Bürgermeister war nicht geladen, was vermutlich daran lag, dass Bertoldi Bestrebungen nachgesagt wurden, dieses Amt selbst zu übernehmen.

Getrunken wurde roter Rheinwein aus Römerkelchen. Der leuchtete im Kerzenlicht und Widerschein des grünlichen

Glases. Allerdings war er – wie sollte es anders sein – zu kalt serviert worden. Man konnte ihn kaum trinken. Doch Venray prostete dem Französischlehrer Johann Wilhelm Berger zu, der links von ihm Platz nahm. Berger war jung, leidenschaftlich und ein Aufklärer. Venray mochte ihn gut leiden, ließ sich seine Sympathie für ihn aber nicht anmerken. Als Vertreter des Fürsten hätte eine Parteinahme als unschicklich ausgelegt werden können.

»Meinen Männern wird langsam langweilig«, posaunte der Oberst neben Venray ohne jeglichen Zusammenhang.

»Mein lieber Oberst«, hob Venray an und erzählte von den Vorfällen im oberbergischen Weiler. »Dort hätten wir Eure Männer gut gebrauchen können.«

Venrays sachliche, aber präzise Schilderung der Gräuel, die sich dort zugetragen hatten, trübte die Stimmung der Gesellschaft. Und der Oberst nahm Venrays Kommentar als schwere Rüge auf und lief hochrot an, sagte jedoch nichts.

Dann kam das Essen.

Die Schwarzwurzeln schmeckten bitter und ließen sich kaum beißen. Der dazugehörigen Soße fehlte das Mehl, wahrscheinlich weil der Koch es rationiert hatte. Das Fleisch war noch zäher als das Gemüse. Venray kaute an jedem Bissen eine halbe Ewigkeit herum. Dem Festessen fehlte jegliche Delikatesse. Einen Vorwurf konnte man niemandem machen, es war einfach ein Resultat der schwindenden Vorräte.

Doch das Fleisch schmeckte auch ungewöhnlich. Venray kannte viele verschiedene Fleischsorten, darunter sämtliche Wildtiere, und zwar auch aus fernen Landen. Aber dieser Geschmack war ihm unbekannt. Immerhin, das zähe Fleisch und das fade Gericht beschäftigten die Gesellschaft so sehr, dass die Konversation vernachlässigt wurde. Alle waren mit Kauen beschäftigt. Und Venray bemerkte niemanden, der die Mühsal nicht auf sich nahm. Die Gäste aßen mit großem Appetit, sie waren hungrig, geradezu ausgehungert. Da nahm man ein bisschen zähes Fleisch gern in Kauf.

Oberst Zuccalmaglio blieb für den Rest des Abends einsilbig. Gesellschaftsgespräche, überhaupt gesellschaftliche Pflichtveranstaltungen wie diese hier langweilten auch Venray ohnehin schnell. Allerdings, und das musste er sich nun eingestehen, war es eine Ewigkeit her, mindestens zwei oder drei Monate, dass er überhaupt in Gesellschaft war und im großen Rahmen speiste. Mit diesem Gedanken gelang es ihm, das Diner zu genießen. Auch wenn das Abendessen weit von der verschwenderischen Üppigkeit eines Galadiners vor dem »großen Winter«, wie er hier genannt wurde, entfernt war, so zeugte es doch von dem üblichen Überfluss, in dem die Kauf- und Handelsleute, Fabrikanten, Handwerksmeister und die wenigen Bankiers gewöhnlich lebten.

Nachdem der Hauptgang seinem Ende zuging, wurden die Tischgespräche wieder vereinzelt aufgenommen. Auch hier überwog das allgemeine Gesprächsthema, der »große Winter« und seine Folgen für den Handel. Die Klagen waren laut. Die Not war bei manchem jedoch sicherlich herbeigeredet, denn sehr viele Händler mussten auch in normalen Wintern mit Einschränkungen oder sogar einem Produktionsstillstand rechnen, die aber gewöhnlich in den Kreislauf einkalkuliert waren. Ähnlich wie bei den Bauern, die im Sommer einfuhren, was im Winter verbraucht wurde, und nur das verspeisen konnten, was sie sommers geerntet hatten. Die Ernte im letzten Herbst war besonders schlecht ausgefallen, weil sich bereits im Sommer der Himmel verdunkelt hatte. Keiner wusste, warum.

Venray musste an den Artikel des Naturforschers Franklin denken, der behauptet hatte, ein Vulkanausbruch auf Island sei verantwortlich für die veränderte Wetterlage. Er wollte nicht als Prahlhans dastehen, deshalb behielt er es für sich.

Als nun jemand den Mut oder vielleicht auch die Torheit aufbrachte, Gastgeber Bertoldi und seine Gemahlin auf das Fleisch anzusprechen und von welchem Tier es denn stamme, setzte ein peinlicher Moment ein. Auch Bertoldi hätte das Thema lieber ausgeklammert. Seine Frau versuchte sich in einer vorsichtigen Erklärung, indem sie behauptete, Seinem Hochwohlgeboren Freiherrn Venray hätten sie diesen Braten zu verdanken.

Venray, der mit der ausgetretenen Schuhsohle in seinem Mund beschäftigt war, begriff anfänglich nicht, was die Dame des Hauses damit meinte. Als ihm dann schlagartig klar wurde, dass er auf dem armen Gaul herumkaute, der ihm gestorben war, verging ihm gänzlich der Appetit. Er war pragmatisch genug, zu wissen, dass es vernünftig war, das Fleisch des gestorbenen Tieres zu verwenden. Auch galt Pferd als Delikatesse. Im Urwald Indonesiens, wo er als schiffbrüchiger Offizier einer Handelsfregatte gelandet war, standen gebratene Insekten auf dem Speiseplan und nach Scharmützeln mit verfeindeten Stämmen besiegte Gegner … Venray selbst hatte die »Zubereitung« mehrfach mitansehen müssen. Zimperlich zu sein war wenig angebracht. Auch weil ihm mittlerweile klar geworden war, dass sein gestorbenes Pferd das einzige Fleisch weit und breit sein musste.

Er lächelte in die Runde, etwas gequält, dann dankte er seinem Gastgeber und besonders dessen Frau für die Einladung und die besonders umsichtige wie notwendige Verwertung eines seiner verendeten Reittiere.

Anschließend leerte Venray seinen Römer mit rotem Rheinwein, der inzwischen etwas aufgewärmt war, in einem Zug. Er biss in eine Zwiebel, aß eine dicke Scheibe Weißbrot, das auch nur zum Teil mit Weizenmehl gebacken war, und spülte alles nochmals mit einem weiteren Glas Wein hinunter. Nun fiel es nicht mehr so sehr auf, dass er den Hauptgang auf seinem Teller nicht mehr anrührte und stattdessen lieber seine Pfeife stopfte.

Um ihn herum wurde das lebhafte Gespräch zur Diskussion.

»Es müssen endlich Maßnahmen ergriffen werden, die uns aus der Untätigkeit bringen. Dieser ganze unsägliche Winter, das muss endlich mal vorbei sein«, meinte ein Tabakhändler, der am anderen Ende der Tafel saß.

»So kann es doch nicht weitergehen«, fiel ein anderer ein. »Die Geschäfte müssen wieder öffnen.«

Neben Venray begann der Lehrer Berger zu lachen. Er entgegnete dem Händler: »Welche Maßnahme wollt Ihr er-

greifen, um den Winter, also den Lauf der Welt, zu ändern?«
Seine Worte trieften vor Spott. »Die Kaufleute haben mit die
größte Macht. Und so dreht sich immer alles nur ums Geld-
verdienen. Wie die Kinder leiden, weil in eiskalten Räumen
kein Unterricht stattfinden kann, von der Bildung allgemein
spricht wieder mal keiner.«

»Auch wenn mir Euer Tonfall nicht gefällt«, mischte sich
der Seidenfabrikant Andreae ein. »Der Natur lässt sich kaum
befehlen, Frühjahr zu werden. Was aber sehr wohl zutrifft, ist,
dass dringend Maßnahmen ergriffen werden müssen, die den
Handel ankurbeln, sobald dieser schreckliche Winter beendet
ist. Und diese Maßnahmen müssen geplant werden, bevor der
Winter zu Ende geht. Ansonsten laufen wir Gefahr, wertvolle
Produktionszeit zu verlieren.«

Berger schüttelte enttäuscht den Kopf. Venray war nicht
entgangen, dass der Fabrikant in seiner Rede mit keinem Wort
auf die Einwände des Lehrers eingegangen war. Viele der anwesenden Kaufleute dagegen klopften zustimmend auf den Tisch,
riefen »Bravo!« oder »Hört, hört!«. Andreae, so viel verstand
Venray, hatte viel Einfluss. Seine Stimme hatte großes Gewicht.

Kommerzienrat Christoph Andreae war ein rastloser Fabrikant aus protestantischer Kaufmannsfamilie. Er hatte die
Samt-und-Seiden-Manufaktur seines Vaters groß gemacht und
war zu beachtlichem Reichtum gelangt. Er hatte dem Herzog
das Privileg abgerungen, als Einziger in Berg eine solche Fabrik
errichten zu dürfen. Für ihn arbeiteten fünfhundert Männer,
Frauen und Kinder. Mit Andreaes unternehmerischem Geschick konnte es keiner aufnehmen. Gegen Konkurrenten ging
er rigoros vor. Er galt als sittenstreng und enthaltsam. Ener-
gischer Fleiß und Anstrengung kennzeichneten sein kantiges
Gesicht, in dem eine viel zu große Nase vorherrschte. Aufgrund
seines Glaubens war sein Vater aus Cöln vertrieben worden,
was Andreae der dortigen Obrigkeit immer noch übel nahm.

Im Grunde waren Andreae und Bertoldi Konkurrenten;
Venray vermutete, dass die beiden Fabrikanten eine geheime
Übereinkunft getroffen hatten, die beiden Vorteile sicherte.

»Die Manufakturen müssen endlich zu Fabriken ausgebaut werden«, erklärte Andreae. »Ähnlich wie in England. Die neue Dampfmaschine ermöglicht eine Produktionssteigerung um ein Vielfaches. Und was ist hier in unseren Landen? Meine Arbeiter müssen immer noch am Webstuhl sitzen.«

»Solange die Arbeiter davon ebenso profitieren wie –« Berger wurde unterbrochen.

»Ach, Ihr müsst immer mit der Not der Arbeiter kommen!«

Bertoldi sah wohl, dass Venray in Gedanken war, und versuchte, ihn ins Gespräch einzubinden. »Was denkt Seine Durchlaucht, der Kurfürst, über solche Neuerungen?«

»Seine Durchlaucht Carl Theodor weilt in Mannheim. Es steht mir nicht zu, zu kommentieren, was er denken könnte«, entgegnete Venray sachlich.

»Ihr habt in den letzten Jahren etliche Erlasse zur allgemeinen Wohlfahrt und guten Policey herausgegeben. Das wird doch wohl in Abstimmung mit dem Fürsten erfolgt sein«, hakte Bertoldi nach.

Venray schwieg. Er konnte es ganz und gar nicht leiden, wenn man ihn bedrängte.

Ein Handwerksmeister meldete sich nun zu Wort: »Für alles wurden policeyliche Maßnahmen und Verordnungen erlassen. Medicinalpolicey, sogar Schul- und Baupolicey. Ist es nicht irgendwann mal genug? Mit der neuen Baupolicey wurde meine Arbeit erheblich eingeschränkt.«

Wie überall, so waren auch im Baugewerbe Bestechung und Misswirtschaft an der Tagesordnung. Gelder verschwanden in irgendwelchen Kanälen auf Nimmerwiedersehen. Venray konnte sich lebhaft vorstellen, worin die Einschränkungen bestanden. Der Meister musste nun nämlich durch genaue Buchführung Rechenschaft darüber ablegen, welche Gelder für welchen Zweck ausgegeben wurden. Bei öffentlichen Bauten waren die Fälle von Betrug dadurch erheblich gesunken. Venray rauchte ruhig weiter.

»Was unternimmt denn der Fürst gegen diesen Winter?«, wollte der Handwerksmeister wissen.

Nun hatte er doch genug. Venray nahm die Pfeife aus dem Mund und sagte: »Ich bin überzeugt, die Ohren Seiner Durchlaucht im fernen Mannheim klingeln wie Weihnachtsglocken, so häufig wurde sein Name hier verwendet. Was unternimmt der Fürst, fragen Sie?« Venray paffte ein paarmal, bevor er fortfuhr: »Ich habe im Dezember einen Plan gezeichnet, erstellt, errechnet und an den anwesenden Baumeister«, was der angesprochene Hofbaumeister Kees über die Tafel hinweg mit einem Nicken bestätigte, »zur Ausführung gesandt, und zwar bestand das Vorhaben darin, einen Deich zu errichten, der Mülheim im Südosten vor der zu erwartenden Frühjahrsflut schützen soll. Nun bin ich, weil ich in der Nähe weilte, hier vor Ort. Und was muss ich erleben? Wo ist denn der Deich, den Kurfürst Carl Theodor in Auftrag gegeben hat, um – und damit komme ich auf Eure Frage zurück – seine Besitzungen zu schützen?«

»Wir sprechen hier nicht nur über seinen Besitz, sondern auch den seiner Untertanen«, protestierte jemand. Die Mülheimer waren stolz und ließen sich nicht so schnell kleinreden.

»Und beides wird sträflich vernachlässigt«, sagte Venray. »Verehrter Herr Geheimrat«, wandte er sich in ruhigem Ton an den Fabrikanten Andreae, »ich war vor wenigen Jahren selbst in England und durfte mitansehen, was der Fortschritt durch die Dampfmaschine, den Ihr so propagiert, den Arbeitern gebracht hat – noch mehr Hunger und noch mehr Elend!«

»Hört, hört«, meinte der Lehrer neben ihm, aber niemand stimmte ihm zu.

»Was soll dieser Mumpitz?«, donnerte Andreae erbost.

Venray fühlte sich überrumpelt. Wie sprang dieser Fabrikant denn mit ihm um? Aber bevor er antworten konnte, kam ihm jemand zuvor.

»Gleichheit«, rief eine weibliche Stimme laut und kräftig. »Gerechtigkeit!«

Die Worte stammten nicht von einer Person, die am Tisch saß, also drehten und reckten sich die Köpfe der Gesellschaft Richtung Tür, von wo der Einspruch erfolgt war.

Dort stand, aufrecht und stolz, die Apothekerin Anna-Maria Scheidt. Sie musste wohl schon seit einiger Zeit dem Gespräch zugehört haben. Ihre Worte klangen wie Befehle. Aber niemand erwiderte etwas darauf. Ihre Anwesenheit wurde mit empörtem Getuschel kommentiert.

Venray bemerkte, mit welch würdevoller Gelassenheit sie die strafenden Blicke an sich abprallen ließ. Sie trug wieder Schwarz. Ihre Haube, ebenfalls aus schwarz gemustertem Stoff, erinnerte Venray eher an eine Art Helm, wie er ihn auf Reisen an einer griechischen Statue gesehen hatte. Anna-Marias blasses Gesicht stach hervor. In ihrem Blick lagen Leidenschaft, Trauer und Unnachgiebigkeit. Venray war sofort fasziniert.

Bertoldis Frau flüsterte ihrem Mann etwas zu, daraufhin winkte er einen Diener herbei und sprach sie an: »Was sucht Ihr denn hier?«

»Gleichheit«, wiederholte Anna-Maria stolz.

Der Diener nahm die Befehle seines Herrn entgegen und setzte sich in Richtung Anna-Maria in Bewegung.

Venray schritt ein. Er hob gebieterisch eine Hand, die augenblicklich Bertoldi und vor allem dessen Diener stoppte. Dann stand er auf und verkündete: »Meine Herrschaften, bitte entschuldigt mich. Die Pflicht ruft.«

Damit ging er zur Apothekerin und bedeutete ihr mit einer höflichen Geste, ihm in den Vorraum zu folgen.

»Ich hoffe doch, dass ich mich nicht irre«, begann er, »und Ihr meinetwegen hier seid.«

Zu gern hätte Venray erfahren, was ihr Auftritt zu bedeuten hatte, aber er wurde enttäuscht. Anna-Maria schüttelte heftig den Kopf. »Ich bin nicht wegen Euch hier, sondern wegen der Wolfsleiche, wie Ihr den Toten nennt.«

Venray schloss enerviert die Augen. »Vielen Dank für Euren spitzfindigen Beitrag, aber somit wolltet Ihr doch zu mir, oder etwa nicht?«

Sie nickte einsichtig.

»Und«, brach es aus Venray hervor, nachdem Anna-Maria sich in Schweigen hüllte, »was wollt Ihr?«

»Nicht hier«, antwortete sie schlicht, »kommt mit. Ich muss Euch etwas zeigen.«

Venray blickte kurz zurück in den Saal.

»Kann es bis morgen warten?«

»Meiner Ansicht nach nicht.«

»Geht voraus«, befahl er.

Er folgte ihr durch die Nacht. Sie entfernten sich vom Rhein und liefen ins Stadtzentrum. Erneut hatte Schneetreiben eingesetzt. Ein steifer Wind trieb die Flocken durch menschenleere Gassen. Es war stockdunkel, und Venray war froh, dass er sich eine Fackel mitgenommen hatte.

Sie führte ihn bis zur Apotheke. Im Haus durchquerten sie den in völliger Dunkelheit liegenden Verkaufsraum. Dann öffnete Anna-Maria eine Tür zu einem Raum im hinteren Teil des Hauses. Ein Feuer brannte im offenen Kamin. Auf einem erhöhten Arbeitstisch in der Mitte des Raums befand sich, abgedeckt unter einem weißen Laken, der Körper, den Anna-Maria untersuchen sollte. Allerhand medizinische und wissenschaftliche Apparaturen lagen auf Tischen oder waren in Regalen verstaut. Es war wie in einem Laboratorium. Viele der Gerätschaften hatte Venray noch nie zuvor gesehen, schon gar nicht in einer Apotheke, die ansonsten nichts anderes als Arzneimittel wie Salben, Pillen, Tees oder Tinkturen anrührte.

Venray nahm einen Glaskolben auf und fragte sich, wer zu welchem Zwecke hier naturwissenschaftliche Experimente durchführte. Das Glas war mit einer feinen Staubschicht überzogen. Venray schloss daraus, dass es schon länger nicht benutzt worden war. Überhaupt sah das Labor so aus, als hätten hier schon seit Wochen keine Arbeiten mehr stattgefunden. Die Gründe dafür wollte Venray aber aus Taktgefühl nicht ansprechen. »Wozu dienen all diese Dinge?«, fragte er.

Anna-Maria wusch sich die Hände und tat so, als hätte sie die Frage nicht gehört.

Venray trat näher, zeigte auf den Glaskolben und hakte nach: »Welche Art Experimente hat Euer Gatte hiermit durchgeführt?«

Sie ignorierte seine Frage weiterhin.

»Mein ›Gatte‹«, höhnte sie schließlich. »Friedrich hätte sich mit dem Glas da nur dann beschäftigt, wenn es Branntwein enthalten hätte«, erwiderte sie und schlug mit einer vehementen Bewegung das weiße Laken beiseite. »Können wir uns auf die wesentlichen Dinge konzentrieren?«

»Ihr habt den Leichnam entkleidet«, stellte Venray fest, als er auf das blickte, was das Tuch bis vor wenigen Sekunden verborgen hatte.

»Wie hätte ich ihn sonst untersuchen können?«, entgegnete Anna-Maria brüskiert.

Die Entstellungen im Gesicht und am Oberkörper waren größer, als er beim ersten Anblick gedacht hatte. Das Gesicht war teilweise vom Schnee bedeckt gewesen. Nun lag das, was man kaum noch als Gesicht bezeichnen konnte, im flackernden Schein des Feuers unverhüllt vor ihm. Es schüttelte ihn, und er wandte sich ab.

»Verzeihen Sie, ich hätte Euch diesen Anblick nicht zumuten dürfen«, sagte er.

»Ich habe schon Schlimmeres gesehen«, erwiderte sie. »Mein Vater war Wundarzt beim Regiment. Er hat mich oft mitgenommen.«

Venray hätte gar nicht sagen können, was ihn mehr verwunderte. Dass eine Frau schon Schlimmeres gesehen hatte, konnte sich ja noch erklären lassen. Bei einem Vater, der seine Tochter regelmäßig mit ins Feldlazarett genommen hatte, wurde das schon schwieriger.

»Wollt Ihr Euch vielleicht abwenden?«, meinte Anna-Maria mit hochgezogenen Augenbrauen, da sie sein Schweigen falsch interpretierte.

»Nein, nein. Bitte! Fangt an!«

Anna-Maria wandte ihre Aufmerksamkeit der vor ihr liegenden Leiche zu. »Ich habe Pater Christophs Körper entkleidet, um –«

»Moment«, unterbrach Venray, »seid Ihr also sicher, dass es sich um den Pater handelt?«

»Wie gesagt, ich kannte Pater Christoph gut und konnte ihn sofort zweifelsfrei erkennen«, antwortete Anna-Maria ruhig. »Darf ich nun fortfahren?«

Venray nickte.

»Die vollständige Entkleidung ist erfolgt, um den gesamten Körper nach weiteren Verletzungen, Wunden oder anderen Auffälligkeiten zu erkunden. Oder um diese auszuschließen. Ihr seht bitte die auffälligste Verwundung im Gesicht des Paters. Es handelt sich um Bisswunden, die Wölfe haben dem armen Mann die Haut vom Gesicht gefressen. Vermutlich weil das Fleisch an dieser Stelle noch nicht gänzlich gefroren war. Aber eigentlich ist die Haut dort dünn. Am Bauch konnten die Tiere in tiefere Schichten vordringen. Ebenso am Bein und am Rücken. Diese offensichtlichen Wunden stammen von Tieren, wahrscheinlich Wölfen.«

Venray hörte aufmerksam zu, plötzlich fiel ihm etwas ein. »Ich habe davon gelesen. Von dieser neuen Methode, die Todesursachen in ungeklärten Fällen zu ermitteln. Wie hieß dieser Würzburger Professor noch gleich?«

»Gutberlet«, erwiderte Anna-Maria. »Ja, ich wäre gerne hingefahren, um die Vorlesungen in Rechtsmedizin anzuhören. Leider bin ich eine Frau, und mein Mann hat mir das nicht erlaubt.«

»Ihr praktiziert das?«, fragte er ebenso aufgeregt wie verwundert.

Sie antwortete nicht darauf.

»Die Instrumente und all das Zeug hier, das gehörte gar nicht Eurem Mann. Es gehört Euch. Habe ich recht?«

Die Apothekerin schwieg. Sie blickte ihn fest an, aber Venray erkannte, dass dahinter auch Unsicherheit lag. Hätte sie das zugegeben, hätte er ihr schaden können. Sie übte einen Beruf aus, für den ihr Mann und nicht sie die Genehmigung hatte. Darüber hinaus war sie eine Frau. Nach der Auffassung vieler seiner Zeitgenossen gab es gar keinen Grund und erst recht keine Befähigung für Frauen, einen Beruf auszuüben, einem Studium nachzugehen oder Ähnlichem. Lesen und schreiben zu lernen war selbst in höheren Kreisen keine Selbstverständlichkeit. Sie vertraute ihm nicht.

»Können noch andere Ursachen gegeben sein?«, fragte er sachlich und überging ihr beharrliches Schweigen. Venray wollte ihr damit demonstrieren, dass er es respektierte; dass sie das auch so auffasste, konnte er nur hoffen.

»Neben den Bisswunden«, fuhr sie endlich fort, »gibt es keinerlei Anzeichen für andere Verletzungen, bis auf eine kleine Auffälligkeit im Oberkörper, die ich dem Amtmann gerne präsentieren würde. Deswegen habe ich Euch die Unannehmlichkeit verursacht und Euch des Vergnügens des Festessens beraubt.«

»Ach, das Vergnügen ist eher zweifelhafter Natur«, erwiderte Venray und entzündete sich eine Pfeife.

»Wollt Ihr bitte so freundlich sein und nicht in meinem Labor rauchen?«

Venray zeigte sich von ihrem Einwand wenig beeindruckt. »In *Eurem* Labor würde ich mir das nicht erlauben, aber es ist ja das Labor Eures werten Herrn Gatten, nicht wahr?«, erklärte er und war bemüht, ein triumphierendes Lächeln zu unterdrücken. Sie hatte es zugegeben! Ihr Labor!

»Na gut«, gestand sie zähneknirschend ein. Sie atmete den Pfeifenrauch ein und erklärte: »Wisst Ihr eigentlich, dass Knaster rauchen abhängig machen kann? Wie Opium rauchen.«

»Ach, das sind doch nur die oberbergischen Wiesenkräuter! Kommt zur Sache«, sagte er ganz in seiner alten Manier, schroff und bestimmend.

Anna-Maria holte einen brennenden Kienspan und beugte sich damit über den Oberkörper. »Schaut bitte hier, dieser kleine Schnitt verwundert mich. Woher kommt er? Wie tief geht er? Denn seht, er führt direkt ins Herz. Welche Stichwaffe könnte eine solche Wunde zufügen?«

Venray beugte sich ganz nah an den Schnitt. Länglich, schmal, kaum breiter als sein Finger, den er danebenhielt.

Dann richtete er sich entschlossen auf und zog sein Rapier. »Das ist eine typische Verwundung durch einen Dolchstoß«, erklärte er. »Das erkenne ich genau. Aber bitte überprüft es!«

Sie nahm die Klinge. »Ihr wisst sicherlich, dass ich die Klinge in die Wunde einführen müsste? Und dann gäbe es dennoch eine Ungenauigkeit, weil sicherlich nicht jede Klinge einer anderen haargenau gleicht.«

»Ihr entkleidet den Körper eines toten Paters, untersucht jeden Zentimeter einer entstellten Leiche, und nun scheut Ihr Euch, die Klinge in die Wunde einzuführen, um eindeutig herauszufinden, ob der Mann ermordet wurde?«

»Ich scheue mich nicht«, kommentierte sie trocken. »Es ist nicht möglich. Der Körper ist im Inneren noch gefroren. Aber ich denke, wir sind uns einig, dass der Pater nicht von Wölfen gerissen wurde, oder?«

»Besteht nicht auch die Möglichkeit«, überlegte Venray, »dass der Pater auf seinem nächtlichen Rückweg von Cöln von Wölfen überrascht und getötet wurde, aber die Wölfe wurden wiederum von einem Unbekannten überrascht, der dem armen Mann den Gnadenstoß versetzt hat?«

»Die Möglichkeit besteht, aber wieso sollte dieser Unbekannte nicht nachher beim Bürgermeisteramt den schrecklichen Vorfall gemeldet haben? Das ist meines Wissens nicht erfolgt, oder?«

Venray schüttelte den Kopf, auch ihm war nicht bekannt, dass eine Meldung gemacht worden war, aber er würde das überprüfen lassen.

»Wieso ist der Pater überhaupt nachts zurückgekehrt? Er wird vom Täter verfolgt, oder der lauert ihm auf, und mit diesem äußerst präzisen Stoß getötet. Erst Stunden später wird die Leiche von Wölfen aufgespürt. Doch da ist der Körper bereits gefroren. Das macht es selbst den kräftigen Gebissen der Wölfe schwer. Das kenne ich von anderen Wolfsleichen. Ist der Körper vollständig durchgefroren, lassen die Wölfe ihn unberührt liegen. Oder fressen ihn nur teilweise an, bis sie sich die Zähne ausbeißen. Ich hatte schon Leichen und Tierkadaver, in denen wir Wolfszähne gefunden haben.«

»Dann seid Ihr der gleichen Auffassung wie ich?«, fragte die Apothekerin vorsichtig. »Es handelt sich um ein Verbrechen.«

Venray nickte paffend, er war in Gedanken versunken.

»Ja, und was werdet Ihr deswegen unternehmen?«, hakte sie ungeduldig nach.

»Na, was schon?«, raunte Venray, dem es nicht gefiel, dass man ihn beim Nachdenken störte. »Ich muss einen Mörder finden!«

»Ich kann Euch behilflich sein.«

»Kommt gar nicht in Frage, Ihr habt genug getan.«

Die Situation hier vor Ort war schon schwierig genug. Dazu eine Apothekerwitwe, die heimlich Experimente anstellte, die Arbeit ihres Mannes verrichtete und Leichname nach neuesten Methoden untersuchte, das konnte in einen Skandal ausarten, der nicht unbedingt zu seinen Gunsten verlaufen würde.

***

Auf dem Rückweg zum festlichen Souper begann es zu schneien. Bevor Venray am Rheinufer das Pohlsche Haus betrat, betrachtete er die ungeheuren Eismassen, die sich vor ihm auftürmten. Die Stille und Dunkelheit, in der die Schneewolken im leichten Wind über den Eiswall tanzten, hatten etwas Idyllisches, Fröhliches. Etwas Verspieltes. In der Tat lockte der zehnjährige Junge in ihm zu abenteuerlichen Klettertouren auf den aufgetürmten Eisschollen.

Es war so ruhig und friedlich, dass Venray mit einem Mal unheimlich wurde. Er wollte sich gar nicht ausmalen, was passieren würde, wenn diese Eismassen durch die Frühjahrsschmelze in Bewegung gerieten. Vor allem: Wann würde das sein? Niemand konnte den Zeitpunkt für einen Temperaturanstieg vorhersehen. Und auch das hieß noch lange nicht, dass der Winter vorbei wäre.

Darüber hinaus trieben irgendwo dort draußen nicht nur Wölfe ihr Unwesen, sondern auch ein Mörder, der skrupellos einen Geistlichen erstochen hatte. Geistliche galten als unantastbar. Verging ein Verbrecher sich an einem Kirchenmann, setzte er sein Seelenheil aufs Spiel. Er verunreinigte seine unsterbliche Seele, was bedeutete, dass der Verbrecher nach seinem Tod nicht in den Himmel auffuhr, sondern in die Hölle hinab. Ohne Zweifel, die Zeiten waren so düster, dass selbst das kein Hinderungsgrund mehr zu sein schien. Es wurde Zeit, zu handeln. Venray wandte sich ab und betrat das Haus.

»Die gesamte Herrschaft wie auch der Familiensitz zerfällt, wurde mir berichtet – seit dem Tod seiner Familie. Auf Reisen hat er sich die Hörner abgestoßen, und nun macht er gemeinsame Sache mit dieser Scheidt!«

Wer dies äußerte, konnte Venray nicht sagen. Die Stimme war ihm unbekannt, allerdings war unverkennbar, dass über ihn gesprochen wurde.

»Eine sterbende Spezies«, warf jemand in den Raum.

»Wen meint Ihr?«

»Na, diese Adligen«, antwortete dieser Jemand.

»Ach, Berger«, wurde der Sprechende barsch angefahren, »seid doch ruhig! Ihr müsst Euch nicht ständig zum Moralapostel aufschwingen. Ihr seid auch nicht besser!«

Venray konnte die Stimme nicht zuordnen. Es hörte sich nach dem männlichen Bass des Obersts an. Er beschloss, genug gelauscht zu haben, und betrat gemessenen Schrittes den Raum. Sein Erscheinen wurde erst spät bemerkt, als er schon den halben Weg durch den Saal hinter sich gebracht hatte. Einer nach dem anderen verstummte, bis ein entsetztes Schweigen über der festlichen Tafel lag. Venray nahm Platz, und da ihm der Appetit vergangen war, nahm er lediglich einen großen Schluck Wein.

Über viele Dinge konnte er mit Gleichmut hinwegsehen. Die bloße Erwähnung seiner Familie jedoch provozierte seine Laune in unvorhersehbarer Weise.

»Euer Hochwohlgeboren«, durchbrach endlich die Dame des Hauses die Stille, »wollt Ihr uns nicht mit einem Tanz die Ehre bereiten?«

Die Frage ließ er im Raum stehen.

»Eine Gavotte vielleicht?«, hakte sie nach. In ihrer Stimme lag Nervosität.

»Die Tanzerei überlasse ich der Jugend, die sich noch die Hörner abstoßen muss«, verkündigte Venray laut.

Für die Anwesenden blieb offen, ob die Redewendung, die noch vor wenigen Augenblicken auf seine eigene Jugend angewendet wurde, purer Zufall oder Absicht war, um sie im Unklaren darüber zu lassen, wie viel er von ihrem Tratsch über ihn mitbekommen hatte.

Er trank Wein, entzündete seine Pfeife und blickte herausfordernd in die Runde.

Sein Zorn verrauchte ein wenig, als Louise Andreae, die Tochter des Fabrikanten und tapfere Sängerin, als Einzige seinem Blick standhielt. Ihre Augen drückten Scheu und Unsicherheit aus. Gleichzeitig wirkten sie so frech, unbekümmert und verführerisch. Mit der Selbstsicherheit der Jugend schienen sie ihm sagen zu wollen: Sieh her, das hast du verpasst! Kein Tanz, keine Louise!

Er hatte der jungen Frau einen Korb gegeben. Er forschte in seiner Seele, ob er das bedauerte, und stellte überrascht fest, dass seine Gedanken bei der Apothekerin landeten.

»Madame Bertoldi«, begann er in versöhnlicherem Ton, »so wie es scheint, werde ich noch längere Zeit in Mülheim weilen. Es ergibt sich sicherlich noch eine andere Gelegenheit.«

Die Hausdame lächelte erleichtert zurück.

»Ich frage mich«, richtete sich Venray an die Gesellschaft, behielt aber die junge Louise im Blick, »warum gönnt sich eine prosperierende Stadt wie dieses schöne Rheinmülheim nicht ein Theater? Potenzial ist vorhanden.«

Der letzte Satz verfehlte seine Wirkung auf Louise nicht. Statt ihn zu strafen, lächelte sie wieder.

Ihr Vater wehrte mit heftigen Regungen ab. Offensichtlich ein Lieblingsthema von ihm. »Es reicht, wenn sich die Cölner mit dem Firlefanz herumschlagen. Theater, das ist doch nichts als finanzieller Ruin!«

»Papa!«, schalt Louise in aller Öffentlichkeit ihren Vater, was der ihr durchgehen ließ.

»Wenn im Mai noch immer Schnee auf den Feldern liegt,

so wie letztes Jahr«, erklärte ein Kaufmann, »werden wir das Wort ›Ruin‹ in nächster Zeit öfters hören.«

»Die späte Aussaat führt oft zu Missernten«, stimmte ihm der Tabakhändler zu, »und lähmt den Handel zudem. Alles hängt zusammen, und mit der Ökonomie geht es den Bach runter!«

Ökonomie! Eine lebhafte Diskussion entbrannte. Venray fiel auf, dass kein Thema so viel Anklang fand wie die Sorge um die Finanzen. Ob sich das auch für seine Absichten, was den Deichbau anging, verwenden ließ?

»Wenn der Handel wieder beginnen kann, werden wir viel Geld einsparen, wenn wir das Cölner Stapelrecht umgehen.«

Seit dem Mittelalter besaß Cöln das Recht, sämtliche über den Rhein verfrachtete Ware zu verzollen. Egal was, ob Hering oder Tabak, alles musste im Cölner Hafen ausgeladen, gestapelt und zum Kauf angeboten werden, um dann auf einem Cölner Schiff gegen entsprechenden Aufpreis weiterverschifft zu werden. In Mülheim wurde das Stapelrecht gebrochen, indem die aus Norden ankommende Ware weit vor Cöln ausgeladen, auf Wagen verfrachtet und rechtsrheinisch bis in den Süden gebracht wurde. Diese Schmuggelei, wie die Cölner es gern nannten, sorgte für anhaltenden Unmut zwischen den Städten.

»Von den Cölnern lass ich es mir nicht wieder nehmen! Das sind doch Beutelschneider!«

»Halunken.«

»Allesamt Diebe und Gauner!«

Der Tonfall wurde emotionaler. Venray sah seine Gelegenheit, in die Diskussion einzugreifen.

»Mülheim gilt«, begann er ruhig, »nein, ist! Mülheim ist *die* Handelsmacht am Rhein. Und im Fürstentum. Mal abgesehen davon, dass sie noch viel mehr könnte, wäre es ungeahnt leichtsinnig, diese Vorherrschaft durch was auch immer zu gefährden.« Er hatte die ganze Aufmerksamkeit der Anwesenden. »Worauf können wir uns verlassen?, frage ich Sie. Dass die Wirtschaft an diesem Ort funktioniert. Mit ebenso großer Sicherheit können wir uns darauf verlassen, dass beim nächsten Tauwetter die Flut kommt. Sie kommt jedes Jahr, nicht wahr?«

Der Oberst erklärte – und nicht jedermann gefiel, was er sagte –: »Schon zu Neujahr kann man in der Regel sein Bier im ›Goldenen Wagen‹ nicht trockenen Fußes einnehmen!«

Für ihn war es eine lustige Anekdote. Für andere am Tisch war klar, das Venray politische Verhandlungen führte.

Er reagierte auf den Einwurf des Obersts nicht, sondern genoss die zähneknirschende Stille, die sich augenblicklich ausbreitete, bevor er fortfuhr: »Nur wird es dieses Jahr sehr viel unangenehmer. Was wird dann aus der Handelsmacht, wenn die Flut alles zerstört hat?«

»Ein Deichbau ist teuer. Allein die Arbeitslöhne sind horrend«, erklärte ein Handwerksmeister, der sich bisher noch nicht zu Wort gemeldet hatte.

Venray ließ sich nicht anmerken, dass er mit der Antwort sehr zufrieden war. Er hatte sie da, wo er sie haben wollte. Sie waren auf die Verhandlung eingestiegen. »Das mag wohl sein«, erwiderte er, »betrachtet es als Investition. Und wie hoch wäre der Ausfall durch Flutschäden? Was ist Euch lieber?«

»Ob die Flut überhaupt so groß ausfällt, lässt sich nicht sagen. In Cöln wird auch kein Deich gebaut!«

»In Cöln wird lieber gebetet«, warf jemand ein.

»Davon habe ich auch gehört«, sagte Lehrer Berger. »Sie hoffen, mit Massengebeten die Flut abzulenken.«

Das sorgte für Heiterkeit.

»Egal, was man auch tut«, fuhr Venray fort, »ich möchte mir nicht vorstellen, wie es ist, sollte Cöln durch diese Flut weniger Schaden davontragen als Mülheim. Wer hätte dann im Wirtschaften die Nase vorn?«

Lange Zeit blieb es unangenehm ruhig im Festsaal. Venray konnte förmlich sehen, wie es den Kaufleuten und Händlern übel aufstieß, sollte er recht behalten.

»Ich stelle zweihundertfünfzig Arbeiter ab morgen früh zur Verfügung«, erklärte Andreae endlich.

Andere zogen mit. Venray nickte anerkennend, aber es

reichte noch nicht. Auch die letzten Zweifel mussten beseitigt werden.

»Die Flut wird kommen, und sie wird zerstören. Und anschließend werdet Ihr, um Flutschäden zu kompensieren, um Steuersenkungen beim Kurfürsten bitten.« Er gebot jemandem Einhalt. »Lasst mich ausreden. – Was meint Ihr, wie wird sich diese Bitte, diese unvermeidbare Bitte auf Seine Durchlaucht auswirken, wenn er erfahren sollte, dass sich seine Mülheimer Untertanen geweigert haben, seine Besitzungen seinen Wünschen gemäß zu schützen?«

Schweigen.

Warum musste man immer erst zum äußersten Mittel greifen? Warum konnte nicht einfach die Vernunft statt blanker Erpressung siegen?

»Pater Christoph«, wechselte er abrupt das Thema. »Ich benötige jemanden, der mich zum Kloster des Paters geleitet.«

Verunsicherung im Saal.

»Jetzt?«, fragte jemand ungläubig. »Pater Christoph ist der Provinzial der Redemptoristen. Sie besitzen ein Kloster nicht weit außerhalb der Stadt. Was wollt Ihr vom Pater?«

Die Redemptoristen waren eine erst vor wenigen Jahrzehnten in Italien gegründete katholische Ordensgemeinschaft, die noch nicht weit verbreitet war. Der Orden hatte es sich zum Ziel gesetzt, den Armen und Bedürftigen zu helfen.

»Warum nicht jetzt?«, entgegnete Venray und fragte weiter, obwohl er die Antwort bereits ahnte: »Welchem Bistum unterstehen die hiesigen Pfarreien?«

»Dem Cölner Erzbischof Maximilian Friedrich«, vernahm er. Der Sprecher klang zu Recht verwundert.

»Können diese Redemptoristen nicht evangelisch sein?« Dann nämlich wäre ihr oberster Kirchenfürst im Rheinland der Bischof von Düsseldorf gewesen und läge nun in Venrays Zuständigkeit. Ausgerechnet der geistliche Kirchenfürst eines verfeindeten Kurfürstentums, er hatte es geahnt! Venray stöhnte laut und fluchte.

Das Getuschel um ihn herum wuchs.

»Euer Hochwohlgeboren«, ergriff Bertoldi das Wort, »könntet Ihr uns bitte mitteilen, was Euch in Aufruhr versetzt?«

»In Mülheim«, versetzte Venray prompt und klang hart und entschlossen, »gibt es zwei äußerst wichtige Angelegenheiten, die keinerlei Aufschub oder Kompromiss dulden. Das eine ist der bereits besprochene Deichbau, das andere betrifft die ungeklärte Todesursache der von mir am Nachmittag gefundenen Wolfsleiche. Doch haben die Wölfe den Tod nicht herbeigeführt, wie soeben bei der medicinalpoliceylichen Untersuchung durch die Apothekerin Frau Scheidt festgestellt worden ist.«

»Wollt Ihr andeuten, bei der Leiche handelt es sich –«

»Um Pater Christoph«, unterbrach Venray den Hofkammerrat, »und nicht die Wölfe waren die Täter.«

»Was war es dann?«

»Mord.«

5

Das Wasser im Weihwasserbecken war gefroren. Ein Riss zog sich entlang des Beckens. Das Wasser musste in poröse Schichten vorgedrungen sein und hatte, zu Eis erstarrt, den Stein gesprengt. Das Becken würde komplett erneuert werden müssen. Sicherlich ein beachtlicher Schaden für die Mönche.

Venray nahm es wahr und fragte sich, wieso die Padres das Weihwasser nicht rechtzeitig abgelassen hatten. Als er sein Bedauern über den Schaden äußerte, bekam er von seinem Gegenüber – Pater Gerhart – zu hören, Weihwasser könne gar nicht gefrieren. Venray widersprach, indem er auf den realen Fakt verwies. Doch Pater Gerhart winkte energisch ab – wenn es so wäre, hätte das Wasser im Becken zu Eis erstarrt sein müssen, bevor es geweiht war.

Das war purer Aberglaube. Jede Diskussion vollkommen zwecklos. Selbst unter Folter würde der Pater nicht eingestehen, dass gefrorenes Wasser und nichts anderes für den Schaden verantwortlich war. Das gebot ihm sein Glaube, die Wahrheit wurde schlicht verleugnet. Wann würden Vernunft und Wissenschaft vor religiösem Humbug stehen? Das konnte einen zur Verzweiflung treiben. Venray schüttelte innerlich den Kopf. Seit einer guten Viertelstunde, nachdem er dem Gottesmann vom Tod seines Mitbruders berichtet hatte, hörte er nichts als diesen abergläubischen, gottesfürchtigen Sermon.

Sie standen in der Kirche der Ordensgemeinschaft der Redemptoristen. Bei dem Gotteshaus handelte es sich um ein erbärmliches Gebäude, weit außerhalb der Stadt, das nicht mal die Größe einer Kapelle aufwies. Die Redemptoristen waren ganz offensichtlich ein armer Orden. Fraglich, ob sie überhaupt die finanziellen Mittel besaßen, das Weihwasserbecken zu ersetzen.

»Werdet Ihr die Wölfe jagen?«, erkundigte sich Pater Gerhart. Er wirkte ausgesprochen mutlos. Der Mann war sicherlich noch ein paar Jahre jünger als er. Die Wangen waren von schmaler Kost eingefallen. Den Kopf ließ er im weißen Kragen seiner Kutte hängen.

»Ich habe angewiesen, dass die Stadtwache nachts bewaffnet patrouilliert und jeden Wolf erschießt, der sich der Stadt nähert.«

»Das wird nicht ausreichen.«

»Pater Gerhart, wie ich Euch schon versucht habe mitzuteilen, die Wölfe tragen nicht die Schuld am Tod Eures Mitbruders«, erwiderte Venray geduldig. »Pater Christoph starb durch einen gezielten Dolchstoß. Mitten ins Herz. Er ist ermordet worden.«

Der Pater blickte auf das Kreuz mit dem gemarterten Jesu daran, das in der kleinen Apsis der Kapelle hing. »Herr Jesu, beschütze uns«, flehte er und bekreuzigte sich inbrünstig. »Wer sollte so einen Frevel begehen?«

»Genau diese Frage beschäftigt mich. Er kam aus Cöln, saget Ihr. Hatte der Pater eventuell viel Geld bei sich? Könnte es sich um einen Raubmord handeln?«, erkundigte sich Venray.

»Wir sind Redemptoristen, wir leben in Armut und Demut. Geld haben wir nicht«, bekam er zu hören.

Venray blies sich warmen Atem in seine Hände. Priestermörder schmorten auf ewig im Höllenfeuer. Und das war auch die Strafe, die der Mörder von Pater Christoph zu erwarten hatte. Man musste schon besonders abgebrüht sein, um die Aussicht auf eine solche Strafe auf sich zu nehmen. In der Regel schreckte es ab.

Venray überlegte angestrengt, auf welche Weise er den Pater zum Reden bringen könnte, um etwas Aufschlussreiches über den Getöteten herauszufinden. »Was war Pater Christoph für ein Mensch?«, fragte er.

»Er war der Beste. Wer sollte so jemanden ermorden wollen?«

»Das will ich herausfinden.«

»Mein Sohn, was wollt Ihr dann von mir? Findet den Mörder, statt mich mit Fragen zu belästigen!«

Venray ließ sich nicht aus der Ruhe bringen. »Was wollte Pater Christoph in Cöln?«

»Wir sind eine sehr kleine Ordensgemeinschaft und die einzige Vertretung der Redemptoristen im Rheinland. Pater Christoph wollte um mehr Unterstützung beim Domküster bitten.«

»Das verstehe ich nicht. Ihr dürft doch Land und Pfründe erwerben.«

»Aber nur mit Zustimmung des Erzbischofs. Und der verweigert uns seit Jahren die Möglichkeit, unsere Gemeinschaft durch Zuteilung von Land und weiteren Pfründen erblühen zu lassen.«

»Was, glaubt Ihr, ist der Grund dafür?«, fragte Venray. Endlich hatte er den Pater ans Sprechen gebracht!

»Pater Christoph glaubte, Seine Exzellenz bestrafe den Orden für frühere Sünden.«

»Was kann denn der Orden für schlimme Sünden begangen haben?« Venray verstand tatsächlich nicht und wollte die Worte schon als weiteres religiöses Gefasel abtun. Doch was er zu hören bekam, versetzte ihn in erhöhte Aufmerksamkeit.

»Nicht der Orden«, erwiderte Bruder Gerhart und klang beinahe belustigt über Venrays Unwissenheit, »Pater Christoph! Bevor Pater Christoph Provinzial unseres Ordens wurde, war er Mitglied der Bruderschaft Jesu.«

»Der Bruderschaft Jesu«, wiederholte Venray ungläubig.

»Ich weiß nichts Genaues«, bekräftigte der Pater. »Mir gegenüber hat er das nie bekannt.«

»Denkt nach«, forderte Venray ihn auf, »wisst Ihr noch mehr?«

Pater Gerhart dachte länger nach, dann erklärte er: »Es war mal die Rede von einer Lehrtätigkeit am Cölner Gymnasium. Ich weiß nicht, ob das stimmt. Pater Christoph hatte sicher viele gute Seiten, als Lehrer sehe ich ihn nicht.«

Der Ermordete war angeblich Mitglied jener erzkonservativen Glaubensgemeinschaft gewesen, der aufgrund ihrer Umtriebe sogar eine Verschwörung gegen den spanischen König nachgesagt wurde, bis schließlich ein Verbot der Bruderschaft zu weitreichenden Veränderungen in der Kirche geführt hatte. Jesuiten waren bis dahin sehr mächtig gewesen. Ihre Vertreter saßen bis in die allerhöchsten Kirchenämter. Wenn Pater Christoph ein ehemaliger Jesuit gewesen war, konnte es hier viele offene Rechnungen geben, die sowohl sein Handeln angetrieben als auch viele alte Feinde bereitgehalten haben konnten. Dem musste Venray nachgehen. »Pater Christoph war Jesuit.«

Die bloße Feststellung und die offene Aussprache des verbannten Ordens ließen den Hochmut Pater Gerharts einknicken, als hätte Venray als Amtmann bereits ein Todesurteil gesprochen. »Nein, nein, so dürft Ihr das nicht sehen. Ich weiß doch gar nichts Bestimmtes«, jammerte der Pater. »Bruder Christoph hat für seine Sünden gebüßt.«

»Was denn für Sünden?«, hakte Venray energisch nach. »Wieso sprecht Ihr in der Mehrzahl?«

Pater Gerhart erkannte, dass er sich verplappert hatte, und lenkte das Thema in eine andere Richtung. »Es war bestimmt ein gottloser Landstreicher, der unseren armen Mitbruder ermordet hat.«

Venray reagierte nicht auf diese Behauptung. Landstreicher trugen kein Rapier bei sich! Dieser Gedanke allerdings brachte eine neue Einsicht: Der Täter musste hochgestellt genug sein, um eine Waffe wie ein Rapier zu tragen. »Welche Sünden?«

Der Pater schwieg.

Venray verlor die Geduld. »Herr Gott noch mal«, fluchte er, »soll ich Euch eigenhändig das Maul aufreißen?« Es half ja nichts, er brauchte Informationen.

Pater Gerhart blickte ihn schockiert an. So mit einem Gottesmann zu sprechen war nicht recht und entsprach selbst Venray nicht, der der Kirche kritisch gegenüberstand. Er verstieß gegen alle guten Sitten.

»Unser seliger Bruder war den Karten nicht abgeneigt.«

»Ist es möglich, dass er Spielschulden in Cöln gemacht hat?«

»Möglich, aber Genaues weiß ich nicht.«

Wenn er tatsächlich Spielschulden hatte, könnte das natürlich eine Erklärung dafür sein, warum der Erzbischof nicht wollte, dass der jetzige Orden höhere Einnahmen erzielte, die der Pater dann beim Glücksspiel verschleuderte.

»Wie viele Brüder hat der hiesige Konvent?«

»Vier. Wieso fragt Ihr?«

»Kann einer der anderen Brüder mir eventuell besser Auskunft erteilen?«

»Sie sind alle schockiert. Bruder Christoph war unser Hirte. Er hat alles bestimmt, wusste stets Rat und einen Ausweg. Jetzt stehen sie ohne ihn da.«

»Wer wird die Leitung nun übernehmen?«

»Es muss eine offizielle Wahl erfolgen, die auch vom Erzbischof unterstützt wird.«

»Das war nicht meine Frage.«

Bruder Gerhart holte tief Luft. »Ich bin der Cellerar. Bis ein neuer Provinzial gewählt wird, werde ich die Geschäfte und Geschicke des Klosters leiten.«

»Gibt es irgendjemanden, mit dem der Bruder im Streit lag?«

Der Priester dachte lange nach, dann sagte er: »Bruder Christoph hat sich für die Armenrechte eingesetzt. Er wollte, dass unser Orden die Leitung des Hospitals übernimmt und das Privileg erhält, auch ein eigenes zu errichten. Darüber gab es Auseinandersetzungen mit dem Hospitalmeister Winand Töns.«

Die Armenrechte waren eine einträgliche Pfründe, die niemand freiwillig hergab. »Wart Ihr deswegen gestern im Armenhaus?«

»Ich habe die Seelsorge der Armen übernommen. Sonst machte das Bruder Christoph.« Plötzlich schien ihm etwas einfallen zu wollen. »Unser seliger Bruder hat wohl öfters mit der Apothekerin gestritten.«

»Mit Anna-Maria Scheidt?«, fragte Venray.

Der Bruder nickte.

6

»Was wollte Hofkammerrat Bertoldi von Euch?«, fragte Venray, als er die Apotheke betrat und dem Davoneilenden hinterherblickte.

Die Apothekerin zerstieß mit einem Stößel Kräuter im Mörser. »Es ging – sagen wir – um eine delikate Arznei und um meine Apothekergenehmigung«, erwiderte sie nach einer langen Pause.

»Und ich habe so viele Verdachtsmomente, was den Mord an Pater Christoph betrifft«, wechselte Venray das Thema und spielte den Überforderten, »dass ich gar nicht weiß, wo ich anfangen soll.«

Anna-Maria blickte ihn skeptisch an. Das Zerstoßen der Kräuter unterbrach sie nicht. »Ihr müsst Euch gar nicht dümmer stellen, als Ihr seid«, erwiderte sie schnaubend. »Ich kann mir längst denken, was Ihr von mir wollt.«

Streng genommen hatte die Frau gerade einen Amtmann im Dienst beleidigt. Es waren schon Menschen für weniger im Gefängnis versauert. »Es ist nicht zu glauben. Man müsste Euch wegsperren«, fuhr er sie an, »um Euch vor Euch selbst zu schützen!« Von der Tatsache abgesehen, dass sie ihn tatsächlich ertappt hatte, wusste Venray nicht, wie er mit dieser Apothekerin umgehen sollte.

Anna-Maria blickte ihn herausfordernd an, als wolle sie sagen: Nur zu, dann sperrt mich doch weg. Einen Moment lang starrten sie einander kampfeslustig an, dann wichen sie, jeder für sich beschämt, den Augen des anderen aus.

»Ja, ich hatte mit dem Toten Streit«, gestand Anna-Maria nach einer Weile. »Das ist es doch, was Ihr bei Pater Gerhart erfahren habt, oder nicht?« Ohne auf Venrays Antwort zu warten, fuhr sie fort: »Ich habe Bruder Christoph mehrmals dabei erwischt, wie er einige Waisenjungen unsittlich berührt hat!«

Auch das noch! Es war zum Aus-der-Haut-Fahren. Venray massierte sich verärgert den Nasenrücken. Der Ermordete erfüllte jedes Vorurteil an Scheinheiligkeit und Doppelmoral, das die Kirche zu bieten hatte – Spielsucht, radikale Glaubensgesinnung und nun auch noch eine Vorliebe für Knaben, was im Volksmund gern als die »griechische Neigung« kaschiert wurde.

»Bruder Christoph war hoch angesehen«, erklärte Anna-Maria. »Er konnte sehr überzeugend sein und hielt gute Predigten. Er war auch tolerant gegenüber den anderen Religionen.«

»Wussten Sie, dass er ehemaliger Jesuit war?«

»Nein, das ist mir neu«, erwiderte Anna-Maria erschrocken. »Andererseits, wundern tut es mich auch nicht, irgendwas muss er ja gewesen sein, bevor er Redemptorist wurde. Diese Bruderschaft existiert noch nicht so lange.«

»Ich traue diesen Vom-Saulus-zum-Paulus-Geschichten nicht«, sagte Venray.

Anna-Maria stimmte zu. »Vermutlich habt Ihr recht. Die Redemptoristen wollen ein Orden für die Armen sein. Bruder Christoph hat sich um die Waisen gekümmert. Er hatte gute Verbindungen zu Kaufleuten und Händlern und hat einigen Kindern eine Anstellung verschafft. Diese Verbindungen stammen bestimmt aus seiner Zeit als Jesuit.«

»Unter dem Aspekt der unsittlichen Berührungen ist das natürlich ein Umstand, dem ich nachgehen muss«, bestätigte Venray.

»Was werdet Ihr unternehmen?«

»Nicht, dass ich Euch gegenüber verpflichtet wäre, das zu sagen«, erwiderte Venray säuerlich. »Ich werde nach Cöln reisen müssen, um den Domküster über den Mord zu unterrichten. Außerdem gehe ich einer weiteren Spur nach.«

Venray würde in der Vergangenheit des Bruders nachforschen müssen, um herauszufinden, ob er sich Feinde geschaffen hatte. Eine Feindschaft, die auch Jahrzehnte später noch bestand.

»Wäre es nicht besser, nach den Kindern zu suchen, die der Pater zuletzt vermittelt hat und die nun verschwunden sind?«

»Ich muss erst den offiziellen Weg beschreiten.«

»Ich habe große Bedenken, man könnte die Kinder beiseiteschaffen wollen«, erklärte sie.

Die Gefahr bestand in der Tat. »Sobald ich mit dem Domküster gesprochen habe, begebe ich mich auf die Suche nach den vermissten Kindern.«

Sie wich seinem Blick aus. Irgendetwas schien sie zu beschäftigen.

»Heutzutage bekommt eine Frau«, eröffnete sie sachlich, »bis zu zehn Kinder. Mehr Mädchen als Jungen. Zwei Drittel aller Kinder sterben, bevor sie das fünfte Lebensjahr überschritten haben. In der Regel kümmert das niemanden. Schon gar nicht bei Waisen. Selbst die Eltern können nicht alle Mäuler stopfen. Es ist so etwas wie ein Naturgesetz: Nicht alle überleben, egal ob sie geliebt wurden oder nicht. Und jetzt haben wir seit einigen Jahren besonders strenge Winter erlebt. Die Kindersterblichkeit ist hoch. Niemanden interessiert, was mit Bettlern, Mittellosen, Armen und Kindern passiert. Es ist einfach nicht …«

»Gerecht«, beendete Venray ihren Satz.

»Ich möchte doch nur herausfinden, was aus ihnen geworden ist.«

Daher wehte der Wind! Aber Venray spürte, dass das nur ein Teil der Wahrheit war. Irgendetwas schien Anna-Maria ihm zu verheimlichen. »Gut, aber nur weil das Opfer mit den Waisen zu tun hatte«, unternahm er einen Versuch, herauszufinden, was sie ihm verschweigen wollte, »besteht noch kein Zusammenhang zwischen den Waisen und seiner Ermordung.«

»Das weiß ich doch«, sagte sie viel zu schnell. »Trotzdem!« Sie wich seinem Blick erneut aus. Doch Anna-Maria musste sich zufriedengeben, auch wenn sie nicht einverstanden war.

»Ihr lenkt ab. Dabei hattet Ihr selber Streit mit dem Toten«, schlussfolgerte Venray.

»Wollt Ihr mir etwa unterstellen, ich könnte einen Geistlichen ermordet haben?«

Venray gebot ihr mit einem Handzeichen, sich zu beruhigen.

»Selbst wenn ich diese Möglichkeit in Betracht ziehen würde«, sagte er und klang überheblicher, als er beabsichtigte, »ich habe gestern Abend gesehen, wie Ihr den Dolch gehalten habt. Ihr mögt viele Fähigkeiten besitzen. Ein Fechter seid Ihr nicht. Einen solchen Stoß wie den, der Pater Christoph getötet hat, auszuführen erfordert Übung. Der Mörder muss ein Mann sein.«

»Ein voreilige Schlussfolgerung.«

»Unter Umständen. Aber es gibt nur wenige Frauen, die fechten können. Von Voreiligkeit zu sprechen ist wohl nicht angebracht.«

»Ich kann fechten«, widersprach Anna-Maria. »Mein Vater –«

Venray unterbrach sie. »Euer Vater! Derselbe Vater, der Euch mit ins Feldlazarett genommen hat?« Seine Worte trieften vor Spott.

»Was fällt Euch ein?«, protestierte sie. »Das ist wahr!«

»Mag sein«, antwortete Venray. Dieses Gespräch hatte eine völlig andere Wendung genommen. »Dennoch, Ihr verkauft mich gerne für dumm. Das ist nicht nötig. Ich weiß, Ihr bringt Euch diese Dinge selber bei.«

Anna-Maria legte den Stößel beiseite.

»Ihr seid eine sehr kluge Frau.« Venray schüttelte den Kopf, als würde er selbst nicht glauben, was er da gerade sagte. »Ihr habt von Bertoldi gesprochen und Eurer Arbeitserlaubnis. Wenn Ihr wünscht, kann ich Eure Interessen vertreten.«

Sie blickte ihn ungläubig an. Dann, nach längerem Schweigen, sagte sie: »Danke.«

»Gut, das wäre also geklärt«, fasste Venray zusammen. »Ich muss mich nun dringend um den Deich kümmern.« Er raffte sich auf, um sich zu verabschieden.

»Herr Amtmann«, hielt Anna-Maria ihn auf, »ich hätte noch eine andere Bitte an Euch.«

7

Venray studierte die Pläne, die um ihn herum ausgelegt waren. Der Wirt Ersterer hatte seinen Wünschen entsprochen und den Schankraum in ein beheiztes Kontor umgewandelt, da der Raum momentan eh nicht für Kundschaft genutzt wurde. Einen Betrag für die Nutzung hatten sie vereinbart.

Drei große Tische waren hufeisenförmig aneinandergerückt. Auf allen dreien lagen Pläne und andere Unterlagen. Im Moment begutachtete Venray nochmals den eigentlichen Bauplan des Deichs, der auf dem mittleren Tisch auslag. Er hatte seinen Rock ausgezogen und die Ärmel seines Hemdes hochgekrempelt. Er benötigte für die Planungsarbeit Bewegungsfreiheit. Gleichzeitig trug er gegen die Kälte eine Wollmütze auf dem Kopf. Drei mehrarmige Kerzenleuchter spendeten die Helligkeit, die er für seine Arbeit benötigte. Neben ihm stand Hofbaumeister Martin Kees. Im Zuge der Planungen hatte sich Kees als fähig erwiesen. Venray hatte Zutrauen zu ihm gefasst.

»Was meint Ihr, einen Klafter höher?«, fragte Venray, ohne vom Plan aufzublicken.

»Ihr seid der Ingenieur«, meinte Kees zögerlich.

»Und Ihr der Baumeister.«

Kees dankte nickend. »Je höher, desto besser, würde ich sagen. Wenn das Flutwasser nicht schnell genug über den Hauptarm des Rheins ablaufen kann – und es wäre nicht zum ersten Mal, dass das passiert –, dann läuft das Wasser über alte und stillgelegte Kanäle, Bäche und andere Zuflüsse des Stroms. Ihr wisst sicherlich, dass der Rhein sein Bett öfters verlagert hat. In diesem Fall wird die Flut von Westhoven über Land bis nach Mülheim schießen, die Stadt wird von hinten vollaufen. Das ist lebensgefährlich.«

Venray dachte nach, während Kees weiterhin erklärte: »Das hatte ich Euch im November geschrieben, und Ihr hattet einen entsprechenden Plan entworfen. Leider – und ich will niemand

Speziellen anschwärzen – finden es nicht alle sinnvoll, einen Deich für viel Geld zu bauen.«

»Wenn es keine Zustimmung gibt, werde ich im Notfall die Stadtgarde einspannen.«

»Das würdet Ihr tun?«

Venray holte tief Luft. »Gewalt anwenden, um die Leute zu beschützen. Ist das legitim?«

Kees entgegnete: »Euer Hochwohlgeboren, das ist keine Entscheidung, zu der mir ein Urteil zusteht.«

»Aber vor mir dürft Ihr eine eigene Meinung haben.«

Kees zögerte noch. Venray paffte an seiner Pfeife, ohne den Mann weiter bedrängen zu wollen. Seine Meinung zu äußern konnte einen teuer zu stehen kommen.

»Ihr habt verdammt recht. Manche Leute müssen zu ihrem Glück notfalls auch *gezwungen* werden.« Kees blickte auf den Plan. Seine Augen leuchteten. »Ich will entwickeln. Neues bauen. Verbessern«, brachte er leidenschaftlich hervor, ohne Venray anzublicken. »Es gibt bestimmte Kräfte, die interessieren Veränderungen nur dann, wenn sie monetäre Vorteile für die eigene Kasse bringen.«

»Was meint Ihr«, lenkte Venray auf ein anderes Thema, »ich habe daran gedacht, den Eiswall dokumentieren zu lassen. Kennt Ihr jemanden, der das erledigen könnte?«

»Der Lehrer Berger«, meinte Kees, »verfügt über einiges zeichnerische Geschick. Er kann auch mit Worten gut umgehen.«

»Das habe ich gemerkt. – Gut, beauftragt ihn.«

»Euer Hochwohlgeboren, darf ich einen Vorschlag unterbreiten?«

»Sicher.«

»Es könnte hilfreich sein zu wissen, wie dick die Eisschicht auf dem Rhein tatsächlich ist. Um das herauszufinden, könnte ich Probebohrungen veranlassen.«

In diesem Augenblick wurde die Tür aufgestoßen. Der kalte Wind trug Christoph Andreae in den ›Goldenen Wagen‹. Der Fabrikant schüttelte sich, klopfte oberflächlich Schnee von den

Ärmeln seines Mantels. Seine Augen wanderten entschlossen durch den Raum, und als sie Venray gefunden hatten, kam er direkt auf ihn zu.

»Wenn man vom Teufel spricht«, flüsterte Kees.

Venray unterdrückte ein Lächeln. Ihm war längst klar geworden, dass Andreae sehr viel Einfluss hatte. Aber was wollte er nun von ihm?

»Ich muss mit Euch sprechen, Herr Amtmann.«

Gewöhnlich bat man ihn um eine Unterredung, man verlangte es nicht. Venray sah darüber hinweg. »Bitte«, sagte er.

Während er sich setzte, bedeutete er Andreae ebenfalls, Platz zu nehmen.

Der Seidenfabrikant nahm den Dreispitz vom Kopf. Er trug eine altmodische Perücke. Das glatte Haupthaar floss zu zwei Locken in Höhe der Ohren zusammen. Eine Perücke wärmte sicherlich gut, dachte Venray, und in diesem Winter musste sie auch gut zu tragen sein, weil sämtliches Ungeziefer wie Flöhe und Wanzen abgestorben waren. Selbst das Bettzeug war frei von Kriechtieren.

Andreae ließ sich auf den ihm zugewiesenen Platz nieder. »Ich habe Großes mit Mülheim vor«, begann er im gönnerischen Ton.

Venray unterbrach ihn. »Verehrter Geheimrat«, sagte er barsch, »da waren wir bereits gestern Abend beim Souper und sind seitdem nicht weitergekommen. Ich bin viel beschäftigt. Ein Deich und ein Mordfall warten auf mich; wenn Ihr also gnädigst die Güte hättet, zum Punkt zu kommen, wäre ich Euch sehr verbunden.«

Andreae musste schlucken. »Genau deshalb bin ich hier. Joseph Bertoldi ist ein Prahlhans, der über seine Verhältnisse lebt. Der Bürgermeister ist ein Idiot. Es liegt also an uns: Wir müssen eine pragmatische Lösung aus dieser Krise finden. Wenn dieser Winter vorbei ist«, sprach der Fabrikant weiter, »müssen wir versuchen nachzuholen, was wir in den Monaten der Untätigkeit verloren haben. Da darf uns nichts behindern.«

Venray bedeutete seinem Gegenüber fortzufahren.

»Dieser tote Ordenspriester«, hob Andreae an, »das könnte sich äußerst übel entwickeln. Meint Ihr nicht?«

»Pater Christoph wurde ermordet. Er ist nicht nur einfach ›tot‹.«

»Ein katholischer Geistlicher, ermordet auf Mülheimer Stadtgebiet, das könnte für die Cölner ein Aufhänger für neue Streitigkeiten sein.«

Das konnte sogar stimmen, obwohl Rat und Erzbischof in Cöln nicht weniger verfeindet waren als die Reichsstadt und Mülheim. Sollte der Rat einen Streit suchen, wäre das eine gute Gelegenheit.

»Auf den Aufschwung wirkt sich jeglicher Streit negativ aus. Deshalb müsst Ihr einen Schuldigen finden! Es darf keinen neuen Streit mit Cöln geben!«

»Einen Schuldigen«, hakte Venray sachlich nach, »wird es geben, wenn ich den Mörder gefunden habe.«

Andreae schloss genervt die Augen. »Seht Ihr, beide Städte tragen die rote Farbe im Wappen und beanspruchen die Farbe für sich. In Cöln steht das Rot für die freie Reichsstadt, in Mülheim symbolisiert es den bergischen Landesfürsten. Und in beiden Städten ist das schon Anlass genug für einen Streit. – Ich mache Euch einen Vorschlag.«

Erst das Herabspielen eines Verbrechens zum Todesfall, dann die altherkömmliche Masche, einen Sündenbock ausfindig machen zu wollen, statt den wahren Mörder zu suchen, und nun kam zu guter Letzt noch der »Vorschlag«, sprich die Bestechung. Nichts anderes konnte gemeint sein. Venray bebte innerlich vor Zorn.

Doch dann sagte Andreae: »Ich stelle Euch für den Deichbau meine fünfhundert Arbeiter zur Verfügung, und Ihr versprecht mir, den Schuldigen zu finden. Von mir aus auch den Mörder. Hauptsache, Ihr verhindert einen Konflikt mit Cöln. Und dann bauen wir diesen verfluchten Deich!«

Venray schaute zum Hofbaumeister. Kees konnte ein Siegeslächeln nicht unterdrücken. Doch Venray blieb misstrauisch. Zweihundertfünfzig Arbeiter hatte Andreae bereits beim Essen zugesichert. War das also ein reines Lippenbekenntnis gewesen, dem er nie wirklich nachkommen wollte? Venray kannte das gönnerhafte Verhalten seiner Standesgenossen gut. Oftmals wurden großzügige Spenden nur angekündigt, um in Gesellschaft gut dazustehen. Darüber hinaus waren selbst fünfhundert Arbeiter angesichts der knappen Zeit sowie erschwerter Arbeitsbedingungen viel zu wenig, um rasche Fortschritte zu erzielen.

»Das bergische Sicherheitscorps umfasst hundertfünfzig Mann, die untätig herumliegen.« Venray blieb hart. »Bewegung wird ihnen guttun. Ebenso den Armen. Wir brauchen Freiwillige. Jeden, den wir kriegen können.«

Andreae nickte zustimmend. »Ich werde mit dem Bürgermeister sprechen, und der soll das Nötige veranlassen.«

»Der Deich muss freigeschaufelt werden. Der Boden ist hart gefroren. Und wir haben schon viel Zeit verloren«, mischte sich Kees mutig ein. »Wann können die Bauarbeiten beginnen?«

»Noch heute.«

Damit war Venray zufrieden.

Der Wirt und seine Frau verließen gerade mit einem großen Kupferkessel die Küche und durchquerten den Schankraum. Der Kessel musste heiß sein. Er dampfte und verbreitete schnell einen appetitlichen Geruch.

»Was macht Ihr da, Ersterer?«, erkundigte sich Andreae. »Wieso schleppt Ihr einen Kessel durch die Gegend?«

Der Wirt blickte zu Venray und sagte nichts. Es war seine Frau, die antwortete: »Wir bringen eine kräftige Suppe ins Armenhaus.«

Andreae musste husten, als hätte er sich verschluckt.

»Und wer bezahlt das?«, fragte er, nachdem er wieder zu Luft gekommen war.

»Seine Hochwohlgeboren«, erwiderte der Wirt.

Teil III – Cöln, die heilige Reichsstadt

Sonntag, 8. Hornung – Mittwoch, 25. Hornung 1784

1

Sie spürte seine Hände auf ihrem Bauch; die kreisenden Finger-spitzen und wie Haut auf Haut kribbelte!

Voll Wonne lehnte sie sich zurück, schloss die Augen und stöhnte laut. Er schmiegte sich dicht an ihren Rücken und presste feucht glühende Küsse auf ihre Schulter und in ihren Nacken. Die weichen Lippen auf ihrer nackten Haut steigerten ihre Lust ins Unermessliche. Eine Hand schob sich in ihren Ausschnitt, wo seine Finger ihre Brustwarzen neckten, bis sie hart vor Erregung waren. Wie verboten! Aber sie genoss es und ließ ihn gewähren. Die andere Hand streichelte weiter ihren nackten Bauch und wanderte jetzt tiefer. Als er ihren Haaran-satz erreichte, spielte er mit den Locken. Noch niemand hatte sie hier berührt. Sie schnappte nach Luft. Was für ein Gefühl. Dieses Verlangen, wie es wuchs und wuchs. Warum warten? Es musste besänftigt werden. Mehr!

»Nein, nein«, kam sie jedoch endlich zur Besinnung. »Das geht zu weit!«

Sie versuchte, sich zu befreien. Doch er hatte ihre Reaktion vorausgesehen und mit der Hand einen Vorstoß unternommen, während er sie fest umklammert hielt. Er schob die Finger tiefer und rieb ihr feuchtes Geschlecht. Margot-Caroline wehrte sich. Doch er war kräftiger. Dann zog er die Hand hervor und roch daran.

»Dieser Duft!«, stöhnte er. »Wann wird die Knospe erblü-hen?«

Er musste stolz auf sich sein, denn es gelang ihm immer wieder, sich selbst zu übertreffen. Sie spürte, wie ihr die Röte ins Gesicht stieg.

Schließlich gab er sie frei. »Und wann kann ich sie endlich pflücken?«

»Gar nicht«, erwiderte Margot-Caroline so belustigt wie verärgert. »Gar nicht! Pflücken! Du bist ja nicht bei Sinnen.«

»Wieso?«

Jetzt wurde sie ernst. Begriff er denn tatsächlich nicht?

»Weil du mein Bruder bist, Hans«, sagte sie. »Deshalb. Bruder und Schwester – das ist sündhaft.«

»Wie langweilig!«

Margot-Caroline lachte kurz auf. »Du bist widerlich«, fasste sie die widersprüchlichen Gefühle, die in ihr tobten, zusammen. Sie wollte ihm eine Ohrfeige verpassen, aber es wurde nur ein liebevoller Klaps. Er ergriff ihre Hand und küsste die Innenfläche.

»Ah, auch der Rest an dir duftet verführerisch.«

»Eau de Cologne«, erklärte sie.

»Ein wunderbares Parfüm! Weißt du, am französischen Hof kursiert das Gerücht, dass die Mätresse des Königs, wenn er sie aufsucht, nichts anderes trägt als Eau de Cologne.«

Sie musste kurz überlegen, was das bedeutete, dann errötete sie leicht. Er lachte laut auf.

»Du hast mich festgehalten. Gegen meinen Willen. Mach das nicht noch einmal«, protestierte sie.

»Dann wehr dich«, erwiderte er.

Ein schwaches Argument, seine körperliche Kraft war der ihren weit überlegen. Sie schnaubte verächtlich.

»Oder wehr dich nicht.«

Wie weit wäre er gegangen?, fragte sie sich. Er war ihr Bruder, hätte er ihr noch mehr Gewalt angetan? Sicher, sie liebte ihn. Aber nicht auf diese Art. Und doch musste sie an dieses unglaubliche Kribbeln denken, das einen immer weiter und weiter lockte. Ein Irrlicht? Sollte sie sich aufsparen für den Mann, den sie hoffentlich einstmals heiraten würde, so wie es von ihr verlangt war, oder sollte sie zuvor andere Erfahrungen sammeln?

Nein, es stand ihr nicht zu. Und doch fand sie, das sollte ihr selbst überlassen sein. Margot-Caroline schob die Gedanken beiseite. »Ich will jetzt feiern«, rief sie in jugendlichem Überschwang aus und richtete sich auf. »Da oben findet das größte Fest des Jahres statt, und was machen wir?«

»Was Besseres«, knurrte er, während er Weste und Rock ordnete.

»Man wird uns schon vermissen.«

»Wo ist Vater?«

»Wo wohl?«, neckte sie. »In seinem Kontor mit Kissen auf beiden Ohren.«

»Ja, er hasst es«, erwiderte Hans triumphierend. »Der alte Herr hasst den Karneval.«

Beide lachten.

»Aber er lässt uns gewähren, weil wir es so sehr lieben.«

»Weil du es so liebst!«, korrigierte Hans seine Schwester. »Für mich würde er das nicht tun.«

»Du irrst dich, Hans. Vater ist stolz auf dich!« Sie zeigte auf seine Uniform.

»Wirklich?«

»Ja, wirklich«, schalt sie ihn. »Quälgeist! Du weißt ganz genau, wie ungemein gut dir die Uniform steht. Kaum eine, die dir nicht hinterherschaut!« Margot-Caroline sah, wie gut ihm das Lob tat. Er richtete sich gerade auf.

»Aber was mache ich hiermit?«, fragte er und zeigte auf seine eng anliegende weiße Kniehose. Im Schritt zeichnete sich eine deutliche Beule ab.

»Hans, du bist ekelerregend!«

Während er frech grinste, versuchte sie erneut, ihn mit einer Ohrfeige zu strafen. Er blockte den halbherzig ausgeführten Schlag ab, ergriff ihre Handgelenke und zog sie ganz nah an sich heran. Zärtlich umarmte er seine Schwester, streichelte ihr über die Wange und das Gesicht.

»Ich liebe dich«, sagte er ernst und schwärmerisch. »Niemand sonst soll dich haben!«

»Jetzt hör aber endlich auf.« Sie befreite sich. »Man könnte meinen, du seiest tatsächlich nicht ganz bei Trost.«

»Du hast ja recht, mein liebes Schwesterchen!«, lenkte er ein. »Du bist mir halt lieb und teuer! Das Beste auf der Welt.«

»Wie du für mich«, sagte sie und gab ihm einen Kuss auf die Stirn. Dann zog sie ihn mit sich fort. »Komm mit, ich habe eine ganz besondere Überraschung für dich. Hoffentlich hat es noch nicht angefangen! Es wird dir gefallen.«

Sie verließen ihr Liebesnest zwischen all dem gelagerten Papier, das fein säuberlich zusammengerollt in Regalen verstaut war. Für einen Kellerraum war es auffällig trocken und sauber. Aber nur so konnte Papier gelagert werden.

Margot-Caroline trug ein Seidenkleid in bunten Farben – blau, violett, golden und rot, reich verziert mit Stickereien, die Blumen darstellen sollten. Überall baumelten bunte Bänder, Rüschen und Tüll. Auf dem Kopf trug sie eine Art Turban, der mit Federn geschmückt war. Bauch und Busen waren kaum verdeckt von der bunten Seide. An diesem Tage war das erlaubt. Sie stellte eine Haremsdame aus dem Orient dar. Keiner, den sie kannte, wusste, ob diese Damen tatsächlich so aussahen wie sie. Das war auch egal. Es war ein lebhaftes Kostüm. Das Gesicht verdeckte sie, ebenso wie ihr Bruder seines, mit einer Halbmaske nach venezianischer Art.

Sie liefen lachend wie tollende Kinder die Treppe hinauf. Auf halber Treppe überraschten sie ein anderes Liebespärchen. Auch die beiden trugen Masken. Der Busen der Frau war entblößt. Er hatte ihr den Rock hochgeschoben, und seine Hose hing ihm halb auf den Oberschenkeln. Margot-Caroline schaute auf seinen nackten Po, der mit wilden Stößen in die Frau eindrang. Wann würde sie das endlich haben? Sie wollte es so gern. Nur nicht mit ihrem Bruder.

Oben am Treppenabsatz konnte sie sich das Lachen nicht mehr verkneifen. Sie musste erst mal wieder zu Atem kommen.

»Hast du die gesehen?«, meinte Hans und ließ sich vom Lachen seiner Schwester anstecken. »War das nicht Stadtrat –«

»Pssst«, unterbrach ihn Margot-Caroline. »Lass sie. Sei nicht indiskret. Es ist doch Karneval!«

»Ja, schon, aber –«

»Ist mein Herr Bruder ein kleiner Moralapostel wie dieser Prediger Joaquim?«, fragte Margot-Caroline, während sie den Keller des Dupois'schen Palais an der Mathiasstraße verließen und auf den Hof traten.

An verschiedenen Stellen im Hof brannten Feuerstellen. Der Flammenschein reflektierte im Schnee. Und doch ließ das Licht des Feuers im gesamten Gebäude großzügige Möglichkeiten für dunkle Nischen und Ecken, wo man sich verstecken konnte. Überall tummelten sich Menschen, alle waren sie verkleidet. Die Feier war in vollem Gange. Margot-Caroline hatte die diesjährige Karnevalsfeier ihrer Familie unter das Motto »Karneval in Venedig« gestellt. Ihr Vater unterhielt Geschäftsbeziehungen dahin. Vor zwei Jahren hatte sie ihn auf eine Geschäftsreise begleiten dürfen. Ihr schwirrte immer noch der Kopf von den vielen Eindrücken, die sie in Venedig und unterwegs erhalten hatte.

An den zur Straße geöffneten Hoftoren drängten sich neben verkleideten Nachzüglern, die Einlass begehrten, viele Bettler und arme Leute, die sich von den Feiernden eine milde Gabe erhofften. Die Diener hatten alle Hände voll zu tun, die Bettelnden abzuwehren. Die Luft war schwanger vom Qualm der Feuer, dem Gelächter und Gesinge sowie dem Duft nach Bier, Wein und Schnaps. In jede freie Nische zwängte sich ein Pärchen.

Margot-Caroline war froh und glücklich über die ausgelassene Stimmung. Es sollte ein rauschendes Fest werden. Jeder, wirklich jeder sollte sich noch lange daran erinnern, dass auf keinem anderen Karnevalsball eines Cölner Patriziers eine so ausgelassene Feierstimmung herrschte wie bei den Dupois. Tanzende Gruppen zogen durch das Haus. Alle Fenster waren hell erleuchtet. Die Fassade zur Straße zierte oberhalb von vier Stockwerken ein gewölbter Giebel nach flämischer Bauart.

Es gab zwei Bühnen, auf denen Musikanten und Karnevalsgruppen auftraten. Eine befand sich im großen Saal in der ersten Etage. Die Musiker drinnen spielten so laut, als wollten sie die Gruppe draußen auf der eigens für die Feier aufgebauten Bühne übertönen. Davor drängten sich trotz der Kälte viele Feiernde. Der Alkohol machte die Temperaturen vergessen.

Die Anwesenden bestanden im Wesentlichen aus der Cölner Oberschicht. Niemand sonst erhielt eine Einladung. Margot-

Caroline – als Dame des Hauses Dupois – hatte ausschließlich die reichsten und einflussreichsten Kaufleute, Ratsherren, Adligen und andere Stadtgrößen, deren Entourage sowie ihre Familien und Angehörigen eingeladen.

Es war eine lebhafte Feier, die keiner versäumen wollte. Während sich die Herren überwiegend mit ein bisschen Schminke, bunten Bändern und Gesichtsmaske begnügten, trumpften die Damen mit phantasievollen Kostümen auf. Besonders beliebt waren dieses Jahr wieder die turmhohen Perücken mit bunten Federn. Margot-Caroline hatte sich absichtlich gegen eine solche Kopfbedeckung entschieden. Sie wollte auffallen. Und als Dame des Hauses oblag es ihr, das beste Kostüm des Abends zu tragen.

Zu den Musikanten auf der Bühne gesellte sich nun eine fünfzehnköpfige Männertruppe, die sich nach ihrem Leiter Bernhard Langenfeld die »Bernadettos« nannten. Sie durften auf keinem Karnevalsball fehlen. Die Bernadettos parodierten auf besonders lustige, derbe wie frivole Art und Weise die Cölner Stadtgarde. Daher waren auch sie in rot-weiße Uniformen gekleidet. Aber schon die Kostüme waren eine Verballhornung der echten Uniformen der Garde: zu klein, zu groß, schmutzig, mit dicken Bäuchen, schief aufgesetzten oder ramponierten Hüten.

Der Auftritt stellte eine musikalische Parodie der echten Parade der Stadtgarde im Rosenmontagszug dar. Es ging hoch her auf der Bühne, besonders als sich die Gardisten im Tanz bückten und dabei von ihren Gäulen von hinten begattet wurden. Die weißen Pferde der Garde wurden natürlich von Karnevalisten mit Pferdekopfmasken dargestellt.

Das Gejohle des Publikums wurde sogar noch lauter, als vereinzelte Gardisten durch Gestöhne und Augenverdrehen ihren Gefallen daran signalisierten, von den eigenen Pferden besprungen zu werden. Das Gelächter konnte man noch zwei Straßen weiter hören. Am Schluss wollten die Soldaten ihre Treffkunst im Schießen beweisen, doch statt eines lauten Knalls gelang ihnen nur ein kräftiger Furz aus dem Allerwertesten. Die Menge tobte.

An sich mochte Margot-Caroline die Derbheit nicht, aber heute war es erlaubt und gehörte dazu. Sie freute sich, und als die Gardisten Freude am Akt mit den Pferden zeigten, war sie auch so überrascht gewesen, dass sie laut aufgelacht hatte. Das gehörte sich nun wirklich nicht! Aber daher war es auch urkomisch.

»Komm, wir feiern«, rief sie ihrem Bruder zu. Erst jetzt merkte sie, dass Hans wie versteinert neben ihr stand. »Hat es dir denn nicht gefallen?« Margot-Caroline sah, dass ihr Bruder sich beherrschen musste.

»Wieso hast du *die* denn eingeladen?«

»Das ist Pflichtprogramm«, konterte sie, »und außerdem war es als besonderer Spaß für dich gedacht!«

»Spaß?«

»Ja, es soll lustig sein. Du bist doch sonst nicht so. Und mal Hand aufs Herz, Hans, so ein bisschen trottelig sind deine Jungs schon manchmal«, meinte Margot-Caroline und blickte auf einen der unter den Gästen befindlichen echten Gardisten, der keine zwei Meter von ihr entfernt in den Schnee pisste.

»Und wer hat meine Garde eingeladen? Morgen melden die sich alle krank.«

»Das ist doch immer so. Das war Vaters Idee. Er dachte, dadurch steigt dein Ansehen in der Truppe.«

»Wieso glaubt er, mein Ansehen müsse steigen?«

Margot-Caroline wollte ihm beschwichtigend die Hand auf die Wange legen, doch Hans war außer sich und schlug ihre Hand weg. »Du schiebst alles auf Vater«, schrie er. »Es gefällt dir, wenn ich gedemütigt werde.«

»Das ist doch Unsinn. Und mach hier bitte keine Szene«, flüsterte sie ihm zu, da sie bemerkt hatte, dass einigen Umstehenden der Ernst des Gesprächs nicht entgangen war.

Er schaute sie durchdringend an. Was würde er als Nächstes tun? Doch dann lachte er zu Margot-Carolines großer Erleichterung übertrieben laut auf. Sie traute seinem Stimmungswechsel nicht.

Hans riss einem vorbeikommenden Feiernden den Becher

aus der Hand und stürzte den Inhalt in eins hinunter. Er schleuderte den leeren Becher beiseite, zog seine Schwester zu sich heran und flüsterte ihr ins Ohr: »Ich weiß schon, wie du das wiedergutmachen kannst.«

2

Niklas rannte so schnell, als wären Teufel hinter ihm her. Wie einen Leibeigenen hatte der Kürschnermeister Adolf Klebig ihn misshandelt und im Kohlenkeller gefangen gehalten, nur weil er Widerworte gegeben hatte.

»Undankbarer Bub«, hatte der feiste Kürschner vor Zorn bebend verkündet. »Niemand bietet einem Klebig ungestraft Trotz.«

Diese Devise galt zumindest für seine Untergebenen. Denn wie gut der Mann zu dienern verstand, hatte Niklas oft genug beobachtet, wenn Meister Klebig seine betuchte Kundschaft umschmeichelte, auch wenn diese ihn herablassend behandelte. Adolf Klebig hatte jede Gelegenheit, die sich ihm bot, wahrgenommen und Niklas genussvoll mit der Reibekeule blutig geprügelt oder anderweitig bestraft. Von den Schlägen mit dem Kürschnerhammer war sein Körper mit blauen Flecken übersät.

Dann war noch dieser seltsame Mann aufgetaucht, den er schon in der Papiermühle gesehen hatte, als Pater Christoph ihn nach Cöln gebracht hatte. Der Mann strahlte eine unheimliche Kälte aus, die Niklas Angst bereitete. Tagelang hatte der Junge auf eine Möglichkeit gewartet, seinem Peiniger zu entkommen, aber erst in dieser Nacht war der Kürschner, von einer Karnevalsfeier seiner Zunft kommend, betrunken ins Bett gefallen und hatte vergessen, den Keller abzusperren. Endlich war ihm in den frühen Morgenstunden die Flucht gelungen. Nichts wie weg aus Cöln!

Niklas verließ die Stadt durch die Kunibertstorburg und folgte dem Leinpfad in nördlicher Richtung. Es dauerte nicht lange, und er musste sein Tempo drosseln. In der Stadt waren die Wege weitgehend geräumt, doch hier draußen sah das anders aus. Niklas kämpfte schon bald gegen tiefen Schnee an. Der Tag dämmerte bereits. Das Stadttor mit seiner Ark, dem weit in den Rhein ragenden massiven Wachturm, lag noch in Sichtweite hinter ihm, doch er spürte bereits jetzt nur noch ohnmächtig machende Kälte. Selbst die Schmerzen von Klebigs Schlägen waren wie betäubt. Allein der Hunger war stärker, denn sein Magen rumorte. Tagelang hatte man ihm Nahrung verwehrt oder angenagte Reste vorgesetzt.

Wie gern hätte er einfach Schnee gegessen, wenn dieser nur satt machen würde! Jede Erinnerung an Wärme, Sommer oder einen gedeckten Tisch war wie ausgelöscht. Mit halb erstarrten Gliedern taumelte er vorwärts und zitterte am ganzen Leib. Als seine Füße durch den Pulverschnee an der Oberfläche brachen und auf den Harsch darunter stießen, verlor er das Gleichgewicht und strauchelte. An den Kanten des gefrorenen Schnees schürfte er sich die Knöchel auf. Noch enger schlug er den Überwurf und mühte sich weiter vorwärts.

Unter seinen Sohlen knackte das Eis mit dumpfem Laut. Rasch zog er seinen Fuß zurück und verharrte regungslos. Selbst dem keuchenden Atem befahl er zu ruhen. Er musste vom Weg abgekommen und auf den Fluss geraten sein. Was sollte er jetzt tun? Vorsichtig trat er in den eigenen Fußspuren den Rückzug an und spähte dabei im dämmrigen Morgenschein nach einem sicheren Tritt.

Wo ist der Weg?, fragte er sich, da ihm die Landschaft kaum Orientierung bot. Vor ihm erstreckte sich ein geisterhaftes Land. Schnee. Überall lag nichts als totenblasser Schnee. Niklas schaute sich um. Wäre er besser über den Rhein nach Deutz geflohen? Die Wallanlagen der Stadt, die davor gelagerten Anleger mit ihren im Eis eingeschlossenen Flussschiffen sowie Höfe, Straßen und Wege begrub die kalte Jahreszeit unter sich. Die Uferböschung mit ihren sanften Hügeln und schmalen Wäldchen ließ sich nur in Umrissen ausmachen. Schneewehen belagerten die Bäume, sodass sie zu Hecken schrumpften. Zuweilen brachen die bestäubten Äste und Zweige mit lautem Krachen, wenn die Last des auf ihnen liegenden Schnees zu gewaltig wurde. Der Wind heulte. Sonst war kein Laut zu hören. Von Mensch und Tier verlassen, ruhte das sonst so lebendige Land.

Niklas entschloss sich, den weiteren Verlauf des Leinpfads knapp unterhalb der Baumlinie zu suchen und in Sichtweite der weißen Ebene, die der Fluss sein musste, langsam weiter Richtung Norden zu gehen. Darüber hinaus gab es keinen Plan.

Von dem Weg, auf dem in freundlicheren Jahreszeiten schwere Haflinger an langen Seilen Flussschiffe zogen, war nichts auszumachen. Ob er jemals irgendwo ankommen würde, war ungewiss. Da musste er sich gar nichts vormachen.

Es fehlte Niklas nicht an Reife, obwohl er nur ein Jahr älter war, als er Finger an seinen Händen zählte, und den kleinen Finger an seiner linken hatte ihm ein Bauer abgehackt. Diese Erinnerung mahnte ihn zur Eile. Nie wieder unters Joch! Er wollte so etwas nicht noch einmal erleben. Noch war nicht alles verloren. Wenn er in Bewegung blieb und nicht auskühlte, konnte er es bis ins nächste Dorf schaffen. Schon so oft hatte er den Abgrund mit einem kühnen Sprung überwunden und war dem sicheren Tod entronnen. Doch irgendwann, überlegte er kühl, verfehlte wohl auch der wagemutigste Springer einmal sein Ziel. Und das war ein Sprung, der sich nicht wiederholen ließe.

Er hielt kurz an, um zu verschnaufen und neuen Mut zu schöpfen. In seiner Erinnerung sah er sich im Sommer am Bach spielen. Immer wieder hüpfte er hinüber und wieder zurück. Stundenlang hatte er das machen können, bis er nasse Füße bekam oder ihn der Bauer erwischte. Dann klopfte er den Schnee von den Schuhen und setzte seinen Weg fort.

Nun ging die Sonne auf und brach im matten Glanz durch das Himmelsgrau. Das kalte Licht traf Niklas im Gesicht, doch er spürte es kaum. »Wo ist der Weg?«, flüsterte er zu sich. Sein Atem ging schnell und flach. »Wo ist mein Weg?«

Zu Fäusten geballt presste er die Hände vor den Mund und blies warme Luft, die er kaum spürte, hinein. Er hatte sich ein altes Tuch um den Kopf gebunden, das er nun tiefer in die Stirn zog. Gott allein wusste, wofür der dreckige Lappen zuvor benutzt worden war. Die starren Finger vergrub er unten den Achseln. Gebeugt und mit steifem Gang bot er dem Schnee weiter trotzig die Stirn. Leise sprach er zu sich: »Wo ist mein Weg?«, und wiederholte die Worte wie im Gebet.

Furcht und Frost duldeten keine Rast, doch seine Kraft schwand stetig, er spürte es. In dicken Klumpen klebte nasser Schnee an seinen Schuhen und erschwerte sein Vorwärtskommen. Dennoch schätzte er sich glücklich, dass er bei seiner Flucht geistesgegenwärtig die Holzschuhe des Meisters über die eigenen, abgetragenen Lederschuhe gezogen hatte. Das Schuhwerk schlackerte an seinen Füßen.

Sicher, der Kürschner konnte nun sagen, er sei ein Dieb. Viele Namen hatte Klebig ihm gegeben, da machte ein weiterer wahrlich nichts mehr aus. Niklas lautete sein richtiger Name, und das war so ziemlich das Einzige, was ihm von seiner Herkunft bekannt war. Als Fremder war er im Sommer von einem Bauernhof in der Eifel nach Mülheim und von dort nach Cöln gekommen, als Dieb stahl er sich nun davon.

Sein Überwurf war ein abgetragener Waffenrock, den er erst im letzten Winter einem Toten abgenommen hatte. Der Umhang, nass vom aufwirbelnden Schnee, lastete schwer auf den Schultern. Zudem bot die dünne Wolle nur unzureichenden Schutz gegen Wind und Frost. Für den Herbst war es ein gutes Kleidungsstück gewesen. Er hatte sich darin einwickeln und schlafen können. Aber bei diesen Temperaturen benötigte man einen dicken Mantel oder gar einen Pelz. Einen Pelz! Wie sollte er jemals an ein so kostbares Kleidungsstück kommen? Er hätte nicht nur die Schuhe, sondern auch den Mantel des Meisters stehlen sollen!

Doch selbst mit einem dicken Pelzmantel bekleidet konnte niemand die gegenwärtigen Kältegrade ewig aushalten. Der einzige Ausweg war, sich eine Unterkunft zu suchen. Vielleicht einen abgelegenen Bauernhof oder eine Mühle.

Er hielt Ausschau nach einem Gebäude in seiner Nähe, entdeckte aber nichts. Erst weit vor ihm erhoben sich die Umrisse einiger Häuser und Türme aus dem dumpfen Morgenschleier. Mülheim lag auf der anderen Seite des Flusses. Den Fluss zu überqueren, obwohl zugefroren, war ihm nicht geheuer.

Außerdem türmten sich hier, ähnlich wie am Cölner Ufer, Schollen zu schneebestäubten Eisbergen auf und boten den Anblick einer eigentümlichen Landschaft.

Gegen seinen Willen hatte ihn dieser Pater nach Cöln zum Kürschner gebracht. Dem Pater müsste er aus dem Weg gehen, aber wo sollte er anders hin als zurück ins Armenhaus? Ob die Apothekerin sich seiner annehmen würde?

Es war entschieden! Dann musste er es eben doch wagen, den Fluss zu überqueren, um dort drüben sein Glück zu versuchen.

Auf direktem Weg Richtung Ufer bahnte er sich einen Weg durch den kniehohen Schnee. An diesem Bereich des Ufers konnte er gut erkennen, wo der zu Eis erstarrte Strom begann, denn die steile Uferböschung war an einigen Stellen nicht mit Schnee bedeckt. Er rutschte den kurzen Abhang hinab und betrat vorsichtig das Eis. Je weiter er sich vom Ufer entfernte und auf den Fluss hinauswagte, umso dichter wurde die Schneedecke wieder, und er konnte nur erahnen, dass sich darunter eine Eisschicht befand. Es waren sechshundert, vielleicht auch neunhundert Fuß bis ans andere Ufer. Kein weiter Weg, aber es war unheimlich, dass unter dem Eis ein fließendes Gewässer rauschte. Schwimmen konnte er nicht. Was, wenn er einbrach?

Die Eisdecke schien hier dicker zu sein als an der Stelle weiter südlich, die er zuvor unabsichtlich betreten hatte. Trotzdem bewegte er sich mit größter Vorsicht und im schlurfenden Gang vorwärts. Erst nach vielen Schritten gewann er an Sicherheit und ging zügig voran, um rasch das andere Ufer zu erreichen. Nur das Knirschen der Sohlen im Schnee war zu hören. Etwa in der Mitte des Stroms wurde er wieder unsicher und verlangsamte sein Tempo.

Schließlich blieb er stehen. Ein Gefühl der Einsamkeit und der Verlorenheit befiel ihn auf dem grabesstillen Eis. Er lauschte angespannt in die Stille, bis er meinte, unter sich ein leises Rauschen, den Drang des unter der erstarrten Oberfläche schwellenden Wassers, zu vernehmen. Er konnte nicht einschätzen, wie sehr die Eisdecke an dieser Stelle unter Tauwetter gelitten hatte und brüchig geworden war.

Nur zögerlich schob er die Füße wieder vorwärts. Als er über etwas stolperte, was er für eine Schneewehe gehalten hatte, und unsanft aufschlug, durchfuhr ihn ein doppelter Schreck. Zum einen befürchtete er einzubrechen, zum anderen grinste ihn aus dem Schneehaufen ein spitzes Maul mit dreckigen Zähnen an. Vor ihm lag eine tote Ziege, die sich auf das Eis verirrt haben musste und verendet war. Der von der Kälte konservierte Kadaver sah wie ausgemergelt aus.

Erschrocken sprang er auf und eilte dem gegenüberliegenden Ufer entgegen.

3

Es war früher Morgen, als Venray mit der Kutsche nach Cöln aufbrach.

Zwar fuhr das Gefährt mit den Kufen auf geschlossener Schneedecke sehr viel ruhiger und gleichmäßiger als gewöhnlich mit Rädern, die jedes Schlagloch, jede noch so kleine Unebenheit auf den unbefestigten Wegen direkt übertrugen. Eine Reise wurde dadurch oftmals zur reinsten Strapaze, an deren Ende man die blauen Flecken an seinem Körper zählen konnte. Doch sie kamen nur im gemächlichen Tempo vorwärts.

Es war ein weiterer Tag ohne nennenswerte Helligkeit. Eine schmutzig graue Wolkendecke erstreckte sich über das gesamte Firmament, als hätten die Asen ein Leichentuch über dem Land ausgebreitet. Die Sonne, weder ihre Korona noch irgendein anderes Zeichen ihrer Existenz, konnte Venray hinter dem dichten Wolkenschleier ausmachen. Das trübe, dumpfe Licht warf seine schwermütigen Schatten auch auf Venrays Gemüt.

Die letzten Tage waren nicht spurlos an ihm vorübergegangen. Der Mordfall konnte sich zu einer politischen Verwerfung entwickeln. Und nun begab er, der Amtmann aus Düsseldorf, sich ins verfeindete Cöln. Es war eine amtliche Reise, die er allerdings eigenmächtig und ohne vorherige Absprache mit seinem Dienstherrn unternahm.

In der Regel war er befugt, genau das zu tun, allerdings innerhalb des Herzogtums. Dieser Fall hier war um einiges brisanter. Die Ermittlungen führten ihn ausgerechnet in die Stadt, mit der das Herzogtum Berg von alters her im Clinch lag. Wie würde der Kurfürst darauf reagieren, wenn er davon erfuhr? Würde er es billigen oder ihn tadeln? Es konnte auf beiden Seiten – in Cöln wie in Berg – erhebliche Missstimmung entstehen. Aber das musste er riskieren, sogar einen Tadel in Kauf nehmen, wenn er etwas herausfinden wollte. Das war seine Aufgabe, und es gab keinen Zweifel daran, dass Venray diese Aufgabe zu erfüllen gedachte.

Dennoch hatte er nicht die geringste Vorstellung, was ihn in Cöln erwartete. Zu anderen Regionen, Städten oder Fürstentümern gab es Kontakte. Mit der Reichsstadt führte das bergische Herzogtum jedoch kaum Gespräche, und einen direkten, persönlichen Kontakt zweier hochgestellter Beamten gab es erst gar nicht. Einige bergische Adlige unterhielten Wohnhäuser in Cöln. Aufgrund der zumeist konträren Ansichten, was den Handel betraf, herrschte zwischen den verfeindeten Städten Stillschweigen. Es war schon fraglich, ob ihn der Domküster überhaupt empfangen würde.

Ein Vorfall wie der vorliegende endete erfahrungsgemäß als Streitfall auf allerhöchster Ebene. Venray musste äußerst geschickt und feinfühlig vorgehen. Jedoch ging es bei einem Verbrechen und seiner Aufklärung selten feinfühlig zu.

Wer konnte Interesse daran haben, den Pater eines mittellosen und zudem unbedeutenden Ordens zu ermorden? Der frevelhafte Mord an einem Geistlichen konnte bei den Brüdern der Redemptoristen dafür sorgen, dass sie erheblichen Aufruhr veranstalteten, um den Mörder ausfindig zu machen. Sie konnten sich direkt an den Papst wenden und würden mit Sicherheit Gehör finden – der Mord an einem Geistlichen konnte nicht hingenommen werden –, oder sie wählten den Weg über den in Cöln residierenden Vertreter Seiner Heiligkeit, den päpstlichen Nuntius. Hier betrat Venray unsicheres Terrain, denn oftmals herrschte zwischen Rat, päpstlichem Nuntius und dem Erzbischof Zwist. Jeder verfolgte seine eigenen Interessen. An wen konnte er sich wenden? Wem konnte etwas daran liegen, den wahren Täter zu finden und nicht einen unschuldigen Schuldigen? Die Aufklärung des Verbrechens hing davon ab, wer darin verwickelt war. Fest stand für Venray eines: In dieser undurchsichtigen Gemengelage konnte er niemandem trauen.

Ihm gegenüber saß die Apothekerin. Anna-Maria Scheidt hatte ihn ersucht, ihn nach Cöln begleiten zu dürfen, um ihre Vorräte aufzufrischen. Venray vermutete, es ging dabei noch um etwas anderes, aber er stellte keine Fragen, und die Apothekerin wollte nicht gefragt werden. Seit ihrer Abfahrt schwieg sie und wich konsequent seinem Blick aus. Womit hatte er nur ihre Abweisung erregt?

Seltsam, was mochte an dieser Frau sein, dass er sich durch ihre abweisende Haltung ihm gegenüber gekränkt fühlte? Das war ja albern! Um sich Ablenkung von seinen Gedanken zu verschaffen, blickte Venray durch das Kutschenfenster nach draußen in die Schneelandschaft. Sie passierten gerade einen kleinen Wald, der sich am Ufer zwischen Mülheim und Deutz hinzog.

Die Bäume wirkten wie zerdrückt unter ihrer Schneelast. Es sah aus, als reckten unzählige Skelette ihre dürren Knochen in die Höhe. Sie sehnten sich danach, zerbrechen zu dürfen, als forderten sie den Betrachter zu einem letzten Todestanz auf. Grabesstille herrschte, wie auf einem Friedhof. Die Natur gab keinen Laut von sich, und Venray fühlte sich wie ein Verfluchter auf dem Weg in die Unterwelt. Dieses Schauerwäldchen, wie aus einem unheilvollen Märchen, war in der blühenden Jahreshälfte sicherlich ein lauschiges Plätzchen, an dem sich heimlich Liebespaare trafen.

Absurde Gedanken. Wie kam er ausgerechnet jetzt dazu, an Liebe zu denken?

Das Fensterglas schepperte leicht und riss ihn aus seiner Träumerei. Er hatte sich diesen Luxus gegönnt und Fenster einbauen lassen, um während der Fahrt hinausschauen zu können, um Kälte und Licht nicht durch Vorhänge aussperren zu müssen. Das Glas würde im Sommer wieder ausgebaut werden, viel zu empfindlich war das Material. Auf den holperigen Straßen und Wegen würde es schnell zerbrechen, aber momentan glitt die Schlittenkutsche recht sanft dahin.

Er blickte zur Apothekerin hinüber. Sie hatte noch immer kein Wort geredet. Auf dem Kutschenboden stand zwischen ihnen eine Kohleschale. Die Wärme der glühenden Kohlen verpuffte in der Kabine wie nichts. Schon von den Knien aufwärts spürte Venray fast keine Wärme mehr.

Draußen weckte eine seltsame hügelartige Verwerfung im Schnee seine Aufmerksamkeit. Hatte dort jemand gegraben? Sie fuhren zu schnell, um genau hinschauen zu können. Eben wollte er den Kutscher bitten zu halten, da verließen sie den Wald, und vor seinen Augen stand etwas, das ihn augenblicklich in seinen Bann zog. Vergessen war das Loch im Schnee. Denn vor ihm lag die gottesfürchtige Reichsstadt mit ihren zwölf Pforten wie das heilige Jerusalem. Das Panorama war so gewaltig und imposant, als müssten bei seinem Anblick automatisch Posaunen und Trompeten erschallen, die einst die Mauern Jerusalems zum Einsturz brachten.

Die Spitzen der Kirchen mit ihren Kreuzen darauf waren so zahlreich, dass sich Venray erst gar nicht die Mühe machte, sie zu zählen. Zwischen all den Türmen entließen die Kamine der Wohnhäuser Rauchsäulen, die sich wie Hunderte dick und dicker werdende Würmer in den grauen Himmel schlängelten. Ob weiter oben der Herr saß – der große Fischer –, der die Würmer aus dem Boden zog und damit auf Menschenfang ging?

Schon glaubte er, nichts könne diesen Anblick übertrumpfen, da wurde er eines Besseren belehrt. Mast an Mast sammelte sich eine Armada aus verschiedensten Flussschiffen vor der Stadtmauer, die von dem Segel-und-Masten-Wald teilweise vollständig verdeckt wurde. Die Schifferstadt war wie eine eigene Stadt am Rheinufer, eingeklemmt von Eis und Schnee. Auch hier türmten sich Eisschollen zu einem Wall, aber längst nicht so hoch wie in Rheinmülheim.

Es lagen hier mehr Schiffe vertäut, als Venray in manchem Seehafen gesehen hatte. Wie war das nur zustande gekommen? Sie mussten sich hier gesammelt haben, bevor der Rhein gefroren war, und das war immerhin schon Ende November gewesen. An manchen Schiffen waren noch nicht einmal die Segel samt Takelage eingeholt worden. Steif gefroren hingen sie im Wind.

Die Kutsche blieb stehen, und Venray hielt nichts mehr auf seinem Sitzplatz. Eilig stieg er aus.

Wie in Mülheim fehlte auf dieser Seite des Rheins ein Befestigungsbollwerk. Die Kutsche stand auf der Hauptstraße von Deutz, der Freiheit, direkt am Ufer, wo sich sonst eine Fährbrücke befand. Der Pächter der Fährbrücke, der zudem einen Holzhandel betrieb, war als einer der wohlhabendsten Bürger von Cöln bekannt.

Am gegenüberliegenden Ufer sah Venray auch etliche Kräne. Und zu seiner Verwunderung erstreckte sich die Stadtmauer nicht über die gesamte Uferlänge. An einigen Stellen bildeten Häuser die Verlängerung der Mauer. Über alldem erhob sich der klobige Torso des unvollendeten Doms in den grauen Himmel.

Ein breiter Menschenstrom spazierte quer über den Rhein. An einer Stelle teilte sich die Menge und strebte auf zwei unterschiedliche Stadttore zu. Man flanierte und amüsierte sich auf dem zugefrorenen Fluss. Kinder zogen Schlitten, Händler boten Getränke an, einige hatten Kufen unter ihre Stiefel geschnallt, andere ließen sich in Holzfässern sitzend über das Eis schieben. Sogar Fuhrwerke überquerten den Rhein. Auf einem bunten Volksfest konnte die Stimmung nicht ausgelassener sein. Die vielen Stimmen klangen weithin über das Eis.

»Was ist das?«, erkundigte sich Venray mit Verweis auf den Menschenstrom. »Eine Art Karnevalsbrauch?«

»Nicht dass ich wüsste«, erwiderte Anna-Maria unschlüssig.

»Der große Umzug am Rosenmontag ist erst in zwei Wochen«, mischte sich Ersterer ein, der mit einem seiner Knechte auf dem Kutschbock saß und bereitwillig den Fahrdienst übernommen hatte.

In Mülheim hatte sich niemand aufs Eis gewagt, obwohl die seit mehreren Wochen tiefen Minustemperaturen keinen Anlass boten, der Standhaftigkeit des Eises zu misstrauen. Von Düsseldorf kannte er dieses Verhalten ebenfalls nicht, aber in seiner Heimat, den Niederlanden, war es in allen Orten Brauch, im Winter auf zugefrorenen Flüssen oder Seen zu flanieren. Ihm selbst war das nicht geheuer.

»Soll ich Euch nicht doch hinüberfahren?«, fragte Ersterer.

»Nein, nein«, erwiderte Venray, »wir gehen zu Fuß. Wartet wie abgesprochen in diesem Deutzer Gasthof auf uns.«

»Ich werde nicht lange brauchen«, sagte Anna-Maria. »Ich gehe direkt zu meiner Kräuterhändlerin und komme dann zurück.«

Venray und Anna-Maria verabschiedeten sich vom Wirt und traten auf den Rhein. Sie hielten sich ein wenig abseits vom großen Menschenstrom und waren noch nicht weit gekommen, als plötzlich etwas schier Unglaubliches vor sich ging. Zuerst bemerkte Venray eine kleine Veränderung der allgemeinen Atmosphäre. Es war erst früher Morgen, aufgrund der Wolkendecke herrschte durchgehend dämmriges Tageslicht. Es war beständig zu dunkel gewesen. Seit Wochen hatte niemand mehr die Sonne gesehen.

Venray merkte es nun an den Augen. Es wurde ganz allmählich heller. Und dann ging es urplötzlich sehr schnell. Die Helligkeit nahm zu, und schließlich brach die Wolkendecke im Osten über Deutz ganz auf, und das Sonnenlicht schoss wie glühende Blitze auf die Erde nieder. Es war so grell, dass es in den Augen schmerzte. Ein Aufschrei ging durch die Menschenmasse.

Die Sonnenstrahlen fielen direkt auf die Fassaden der Reichsstadt und tauchten sie für einen kurzen Moment in goldenes Licht, dann schlossen sich die Wolken wieder, und es erschien einem dunkler als vorher. Wieder war die Masse in Aufruhr. Venray stöhnte. Er begriff, was ihm seit Wochen fehlte – ein wenig Sonnenlicht im Gesicht. Auch die Apothekerin stieß einen Laut des Bedauerns aus. Der größte Teil der Menschenmenge jedoch jubelte und johlte, sie priesen Gott und sandten Gebete wie Dankessprüche in den Himmel.

»Es wird bestimmt einen findigen Priester geben, der das als Wunder Gottes verkaufen wird«, meinte Venray.

»Das ist es ja auch«, erwiderte Anna-Maria. »Ein Wunder, nicht von Gott, sondern von der Natur.«

Venray war sprachlos. »Vielleicht behaltet Ihr derartige Sprüche in einer gläubigen Stadt wie Cöln besser für Euch«, riet er ihr dann.

»Ich kann gut auf mich selber aufpassen«, antwortete sie kurz angebunden. »Ich muss nun in diese Richtung!« Anna-Maria zeigte auf ein großes Torhaus weiter im Süden und ging, ohne sich zu verabschieden.

Was hatte er jetzt wieder falsch gemacht? Er hatte ihr doch nur raten wollen, mit Äußerungen, die als Blasphemie angesehen werden konnten, vorsichtig zu sein. Venray blickte ihr hinterher, hatte sie jedoch im Gewühl schnell aus den Augen verloren.

»He du, Bub«, rief er einen vorbeilaufenden Jungen an, »sag mir, wie heißt das Tor dort?«

»Markmannsgasse«, erwiderte der Junge und blickte Venray dabei an, als wäre der nicht ganz richtig im Kopf. Die Stadttore von Cöln, so etwas wusste man doch!

Venray versuchte ein letztes Mal, Anna-Maria ausfindig zu machen, aber es gelang ihm nicht mehr. Dem Jungen warf er eine Münze zu, dann lenkte er seine Schritte auf das besagte Tor zu.

Die unzähligen Berichte über die freie Reichsstadt am Rhein, die er in den letzten Jahren immer wieder in Zeitungen von Reiseschriftstellern gelesen hatte, warfen ihren Schatten voraus. Selten bekam Cöln ein gutes Attest. Wenn der Verfasser ein Protestant war, sagte man der Stadt sogar einen ausgesprochen schlechten Ruf nach. Es war an der Zeit, selbst herauszufinden, was an diesen Berichten wahr war.

Einen Stadtplan führte er nicht mit sich. In seiner Amtsstube hing der Plan des Cölner Artilleriehauptmanns Reinhardt aus dem Jahr 1752, also gut dreißig Jahre alt. Weder hatte er den Plan im Kopf, noch hatte er ihn sich jemals genauer angeschaut. Bisher hatte es auch keinen Anlass dafür gegeben. Einen Vorwurf brauchte er sich deshalb nicht zu machen, überlegte Venray, tat es aber dennoch. Er war gern gut vorbereitet.

Das Markmannsgassentor war auffällig klein und baufällig. Es herrschte dichtes Gedränge. Venray scheute sich, das Tor zu durchschreiten. Einerseits aufgrund der belastenden Vorberichte, die die ganze Stadt mit einem nebulösen Dunst umgaben, hinzu kamen seine mangelnde Ortskenntnis sowie die Tatsache, dass er an dieser Stelle des Rheinufers einen besonders guten Blick auf die am Ufer vertäuten Schiffe werfen konnte. Er entschloss sich also, am Rheinufer entlangzugehen, bis er auf Höhe des Doms angelangt war.

Mit Faszination, Erstaunen und dunkler Vorahnung bestaunte er die Schiffe, Kähne, Boote und Flöße unterschiedlichster Größe und Form. Von vielen Schiffen stiegen Rauchsäulen auf. Anscheinend lebten die Schiffer darauf. Am Ufer und in der Schifferstadt herrschte ein lebhaftes Treiben, eingerahmt von einer gigantischen Ansammlung von Eis und Schnee. Es waren längst nicht so viele Schollen und Eisbrocken wie in Mülheim, aber auch die hier lagernde Menge verhieß gar nichts Gutes. Sobald das Eis aufbrechen würde, drohten die Schiffe – voneinander und von den Schollen – zerquetscht zu werden.

Es gab palisadenartige Kaianlagen mit Leitern, die zum Ufer hinabführten. Lange Holzstege ragten weit in den zugefrorenen Rhein. Sie sollten das Eis brechen und wurden deshalb auch »Eisbrech« genannt. Eine geradezu lächerliche Schutzmaßnahme, selbst in Anbetracht einer normalen Flut. Am Ufer selbst türmten und stapelten sich allerhand Körbe, Fässer, Krüge, Kisten und anderes Zeug – zum größten Teil unkenntlich unter den Schneemassen begraben. Dazwischen lugten Handkarren, Kraxen und Leiterwagen hervor. Es musste sich um nicht verräumte Ware handeln. Wieso es versäumt worden war, die Ware in winterfesten Lagerräumen zu verstauen, begriff Venray nicht.

Der Uferweg an sich war breit genug für Wagen und Karren, auch weil hier die Treidelpferde entlanggeführt wurden, um die Flussschiffe zu ziehen. Jedoch war der Weg momentan auf einen schmalen Fußweg zusammengeschrumpft. Auf diesem schmalen Pfad drängte sich zahlloses Volk. Die Gesprächsfetzen, die Venray auffing, drehten sich allesamt um die bevorstehende Flut.

Das Mauerwerk der Cölner Stadtmauer war hier in einem

besonders trostlosen Zustand. Der Putz fiel ab, der Mörtel bröckelte aus den Fugen. Das Bollwerk würde Angreifern kaum standhalten; ob es gegen die Wassermassen schützen würde, konnte Venray nicht vorhersagen. An die Mauer waren Häuser und roh gezimmerte Verschläge angebaut worden. Überall hausten Menschen. Was würde mit ihnen passieren, wenn das Schmelzwasser kam?

Mitten auf dem von schmutzigen Schuhsohlen braun getretenen Schneepfad zankten sich zwei Frauen. Ihre Kleider waren eher Lumpen als Kleidung, und ihr Alter konnte Venray nur schwer einschätzen. Sie waren so sehr vermummt, dass man ihre Gesichter nicht erkennen konnte. Nur an ihrer Art, sich zu bewegen und zu gehen, meinte Venray zu erkennen, dass sie etwas älter sein mussten. Als er näher kam, erkannte er, worum sie sich stritten. Die Frau mit dem Rücken zu ihm verstellte den Blick auf drei Holzscheite, an denen sie beide zogen. Der anderen gelang es, eines der Scheite ganz zu fassen, die zwei anderen Hölzer fielen zu Boden. Als die Frau mit dem Rücken zu ihm wieder nach dem Scheit griff, hob die andere es in die Höhe, um das Holz auf den Schädel ihrer Widersacherin zu jagen. Venray griff ein. Doch trotz mehrmaligen Nachfragens gelang es ihm nicht, eindeutig zu klären, wem das Holz gehörte oder ob es einer der beiden Frauen gestohlen worden war. Schmuggel, Diebstahl und Hehlerei waren sicherlich aus der Not geborene Verbrechen, die hier zum Alltag gehörten. Venray zog seinen Säbel. Da es nicht das richtige Werkzeug war, spaltete er mühevoll jedes Scheit in zwei ungefähr gleiche Teile und gab jeder Frau drei Stücke. Die erste Frau lächelte ihn an und ging dankbar ihrer Wege, die zweite Frau beschimpfte ihn und belegte ihn mit einem ernst gemeinten Fluch. Venray konnte kaum glauben, dass jemand wegen drei Holzscheiten derart rachsüchtig sein konnte. Er machte, dass er weiterkam.

Durch das Tor an der Dranckgasse betrat er schließlich die Stadt. Obwohl die Straße immer geradeaus verlief, hatte er im Wirrwarr zweimal nach dem Weg fragen müssen. Nun folgte er der Gasse, die an der nördlichen Seite unterhalb des Doms lag, bis zu seinem Ziel: dem Cölner Hof, dem erzbischöflichen Palais. Er erhoffte sich, dort Auskunft zu erhalten, wo er den Domküster finden könnte. Freilich lief Venray nicht Gefahr, den Erzbischof persönlich anzutreffen und zu der Angelegenheit befragen zu können. Erzbischof Maximilian Friedrich selbst, der gleichzeitig Kurfürst von Cöln war, residierte nämlich nicht etwa in der Reichsstadt, sondern in seinem Schloss in Poppelsdorf bei Bonn.

Kaum stand Venray vor dem Eingangstor zum Palais, wurde ihm die Absurdität der sonderbaren Situation bewusst. Er stand im Begriff, so unvorbereitet wie unangekündigt ans erzbischöfliche Palais zu klopfen! Genauso hätte er in Rom an der Pforte des Vatikans um Eintritt bitten können für ein Gespräch mit dem Papst.

Eben wollte er sich überwinden und an das Tor klopfen, da wurde es aufgerissen, und ein Mann kam heraus, der an ihm vorbeieilen wollte. Der Geistliche trug liturgische Kleidung und war vermutlich auf dem Weg zur Messe im Dom, in dessen Schatten das Bischofspalais lag. Der Priester schaute ihn kurz an, und etwas an Venrays Erscheinung ließ ihn innehalten. Es war doch offensichtlich, dass es sich bei Venray nicht um einen der Dienstboten oder Bettler handeln konnte, die vor dem Eingangsportal herumlungerten oder den für das Personal und die niederen Ränge gedachten Dienstboteneingang benutzten.

»Kann ich Euch helfen?«, fragte der Geistliche.

»Das könnt Ihr mit Sicherheit«, erwiderte Venray höflich. »Ich würde gerne in einer äußerst dringenden Angelegenheit mit dem Domküster sprechen.«

»Momentan ist dafür sehr wenig Zeit. Im Dom findet eine Messe gegen die Flut statt.«

»Darf ich fragen, mit wem ich spreche?«, erkundigte sich Venray.

»Ich bin der Sekretär des Domküsters.«

Der Küster des Doms hatte einen Sekretär? Die katholischen Ämter waren ihm fremd. Da Venray protestantisch erzogen worden war, kannte er sich mit katholischen Bräuchen nur unzureichend aus. Er war sich jedoch ziemlich sicher, dass bei den protestantischen Glaubensbrüdern kein Küster, sei er noch so hochgestellt, einen Sekretär hatte. Darüber hinaus nannte der Sekretär seinen Namen nicht.

»Wann kann ich den Domküster sprechen?«

»Im Moment gar nicht. Wen darf ich denn melden?«

»Amtmann Venray aus Mülheim. Ich ermittle in Sachen eines Mordes an einem Pater.«

Der Geistliche runzelte die Stirn. »Und deshalb kommt Ihr nach Cöln?«

»Das letzte Gespräch des Ermordeten fand hier in Cöln mit dem Domküster statt.«

Der Geistliche schüttelte den Kopf, dann sagte er: »Wir müssen eine Messe feiern, um Gottes Gnade zu erbitten.«

»Ihr lasst die Menschen beten, um die jährlich einsetzende Schmelzwasserflut zu verhindern?«

»Das liegt ganz allein in der Allmacht unseres Herrn Jesu Christi.«

Mit dieser klerikalen Anschauung vereinfachte der größte Teil der Geistlichen den Lauf der Welt. Ihn traf diese Uneinsichtigkeit und verbohrte Gläubigkeit jedes Mal aufs Neue wie ein Schlag in die Magengrube. »Wie viele Kirchen gibt es in der Stadt?«, lenkte er das Gespräch zum Schein in eine andere Richtung.

»Es mögen um die zweihundertsechzig sein«, sagte der Gottesmann stolz, gleichzeitig schien er nicht zu verstehen, wieso Venray ihm die Frage stellte. Er taxierte ihn mit einem abschätzenden Blick.

»Das sind sehr viele«, meinte Venray. »Ob es in der heiligen Stadt ähnlich viele Gotteshäuser gibt?«

Prompt antwortete der Sekretär des Domküsters herablassend: »Das heilige Cöln braucht sich vor keinem Vergleich zu scheuen.«

Dieses selbstgefällige Eigenlob provozierte Venray noch mehr. »Selbst eintausend Kirchen im heiligen Jerusalem«, erwiderte er erbost, »mit noch so vielen Menschen, die Gottes Glorie preisen, könnten die Flut nicht aufhalten.«

»Das ist Gotteslästerung!«

Venray war immer wieder fasziniert davon, wie rasch sich Geistliche jeglichem rationalen Argument entwanden und diesen Trumpf zogen, das Ass im Ärmel, das jede weitere Diskussion unterband und zum Stillschweigen zwang. Entweder war es die Allmacht Gottes oder die angebliche Beleidigung des höchsten Wesens, mit der jede andere Meinung vernichtet wurde. Eben hatte er die Apothekerin noch gewarnt, nun war er selbst in die Situation geraten, der Blasphemie beschuldigt zu werden. War er im Begriff, sich um Kopf und Kragen zu reden?

»Übt Euch in Vorsicht«, erwiderte Venray, dem nur die Flucht nach vorn blieb. »Wollt Ihr den Vertreter Seiner Durchlaucht beschuldigen, beschuldigt Ihr am Ende den Kurfürsten selbst. Bringt mich zu Eurem Vorgesetzten oder am besten gleich zum Erzbischof, und wir klären die Angelegenheit. Denn ich bin nur hier, um der Gerechtigkeit Genüge zu tun.«

»Trollt Euch nach Hause, Ihr Mülheimer Hunde«, giftete ihn der Sekretär an, nachdem er ihn lange fassungslos angestarrt hatte.

Dieser heftige Ausbruch alarmierte Venray. Auf eine unverhohlene Drohung, Venray als Gotteslästerer darzustellen, folgte eine derbe Beleidigung. Er war noch keine zwei Stunden in Cöln, man hatte ihn bereits verflucht, und nun wurde er von einem Kirchenmann beschimpft und beleidigt. Es konnte kaum schlimmer kommen.

»So von Hund zu Hund«, konterte er kalt, »ich werde Seiner Durchlaucht Eure Beleidigung übermitteln.«

Endlich kam Bewegung in die herablassende Mimik des Geistlichen. Er schien hin- und hergerissen. »Was ist Euer Begehr?«, fragte er endlich. An einem Eklat schien ihm also doch nicht gelegen.

»Wie ich schon sagte«, antwortete Venray, »es geht mir nur um eine rein sachliche Nachfrage zu einer kriminalpoliceylichen Ermittlung. Ein katholischer Mönch wurde ermordet.

Kaltblütig ermordet, denn eine solche Tat erfordert ein gewisses Maß an ›kaltem‹ Blut. Der Tote wurde im Verwaltungsbezirk Mülheim gefunden. Ob der Mord wirklich dort oder an einem anderen Ort erfolgte, lässt sich nicht mehr zurückverfolgen. Ich bin von Amts wegen beauftragt, den Täter ausfindig zu machen. Und ich dachte, auch der Diözese sollte daran gelegen sein, dass dieser Fall zur Aufklärung käme. Zumal eines der letzten bekannten Gespräche des Ermordeten, wie gesagt, hier in Cöln mit dem Domküster geführt wurde. Ihr habt Euch noch nicht einmal erkundigt, um welchen Mönch es sich handelt. Auch wenn es Euch offensichtlich an Respekt mangelt, wird es ja wohl gestattet sein, diese Fragen zu stellen.«

Der Geistliche ließ sich Zeit mit seiner Antwort. »Wie lautet der Name des Mönchs?«

»Das werde ich Eurem Dienstherrn offenbaren.«

»Kommt morgen wieder«, sagte der Sekretär.

Das war alles. Kommt morgen wieder. Der Geistliche ließ Venray einfach stehen. Er blickte ihm hinterher, wie er über die Gasse eilte und im Dom verschwand.

Venray schaute sich die Straße genauer an, während er darüber nachdachte, wo er denn heute Nacht, entgegen seinem ursprünglichen Plan, nicht länger als einen Tag in Cöln zu weilen, übernachten sollte. Die Häuser der Dranckgasse waren von höchst unterschiedlicher Bauart. Sicherlich war auf dieser Gasse zu früheren Zeiten das Vieh getränkt worden. Dass das für die Treidelpferde, die die nahe gelegenen Aaken und Oberländer zogen, noch heute galt, hielt Venray für wahrscheinlich. Momentan ersichtlich war es nicht, da sich wie überall klafterhoch schmutziger Schnee auftürmte. Neben einigen anderen offensichtlich sakralen Bauten zeigte sich der Cölner Hof, das Bischofspalais, vor dem er stand, ein einstöckiges Gebäude im klassischen Stil seiner Zeit errichtet, in tadellosem Zustand. Geradezu makellos. Ganz ähnlich wie einige viel größere Prachtbauten auf der Straße, die vermutlich wohlhabenden Patrizierfamilien gehörten. Diese Palais glänzten und strotzten geradezu vor Wohlstand und Reichtum.

Dazwischen standen besonders baufällige Häuser, die diese Bezeichnung aufgrund ihrer Unansehnlichkeit kaum noch verdienten. Die Ungleichheit zwischen alarmierender Verwahrlosung und schier grenzenloser Pracht, verbunden mit den bisherigen Erlebnissen mit Cölner Bürgern, ließ Venray zu dem Schluss kommen, dass es um die Stadt wahrlich nicht gut stand.

Die Reichsstadt war wie ein schlafender Riese, der von Alpträumen geplagt um sich schlug. Eingelullt von strenggläubigen Eiferern und selbstsüchtigen Oberen, wartete der Riese, eingebettet im ewigen Winterschlaf, darauf, dass er erweckt wurde. Diese Erweckung, so dachte Venray weiter, würde mit unerbittlicher Härte und Grausamkeit zuschlagen, sobald die Schmelze einsetzte.

4

Anna-Maria schritt energisch voraus. Sie hatte viel zu erledigen. Und musste rechtzeitig wieder in Deutz sein. Es sollte schließlich nicht auffallen, dass sie neben ihren Besorgungen für die Apotheke noch einige andere Nachforschungen anstellte. Davon sollte der Amtmann nichts erfahren.

Natürlich, sie hatte ihm versprochen, nichts zu unternehmen, aber da sie nun einmal in Cöln war, konnte sie sich doch die Gelegenheit nicht entgehen lassen, zu überprüfen, ob die letzte Information, die sie im Armenhaus bekommen hatte, richtig war. Demnach waren einige Kinder über Pater Christoph an Cölner Kürschner vermittelt worden.

Anna-Maria war sich unsicher, ob sie dem Amtmann trauen konnte. Zu oft war sie in ihrem Leben von der Obrigkeit enttäuscht, gar hintergangen worden. Und schließlich verkörperte Venray die Herrschaft. Sie ertappte sich bei dem Gedanken, dass an dem Amtmann irgendwas Besonderes haftete. Sie konnte sich nur gar nicht erklären, was das sein sollte. Ständig rauchte der Freiherr Pfeife und blickte so mürrisch und eigensinnig drein, dass man sich fast vor ihm fürchten konnte. Er war ein hochnäsiger Adliger!

Anna-Maria lief noch schneller, um die Gedanken zu verscheuchen. Das ging sie doch alles nichts an! Und überhaupt, schon bald würde Venray wieder aus ihrem Leben verschwinden. Sie hatte Wichtigeres vor. Sie musste ihr Möglichstes tun, um herauszufinden, wo die Kinder und vor allem Niklas, der Junge, zu dem sie Zuneigung gefasst hatte, geblieben waren. Sie würde sonst das Gefühl nicht loswerden, ihn im Stich zu lassen.

Auf den zugeschneiten Straßen Cölns war es nicht immer möglich, sicheren Tritt zu finden. Mancherorts waren lange, eisverkrustete Holzbohlen wie Stege ausgelegt. Der bräunlich schwarze Schnee lag zum Teil mannshoch. Eine weiße Stelle fand sich nirgends, überall sah sie gelbliche Verfärbungen, wo die Menschen ihre Notdurft verrichteten. Das erweckte den Eindruck, als wären die Wege noch dreckiger als in den schneefreien Jahreszeiten. Der Gestank war nahezu unerträglich. Immerhin, es war nicht ganz so schlimm wie im Sommer, wenn es heiß war. Kein Wunder, dass manche Leute nur mit parfümierten Tüchern vor Mund und Nase durch die Gassen eilten.

Ihre Besorgungen hatte sie schnell erledigt. Sie trug nun einen großen Sack. Immer wieder fiel ihr auf, dass sie misstrauisch beäugt wurde. Ob sie in Gefahr war, überfallen und beraubt zu werden? Über diese Möglichkeit hatte sie erst gar nicht nachgedacht. Doch nun wurde die Gefahr deutlich.

Auch Verkleidete, die feierten, sah sie auf ihrem Weg durch die Stadt. Es musste sich dabei um Angehörige der Cölner Oberschicht handeln. Leute, die es sich leisten konnten zu feiern. Die ausgelassene Stimmung bedrückte sie, weit mehr – sie empörte sie. Nicht nur, dass sie hungrig und ihr viel zu kalt war, um überhaupt in Feierlaune zu kommen. Es erschien ihr auch höchst unmoralisch angesichts der Tatsache, dass der größte Teil der Bevölkerung arge Not litt.

Anna-Maria wusste, wie ihr ging es sehr vielen Menschen. Doch anscheinend teilten zahlreiche Patrizier die Sorgen und Nöte der einfachen Bevölkerung nicht. Sie hatten nichts Besseres zu tun, als zu feiern und die letzten Vorräte zu verprassen. Denn Anna-Maria ahnte, dass die Bevölkerung in einigen Monaten noch sehr viel schlimmer leiden würde. Nämlich dann, wenn sich offenbarte, dass ein viel zu langer, strenger Winter einen viel zu kurzen Sommer nach sich zog, bei dem die Pflanzen kaum gedeihen konnten und die Ernte im Herbst sehr kümmerlich ausfallen würde.

Die Reichsstadt hatte innerhalb der Stadtmauern einen hohen Anteil an Fläche, die landwirtschaftlich genutzt wurde. Vor allem in den Randbezirken gab es Höfe, Wälder, Parks und Felder. Davon sah man hier im großstädtischen Getümmel natürlich gar nichts.

Zwischen all den Feiernden säumten Bettler, Arme, Krüppel

und Kranke den Weg. Die Anzahl der Hungerleidenden war erschreckend hoch. Sie lebten und starben auf der Straße. Bei manch einer in der Ecke kauernden Gestalt war kaum auszumachen, ob sie überhaupt noch lebte. Und Anna-Maria fragte sich, wohin die Leichen gebracht wurden, da es doch fast unmöglich war, Gräber auszuheben, oder wurden sie einfach liegen gelassen? Auch fielen ihr die vielen Pilger, die sich in der Stadt aufhielten, ins Auge. Ob der Winter ihre Pilgerfahrt unterbrochen hatte und sie in einer fremden Stadt nun förmlich festhingen und auf besseres Wetter warteten?

Mehrere Prozessionen kreuzten ihren Weg. Jedes Mal, wenn sie auf eine dieser Gruppen Gläubiger stieß, duckte sie sich weg und versteckte sich. Sie hatte von mehreren ihrer Kunden Berichte vernommen, dass die Betenden gegen Andersgläubige rüde wurden. Anna-Maria fragte sich, wie eine blühende, reiche Stadt wie Cöln so tief hatte sinken können. Ihr wurde angst und bange, wenn sie sich vorstellte, ins Visier der strenggläubigen Katholiken zu geraten. Sie war eine Frau und als solche ohne Begleitung unterwegs, schon das konnte unter den Gläubigen als anrüchig betrachtet werden.

Ein Mann kam vorbei, drückte ihr einen Zettel in die Hand, nachdem er sie gefragt hatte, ob sie lesen könne. Auf dem Zettel stand die Überschrift: »Sintflut. Der Herr wird uns strafen«. Sie kam nicht dazu, mehr zu lesen. Der Mann verkündete, er sei professioneller Handzettelverteiler. Er bestritt seinen Lebensunterhalt damit, allerlei Veranstaltungen anzukündigen. Doch seitdem dieser Winter begonnen hatte, waren sämtliche Spielstätten geschlossen. Nirgendwo fanden mehr Konzerte oder Schauspiele statt. Er wurde nicht mehr gebraucht und musste nun um Almosen betteln. Anna-Maria hatte selbst nichts, was sie geben konnte. Der Verteiler nahm ihr den Zettel wieder ab und zog seines Weges.

Anna-Maria kam in eine bessere Wohngegend, nicht weit vom Neumarkt. Die Fassaden waren gut instand gesetzt. Die Fenster waren erleuchtet, die Straßen besser vom schmutzigen Schnee gesäubert. Endlich blieb sie vor dem Laden eines

Kürschners stehen. Sie hatte bereits eine Reihe Kürschnerwerkstätten aufgesucht. Diese hier war die letzte auf ihrer Liste. Es gab nur wenige, und die waren anders als andere Gewerke über die ganze Stadt verteilt. Sie war durchgefroren. Es war ihre letzte Chance, etwas herauszufinden.

Anna-Maria betrat den Laden. Mehrere Angestellte hockten wie Schneider mit verschränkten Beinen auf Tischen und nähten an kostbaren pelzbesetzten Kleidungsstücken. Hier wurde verarbeitet, was weiter hinten in der Werkstatt begonnen worden war: Felle. Allein der Anblick so vieler Pelze brachte sie zum Staunen. Der Reichtum schüchterte sie ein.

Keine Frage, hier gingen die Geschäfte gut. Warme Kleidung erfreute sich einer hohen Nachfrage. Pelzbesetzte Mäntel, Handschuhe, Wämser und Mützen – wer es sich leisten konnte, sorgte dafür, sich die Kälte ein bisschen erträglicher zu gestalten. Die Kundschaft bestand ausschließlich aus Männern und Frauen der Cölner Oberschicht. Es hätte Anna-Maria nicht verwundert, wenn man sie zum Dienstboteneingang geschickt oder am besten gleich vor die Tür gesetzt hätte. Selbstverständlich war alles, was hier hergestellt wurde, weit über dem, was sie sich hätte leisten können.

Das sah auch der Kürschner auf den ersten Blick, der nun auf sie zukam. Der Mann trug eine Pelzmütze und schob einen beachtlichen Bauch vor sich her. Der Mangel der letzten Monate hatte ihn offensichtlich wenig berührt. Er roch nach Wein und Schweiß. Rotweinflecken färbten seinen Bart.

»Was wollt Ihr hier?«, fragte er grob.

»Entschuldigt bitte«, trotzte sie in fast unterwürfigem Ton dem unhöflichen Verhalten, »ich bin die Apothekerwitwe Parisi aus Mülheim, ich suche –«

»… sicherlich einen schönen Kaninchenfellmantel«, unterbrach er sie nun honigsüß, als könne er ihr jeden Wunsch von den Lippen ablesen. Anna-Maria hatte anstelle ihres angeheirateten Namens ihren Mädchennamen benutzt. Die Augen des Kürschners begannen zu leuchten, und er verbeugte sich tief. Apotheker waren oftmals vermögend und zählten sicherlich zu seiner Kundschaft. In Mülheim waren keine Kürschner ansässig. Anna-Maria vermutete, dass die Mülheimer Oberen sich ebenfalls hier in Cöln mit Pelzen eindeckten.

Der Kürschner hielt ihr ein Kaninchenfell hin. Es war weich und warm. Sicherlich wäre eine gefütterte Redingote eine große Erleichterung. Mit fast ohnmächtig machender Faszination starrte sie auf das unerreichbare Fell.

»Ich muss die werte Dame sofort darauf hinweisen«, säuselte er, »unsere Auftragsbücher sind sehr voll. Ein neuer Mantel wird Geduld erfordern.«

»Danke für den Hinweis«, entgegnete Anna-Maria und tat, als wollte sie tatsächlich einen Mantel in Auftrag geben, »die Wartezeit wird sich sicher lohnen. Und auch wenn der eine Winter noch nicht vorbei ist, ist doch gewiss, dass der nächste schon bald wieder vor der Tür stehen wird.«

»Sehr weise gesprochen.« Der Kürschner blickte sie mit seinen vom Alkohol glasigen Augen an und erwartete wohl, dass sie die Bestellung bestätigte.

»Darüber hinaus suche ich jemanden.«

»Ihr sucht jemanden? Bei mir?«

Anna-Maria trat einen Schritt zurück, um seinem fauligen Atem auszuweichen. »Wie lange würde es denn dauern, bis die Redingote fertiggestellt wäre?«

»Nun, lasst mich überlegen. Das hängt ganz davon ab …«

Wie viel ich ihm bezahle, brachte Anna-Maria seinen Satz in Gedanken zu Ende. »Verstehe«, erwiderte sie. »Habt Ihr Lehrjungen?«

»Bedaure. Dieses Jahr lassen die Geschäfte und die allgemein schlechte Wirtschaftslage das leider gar nicht zu«, jammerte er kopfschüttelnd.

Anna-Maria gönnte sich eine Redepause, sie hatte die anfängliche Unsicherheit verloren. Lange starrte sie den Kürschnermeister mit verächtlichem Blick an. Ihr Gegenüber wurde unruhig.

»Ich suche einen Jungen, ungefähr zehn Jahre alt«, setzte sie nach, »der Arbeit bei einem Kürschner erhalten haben soll. Es ist noch nicht lange her. Er hört auf den Namen Niklas. Er ist klein, aber kräftig und manchmal aufmüpfig. Ihr seid meine letzte Hoffnung.« Betrübt blickte sie zu Boden.

»Wie gesagt ...«, erwiderte er. »Wer hat Euch davon denn erzählt?«

Kaum hatte er das gesagt, da musste ihm auch schon bewusst geworden sein, dass er sich verplappert hatte.

»Wo ist der Junge? Ich will mit ihm sprechen«, sagte Anna-Maria aufgeregt und versuchte, in den hinteren Teil des Ladens zu schauen.

»Nein, nein, hier ist niemand«, wehrte er ab. »Ich möchte Euch jetzt bitten zu gehen.«

»Ist der Junge denn nicht hier?«

»Unverschämtheit. Was wollt Ihr von mir?«

»Was heißt hier unverschämt?«, blieb Anna-Maria unnachgiebig. »Ich will doch nur wissen, wo der Junge abgeblieben ist und ob es ihm gut geht.«

»Er ist«, stammelte der Kürschner, »er ist ... ich weiß nicht, wo er ist. Woher soll ich wissen, wo er ist!« Dann fügte er rasch hinzu: »Er ist weggelaufen.«

Endlich! Anna-Maria hatte die Auskunft, über die sie die gesamte letzte Woche hinweg spekuliert hatte. Der Junge war weggelaufen. Sicherlich nicht, weil es ihm hier so gut gegangen wäre. »Was denn nun, Ihr wisst es nicht, oder ist er weggelaufen?«

Er antwortete nicht. Folglich setzte Anna-Maria ihn noch stärker unter Druck. »Was habt Ihr mit ihm gemacht?«

Doch der Kürschner fing sich nun wieder. Er hatte die Unsicherheit überwunden. »Was ist mit dem Mantel, möchtet Ihr den nun bestellen?«

»Ich überlege es mir noch«, erwiderte sie etwas zu kurz angebunden.

Der Kürschner ergriff die Gelegenheit, die unliebsame Kundin loszuwerden. »Dann möchte ich Euch bitten, uns nicht länger aufzuhalten, damit wir unsere Arbeit weitermachen können.«

Doch Anna-Maria wollte sich nicht abwimmeln lassen. »Moment, wann ist das gewesen, und wohin soll der Junge denn weggelaufen sein?«, hakte sie nach.

Sie war sich sicher: Wenn Niklas fortgelaufen war, dann wäre er zurück nach Mülheim gekommen und hätte sie aufgesucht. Das war aber nicht passiert. Der feiste Handwerksmeister log. Schließlich passierten manchmal auch schlimme Unfälle, bei denen Angestellte oder Lehrjungen zu Tode kamen. Nicht selten prügelten die Meister die ihnen Anvertrauten tot.

Der Kürschner schien ihre Gedanken zu erraten, denn er blickte sie wütend an. »Macht, dass Ihr fortkommt«, brüllte er ausfallend, »sonst hole ich den Büttel.«

Die Wut, mit der sie angegangen wurde, versetzte Anna-Maria einen tiefen Schreck. Dass sich jemand für den Verbleib eines Waisenjungen interessierte, war sicherlich ungewohnt, aber die Heftigkeit der Reaktion erschien ihr auffällig. Irgendwas stimmte hier nicht!

»Entschuldigt bitte, aber es wird ja wohl erlaubt sein –«, unternahm sie einen neuen Anlauf, wurde aber sofort unterbrochen.

»War ich nicht deutlich genug?«, fuhr der Kürschner sie an. »Wenn Ihr nicht augenblicklich aus meinem Laden verschwindet, mache ich meine Ankündigung unverzüglich wahr und hole den Stadtbüttel!«

Was um alles in der Welt ging hier vor sich? Wieso reagierte dieser Kürschner derartig abweisend? Anna-Maria fühlte, dass der Mann mehr wusste und die Wahrheit über den Verbleib des Jungen verschwieg. Aber was sollte sie tun? Was hatte sie gegen den Kürschner in der Hand? Nichts. Niemand würde ihr glauben. Zumal der Kürschnermeister sicher eine bekannte Person war. Darüber hinaus würde er den Büttel angemessen entlohnen, und landauf wie landab galt: Recht hatte, wer bezahlte.

Es widerstrebte ihr, dem Widerling nachzugeben. Doch auf diesem Wege würde sie nichts weiter herausfinden. Im Gegenteil, sie lief Gefahr, am Ende noch im Gefängnis zu landen. Sie kämpfte mit sich. Das raubte ihr die Fähigkeit, einen klaren Gedanken zu fassen. Schließlich riss sie sich zusammen und ging.

Kaum war sie ein Stück vom Laden entfernt, drehte sie sich nochmals um und beobachtete das Haus. Sollte sie versuchen, sich in den Hof zu schleichen? Lag der Junge verletzt oder schwer krank in einer Ecke? Was sollte sie tun?

Doch da trat der Kürschner auf die Gasse, blickte sich um und eilte davon. Anna-Maria war sich sicher, dass er sie gesehen hatte. Der Kürschner machte seine Drohung wahr und holte den Büttel!

Nun bekam sie es mit der Angst zu tun. Das Herz schlug ihr bis zum Hals. Sie drehte sich um und beeilte sich, fortzukommen.

5

Es war unausweichlich. Geradezu vorhersehbar war es gewesen. Doch es fühlte sich anders – schmerzhafter – an, die Gewissheit in Händen zu halten. Mutlos ließ sich Anna-Maria auf einem Schemel neben dem Feuer nieder und betrachtete die glimmenden Scheite, die kaum noch Flammen schlugen. Doch dass die Kälte ihr zusetzte, beachtete sie kaum.

Es war erst wenige Tage her, dass Hofkammerrat Bertoldi sie aufgesucht hatte, und nun lag das Ergebnis dieses Besuchs schon vor. Ganz klar, das ging nicht mit rechten Dingen zu. Das ging es ja nie bei denjenigen, die sich Stimmen und Rechte erkaufen konnten. Aber wie sollte sie das beweisen? Und selbst wenn sie das könnte, wer würde ihr schon Glauben schenken?

Seit ihrer Rückkehr aus Cöln vor einigen Tagen hatte sie auf Neuigkeiten gewartet. Und auf Niklas. Lebte er noch? Wieso hatte sich der Kürschner Klebig derartig abweisend verhalten? Was hatte der Amtmann in Cöln über Pater Christoph herausgefunden? Und wieso blieb er, entgegen seiner Ankündigung, überhaupt so lange fort? Was war in Cöln so Unvorhersehbares geschehen?

Doch die Nachricht, die sie nun erhalten hatte, zog ihr geradezu den Boden unter den Füßen weg. Dieses Papier in ihren Händen besiegelte ihr Schicksal in Mülheim.

Wie gern hätte sie sich hier etwas aufgebaut! Besonders jetzt, da ihr Mann tot war. Was für eine bitterböse Ironie. Die Gerätschaften waren vorhanden, ein Haus, eine solide kleine Stadt, in der es sich leben ließ. Sie hätte eine gute Apothekerin sein können. Auch wenn sie generell im Verruf stand, eine Art Kräuterhexe zu sein, mochten einige Leute sie sogar. Nur die Oberen wollten sie hier nicht haben. Insbesondere Bertoldi, der vermutlich ein eigenes Apothekergeschäft aufziehen wollte. Nichts anderes konnte sein Beweggrund sein. Aber wenn es darum ging, ernsthafte Erkrankungen zu heilen, wie neulich

Bertoldi selbst seine Franzosenkrankheit, dann kamen sie doch alle zu ihr. Still und heimlich. Und sie drückten den Preis! Nicht dass Anna-Maria das ernsthaft überrascht hätte. Sie hatte sich nie angepasst verhalten.

Schon als ihr Mann noch lebte, war sie gesellschaftlich isoliert gewesen, weil sie sich gegenüber höhergestellten Personen niemals unterwürfig verhielt. Sie bezeichnete das als Gleichberechtigung. Doch davon wollten ihre Mitmenschen nichts hören. Im besten Fall belächelte man sie lediglich und ließ sie in Ruhe. In der Regel hielt man sie für verrückt. Das, was sie besonders gut konnte, ihre medizinischen Fähigkeiten, war ihr Segen und ihr Untergang. Wie oft hatte ihr Mann ihr genau das vorgeworfen und zuletzt auch mit Schlägen untermauert!

Warum hatte sie ihn überhaupt geheiratet, damals, vor zehn Jahren, als sie eigentlich auf dem Weg von Italien in den Norden unterwegs war, um in einer gemäßigten Stadt protestantischen Glaubens Medizin zu studieren? Nach dem Tod ihres Vaters war sie von ihrer Familie verstoßen worden. Ganz auf sich gestellt, war sie über Umwege hier im Rheinland gelandet. Eigentlich sollte es nur für kurze Zeit sein. Doch ihr Mann hatte sich anfänglich – vor der Heirat – ihr gegenüber loyal und liebevoll verhalten. Und so war er eben ihr Ehemann geworden – und dann immer mehr zum Mysterium. Der größte Fehler ihres Lebens.

Doch die Gedanken an frühere Tage konnten ihr jetzt auch nicht helfen. Sie musste nach vorn blicken. Ohne Arbeitserlaubnis konnte sie die Apotheke nicht weiterführen. Wie sollte sie ihr Auskommen finanzieren? Gegenwärtig war aufgrund des Winters nicht mal an ein Weiterziehen oder gar Auswandern zu denken. Wo sollte sie also hin?

Warum nicht im Frühjahr auf eines der Schiffe im Rotterdamer Hafen steigen und in dieses wundersame Amerika auswandern?, dachte sie nun. Doch wohin sollte sie gehen – in den französischen oder den englischen Teil? Das Land war vom Krieg zerrüttet – das »Wundersame« hielt sich folglich in Grenzen. Es war sowieso nicht mehr als ein Hirngespinst. Um auszuwandern, brauchte man Geld. Und sie hatte ihr letztes, zudem geliehenes Geld für Vorräte ausgegeben.

Die Verlogenheit ihrer Zeitgenossen, vor allem der Herrschenden, ließ sie verzweifeln. Sie sagten das eine und taten das andere. Sie musste selbst sehen, wo sie blieb. Natürlich war er wie die anderen Beamten korrupt bis ins Mark. Wieso sollte es bei ihm auch anders sein? Sie hatte sich ihm gegenüber nicht unterwürfig genug verhalten. Sicher hätte sie die Erlaubnis bekommen, wenn sie sich ihm angeboten hätte.

So lief der Hase. Und nicht anders.

Ihr Haus zu Geld zu machen würde wehtun, denn es gefiel ihr. Aber das war nun mal der einzige Weg aus der Misere. Sie konnte schlecht heimlich ihrer Arbeit nachgehen, dafür war Mülheim einfach zu klein. Jeder kannte jeden, jeder beobachtete den anderen. Und Bertoldi und die anderen Oberen würden sie beobachten.

Auch einer von denen, die nie genug bekamen. Gier bis zum Anschlag. Dabei war seine Gier auch sein größter Fehler, der ihm die Geschlechtskrankheit eingebracht hatte. Ob es die Franzosenkrankheit oder etwas anderes war, konnte Anna-Maria nicht sagen, denn natürlich hatte sich der Hofkammerrat nicht von ihr untersuchen lassen, sondern sich nur die üblichen, für einen Kenner verräterischen Arzneimittel besorgt.

Ach, verdammt, ging es ihr durch den Kopf, wie würde sie die beschaulichen Sommerabende am Rheinufer vermissen!

Was, wenn sie die Apotheke heimlich weiterbetrieb? Würde die Sache bald auffliegen, weil sie unter Beobachtung stünde? Das wirklich Dumme war, dass von nun an *jeder* wissen musste, dass sie ihr Haus würde verkaufen müssen. Ein gutes Druckmittel, den Preis zu reduzieren.

Und das alles wegen dieses Amtmanns, der aus völlig undurchsichtigen Gründen ein doppeltes Spiel trieb. Wie sie es geahnt hatte, war der Freiherr auch nicht anders als die anderen. Immerhin hatte er ihr doch versprochen, sich für sie einzusetzen. Lüge! In Wahrheit hatte er mit Bertoldi etwas ganz anderes vereinbart. Anders konnte es sich nicht verhalten!

Dabei hatte er sie für die Untersuchung am Mordopfer reich entlohnt. Mehr als nötig. Zudem hatte er ihr Geld geliehen, damit sie Vorräte kaufen konnte – unter dem Vorwand weiterer Untersuchungen. Abgesehen davon war er der einzige Mann weit und breit, dem es zumindest nicht an Höflichkeit und Respekt ihr gegenüber mangelte.

Allein er hatte ihr unrechtmäßiges Tun durchschaut. Sein Wissen nutzte er gegen sie aus. Außerdem wollte er den Mord am Pater doch nur aufklären, weil er Druck von Andreae erhalten oder besser ein geheimes Abkommen geschlossen hatte. Auch das wieder so eine durchtriebene Sache – ich tue was für dich, dann tust du auch was für mich. All diese Netze und Verbindungen sollten zerschlagen werden. Die Nutzung solcher Zünfte und Seilschaften sollte unter Strafe stehen!

Aber wie widersinnig und kurzsichtig von ihr … Eine Zunft war natürlich nur deshalb geschaffen worden, damit das System genauso funktionierte! Männer kamen damit prinzipiell besser zurecht. Frauen durften kochen, sticken, Kinder hüten. Was war das nur für eine Welt, in der sie lebte?

Ihre Gedanken überschlugen sich. Sie stöhnte laut auf, rieb sich die Schläfen und war vorübergehend wie gelähmt. Dann zerknüllte sie den Brief und machte Anstalten, ihn ins Feuer zu werfen. Die Türglocke hielt sie davon ab.

»Einen Augenblick«, rief sie in den Verkaufsladen.

»Beeilt Euch! Es ist sehr dringend«, bekam sie umgehend zu hören. »Schnell, Frau Scheidt!«

»Parisi«, korrigierte sie, aber sie sprach mehr zu sich selbst als zu ihrem Besucher. Wer konnte das nur sein? Wahrscheinlich hatte sich ein Arbeiter verletzt. Für derartige Notfälle war sie offenbar gut genug.

Anna-Maria zögerte kurz, doch dann warf sie den Brief auf den Boden anstatt ins Feuer. Widerwillig erhob sie sich und eilte durch den Durchgang im Repositorium hinter die Verkaufstheke. Vor ihr stand ein Gerichtsdiener.

6

Seit Tagen hielt man ihn hin.

Jeden Morgen sprach Venray im Cölner Hof vor und bat um ein Gespräch mit dem Domküster. Jeden Morgen ließ sich der Kirchenmann verleugnen. Man gab sich nicht einmal besondere Mühe, eine offensichtliche Tatsache zu verschleiern: Der Domküster wollte nicht mit ihm reden. Denn die Ausreden, die man Venray auftischte, waren derartig abstrus, dass sie geradezu beleidigend waren. Ein Dummkopf hätte die Lüge darin erkannt.

Einen Grund dafür konnte Venray nicht ersehen. War es Sturheit, oder gab es etwas zu verbergen? Venray hätte nur spekulieren können. Dabei war das Amt des Domküsters an sich noch nicht einmal ein besonders hohes und daher bedeutendes. Dem Küster unterstand – allerdings in sehr einträglicher Verwalterfunktion – die Gemeinde in Buchheim, der wiederum die katholische Gemeinde in Mülheim angehörte. Damit war der Domküster sozusagen der oberste Hirte im Rechtsrheinischen. Sicherlich hatte man diese Gemeinden, ähnlich wie andere Pfründen und Einnahmequellen, innerhalb der Kirchenämter untereinander aufgeteilt.

Am ersten Tag war der Kirchenmann angeblich nicht anwesend. Auf Venrays Nachfrage, ob er denn nicht in Cöln weile, würde nicht geantwortet. Am nächsten Tag hatte der Verlangte keine Zeit. Und gestern hieß es, der Domküster führe momentan aufgrund der angespannten Lage keine unangemeldeten Gespräche. Als sich Venray daraufhin anmelden wollte, wurde ihm kundgetan, dass Anmeldungen nicht angenommen würden. Auch wenn es sich um eine äußerst effektive Methode handelte, sich unliebsame Besucher vom Hals zu schaffen, so spürte Venray doch fast etwas wie unfreiwillige Belustigung in sich aufsteigen. Er erkundigte sich, ob der Domküster ein Schweigegelübde abgelegt habe. Sofort hatte man ihm unmissverständlich deutlich gemacht, dass Frechheiten nicht geduldet würden und er nicht wieder vorzusprechen brauche, und das Portal wurde ihm vor der Nase zugeschlagen. Nicht auszudenken, wäre einem cölnischen hochrangigen Gesandten vor Düsseldorfer Amtsstuben die Tür zugeschlagen worden! Ein solcher Affront barg das Potenzial für ein diplomatisches Nachspiel bis in höchste Ebenen.

Trotzdem hatte Venray auch am heutigen Morgen wieder vorgesprochen und war, wie nicht anders zu erwarten, erneut abgewiesen worden.

Anders als geplant war er nun also schon den vierten Tag in Cöln. Anfangs hatte es sich als äußerst schwierig erwiesen, überhaupt eine Unterkunft zu finden. Im Gasthof »Zum Heiligen Geist« am Thuren Marck sowie im »Haus Weinsberg« am Blaubach waren keine Zimmer frei. Gäste hatte er keine gesehen. Im Hotel »Stadt Prag« am Neu Marck erkundigte man sich nach seiner Konfession. Dort bekam er zu hören, man nehme keine Gäste protestantischen Glaubens an. Ratlos hatte er auf dem Neu Marck gestanden und wusste nicht, wohin er sich wenden sollte, als ihm ein Palais im Stil des italienischen Barocks ins Auge fiel. Dieser architektonische Pionierbau gehörte dem bergischen Hofkammerpräsidenten Graf Nesselrode. Der Prunkbau wurde nur für gelegentliche Besuche des Grafen genutzt. Warum ihm das nicht gleich eingefallen war, wusste er nicht, aber hier im Hause des Grafen gewährte man ihm bereitwillig Unterschlupf. Der Hausverwalter und die Dienerschaft zeigten sich sogar erfreut darüber, einen Gast und damit etwas zu tun zu haben. Nesselrode residierte über den Winter auf seinem Familienschloss in Recklinghausen.

Die vergangenen Tage hatte Venray genutzt, um Erkundigungen über Pater Christoph einzuholen. Erst hatte er sich überlegt, den Domküster abzupassen. Irgendwann, so überlegte Venray, müsste der Kirchenmann ja schließlich mal das Haus verlassen. Aber bei einer kurzen Inspektion des Cölner Hofs stellte sich schnell heraus, dass die Residenz über mehrere Ein- und Ausgänge verfügte. Zudem wusste er nicht, wie der Mann aussah.

Ihm allein war es unmöglich, alle Türen und Tore gleichzeitig zu überwachen. Gassenjungen dafür anzuheuern kam nicht in Frage. Er konnte niemandem über den Weg trauen.

Mehrere Klöster hatte er aufgesucht. Sogar im Gymnasium hatte er sich erkundigt. Nirgendwo hatte er Auskunft über Pater Christoph erhalten. Niemand schien den Geistlichen zu kennen. Oder war die Erinnerung an ehemalige Jesuiten absichtlich getilgt worden? Es war zum Verrücktwerden.

Heute wollte Venray einen letzten Versuch unternehmen und sich an den Rat wenden. Vielleicht würde er auf diesem Wege etwas erfahren. Vorausgesetzt, man würde ihn im Rathaus empfangen.

Die Stimmung in der gesamten Stadt war bedrückend und wunderlich. Entweder es wurde gesungen und gelacht, oder es wurde über die bevorstehende Flut gesprochen und öffentlich in kleineren Gruppen gebetet. Darüber hinaus hatte er ständig das Gefühl, etwas – oder jemanden – im Nacken zu haben. Zwar konnte er seinen Schatten zu keiner Zeit ausfindig machen, Venray wusste aber, dass auf seine Intuition in der Regel Verlass war. Er wurde beobachtet. Wer steckte dahinter und aus welchem Grund?

In der Stadt war es dreckig, laut, und sie war vollkommen überfüllt. Die Bettler verdienten mit den Erfrierungen an ihren Gliedern ihren Lebensunterhalt. Venray schämte sich fast für diesen Anblick, aber es war nicht zu verleugnen. Kein Wunder, dass es in Mülheim ebenfalls viele Bettler gab. Ihre Anzahl war unvorstellbar groß. Viele mussten, vor dem Winter fliehend, nach Cöln und von dort auf die andere Rheinseite gekommen sein. Sie hofften, in einer Stadt besser den Winter zu überleben.

Cöln selbst hatte auch etwas Verträumtes an sich. Die Häuser waren oftmals sehr schön, wenn auch zum Teil stark verfallen. Nicht so gut instand wie in Düsseldorf, wo deutlich mehr auf das Stadtbild geachtet wurde. Diese Stadt hier wirkte auf ihn wie eine Bronzestatue, die reichlich viel Patina angesetzt hatte; vom Glanz der alten Tage war nicht mehr viel zu spüren.

Als er nun von Süden her durch das jüdische Viertel kommend den Vorplatz zum Rathaus betrat, überfiel ihn augenblicklich ein Schauer. Auf dem Platz hatten sich einige hundert Menschen versammelt. Dicht an dicht gedrängt knieten sie im schmutzigen Schnee und reckten die gefalteten Hände in die Höhe. »Christus, erhöre uns«, murmelte die Masse. »Vergib uns unsere Schuld«, riefen andere und fielen regelrecht in religiöse Ekstase. Tränen liefen ihnen über die Wangen, und sie wiederholten ständig die Gebete. Priester, Mönche, Nonnen und andere Geistliche waren ebenso unter den Betenden wie viele Adlige und einfache Bürger. Es wurden große hölzerne Kreuze mit dem gemarterten Jesu getragen und religiöse Fahnen geschwenkt. Er sah Pilger und Büßer. Sogar eine kleine Gruppe, die sich mit Geißeln blutig schlug.

Als er von Vorbeieilenden aufschnappte, dass der Rat der Stadt selbst diese Massengebete befohlen habe, und daraufhin sein Augenmerk auf das Rathaus lenkte, sah er auf dem überdachten Balkon etliche hohe Herren des Rats, die sich in ähnlicher religiöser Verzückung gebärdeten wie das Volk unten auf dem Platz. Augenblicklich strich er sein Vorhaben, das Rathaus aufzusuchen.

Durch die Reihen der Betenden bewegte sich ein Mann im schwarzen Ornat. Er trug einen Totenkopf, auf dem eine goldene Krone saß, vor sich her. Immer wieder bekreuzigte er sich und legte den Betenden die Hände auf. Dabei verteilte er ein Flugblatt. Am auffälligsten an dem Mann war jedoch, dass er einen kleinen, dreispitzähnlichen Hut trug, mit dem er sich zweifelsfrei als Jesuit zu erkennen gab. Obwohl der Orden der Bruderschaft Jesu verboten war und die Mitglieder ihrer Ämter enthoben waren, lief er hier ganz frei herum. Das konnte nur mit Billigung des Rates passieren, anders war es nicht denkbar.

Eine Bettlerin zog am Ärmel seines Mantels. Sie trug nichts als Lumpen, davon aber mehrere Schichten. Ihr Gesicht war schmutzig und mit blutigen Geschwüren überzogen. Venray hätte nicht sagen können, ob es sich um eine alte oder junge Frau handelte. Sie bat um ein Almosen, da der Winter ihr den rechten Fuß genommen habe. Sie zeigte auf den Beinstumpf.

Venray gab ihr eine Münze. Die Frau zog ohne einen Dank davon. Erst jetzt merkte er, dass er ziemlich exponiert am Rande der Gruppe von Betenden stand. Langsam zog er sich in einen Hauseingang zurück, um den Jesuiten weiter zu beobachten.

»›Ich bin der Herr‹, sprach Gott zu Abraham«, so intonierte der Jesuit über die Menge hinweg im schwülstigen Sprechgesang. »›Wehe den Sündern unter euch, denn ihnen wird ein schreckliches Schicksal widerfahren. Deinen Sohn, Abraham, nimm ihn und opfere ihn deinem Herrn, so wirst du Gnade erfahren!‹ – Und Abraham tat«, sprach der Ordensbruder nach einer bedeutungsschwangeren Pause weiter, wobei er theatralisch den Totenkopf mit der Krone hochhob, »was ihm Gott, der Herr, befahl. Darum hört auch ihr, ihr Sünder, auf meine heiligen Worte: Büßet, und ihr werdet den Zorn Gottes abwenden. Büßet, und Gott wird die Stadt von der Flut erretten. Der Untergang ist nahe!«

Die Betenden reagierten auf den inbrünstigen Vortrag, riefen: »Amen«, als ginge es tatsächlich um ihr Leben, oder: »Gott, erhöre uns.«

»Büßet!«, schrie der Ordensbruder und bekreuzigte sich, indem er sich heftig mit der Faust auf die Brust schlug.

Keine Frage, er bot ein faszinierendes Spektakel. Eiskalt lief es Venray den Rücken hinunter. Diese religiöse Hysterie entfachte seinen Unmut in besonderem Maße. Hätte sich die Szene in seiner Zuständigkeit abgespielt, wäre er sofort dazwischengegangen, um diesen Akt von Aberglauben und Schwarzseherei, als würde es sich bei der Flut um einen Schachzug des Teufels handeln, zu verhindern.

Anstatt irgendetwas Sinnvolles gegen die Flut und die Armut auf den Straßen zu unternehmen, verbreitete die Kirche Lügengeschichten. Denn, für so bibelfest hielt sich Venray immerhin, bei der Geschichte um Abraham und seinen Sohn ging es genau darum, dass Gott einschritt. Gott wollte den Glauben prüfen, aber keine Kinder töten.

Vermutlich wäre ihn, Venray, ein Eingreifen teuer zu stehen gekommen, denn überall standen Büttel und Soldaten der

Stadtwache herum, die mit glühendem Gesicht an den Lippen des Ordensmannes hingen. Einige Leute warfen sich vor ihm in den Schnee und erflehten seinen Segen. Doch er war zum Ende gekommen und machte Anstalten, den Platz zu verlassen. Venray entschloss sich, ihm zu folgen.

Als er aus dem Hauseingang, in dem er sich versteckt hatte, loseilte, stieß er an einen Gassenjungen, der dort im Schnee kauerte. Venray warf ihm eine Münze zu und beeilte sich, dem Jesuiten hinterherzukommen.

Er verließ den Rathausplatz an der Pforte zur Portalsgasse, an deren Ecke der Stadtschreiber sein Kontor hatte, wie ihm ein schneller Blick auf das Hausschild im Vorbeieilen verriet. Dort standen mehrere Sesselträger, die vermutlich auf das Ende der Messe warteten, um betuchte Kundschaft zu ergattern. Er bestieg einen Tragsessel und hieß die Träger, dem Jesuiten zu folgen, er wolle unbedingt eines der Flugblätter abbekommen, was nicht einmal gelogen war. Die Männer interessierte Venrays näheres Anliegen nicht, sie taten einfach ihre Arbeit und setzten sich, die schweren Schulterriemen umgehängt, in Bewegung.

Der Tragsessel war eine Art Sänfte und ein beliebtes Fortbewegungsmittel für hochgestellte Personen, die es sich leisten konnten, nicht selbst durch den schmutzigen, verkrusteten Schnee stiefeln zu müssen. Für ein Kohlebecken wurde ein Aufpreis verlangt. Venray verzichtete aus Zeitgründen darauf, denn das Becken hätte erst in einem benachbarten Wirtshaus geholt werden müssen, außerdem hatte er am ersten Tag in Cöln einen schweren Unfall mit einem solchen Tragsessel beobachtet. Einer der Träger war auf dem eisigen Untergrund ausgerutscht und gestürzt. Der Insasse hatte beim Sturz üble Verbrennungen erlitten.

Die Träger folgten dem Ordensbruder und verließen die Portalsgasse in westlicher Richtung. Sie kamen an einer Kirche vorbei, einmal links und einmal rechts, und Venrays inzwischen erworbene Ortskenntnis versagte im Gewirr der Gassen. Er wusste schlicht nicht mehr, wo in Cöln er sich befand. Dazu kam, dass die Vorhänge des Tragsessels seine Sicht einschränkten.

Die Gassen, durch die sie sich bewegten, wurden immer enger und schäbiger. Schließlich betrat der Jesuit ein altes Haus in der Bauart eines Zinshauses mit baufälliger Fassade und unverkennbar zweifelhaftem Ruf. Vor dem Haus lungerten einige Huren herum und warteten auf Kundschaft.

Vom Gebet direkt zur Wollust. Venray hätte am liebsten laut gelacht über diese unverhohlene Scheinheiligkeit. Wie ein skrupelloser Dieb, der seinem Opfer nicht nur vorn in die Tasche griff, sondern auch hinten und ihm dabei unverfroren ins Gesicht grinste, als könne er kein Wässerchen trüben. Weder legte der Jesuit eine Pause ein, noch entledigte er sich seines Ornats. Diese Dreistigkeit musste man erst mal an den Tag legen.

Venray befahl den Trägern weiterzugehen. In einer kleinen Quergasse ein Stück weiter stieg er aus und bezahlte die Männer gut. Er hieß sie hier warten, denn tatsächlich hätte er nicht mehr gewusst, wie er zurückkommen sollte. Die Gasse war schmal. Er konnte nicht über die Dächer schauen, um sich an einem Kirchturm zu orientieren. Die Gegend hier war heruntergekommen, die Bevölkerung so bettelarm, dass er fürchten musste, ausgeraubt zu werden.

Venray betrat das Hurenhaus und sah gerade eben noch, wie der Jesuit hinter den Vorhängen einer abgetrennten Nische verschwand. Es handelte sich um ein Etablissement der unteren Kategorie. Es gab nicht einmal separierte Zimmer.

In Venray erkannte man schnell den betuchten Kunden. Es war unmöglich, nicht aufzufallen – und hierzubleiben, ohne die Dienste in Anspruch zu nehmen, ging ebenso wenig. Ein junges Mädchen mit hochgesteckten Haaren nahm sich seiner an. Sie hatte bunte Bänder im hellbraunen Haar und rot geschminkte Wangen. Sie führte Venray zu einer Nische, aber er bat, sich eine aussuchen zu dürfen, und wählte die Nische neben der, in der der Ordensmann verschwunden war.

Ein Kerzenleuchter konnte die sparsam eingerichtete, schmutzige Bettstatt, in die er sich im Sommer niemals gelegt hätte, kaum erwärmen. Dafür war das Licht anmutig. Das Mädchen entblößte gekonnt ihre Brüste. In Venrays Augen, der schon sehr lange enthaltsam lebte, hatten sie besonders schöne, fleischige Rundungen und waren doch straff. Er fühlte sich überfordert. Mit den Verlockungen in einem Hurenhaus konfrontiert zu werden hatte er nicht geplant. Sein ansonsten einsames Leben ließ ihn schlagartig anfällig für derartigen Liebesdienst werden. Das Mädchen griff ihm in den Schritt, knetete ihn und streifte dabei mit der anderen Hand seinen Justeaucorps ab, bis Venray im Hemd vor ihr stand. Das ließ er sich allerdings nicht ausziehen. »Lasst es gut sein«, befahl er sanft.

Das Mädchen richtete sich auf und blickte ihn enttäuscht an. Aus der Nachbarkabine drang ein Schmatzen und Stöhnen an sein Ohr. Der Jesuit ließ es sich gut gehen, und er selbst hatte moralische Bedenken!

»Könnt Ihr mich einfach nur massieren?«, fragte er.

»Natürlich«, antwortete das Mädchen und rieb sein Glied durch die Hose weiter. Sanft legte ihr Venray die Hand auf. »Ich meinte den Rücken und die Schulter, meine Gute.«

Sie zog einen Schmollmund, der aber keine echte Enttäuschung zeigte, sondern eher eine gut einstudierte erotische Pose, die auch Venray beeindruckte. »Warum geht Ihr dann nicht zum Bader?«, erkundigte sie sich.

Venray zuckte mit den Schultern.

»Ihr könntet doch«, meinte sie und spielte mit ihrer Zunge auf ihren sinnlichen Lippen. »Und wie!«

»Nicht alles, was ich kann, sollte ich auch tun«, entgegnete Venray ruhig.

»Wenn ich das auf meinen Beruf anwenden würde, hätte ich viele unglückliche Kunden«, erwiderte sie und ließ von ihrem Vorhaben, Venray zu verführen, noch lange nicht ab.

»Von der Warte habe ich das noch nicht betrachtet.«

»Ich würde Euch mit Freuden bedienen.«

Venray streichelte ihr über den nackten Bauch und entgegnete: »Glaubt mir, und ich würde Euch mit Freuden nehmen. Aber belassen wir es bei der Massage. Ich möchte jemanden nicht enttäuschen.«

»Welch ein Vorbild an Treue.«

»Das weiß ich gar nicht.«

»Oh, verstehe, die Angebetete weiß nichts von ihrem Glück. Mit dem, was ich hier fühle, werdet Ihr die Angebetete reichlich beglücken.«

Venray musste lächeln. Das Mädchen verstand sein Geschäft. Sie war liebreizend und gewitzt.

Erneut befeuchtete sie mit der Zunge ihre Lippen und gab Venray einen Blick auf ihre Scham frei. »Ihr seht aus wie jemand, der viel rumgekommen ist. Ich habe gehört, in einigen Ländern säubern sich die Frauen von all ihren Haaren«, meinte sie, als sie Venrays Blick wahrnahm.

»Das ist wohl wahr.«

»Und wie mögt Ihr es?«

Nebenan in der Nische war es ruhig geworden.

»Ich sehe nichts, was mir nicht gefallen würde«, gestand er.

Sie blickte ihn mit funkelnden Augen an, als wollte sie sagen: Worauf wartet Ihr dann noch? Dem Mädchen würde es noch gelingen, ihn rumzukriegen. Ihm wurde fast schwindlig, als ihm auffiel, wie lange er schon nicht mehr bei einer Frau gelegen hatte. Wie konnte man nur so närrisch sein und ein so freudloses Leben verbringen?, ging es ihm durch den Kopf.

In diesem Moment passierte nebenan etwas. Eine weitere Person betrat die Nische, ohne dass der Jesuit sie verlassen hatte. Der schickte das Freudenmädchen fort und begann sich mit seinem neuen Besucher flüsternd zu unterhalten. Venray schnappte nur vereinzelt Worte auf, die keinen Sinn ergaben. Kurz darauf kam noch eine dritte Person dazu. Die beiden anderen verstummten, und die dritte Stimme – ebenfalls eine männliche – begann auf die anderen einzureden. Es hörte sich beinahe so an, als erteile er Befehle. Mit herrischer und eindringlicher Stimme schien er sie auf etwas einschwören zu wollen.

Ob das etwas mit seinen Nachforschungen zu tun hatte, bezweifelte Venray, aber es war kaum zu leugnen, dass es sich um eine Art konspiratives Treffen handeln musste. Venrays innere Sturmglocke läutete Orkan. Hier wurde von höhergestellten Personen ein verbrecherisches Vorhaben geplant. Fremde Augen und Ohren waren unerwünscht. Und Venray wollte wissen, wer die anderen beiden Männer waren.

Während ihn das Mädchen massierte, wagte er es, durch die mehr schlecht als recht drapierten Vorhänge zu spähen, die die zwei Nischen voneinander trennten. Der Jesuit saß auf der Bettstatt direkt hinter dem Vorhang mit dem Rücken zu ihm. Für Venray sah es aus, als rage die schwarze Gestalt wie ein Berg vor ihm auf. Dem Jesuiten gegenüber, auf der zweiten Pritsche im Raum, saß ein Mann in schlichter, aber feiner und sauberer Straßenkleidung. Je nachdem, wie die Männer sich im Gespräch bewegten, konnte er einen kurzen Blick auf das Gesicht erhaschen. Erst war er sich nicht sicher – wahrscheinlich, weil der Mann weltliche Kleidung trug –, doch spätestens beim dritten kurzen Anblick war ihm klar, dass es sich um den Sekretär des Domküsters handeln musste. Er hatte sich also für dieses Treffen verkleidet!

Den dritten Mann, denjenigen, der sprach, konnte Venray nicht sehen, da er komplett vom Ordensmann verdeckt wurde. Er hätte es nicht wagen können, die Vorhänge weiter zu lüften, ohne Gefahr zu laufen, entdeckt zu werden. Es kostete ihn unendlich viel Überwindung, nicht aufzuspringen und die Vorhänge abzureißen. Aber er war allein in einer feindlichen Stadt, in der er keine Befugnisse hatte.

Doch wenn es ein Gefühl gab, auf das sich Venray unumstößlich verlassen konnte, dann war das sein Gespür für Unrecht, Böses und Verbrecher.

»Was verbergt Ihr unter Eurem Hemd?«, hauchte ihm das Mädchen flüsternd ins Ohr und riss ihn aus seinen Gedanken. Sie rieb ihre Nacktheit wie elektrifizierend über seine Haut und nestelte dabei an seinem Hemd herum.

Doch Venray gebot ihr Einhalt und legte sich den Zeigefinger auf die Lippen. »Pst, ich bin bemalt«, sagte er und zog das Hemd wieder zurecht.

»Bemalt?«

»Von Eingeborenen auf einer Insel weit, weit weg.«

»Darf ich es sehen?«

Venray zögerte, doch dann schob er einen Ärmel hoch und gab den Blick auf die schwarz gefärbte Zeichnung einiger Urwaldpflanzen frei, die sich wie eine Girlande um den Oberarm drehten. Das Mädchen begann vor Aufregung schwer zu atmen.

»Was ist das?«

»Der Urwald in Niederländisch-Indien«, erklärte er.

Sie berührte seine Haut und betrachtete fasziniert Venrays Tätowierungen.

In der Nachbarnische war es plötzlich still. Beunruhigt richtete sich Venray auf und schob alle Achtsamkeit vergessend den Vorhang beiseite: Die Nische war leer. Der Unbekannte musste Verdacht geschöpft haben, eine andere Erklärung hatte Venray nicht. Eilig kleidete er sich vollständig an, gab dem Freudenmädchen einen mehr als großen Lohn und verabschiedete sich von ihr, um das Hurenhaus schleunigst zu verlassen. Er musste unbedingt herausfinden, wer der dritte Mann war!

An der Häuserecke gab es ein winziges Gässchen, an dessen Ecke Venray mit einem Gassenjungen zusammenstieß. Erst dachte er nicht weiter darüber nach, dann runzelte er überrascht die Stirn. Diesen Jungen hatte er doch schon einmal gesehen, eben am Rathaus. Er blieb stehen und schaute ihn sich genauer an. Hatte er seinen Verfolger doch nun endlich enttarnt.

»He, du Beutelschneider«, rief Venray, »wer schickt dich?«

Der Junge schlotterte vor Angst, er antwortete nicht, sondern starrte ihn nur an. Doch dann verstand Venray, dass der Junge gar nicht ihn anschaute, sondern an ihm vorbei auf etwas sah, das sich hinter ihm befand! Zu spät erkannte Venray, dass er einen fatalen Fehler begangen hatte. Man hatte ihm eine Falle gestellt, und er war leichtgläubig hineingetappt.

Im nächsten Augenblick wurde ihm ein Sack über den Kopf gestülpt. Dann trafen ihn harte Schläge, bis er das Bewusstsein verlor.

7

Der Gerichtsdiener eilte Anna-Maria voraus die Buchheimer Straße hinab. Sie hatte Mühe, ihm zu folgen und sich dabei Schal und Mantel zu richten. Der Mann lief so schnell, dass er immer wieder auf vereisten Stellen ins Rutschen kam. Als sie unten an der Mülheimer Freiheit ankamen, erwartete sie dort eine vierspännige Kutsche. Wer schickte ihr eine Kutsche?

»Ich habe kein Geld, eine Mietkutsche zu bezahlen, sagt das Eurem Auftraggeber«, protestierte sie an den Gerichtsdiener gewandt.

Die Fahrgasttür wurde aufgestoßen. Als Anna-Maria sah, wer sie gerufen hatte und ihr nun die Tür öffnete, vergaß sie augenblicklich ihr Ansinnen, und Zorn flammte in ihr auf.

»Bertoldi, Ihr? Was um alles in der Welt wollt Ihr von mir?«, fauchte sie ihn hart an. »Habt Ihr noch nicht genug angerichtet?«

Der Hofkammerrat nahm höflich seinen Dreispitz ab und bat sie herein. Sein Gesicht war hochrot angelaufen. Er wirkte aufgebracht. »Ihr werdet benötigt. Eilt Euch«, stammelte er. Dieses Verhalten passte nicht zu ihm. Es sah ihm nicht ähnlich, eine solche Verunsicherung an den Tag zu legen.

»Was? Hilft das Mittel nicht gegen Eure Krätze? Recht so!«

»Seid doch bitte still«, rief er.

Aber Anna-Maria ließ sich nicht bremsen. »Wenn Ihr noch ein anderes Mittel wünscht, bedenkt, dass die Preise gewaltig gestiegen sind.«

»Nein, nein, das ist es nicht, Ihr müsst mitkommen. Seid doch bitte nicht so laut«, versuchte er sie zu beschwichtigen.

»Einen Teufel werde ich tun. Ihr habt es nicht verdient, dass man Euch ein Mittel verabreicht, das auch hilft. Oder Euch in anderer Weise behilflich ist. Gott wird kein Mitleid mit Euch haben und Euch bestrafen!«

Das saß. Eben noch puterrot im Gesicht, wirkte der Rat nun

leichenblass. Seltsam, mit wenigen Mitteln war diesen Herrschaften beizukommen, aber wenn man sie vor Gott verfluchte, machte das immer noch einen gewissen Eindruck. Anna-Maria kam aus einem strenggläubigen katholischen Haus und kannte sich mit solchen Verwünschungen gut aus.

»Es geht nicht um Euch! Oder um mich. Es wurde eine Leiche gefunden. Ihr müsst sie untersuchen. Schnell!«

»Nein, damit habe ich nichts mehr zu schaffen. Holt Euch den Quacksalber von Stadtphysikus – wie heißt er noch gleich? Mir entfällt immer wieder sein werter Name.«

»Das geht nicht«, erwiderte Bertoldi. »Ihr seid die einzige Person, die hier in Mülheim Kenntnis in solchen Fällen hat. Darüber hinaus hat der Amtmann ausdrücklich darauf bestanden, dass Ihr die medicinalpoliceyliche Tätigkeit ausüben sollt. Und der Bürgermeister will keinen weiteren Zwist mit ihm. Wenn er aus Cöln zurückkommt, will er ihn nicht verärgert sehen. Es ist also eher Pflicht als Wunsch und Wille, Euch zu holen!«

»Oh, wisst Ihr was«, schrie Anna-Maria vollkommen außer sich zurück. Was bildeten sich diese Leute nur ein? Alles sollte nach ihrer Nase laufen. »Soll er doch verärgert sein, dieser feine Freiherr van Venray!«

»Frau Scheidt«, versuchte es Bertoldi noch einmal, wurde aber augenblicklich von ihr unterbrochen.

»Parisi.«

»Gut, Frau Parisi, kommt mit, und Ihr werdet mich verstehen. Vertraut mir.«

»Euch soll ich vertrauen«, höhnte sie.

»In diesem einen Punkt«, gab sich Bertoldi geständig.

Eigenartigerweise klang das in Anna-Marias Ohren wie die ehrlichste Antwort, die er ihr je gegeben hatte und geben würde. Was hatte er gesagt, »solche Fälle«? Was meinte er damit? Sie gab sich einen Ruck und bestieg die Kutsche. Kaum hatte sie in der Kabine gegenüber von Bertoldi Platz genommen, da setzte sich der Vierspänner auch schon in Bewegung.

»Meine Arbeitserlaubnis«, eröffnete Anna-Maria.

»Was soll damit sein?«, fragte der Rat.

Sie nahm allen Mut zusammen. »Ihr gebt mir meine Arbeitserlaubnis zurück, dann erzähle ich niemandem von Eurem … wie wollt Ihr es nennen, Juckreiz?«

Bertoldi blieb ganz ruhig. »Das könnt Ihr nicht machen.«

Anna-Maria war empört. Mehr sagte er dazu nicht? Aber bei näherem Überlegen musste sie sich eingestehen, dass er recht hatte. Würde sie nämlich den Rat öffentlich bloßstellen und Krankengeheimnisse verraten, wäre ihre Glaubwürdigkeit auch bei den Kunden hinfort. Wer würde ihr noch etwas anvertrauen? Sie fühlte sich ohnmächtig. Ausgeliefert und machtlos.

In der Mitte der Fahrgastkabine flackerte eine Kerze in einer kleinen Laterne. Im warmen Lichtschein sah Bertoldis aufgedunsenes Gesicht unter der hoffärtigen Perücke beinahe freundlich aus. Er blickte sie aus großen Augen an. Wie konnte ein derart liebenswert aussehender Mensch nur derartig intrigant sein? Aber Anna-Maria hatte schon oft erlebt, dass das Äußere nur Schein war. Sie wandte sich ab. Wenn sie ihn noch länger beobachtete, würde sie ihm an die Gurgel springen!

Schweigend verließen sie die Stadt in südlicher Richtung und fuhren exakt den Weg, den Anna-Maria vor wenigen Tagen mit Venray in dessen Kutsche nach Cöln genommen hatte. Nach ungefähr zwanzig Minuten hielt die Kutsche wieder an. Anna-Maria spähte durch die Vorhänge nach draußen. In einiger Entfernung, ungefähr auf halber Strecke zum Rheinufer, so schätzte sie, sah sie eine Menschenansammlung, die sich um etwas gruppierte, das vor ihnen auf dem Boden liegen musste.

Sie verließ die Kutsche und bahnte sich einen Weg durch den hohen Schnee. Bertoldi folgte ihr.

Als sie näher kam, erkannte sie die Menschen. Es waren hauptsächlich Arbeiter von Andreae, die zum Deichbau abgestellt waren. Sie hatten ihre Werkzeuge dabei, Spitzhacken, Spaten und Äxte. Finster blickten sie drein. Anna-Maria kannte einige der Männer, da sie ihnen und ihren Familien gelegentlich mit Arzneimitteln aushalf. Die Menge teilte sich vor ihr. Unweigerlich musste sie an ein biblisches Bild denken.

Kaum war der letzte Arbeiter beiseitegetreten, offenbarte sich ihr ein Schreckensbild, auf das sie nicht vorbereitet war. Anna-Maria schnappte entsetzt nach Luft. Vor ihr lag in einer nicht allzu tiefen Grube die Leiche eines Kindes. Der Kleidung nach musste es ein Junge aus ärmlichen Verhältnissen sein. Der Größe des Körpers nach zu urteilen, war er ungefähr zehn Jahre alt. Genauer ließ sich das erst bei näherer Untersuchung sagen, denn dem kleinen Körper fehlte der Kopf.

Anna-Maria holte tief Luft. Kaum konnte sie sich aufrecht halten. Kleidung, Statur, Geschlecht – es ließ sich nicht leugnen. Ihre Gefühle wirbelten urplötzlich durcheinander. Sie musste jetzt stark sein, sagte sie sich. Sehr stark. Sie hatte ihn gefunden. Aber warum war er weggelaufen?

Was Anna-Maria momentan fühlte, würde sie entweder in die Ohnmacht treiben, oder aber sie riss sich zusammen und tat ihr Bestes, um diesen elendig feigen Kindermörder zu überführen. Sie schickte sich an, in die Grube hinabzusteigen. Dabei merkte sie gar nicht, dass sie bitter zu weinen begann. Die Arbeiter blickten sie grimmig an, fast so, als wäre sie für den Tod des Kindes verantwortlich. Bis sie begriff, dass die Männer sich wahrscheinlich nur um ihre eigenen Kinder sorgten.

In der Grube machte sie sich daran, den Ort des Verbrechens in Augenschein zu nehmen. Es bräuchte dereinst einen speziellen Begriff für den Ort, an dem ein Verbrechen entdeckt wurde, ging es ihr durch den Kopf. Auch konnte es wohl einen Unterschied geben zwischen der Stelle, an der das Verbrechen verübt wurde, und der, an der das Opfer aufgefunden wurde. Anna-Maria war viel zu verwirrt und bewegt, um diesen Gedanken weiterzuverfolgen. Spontan fiel ihr kein besserer Begriff als »Ort der Tat« ein.

Sie musste für Ordnung und Ruhe sorgen. Die vielen neugierigen Augen waren für die anstehende Untersuchung nicht hilfreich. Sie hatte einen Einfall. Sie bekreuzigte sich, um die sie angaffenden Augen zu besänftigen, und wies die Arbeiter an, mehr Abstand einzunehmen. Die Männer gehorchten ihr, ohne zu murren. Beim Zurückweichen sah sie sofort, dass die

Fußabdrücke der Umstehenden jede andere Spur vernichtet haben mussten.

Anna-Maria gab sich sachlich, doch Entsetzen und Kummer wollten nicht aufhören. Nun hatte sie Gewissheit: Der Junge war tot! Und sie war zu spät gekommen. Eine Stimme dröhnte in ihrem Kopf, die dies beständig wiederholte. Wie sollte sie das durchstehen? Ihr Verstand begann zu irrlichtern, und sie rief sich zur Vernunft.

»Hat es gestern Nacht geschneit?«, fragte sie unter größter Kraftanstrengung in die Runde, ohne jemand Bestimmten anzuschauen. Da niemand antwortete, schaute sie auf und blickte einen der Arbeiter direkt an.

»Was ist, hat es geschneit?«, wiederholte sie ihre Frage.

Der Mann schüttelte verneinend den Kopf.

»Gut«, sagte sie, »ich möchte, dass ihr euch alle umdreht und jeder in seine Richtung ausschwärmt. Sucht nach Fußspuren, die nicht von einem von euch stammen und älter sein müssen. Ich bitte euch, geht vorsichtig vor und zertrampelt keine anderen Abdrücke. Der Schnee bietet uns die einmalige Möglichkeit, die Spur des Täters eventuell zurückzuverfolgen.«

Da die Arbeiter gelegentlich auch Jagd auf kleine Wildtiere machten, um den Speiseplan ihrer Familien aufzubessern, verstanden sie, was Anna-Maria beabsichtigte. Bertoldi begriff jedoch nichts.

»Wieso befehlt Ihr den Männern, wegzugehen?«, fragte er brüskiert. Er verhehlte nicht, wie sehr es ihn störte, dass eine Frau einem Mann Befehle erteilte.

»Da es nicht geschneit hat, besteht die Möglichkeit, dass wir entdecken können, woher die, die die Leiche hier abgelegt haben, gekommen sind und wohin sie gegangen sind«, erklärte Anna-Maria, die sich wieder ein bisschen gefangen hatte.

»Wen meint Ihr mit ›sie‹?«

»Ich meine den oder die Mörder, falls es mehrere waren.«

»Wieso ist das wichtig?«, fragte Bertoldi.

»Bitte, Herr Hofkammerrat, ich versuche nachzudenken«, fuhr sie ihn harsch an. »Könntet Ihr so freundlich sein und mich nicht stören, wenn Ihr schon nicht versteht, worum es geht! Am besten, Ihr setzt Euch in Eure Kutsche und belästigt Euren Kutscher mit Eurem Geschwätz!«

Bertoldi blickte reichlich verdattert drein, doch er entfernte sich nicht. Anna-Maria entschloss sich, ihn zu ignorieren.

Die Grube war nicht sonderlich tief. Man hatte nicht bis zum Erdreich gegraben, sondern nur – vermutlich hastig – ein tiefes Loch in die Schneedecke gebuddelt. Aber wieso war die Grube mit der Leiche darin nicht wieder zugeworfen worden? Dann wäre sie wohl erst im Frühjahr entdeckt worden. Oder war es Absicht, damit die Wölfe den Körper fanden? Ähnlich wie bei Pater Christoph. Doch weder fanden sich diesmal Wolfsspuren im Umfeld noch Bisse der Tiere am Körper.

Dem Leichnam fehlten die Schuhe. Die nackten Füße hatten wie die Hände eine bläulich blasse Färbung angenommen. Anna-Maria hatte eine Eingebung. Sie blickte sich um, nach Osten, wo die Strunde mit ihren Mühlen verlief, bis nach Deutz im Süden. Der Täter musste unterwegs von einem zum anderen Ort gewesen sein und hatte sich auf dem Weg des Körpers entledigt. Nur, woher war er gekommen? War es ein Mörder oder mehrere? Wo wollte er hin? Wo war der Kopf? Und – was hatte es überhaupt damit auf sich, war es dem Täter einzig um den Kopf des Kindes gegangen? Der Körper dagegen war unwichtig und daher … überflüssig. Was für eine grausige Überlegung!

Bertoldi räusperte sich.

»Was ist?«, herrschte Anna-Maria ihn an.

»Wo ist der Kopf?«, erkundigte er sich verzweifelt und schlug das Kreuz.

»Nicht hier.«

Er interpretierte ihre Einsilbigkeit als Herzlosigkeit und schnappte entsetzt nach Luft. »Himmelherrgott, unternehmt doch etwas. Das ist ja entsetzlich!«

Anna-Maria antwortete nicht darauf.

»Was soll das für einen Sinn haben?«, fragte Bertoldi.

»Es ist ein Verbrechen«, erklärte Anna-Maria. »Es muss keinen Sinn ergeben.« Während sie sich neben die Leiche kniete, fügte sie leise hinzu: »Außer für den Verbrecher.«

Sie hatte mit ihren eigenen Gefühlen zu kämpfen, als sie die Wunde untersuchte. Der Kopf musste mit einem kräftigen Schlag abgetrennt worden sein. Welche Waffe dafür nötig war, wusste sie nicht. Ein großes Schwert. Oder eine Axt. Das würde der Amtmann besser beurteilen können.

Um die Wunde herum befand sich nur wenig Blut im Schnee. Demzufolge war die Enthauptung nicht an dieser Stelle, sondern an einem ganz anderen Ort erfolgt. Anna-Maria schloss daraus, dass das Kind nicht hier umgebracht worden war. Aber was wollten der oder die Täter mit dem Kopf eines Kindes?

Ihre Überlegungen wurden unterbrochen. Unten am Rheinufer entstand ein Tumult. Die Arbeiter hatten sich dort versammelt, und anscheinend hatten sie etwas gefunden, denn sie kamen in großem Aufruhr zurückgelaufen. Dabei vergaßen sie ganz Anna-Marias Anweisungen und traten wild durcheinander. Wenn es irgendwo noch Fußabdrücke der Täter gegeben hatte, dann waren sie nun vollends zerstört. Sie fluchte laut. Erst als die Arbeiter näher kamen, erkannte Anna-Maria, dass sie, anders als vermutet, nicht den Kopf gefunden hatten, sondern einen weiteren Jungen. Lebendig. Und sie kannte das Kind!

»Das ist nicht möglich«, rief sie. »Niklas, du lebst!«

Innerhalb weniger Minuten wirbelten überwältigende Gefühle ihr Inneres erneut durcheinander, dieses Mal vor Freude. Sie ließ alle Zurückhaltung fallen und rannte auf die Arbeiter zu, die den Jungen wie einen gefassten Dieb vor sich hertrieben. Die Art, wie die Männer den Jungen anschleppten, gefiel ihr gar nicht.

»Was ist hier los?«, fragte sie.

»Das muss er sein«, erklärte prompt einer.

»Was muss er sein?«, fragte sie. Eine dunkle Vorahnung befiel sie. »Niklas, geht es dir gut?«

Aber der Junge wiegte seinen Kopf unschlüssig hin und her.

»Knüpfen wir ihn gleich hier auf!«, rief ein anderer Arbeiter.

»Die haben sich um was gestritten und zack, Rübe ab«, sagte ein dritter.

Die Stimmung war aufgeheizt.

»Bleiben wir erst mal ganz, ganz ruhig und überlegen gründlich, was hier vorgefallen sein könnte. Und vor allem, *wer* das getan hat«, sagte Anna-Maria und schob Niklas schützend hinter ihren Rücken. »Ich habe dich gesucht«, sagte sie an ihn gewandt. »Wo bist du denn nur gewesen?«

Niklas zitterte und entgegnete nichts. Schon unter normalen Umständen war er ein schweigsamer Junge. Und angesichts der gegenwärtigen Bedrohung war er unfähig, ein Wort über die Lippen zu bringen. Die Männer führten Äxte und Spitzhacken mit sich. Das konnte in einem grausamen Massaker enden.

»Wir haben Angst um unsere Kinder!«, hörte sie einen Arbeiter rufen, andere stimmten ihm zu. Die Männer riefen wild durcheinander.

»Er muss sich mit dem Jungen um eine tote Ziege gestritten haben«, behauptete ein anderer.

»Er hat auch ein Messer bei sich!«

»Ein Messer?«, hakte sie nach. »Was für ein Messer?«

Anna-Maria verstand nichts von Waffen, und das sagte sie den Männern. Sie verlangte von Niklas, ihr das Messer zu zeigen, der holte es bereitwillig aus der Hosentasche. Es war ein altes Messer, dessen schartige Schneide kaum länger als ihr kleiner Finger war.

Sie hielt es hoch und erklärte laut: »Ein Messer wie dieses hier ist viel zu klein für eine derartige Tat. Niemand, ich wiederhole, niemand kann mit einem stumpfen, kleinen Essmesser den Kopf eines Menschen vom Hals abtrennen. Das muss eine große Hiebwaffe gewesen sein, eine Axt, wie ihr sie bei euch habt. Und es erfordert sehr viel Kraft. Hört ihr? Sehr viel Kraft. Der Mörder muss ein Älterer gewesen sein.«

Die Männer interessierten sich nicht für ihre Erklärungen. Sie wandte sich an Bertoldi, der untätig und überfordert neben ihr verharrte. »Helft mir doch, verdammt«, forderte sie ihn auf. »Das ist feiger Mord an einem Kind. Das dürft Ihr nicht zulassen.«

»Warum nicht?«, erwiderte er.

Anna-Maria traute ihren Ohren nicht. »Er ist ein Kind«, wiederholte sie eindringlich. »Ihr dürft nicht zulassen, dass ein Kind getötet wird.«

»Besser, wir haben einen Täter überführt als keinen. Er bekommt seine gerechte Strafe! Das ist doch nur vernünftig!«

Anna-Marias Verzweiflung wuchs. Nichts daran hatte etwas mit Vernunft zu tun. Das führte zu nichts. »Hört mir zu, Männer, das ist Wahnsinn«, sagte sie, um sich Zeit zu verschaffen. Dann hatte sie eine Idee.

»Du«, pickte sie sich einen Arbeiter heraus, »hast du ein Messer bei dir?«

»Natürlich«, erwiderte der Mann, »womit soll ich sonst mein Essen zerteilen?«

»Und du?«, fragte sie einen anderen. Der nickte ebenfalls. Einem nach dem anderem stellte sie die gleiche Frage, und sie erhielt die gleiche Antwort. Denn jeder trug ein Essmesser bei sich. Die aufgeheizte Stimmung flachte merklich ab.

»Er kann die Leiche unmöglich getragen haben.«

Viele Arbeiter senkten beschämt den Blick.

»Geht wieder an die Arbeit«, sagte sie. »Dieser Junge kann nicht der Mörder sein, den wir suchen! Ihr schützt eure Familien am besten, wenn ihr den Deich baut, der uns vor der Flut schützen wird.«

Der Widerstand der Männer war gebrochen. Endlich ließen sie ihre Äxte und Hacken sinken und zogen nach einigem Zögern ab.

»Wo hast du dich versteckt?«, fragte sie den Jungen.

»Unten bei den Booten«, antwortete Niklas.

»Hast du was gesehen?«

Er schüttelte den Kopf.

»Und weißt du, wo der Kopf geblieben ist?«

Wieder verneinte er.

»Du musst mir gleich alles erzählen«, sagte sie eilig zu Niklas und lächelte. »Ich dumme Pute«, schalt sie sich. Sie war so froh, dass er wieder da war, so erleichtert, dass ihr beinahe wieder die Tränen gekommen wären.

»Komm mit, wir gehen nach Hause. Warum hast du dich bei den Booten versteckt und bist nicht zu mir gekommen?« Anna-Maria zog den Jungen mit sich fort. Auf die Idee, sich im Vierspänner zurück nach Cöln fahren zu lassen, kam sie erst gar nicht.

»Wo wollt Ihr denn hin?«, fragte Bertoldi auch gleich.

»Der Junge ist vollkommen unterkühlt und entkräftet. Ich sehe zu, dass er versorgt wird.«

»Was ist hiermit?«, fragte Bertoldi, in die Grube zeigend.

»Lasst den Leichnam zu mir in den Untersuchungsraum bringen«, befahl sie ihm kalt.

Seine Empörung darüber, wie sie mit ihm, dem Hofkammerrat, umsprang, war ihr egal. Sie ließ ihn einfach stehen.

8

Der Pater stand ihm am Rand einer Senke gegenüber. Er beobachtete den Gottesmann ganz genau. Mit einer Hand drückte er eine große Holzkiste fest an seinen Körper, die andere hielt eine Blendlaterne. In dieser Kiste befand sich die Opferreliquie, die sie bestatten wollten. Er hatte nicht nur gute Gefühle beim Anblick des Kirchenmanns, auch wenn sie momentan gemeinsame Sache machten.

Der Schein der Laterne fiel in die Grube. Dort unten quälten sich drei angeheuerte Männer, ein tiefes Loch ins Erdreich zu graben. Um sie herum hatten sich etliche Herrschaften versammelt. Sie alle wollten der Zeremonie beiwohnen. Man trug Fackeln und Kapuze oder war auf andere Weise vermummt. Nur der Geistliche zeigte keinerlei Scheu – glühender Eifer spiegelte sich in seinem Antlitz. Aber was sollte man anderes von einem Mann erwarten, der einem verbotenen Orden angehörte und das ganz offen zeigte, nein, öffentlich zelebrierte? Der Fanatismus musste schon heftig in den Adern pochen.

Das gefiel ihm nicht, aber er machte es sich zunutze. Das und die Angst. Die Angst der Patrizier vor der Apokalypse.

Eine Vier-Heller-Kupfermünze hatte er jedem der Schuftenden in der Senke für ihre Dienste und vor allem für ihre Verschwiegenheit versprochen. Es war extrem harte Arbeit, und den Männern kamen Zweifel an ihrer Aufgabe. Sie murrten.

Er bedeutete dem Ordensmann, die Arbeiter anzufeuern, was dieser bereitwillig mit glühenden Worten tat. Er beschwor sie, die Plackerei sei eine heilige Gottespflicht. Doch erst als sie durch die Schneedecke auf den nackten Boden stießen, begann die eigentliche Schinderei. Die Arbeiter beschwerten sich erneut. Monatelanger Frost hatte das Erdreich zwei Klafter tief gefroren. Hier in Ufernähe war der Erdboden durchsetzt mit zahlreichen Gesteinsbrocken und Findlingen, was ein Vorwärtskommen zusätzlich erschwerte. Die Männer keuchten vor

Anstrengung. Funken blitzten auf, wenn das Metall der Spitzhacken auf einen Stein traf. Die Holzschaufeln zerbrachen.

Die Nacht war mondlos. Schwere Wolken zogen über das schneebedeckte Land und verkündeten, noch mehr von ihrer weißen Plage abladen zu wollen. Die weite Schneelandschaft verlieh der Winternacht eine zwielichtige Helligkeit.

Niemand sollte jemals erfahren, was sie hier taten. Alle, wie sie hier versammelt waren, glaubten, dass ihre Stadt verflucht war. Sobald die Temperatur stieg, würde die Sintflut kommen … Sein Vorhaben, dieses Opfer, so abscheulich es auch war, war das letzte Mittel, Gott zu besänftigen und den Untergang zu verhindern. Es musste getan werden! Diesen Köder hatten sie alle geschluckt. Das war nicht leicht gewesen.

Er sah, wie der Kirchenmann die Kiste mit der Opferreliquie fester an seinen Leib drückte. »Vorwärts«, herrschte er die Grabenden an. Die perfekte Besetzung in einem schaurigen Schurkenstück. Dabei tat er lediglich nach bestem Wissen und Gewissen seinen Dienst am Herrn.

Von Osten kommend peitschten eiskalte Windböen über den zugefrorenen Rhein. Auch das trieb die Männer zur Eile an.

Er richtete seinen Blick zum nahe gelegenen Ufer, dann zurück zu der weit hinter ihm gelegenen Stadtmauer. Dort regte sich nichts. Er beendete seinen Rundblick, indem er wieder auf die Ansammlung vermummter Herrschaften schaute, die darauf warteten, dass die grabenden Männer mit ihren vor Schweiß glänzenden Gesichtern ihre Arbeit beendeten. Sie gruben bereits seit geraumer Zeit, aber das Grab war noch lange nicht tief genug für die Opferzeremonie.

Seine Anhängerschaft war in letzter Zeit beträchtlich gewachsen. Vor allem über die nächtlichen Ausschweifungen zog sein Treiben immer weitere Kreise und wuchs zu einer regelrechten Bewegung heran, doch das hatte auch unnötige Aufmerksamkeit erregt. Erst dieser neugierige Redemptoristen-Pater, der ihm die Kinder besorgt hatte, und nun dieser bergische Amtmann, der ihm mit seiner protestantisch-anwidernden Hartnäckigkeit beinahe auf die Schliche gekommen wäre. Er hatte Befehl erteilt, dass sich um dieses Problem gekümmert wurde.

Der Wind trug ein dumpfes Grollen, wie aus tiefsten Erdschichten kommend, an sein Ohr. Er richtete seinen Blick zum Fluss, in die Richtung, aus der er das Geräusch vernommen zu haben glaubte. Es war kaum wahrnehmbar gewesen. Eigenartig. Dabei erinnerte es ihn an den Klang, wie wenn ein Ast auf ein Fass geschlagen wurde. Nein, das beschrieb es doch unzureichend. Das Geräusch war viel größer, wuchtiger. So etwas hatte er noch nie gehört. Welche Dämonen trieben ihr Unwesen in dämmriger Nacht? War es ein Vorzeichen der Verdammnis?

Auch die Männer in der Grube hatten ihre Arbeit unterbrochen und blickten sich ängstlich um.

»Was war das?«, fragte einer mit keuchender Stimme. Sein Leib war dürr und ausgemergelt vom Hunger.

»Das Eis«, antwortete ein anderer.

Und als dieser merkte, dass der Dürre ihn mit furchtsamen Augen ungläubig anstarrte, fügte er hinzu: »Ich bin Fischer. Ich kenne das Geräusch.«

»Unsinn! Seid still! Grabt weiter«, befahl der Pater, der in seinem Hochmut nicht glauben wollte, was die Männer andeuteten.

Nun legte sich der Wind, und kurz darauf begann es zu schneien. Genau in diesem Augenblick stürzte ein schwarzer Schatten auf ihn herab, streifte ihn im Gesicht und war wieder verschwunden. Zu Tode erschrocken schlug er wild um sich, dabei schrie er laut auf. Was war das?

Langsam erholte er sich von diesem Schock. Der Pater suchte mit dem Schein der Laterne den Boden ab. Wie ihm war es auch anderen Anwesenden ergangen. Sie alle waren von schwarzen Schatten berührt worden. Der Pater begann ein Gebet gegen den Leibhaftigen zu sprechen. Schließlich fing der Lichtkegel der Blendlaterne einen schwarzen Umriss ein, der sich im Schnee abzeichnete. Er erkannte in dem seltsam geformten, leblos daliegenden Ding die Federn – Schwanz und Flügel – eines Vogels. Vor ihm lag ein Rabe. Ein ganzer Schwarm Vögel war auf sie gefallen. Allmächtiger, war es denn möglich, dass Vögel erfroren vom Himmel fallen konnten? Es gab wohl kein unheilvolleres Zeichen.

Sie mussten handeln, bevor es zu spät war. Er befahl dem Pater, mit der Zeremonie zu beginnen. Keiner widersprach. Die Furcht und das Entsetzen waren zu groß.

Die eigentliche zeremonielle Handlung währte nur kurz. Darüber wunderte er sich zwar, weil doch Katholiken gern mit ihren überbordenden Riten und Bräuchen prahlten.

Gemeinsam bekreuzigten sich seine Anhänger. Der Ordensmann intonierte eine lateinische Gebetsformel und stieg in die Senke hinab. Die Arbeiter traten ehrfürchtig beiseite. Die Holzkiste stellte er ab. Unter feierlichen Beschwörungen holte er den Kopf eines Jungen heraus. Beim Anblick der kruden Opfergabe entfuhr einigen Anwesenden ein Stöhnen. In alle Himmelsrichtungen hielt der Pater den Kopf. Schließlich wurde die Opfergabe in südliche Richtung, aus der die Flut erwartet wurde, zwischen nackter Scholle beigesetzt. Während die Männer begannen, das Grab zuzuschaufeln, sprach der Pater ein letztes Gebet. Er bekreuzigte sich und entließ damit die Gemeinde. Die Zeremonie war beendet. Die Anwesenden wandten sich ab, und jeder verschwand für sich in der verschneiten Nacht.

9

Der Schädel dröhnte. Es war lausig kalt. Ihm war schlecht, gleichzeitig hatte er Hunger. Und sein Körper schmerzte an verschiedenen Stellen unterschiedlich stark. Venray fühlte sich, als hätte ihn die Hölle nur aus Versehen wieder ausgespuckt.

Er war zu schwach, um die Augen zu öffnen. Aus der Ferne hörte er das metallische Klirren von Klingen, die aufeinandergeschlagen wurden. Die Geräusche waren ihm vertraut, aber wer kämpfte und warum? Langsam kam er zur Besinnung. Man musste ihm irgendetwas verabreicht haben, ein Betäubungsmittel. Es fühlte sich an wie der schlimmste Alkoholrausch, den er jemals gehabt hatte.

Gern hätte er geschaut, was da vor sich ging, aber es kostete ihn immer noch viel zu viel Mühe, die Lider zu heben.

»Er wird wach«, hörte er jemanden sagen.

»Na, hilf ihm!«, befahl eine andere Stimme.

Man richtete ihn auf.

»Aufwachen! Aufwachen!«

Venray spürte einen Schlag im Gesicht. Es war eine fürchterliche Qual, die Augenlider zu kleinen Schlitzen zu öffnen.

»Was …«, versuchte Venray zu sprechen, aber die Zunge war ihm zu schwer, »was … habt Ihr mir gegeben?«

»Branntwein«, erklärte der Mann, der ihn festhielt.

Eine Vergiftung durch Alkohol, er hatte mit seiner Vermutung also genau richtiggelegen. Das Gesicht des Mannes tanzte viel zu nah vor seinen Augen herum. Es verwirrte ihn, und Venray bemühte sich, woanders hinzublicken.

Er trug weder seinen Mantel noch seine Gugel. Alles hatten sie ihm abgenommen. Vermutlich auch die Waffen. In der Nähe brannten zwei eiserne Feuerkörbe. Sie waren mitten auf dem zugefrorenen Rhein. Es dämmerte, doch selbst das nur noch schwache Licht schmerzte in seinen Augen.

»Branntwein«, sagte der, der ihn festhielt, nochmals, »sehr

viel Branntwein.« Er lachte laut und dreckig. Andere Männer stimmten mit ein.

Man ließ ihn los. Venray hatte nicht die Kraft, sich aufrecht zu halten. Er kippte zur Seite und blieb auf dem Eis liegen. Egal, was man mit ihm vorhatte, er würde sich nicht wehren können. Er war vollkommen übertölpelt worden.

Man schüttete ihm Wasser ins Gesicht. Angesichts der zum Abend hin rasch fallenden Temperaturen konnte man flüssigem Wasser geradezu dabei zuschauen, wie es zu Eis erstarrte. Schon jetzt spürte er, wie sich einzelne Tropfen im Haar und im Gesicht erhärteten. Aber es machte ihn wacher. Er wollte sich mit den Ärmeln das Wasser von Gesicht und Kopf reiben und merkte erst jetzt, dass man ihm die Hände gebunden hatte. Deshalb war er eben einfach umgefallen und hatte keinen Halt gefunden. Er war so benommen, dass ihm jegliche Orientierung fehlte.

Im Lichtschein der Feuer fochten zwei Männer. Sie kämpften mit Säbel und Rapier. Beide Männer trugen nur Hemden. Jetzt erkannte Venray die übrigen Männer um ihn herum. Sie trugen unter ihren Wintermänteln die rot-weiße Uniform der Cölner Stadtwache. Einige trugen ein Gewehr mit Bajonett, andere waren mit Piken bewaffnet. Die schwarzen, spitz nach oben zulaufenden Mützen zeigten die niedrigen Ränge an. Einfache Soldaten. Einige trugen Zweispitz. Der dazugehörige Rang war ihm nicht bekannt. Wo war der Hauptmann? Warum hatte ihn die Stadtwache überhaupt festgenommen? Ging man etwa so mit Gästen um?

Venray beobachtete die Kämpfenden. Der Linke focht mit unglaublicher Schnelligkeit und Präzision. Er war ein überragender Fechter. Er hielt keinen Säbel in der Hand, sondern den schwertähnlichen Pallasch. Anders als der Säbel konnte der Pallasch auch als Stichwaffe eingesetzt werden.

Die Geschicklichkeit, mit der der Mann focht, erreichte man nur, wenn man mehrere Stunden am Tag übte. Dies hier war Training, ein Schaukampf. Und Venray wusste vom ersten Augenblick an, da er dem Kampf zuschaute, dass diese

Veranstaltung ihm galt. Man wollte ihm vorführen, wie gut man war. Jeder Angriff, jede Parade war immer wieder bis ins Kleinste geübt worden. Hier wurde nicht gekämpft, um zu töten, sondern um mit viel Effekt spektakuläre Fechtkunst zu präsentieren. Mit einer realen Kampfsituation hatte das rein gar nichts zu tun.

Der rechte Fechter hatte keine echte Chance, schlug sich aber wacker. Wenn man so gut fechten konnte, war es schwer, gute Gegner zu finden, an denen man sich messen konnte. Die Heftigkeit, mit der der Fechter seinen Kontrahenten niedermachte, erinnerte Venray an den Räuber im bergischen Weiler, den er nur mit viel Glück besiegt hatte. Der rechte Fechter machte nur einen klitzekleinen Fehler, schon hatte er die Klinge seines Gegners am Hals. Der Kampf war beendet.

»Hauptmann«, gestand der Rechte außer Atem, aber mit glühender Bewunderung in der Stimme, »Ihr seid einfach – unbesiegbar.«

Der, den sie als Hauptmann ansprachen, nickte kurz und ausdruckslos. Dann kam er auf Venray zu. Er hatte scharfe Gesichtszüge, und ein besonderer Glanz lag in seinen Augen. Das war das Antlitz des Hochmuts. Er war jung und stammte sicherlich aus reichem, möglicherweise sogar adligem Haus.

Man reichte ihm einen Mantel, den er sich lässig über die Schultern warf, und zwei Becher mit einer dampfenden Flüssigkeit. An dem einen nippte der Hauptmann, den anderen reichte er Venray. Es war heißer Branntwein. Sobald ihm der Geruch in die Nase stieg, drehte sich ihm der Magen um. Venray musste würgen und erbrach sich auf das Eis.

Nachdem er sich wieder beruhigt hatte, sagte der Hauptmann: »Trinkt, Ihr kühlt sonst aus, Euer Hochwohlgeboren.«

Venray ließ sich nicht anmerken, dass er genau verstand, was der Hauptmann damit ausdrücken wollte. Sie wussten ganz genau, wer er war, und hatten ihn dennoch so behandelt.

»Diese Stadt ist etwas ganz Besonderes«, begann nun sein Gegenüber. »Der Rat und die Ratsherren reden tagein und tagaus. Sie tun nichts anderes als reden. Denn sie können sich mitnichten auf das Geringste einigen. Sie wissen nicht, was sie tun sollen. Es herrscht Stillstand. Wenn sie sich dann mal einigen, passiert auch wieder nichts, weil ihr ausgehandelter Kompromiss so faul ist, dass er alle Handlung lähmt. Und in Bonn sitzt ein Erzbischof, der gerne handeln würde, der aber alle Macht in ›seiner‹ Stadt verloren hat.« Der Hauptmann lachte. »Und obendrauf kommt Ihr in diese aufgeheizte Stimmung und stellt Fragen über einen in Mülheim ermordeten Pater.« Der Hauptmann versicherte sich, dass Venray wach genug war, um ihm folgen zu können. »Ja, habt Ihr denn wirklich geglaubt, dass wir Euch mit offenen Armen empfangen?«

Als Venray etwas erwidern wollte, gebot sein Gegenüber ihm gebieterisch, zu schweigen. Schon wieder eine Beleidigung!

»Gewiss, gewiss«, setzte der Hauptmann seine Ansprache in salbungsvollem Ton fort, »Euer Ruf eilt Euch voraus. Was für eine Ehre: Der Amtmann für policeyliche Angelegenheiten Seiner kurfürstlichen Durchlaucht Carl Theodor von Berg beehrt uns mit seiner Anwesenheit. Ihr habt so viele policeyliche Reformen eingeführt, dass sich alle Gesetzesbrecher vor Euch fürchten müssen.«

Jetzt war es an Venray, dass er ein kurzes Auflachen nicht unterbinden konnte.

»Worüber lacht Ihr?«

»Bei Euch klingt das Wort ›Reformen‹ so, als hätte ich jemanden zum Tode verurteilt.«

»In der Tat, das habt Ihr auch«, erwiderte er heftig. »Ihr habt die alte Ordnung, das alte Regiment zum Tode verurteilt.«

Venray schwieg. Entweder war dieser Hauptmann größenwahnsinnig oder ein riesengroßer, aber ungeheuer altmodischer Prahlhans. In jedem Fall war er eitel und hörte sich am liebsten selbst reden. Venrays Erfahrung lehrte ihn, jemanden, der unbedingt reden wollte, nicht daran zu hindern. Er lieferte oft unfreiwillig besonders interessante Informationen.

Und tatsächlich kam es so, als der Hauptmann sagte: »Die Stadt will keine Ermittlungen. Es besteht kein Anlass, in alten

Wunden zu bohren. Es wäre auch klüger von Euch gewesen, erst zu mir zu kommen. Ich leite hier die Untersuchungen – niemand sonst.«

Venray war bemüht, sich jedes einzelne Wort genau einzuprägen. Irgendjemandem musste er mit seinen Untersuchungen, überhaupt seinem Erscheinen in Cöln gewaltig in die Quere gekommen sein. Ob das etwas mit dem Treffen zu tun hatte, das er im Hurenhaus beobachtet hatte, konnte er nicht mit Gewissheit sagen. Es fügte sich noch nichts zu einem vollständigen Bild zusammen, er sah lediglich unglaublich viele Hinweise, Auffälligkeiten und ungeklärte Vorfälle.

»Sicher wäre das klüger gewesen«, stimmte Venray ihm zu, nur um mit kühler Härte zu ergänzen: »Vermutlich hättet Ihr mir dann gleich einen Sack über den Kopf gestülpt, nicht wahr?«

Dem Hauptmann wich das hochmütige Lächeln aus dem Gesicht. Der dünkelhafte Panzer seines Kontrahenten bekam erste Risse.

»Es konnte natürlich niemand ahnen, was sich alles um Pater Christoph abgespielt hat«, orakelte Venray.

Sein Gegenüber blinzelte nervös. Was hatte das zu bedeuten?

»Wusstet Ihr davon?«, erkundigte sich Venray gespielt arglos.

Aber der Hauptmann bekam sich nach längerem Schweigen wieder vollständig in den Griff und ließ sich zu keinen weiteren Aussagen über den ermordeten Pater hinreißen. Stattdessen sagte er: »Die Stadt befindet sich in einer sehr schwierigen Lage. Nein, die Lage ist *äußerst* schwierig. Der Handel liegt danieder, so schlimm wie noch nie zuvor. Alle hoffen, dass die Situation bald beendet ist. Dass endlich dieser Winter aufhört! Doch das Ende des Winters bedeutet Tauwetter! Und die Schmelze wiederum bedeutet – Flut. Wir hatten noch nie so viel Eis und Schnee, daher wissen auch alle, dass die Flut schlimmer kommen muss als bisher. Nur Gott kann das verhindern.«

Aus der Rede des Hauptmanns klang neben aller Bestimmtheit und zur Schau gestellten Überlegenheit auch große Unsicherheit und Verzweiflung.

»Sagt mir nur eins«, erwiderte Venray, »war Pater Christoph Jesuit?«

»Niemand kann etwas für seine Vergangenheit«, gestand der Hauptmann, ohne die Frage eindeutig zu beantworten. »Seht Ihr, Herr Amtmann, es ist schwer, bei klarem Verstand zu bleiben, während man das Gefühl hat, um einen herum bricht die Gesellschaft, ja das gesamte System und – wer weiß – sogar das Kaiserreich in sich zusammen.«

Venray legte die Stirn in Falten. Sprach der Hauptmann von sich selbst? Es war allgemein bekannt, dass Verschwörungstheorien von Dingen bis hin zum Untergang des Kaiserreichs kündeten. Streng genommen konnte eine solche Rede als Hochverrat gewertet werden. Was um alles in der Welt hatte dieser Mann nur vor?

»Ich liebe meine Stadt«, sagte der Hauptmann mit verändertem, verklärtem Tonfall. »Ich werde sie mit aller mir zur Verfügung stehenden Macht beschützen. Das ist meine Aufgabe!«

Oder handelte es sich bei diesem eitlen, undurchsichtigen Geschwafel viel mehr um das borniertte Geschwätz einer Marionette der Obrigkeit? Der Hauptmann hatte womöglich den Befehl erhalten, dem ungeliebten, fremden Amtmann eine »Lehre« zu erteilen. Ja, der Hauptmann führte nur Befehle aus, tat sich dabei wichtiger, als er war, und überschritt in der Misshandlung Venrays sicherlich seine Befugnisse, zumindest schoss er eigenmächtig über die ihm aufgetragene Zurechtweisung des Amtmanns hinaus. Das jedenfalls konnte dahinterstecken. Sicher war sich Venray jedoch nicht.

Urplötzlich griff ihn der Hauptmann am Kragen, als hätte er Venrays Gedanken erraten, und zog ihn hoch. Venray erschrak, da der Ausbruch so unvermittelt erfolgte. Der Hauptmann zog ihn ein Stück beiseite. »Arrogantes Blaukopp-Pack, was bildet Ihr Euch eigentlich ein!«, fluchte er. Die Soldaten lachten.

Venray blieb keine Möglichkeit zu reagieren.

»Ich war selbst Protestant«, fuhr der Hauptmann fort. »Glaubt mir, ich tue das nur, um Euch das Leben zu retten. Vertraut mir!«

Doch seine Worte sollten kein Vertrauen wecken. Er verhöhnte Venray und schubste ihn so brüsk weg, dass er Mühe hatte, sich auf den Beinen zu halten. »Schert Euch zum Teufel!«, rief er laut.

Venray war höchst irritiert. Was hatte das alles zu bedeuten? Stand der Mann tatsächlich derartig unter Druck durch seine Befehlshaber? Sicher war nur, dass diesem Hauptmann nicht über den Weg zu trauen war.

Man warf ihm seinen Mantel und die anderen Besitztümer zu. Der Hauptmann bekam Venrays Säbel gereicht, den er aus dem Futteral zog. Schwungvoll hieb er die Klinge ins Eis, wo sie stecken blieb. Venray stutzte. Was um alles in der Welt hatte das nun wieder zu bedeuten? Wieso gab er ihm nicht einfach seinen Säbel zurück?

Was folgte, hätte Venray selbst in der dunkelsten Stunde nicht ahnen können. Der Hauptmann versetzte dem Säbel einen kräftigen Tritt, und der Stahl zerbrach. Venray verlor fast die Besinnung, so wenig begriff er, was hier geschah. Wieso beging der Hauptmann die unglaubliche Ehrverletzung und zerbrach seinen Säbel? Eigentlich musste er den Mann zum Duell fordern.

Auf einmal durchfuhr ihn die Erkenntnis: Was, wenn der Hauptmann genau das wollte? Nach dem Niederknüppeln hinterm Hurenhaus stellte er ihm nun erneut eine Falle. Er war ein überlegener Fechter und würde Venray sicherlich im Zweikampf besiegen, wenn nicht sogar töten. Diese Angelegenheit wäre im Nachhinein nicht mal anfechtbar: Zwei höhere Herrschaften hatten sich duelliert. Venray war unterlegen. Für alles andere gab es keine Zeugen. Die Sache wäre damit endgültig erledigt. Dem Hauptmann würde keinerlei Schuld zugesprochen. Venray schwieg, auch wenn es ihn gewaltige Mühe kostete.

Der Hauptmann überreichte ihm die Bruchstücke seiner Waffe und schob ihn dabei weiter aufs Eis hinaus.

Venray verlangte, den Namen des Hauptmanns zu erfahren, doch der antwortete nicht auf die Frage, sondern herrschte ihn an: »Verschwinde, Hundsfott! Und komm nie wieder!«

10

Ihre Lider zuckten, und die Finger kratzten über das Bettlaken. Endlich schien sie erwachen zu wollen.

Zuvor hatte sie über Stunden vollkommen regungslos dagelegen, als wäre sie dem Tod bereits näher als dem Leben. Venray hatte begonnen, sich Sorgen zu machen, ihre Kopfverletzung könnte ernsthafte Folgen haben.

Es war mitten in der Nacht. Er selbst hatte keinen Schlaf gefunden. Das Feuer im offenen Kamin hatte er brennen lassen, obwohl man es eigentlich, um Holz zu sparen, nachts ausgehen ließ. Die Kerzen hatte er aber gelöscht. Der Junge, der neuerdings zur Apothekerwitwe zu gehören schien, schlief in Decken gehüllt auf dem harten Boden vor dem Kamin.

Jetzt, da es ihr besser zu gehen schien, lehnte er sich in seinem Sessel zurück, zog die Decke enger um sich und paffte an seiner Pfeife.

Venray dachte nach und begutachtete dabei den Schaden, den dieser Hauptmann an seinem Säbel angerichtet hatte. Das Familienwappen der Venrays – ein zweigeteilter Schild mit Ähren und Streitaxt – war am Schaft mit dem üblichen Wulst verziert eingraviert. Die Waffe war ein Geschenk seines Vaters gewesen. Nein, dachte er, es war *das* Geschenk eines Vaters an seinen Erben. Nun war es zerstört. Und auch wenn er mit vielen Traditionen der Aristokratie gebrochen hatte, die Demütigung, die der Hauptmann ihm, und damit seiner Familie, zugefügt hatte, schmerzte mehr, als er sich eingestehen wollte.

Die Bruchkante des Stahls war glatt und scharf. Der Säbel musste neu geschmiedet werden. Er gestand sich ein, dass er nicht genug über die Schmiedetätigkeit wusste, um einschätzen zu können, ob er seinen Säbel je wieder auch als solchen würde verwenden können.

Der Zorn, der in ihm grollte, war bei seiner Rückkehr förmlich explodiert, als er die schwer verletzte Anna-Maria vorgefunden hatte. Bei einer eigenmächtigen Nachforschung aufgrund eines weiteren Mordes, diesmal an einem unschuldigen Kind, war sie überfallen und niedergeschlagen worden. Das hatte ihm der Junge in einfachen Worten berichtet. Nun brauchte er ausführlichere Informationen über das, was passiert war. Vor allem auch über diesen grausamen Mord an einem Kind. Er wusste nicht, gegen wen er seinen urgewaltigen Zorn richten sollte.

Anna-Maria schlug die Augen auf. Beim Anblick des Freiherrn vor ihrem Bett verfinsterte sich ihr Blick. Nach allem, was er inzwischen wusste, konnte er ihre Verärgerung über seine Person gut nachvollziehen, und daher war er erleichtert über ihre Reaktion, denn sie hatte diesen schweren Schlag gegen ihren Schädel wohl tatsächlich überstanden und war ganz die Alte geblieben. Etwaige Irrtümer, die zu ihrer Abneigung ihm gegenüber geführt haben könnten, würden sich später noch klären lassen.

»Seid Ihr wach und aufnahmefähig?«, erkundigte er sich.

Anna-Maria nickte unsicher. Er reichte ihr einen Krug mit heißem Branntwein, den er am Kamin warm gestellt hatte. Sie nahm einen Schluck und hustete angesichts des starken alkoholischen Getränks.

»Wo bin ich?«, fragte sie.

»Nicht in Walhalla, so viel steht schon mal fest«, raunte Venray. »Wobei wir noch herausfinden müssen, ob das Eurem Mut oder Eurer Torheit zuzuschreiben ist. Bis das geklärt ist, solltet Ihr wissen, dass ich Euch in einem Zimmer im ›Goldenen Wagen‹ einquartiert habe. Es ist sicherer – auch im Falle der Flut zählt dieser Teil von Mülheim erfahrungsgemäß nicht zu den stark gefährdeten Gebieten der Stadt. Die Leiche des getöteten Jungen habe ich ins Rathaus überführen lassen.«

Venray schickte eine dicke Tabakwolke in Richtung Zimmerdecke. Anna-Maria begann mit den Händen zu wedeln. »Die Pfeife«, sagte sie mit noch schwacher Stimme.

»Ja«, erwiderte Venray, »in Cöln ist mir meine Lieblingspfeife – und nicht nur das –, sagen wir, abhandengekommen.«

»Vom Rauch bekomme ich noch mehr Kopfschmerzen«, erklärte sie.

Venray erkannte seinen Irrtum, entschuldigte sich und legte die Pfeife beiseite. Er sprang auf, riss das Fenster auf, um zu lüften, bereute es aber sofort wieder, denn die Luft, die ins Zimmer strömte, war so eisig kalt, dass sie auf nackter Haut schmerzte. Venray schloss das Fenster augenblicklich wieder. Er legte zwei Holzscheite nach, bevor er sich setzte.

Während er ins Feuer schaute, sagte er: »Ich habe Euch bei meiner Rückkehr aus Cöln aufgesucht. Der Junge hat Euch verletzt nach Hause geschleppt. Er wusste nicht, was er mit Euch machen sollte. Ich habe den Stadtphysikus gerufen.«

Anna-Maria schnaubte verächtlich.

»Und ich habe diesen Brief hier gefunden.« Venray hob den Brief mit dem Entzug ihrer Arbeitserlaubnis hoch, den er da gefunden hatte, wo sie ihn hatte fallen lassen, neben dem Feuer in der Küche.

»Mit diesem Schreiben habe ich nichts zu tun«, erklärte er. »Ich würde es ja verbrennen, aber ich benötige es als Beweis, wenn ich gegen den Unterzeichner Beschwerde einlegen will.« Er tippte mit Nachdruck auf die Unterschrift im Brief: Es war die seines Vorgesetzten Graf Gollstein. Für Venray bestand kein Zweifel, dass Gollstein sich hatte kaufen lassen.

Es dauerte eine ganze Weile, bis Anna-Maria sich zu einem Nicken durchringen konnte, zum Zeichen, dass sie ihm Glauben schenkte.

»Wir befinden uns«, wechselte er das Thema, »mitten im ärgsten Winter, seit Menschen lesen und schreiben können. Die Not ist größer, als man sich vorzustellen vermag. Letztlich bleibt die Frage, welchen Tod die Notleidenden wählen, Hunger oder Erfrierung – in der Regel erfolgt in biblischer Gerechtigkeit beides: Die Armen verhungern und erfrieren gleichzeitig. Was tut die Kirche? Sie erteilt Stundengebete, um Gottes Zorn zu besänftigen. Gibt es Aufzeichnungen darüber, wie viele Menschen diesem Winter bereits zum Opfer gefallen sind? Nein!«

Sein Ton wurde bitter. »Ich sage schon seit Längerem, wir *müssen* mehr dokumentieren. Und ich bin natürlich nicht der Einzige, der das sagt. Beobachten und aufzeichnen, was passiert, wie sich das Wetter verhält, wie der Rhein fließt, wie viele Bäume im Benrather Schlosspark stehen und so weiter. Aber Gollstein, mein Vorgesetzter, übrigens kein Geringerer als der Unterzeichner Eures Arbeitsverbots, hält das für pure Papierverschwendung. Beobachten und dokumentieren. Ist Euch schon mal aufgefallen, dass der Schnee gar nicht weiß, sondern grau ist? Woran liegt das? Was, wenn sich in der Luft Staub befindet? Der Staub bedeckt den Himmel und sammelt sich im Niederschlag. Doch woher kommt dieser Staub? Es handelt sich um Asche, die Vulkane bei einem Ausbruch in die Luft geschleudert haben. Sehr viel Asche. Und in dieser Asche befinden sich giftige Stoffe. Schwefel zum Beispiel. Am Ende landet dieser Schwefel im Wasser, das unseren Branntwein verdünnt. Das heißt, was wir trinken, ist genau genommen – vergiftet.«

Anna-Maria schaute skeptisch in ihren Becher.

»Untersucht es, Ihr seid vom Fach«, fuhr Venray fort. »Wie auch immer es sich wissenschaftlich mit diesem Winter verhält, auch seelisch hat er verheerende Folgen: Bietet er einen günstigen Augenblick für einen Menschen, seiner Mordlust nachzugehen? Unbedingt. Denn niemand schert sich gegenwärtig um die Toten. Dass Wölfe einen Toten zerfleddern, liegt in ihrer Natur. Sie sind hungrig und fressen, was sie finden. Aber in wessen Natur könnte es liegen, ein Kind zu enthaupten? Was will der Mörder eigentlich? Haben wir es mit einem Gilles de Rais zu tun?«

»Mein Kopf dröhnt gewaltig«, stöhnte Anna-Maria. »Könntet Ihr ein bisschen weniger reden und auf den Punkt kommen?«

Venray schwieg.

»Klarheit und Struktur«, rügte sie mit schwacher Stimme.

Venray nahm die kalte Pfeife in den Mund und presste zwischen den Zähnen hervor: »Sprecht Ihr von derselben Klarheit und Struktur, die Euch eine nicht unerhebliche Beule am Kopf eingebracht hat?«

Anna-Maria erwiderte nichts.

»Aber was rede ich?«, fuhr Venray fort. »Mir ist es nicht besser ergangen.«

»Was ist Euch in Cöln widerfahren?«, erkundigte sie sich.

»Das, was einem passieren kann, wenn man sich alleine in die Höhle des Löwen begibt. Ich wurde niedergeschlagen und aus der Stadt gejagt.«

Anna-Marias Augen weiteten sich.

Vor dem Fenster tanzten Schneeflocken im Wind. Es hatte erneut ein starker Schneefall eingesetzt. Venray nahm sich einen Becher Branntwein und betrachtete einen Augenblick lang das Treiben vor dem Fenster.

»Ich fasse zusammen«, setzte er an. »Der Junge hat mir erzählt, Ihr wäret einer Spur am Bachlauf der Strunde gefolgt. Bei einem Hof wäret Ihr dann überfallen und niedergeschlagen worden. Der Junge –«

»Niklas«, unterbrach sie ihn.

»Was bitte?«

»Herrgott, ›der Junge‹ heißt Niklas«, klärte sie ihn auf. »Und er ist im letzten Herbst von der Eifel ins Hospital gekommen. Vermutlich ist er dort von einem Bauern fortgelaufen, der ihm einen Finger abgeschnitten haben muss. Er hat dann kurz bei Andreae in der Fabrik gearbeitet. Aber Andreae, dieses Schwein, lässt selbst Kinder während der Arbeit nicht austreten. Im Oktober, als der erste Schneefall einsetzte, hat er viele Arbeiter, die meisten davon Kinder, entlassen. Das macht er jedes Jahr so: Zum Winter hin überlässt er über die Hälfte seiner Arbeiterschaft mehr oder weniger der Armut. Im Frühjahr stellt er sie dann wieder ein. Auf die Art spart er viel Geld!«

Das war ein altbekanntes Problem mit Manufakturbesitzern. Venray hatte eine policeyliche Verordnung erlassen, dass Arbeiter nur dann entlassen werden dürften, wenn sie dadurch nicht ihre Wohnung verloren. Denn dann strömten obdachlose Arbeiter mit ihren Familien in die Armenhäuser. Fabrikbesitzer umgingen die Verordnung, indem sie Armenhäuser finanziell unterstützten, meist in Form von wohltätigen Spenden seitens der Gattinnen. Das war immer noch billiger, als Wohnungen zu beschaffen. Woraufhin die Hospital- und Armenhauswirtschaft massiv angestiegen war.

»Wer Euch niedergeschlagen hat, wissen wir nicht. Oder habt Ihr jemanden gesehen, gar erkannt?«

Anna-Maria schüttelte den Kopf und erläuterte kurz ihre Überlegung, dass die Leiche des Kindes am Rheinufer abgelegt worden sein müsse, weil dem Mörder der Kopf wichtig war, nicht der Körper. Venray blickte sie entsetzt an.

»Es ist sehr weit hergeholt«, entschuldigte sie sich, als Venray nicht gleich darauf antwortete. Immerhin hatte er ihr ja auch explizit verboten, eigenständig etwas zu unternehmen.

»Ja, das ist es wohl«, bestätigte er mit regungsloser Miene. Anna-Maria atmete enttäuscht aus.

»Wie um alles in der Welt kommt Ihr auf so etwas?«

»Die enorme Grausamkeit des Verbrechens«, antwortete sie, »muss einer bestimmten Struktur folgen.«

»Eure Theorie ist weit hergeholt«, bestätigte Venray noch einmal, »soweit man die hiesigen Verhältnisse berücksichtigt.«

Anna-Maria merkte auf.

»In Niederländisch-Indien habe ich auf einer einsamen Insel einen Eingeborenenstamm beobachten dürfen. Dieses Volk lebt in ständiger Angst vor den Gewalten der sie umgebenden Natur. Es gibt in dem Seegebiet viele feuerspeiende Vulkane. Bricht einer aus, löst das meist Erdbeben im Meer aus. Erstaunlich, nicht wahr? Vor vielen Jahren wurde die Stadt Lissabon von einer ähnlichen Katastrophe heimgesucht. Und die Beben im Meer führen in der Regel zu verheerenden Überflutungen. Um ihre Götter zu besänftigen, werden Menschen und ganz besonders auch Kinder geopfert.«

»Aber wie sollte die Kenntnis von diesem heidnischen Brauch hierhergekommen sein?«, fragte Anna-Maria.

»Auf demselben Weg, wie ich davon erfahren habe«, sagte er, und als Anna-Maria ihn weiterhin fragend anschaute, fügte er hinzu: »Ich war viele Jahre Erster Offizier auf einem Handelsschiff der VOC, der Ostindienkompanie. Ich habe viel Zeit in den dortigen Gewässern verbracht. Darüber hinaus passt es zu einer Beobachtung, die ich in Cöln gemacht habe.« In raschen Worten berichtete er von dem, was er in Cöln auf dem Rathausplatz beobachtet hatte.

»Ein Jesuit? Ich dachte, die seien kaiserlich verboten?«

Venray ergänzte: »Und Jesuiten waren häufig als Missionare in Übersee tätig. Ich hätte Euch gern ein Flugblatt mitgebracht, das besagter Pater Joaquim in Cöln verteilte. Ein Spanier, eventuell Portugiese. Leider ist es mir nicht gelungen, das Flugblatt aufzuheben. Darin erzählt er die biblische Geschichte von Abraham und seinem Sohn Isaak, nur mit der neuartigen Wendung, dass Isaak am Ende geopfert wird. Dazu gibt es eine reich illustrierte Abbildung der Kindesermordung.«

»Der Kindsmord ist eine der am weitesten verbreiteten Untaten unserer Zeit. Nur hat es in den meisten Fällen etwas mit ungewollten Schwangerschaften zu tun.«

Venray blickte betreten zu Boden. Der Kindsmord war ein regelrechter Schandfleck in seiner policeylichen Arbeit. Trotz zahlloser Erlasse des Kurfürsten unter Androhung drakonischer Strafen gehörte die Tötung von Kindern zum Alltag. Kein anderes Verbrechen symbolisierte besser die Doppelmoral seiner Zeit, denn Carl Theodor war als Genuss- und Lebemensch bekannt. Der Kurfürst hatte unzählige Kinder, die außerehelichen Liebschaften entsprangen. Ihre Mütter waren gesellschaftlich am Ende. Dass dies aber auf ihren Fall zutraf, schloss Venray aus. »Zwei Jesuitenpadres – ein Zufall?«

»Ach, Zufall! Der Zufall ist *die* Lösung des schwachen Geistes«, widersprach Anna-Maria aufbrausend. »Viel wichtiger ist die Überlegung, ob es zwischen all diesen vermeintlichen Zufällen – den Morden, dem Verschwinden der Kinder, der Tatsache, dass hier ein verbotener Orden agiert – einen Zusammenhang gibt.«

Venray erfreute es innerlich, dass die Apothekerin ähnlich ablehnend auf den »Zufall« reagierte wie er selbst vor ein paar

Tagen gegenüber dem Sekretär des Domküsters. Auf die Wortspielerei ging er nicht weiter ein.

»Ich werde gleich morgen früh nochmals bei den anderen Brüdern im Redemptoristen-Kloster nachhaken. Wenn niemand ein Kind vermisst, könntet Ihr überprüfen, ob das ermordete Kind aus dem Mülheimer Armenhaus stammt. Vielleicht fällt uns dann auf, was der Zusammenhang sein könnte, wenn es überhaupt einen gibt.«

Venray wollte den Krug vom Feuer holen, um Branntwein nachzuschenken. Sein Blick fiel auf den schlummernden Niklas. Rasch drehte er sich zu Anna-Maria um, denn er hatte eine Idee. Die musste seine Gedanken erraten haben, denn sie nickte zustimmend.

»Niklas«, erklärte sie aufgeregt, »hat erzählt, dass Pater Christoph einige Kinder aus dem Waisenhaus zu einem Hof an der Strunde gebracht hat. Dort wollten wir heute hin. Ihn selbst hatte der Pater von dort aus zu einem Kürschner gebracht.«

»Die Kinder sind die Verbindung«, erklärten sie gleichzeitig. Venray sprang augenblicklich auf.

»Was habt Ihr vor?«, erkundigte sich Anna-Maria.

»Diesen Hof anschauen, was sonst? Eine bessere Spur haben wir nicht. Wenn wir die verschwundenen Kinder finden, finden wir eventuell unseren Mörder.«

Nun erhob sich auch Anna-Maria. Aber ihr Kopf schmerzte gewaltig.

»Was soll das werden?«, erkundigte sich Venray.

»Ich komme natürlich mit«, antwortete sie. »Ich brauche nur ein Mittel gegen den Kopfschmerz aus meiner Apotheke.«

Bevor er etwas erwidern konnte, wurden sie unterbrochen. Es klopfte an der Tür. Wer konnte das um diese Nachtzeit sein?

Der Wirt Ersterer betrat das Zimmer. »Euer Hochwohlgeboren«, begann er, »ich war so frei und habe jemanden um Hilfe gebeten.«

Venray zog die Augenbrauen zusammen, als Oberst Zuccalmaglio hereinkam. Er räusperte sich umständlich und sagte dann: »Ich habe erfahren, vom Wirt hier, was Euch in Cöln widerfahren ist. Der Säbel zerbrochen!« Plötzlich brüllte er: »Unverzeihbar!« Er räusperte sich erneut und fügte hinzu: »Langer Rede kurzer Sinn: Mein Jägercorps steht zu Eurer Verfügung!«

Venray erhob sich und zeigte seine Dankbarkeit und Anerkennung, indem er sich verneigte. Die Etikette gebot es. »Wir werden das Corps tatsächlich benötigen«, sagte er, »aber wir reiten nicht etwa gegen Cöln.«

Der Oberst blickte ihn fragend an.

»Ein kleiner Trupp – wir beide – reitet voraus. Das Corps folgt uns nach, sobald es bereit ist. Wir können nicht warten.«

Der Oberst war verwirrt, sodass Venray erklärte: »Ein Krieg mit Cöln – wegen eines zerbrochenen Säbels – brächte nur noch mehr Gewalt.«

Dem stimmte der Oberst zu. »Was habt Ihr dann vor?«

Mit einigen wenigen Worten berichtete Venray, was Anna-Maria an der Strunde passiert war.

»Das heißt«, fasste der Oberst zusammen, »wir suchen einen Hof auf, zu dem vermutlich mehrere Waisenkinder gebracht wurden. Wissen wir, wie viele Männer den Hof bewachen?«

»Nein.«

»Draußen tobt ein mittelschwerer Schneesturm, bei dem sich eigentlich nur Wahnsinnige ins Freie begeben würden«, sagte der Oberst, und Venray blieb nichts anderes übrig, als ihm zuzustimmen. »Und wir sind nur zu zweit«, schloss er.

»In der Tat«, bestätigte Venray.

Der Oberst blickte ihn skeptisch an, doch bevor er etwas sagen konnte, mischte sich Anna-Maria ein: »Zu dritt. Ich komme mit!«

»Zu viert«, rief der Wirt jetzt. »Ich bin Mitglied der Sebastianus-Schützen.«

Der Oberst nickte anerkennend. Die Sebastianus-Schützen waren Mülheims freie Garde, bestehend aus Bürgern wie Ersterer.

»Zu fünft«, sagte plötzlich eine weitere Stimme. »Ich beschütze Madame Parisi!« Es war der Junge, Niklas, der sprach.

»Nun dann«, schloss der Oberst, und seine Augen begannen zu funkeln, »das ist ein Husarenstück ganz nach meinem Geschmack!«

***

Ihre Fackeln erloschen bereits nach kurzer Zeit. Ebenso wie die Kerzen in den Laternen, die der Wind eine nach der anderen ausblies. Bei dem Schneegestöber mussten die Pferde mühsam angetrieben werden. Die Orientierung zu halten war äußerst schwierig. Es war stockdunkel, und der Schnee fiel so dicht, dass man keine Kutschenlänge vorausschauen konnte. Die eigenen Fußspuren waren, kaum hinter sich gelassen, bereits wieder von den fallenden Schneeflocken verdeckt.

Sie folgten dem schmalen Pfad entlang der Strunde Richtung Osten ins Landesinnere. Nach einer halben Stunde außerhalb der Stadt meinte Anna-Maria, sie seien am Ziel. Aber der Hof stellte sich als der falsche heraus, und so zogen sie weiter. Endlich kamen sie an eine größere Hofanlage mit einer Mühle. Mehrere ineinandergreifende Fachwerkbauten machten es schwer, sich einen Überblick zu verschaffen, wo sie mit ihrer geplanten Durchsuchung beginnen sollten. Wie viel Gegenwehr konnten sie erwarten?

In der Mitte des Hofs gab es ein zweistöckiges Herrenhaus aus Stein, verkleidet mit schwarzen Schieferplatten. Die Fensterläden waren wie bei den anderen Häusern geschlossen. Nirgendwo brannte Licht. Der Hof wirkte verlassen. Und doch konnte das nicht ganz stimmen, denn die Wege auf dem Hof schienen erst kürzlich geräumt worden zu sein. Sie arbeiteten sich weiter vor und passierten die Mühle. Das gewaltige Mühlrad war über und über mit Eis bedeckt. Es sah aus, als wäre das fließende Wasser des Baches von einer Sekunde auf die andere gefroren.

»Eine Papiermühle«, erklärte Ersterer.

Woran er das erkannte, war Venray schleierhaft. Am Mühlrad? Aber der Wirt hatte seine Behauptung so entschieden ausgesprochen, dass er offenbar wusste, wovon er sprach. Die Vorstellung, dass an diesem Ort im Sommer Papier hergestellt würde, hellte seine Stimmung ein wenig auf. In Venrays Augen war Papier eine der besten Erfindungen überhaupt. Ein edles und zugleich sinnliches Produkt. Papier konnte viel mehr bewegen als sein nun zerbrochener Säbel, wenn er an die Schriften von Kant, die Dramen von Lessing oder an zeitgenössische Wilde wie diesen Goethe dachte. Jemand, so dachte Venray weiter, und er war sich bewusst, dass sein Gedanke durchaus eine gewisse Naivität enthielt, der Papier herstellte, was sehr viel Feinsinn und Gespür benötigte, konnte doch kein kaltblütiger Mörder sein?

Doch Papier konnte genauso gut missbraucht werden wie jedes andere Instrument. Und dabei dachte er an die brachiale Bibelauslegung des Cölner Jesuitenbruders Joaquim.

Ohne eine direkte Absprache getroffen zu haben, hielten sie auf das Haupthaus zu. Bisher ohne erkennbare Gefahr.

Venray beobachtete seine Umgebung. Ob aus den Kaminen Rauch aufstieg, konnte er aufgrund des Schneefalls in der Dunkelheit nicht eindeutig beantworten. Sein Instinkt verriet ihm jedoch, dass sie nicht allein waren.

»Sind wir richtig?«, wandte er sich an Anna-Maria.

Die schüttelte unsicher den Kopf. »Es war Tag, und es hat nicht geschneit … Ich kann mich nicht genau erinnern, wo ich niedergeschlagen wurde. Aber von der Entfernung her würde ich sagen, dass es hier sein muss. Was meinst du?«, fragte sie Niklas, der mit ziemlicher Bestimmtheit auf das Haupthaus zeigte.

»Ich war schon mal hier«, meinte er.

»Warum noch länger in der Kälte stehen«, sagte Oberst Zuccalmaglio. Es war klar, worauf er anspielte. Sie mussten das Haus durchsuchen.

»Wissen wir, wem die Mühle gehört?«, fragte Venray, doch niemand wusste etwas.

Er schlug vor, sich aufzuteilen: Während er zur vorderen Tür hineinging, sollte der Oberst mit dem Wirt das Haus von der Rückseite her betreten. Die beiden Männer stimmten dem Plan zu und setzten sich sofort in Bewegung. Venray ließ ihnen einige Minuten, um sich auf der Rückseite des Hauses in Position zu bringen. Er wies Niklas und Anna-Maria an, in einigem Abstand hinter ihm zu bleiben. Beide waren bewaffnet. Anna-Maria spannte den Hahn einer Pistole, und Niklas trug einen Knüppel.

Als Venray die Tür mit dem Gewehrkolben aufschlagen wollte, ertönte von der Rückseite des Hauses ein erster Schuss. Da sie kein Signal vereinbart hatten, konnte das nur bedeuten, dass Zuccalmaglio und Ersterer Feindkontakt hatten. Ob die Männer angegriffen wurden oder sich verteidigten, konnte Venray nicht sagen, er musste ihnen schnell zu Hilfe eilen.

Kraftvoll ließ er den Kolben niedersausen. Die Tür sprang auf. Dahinter lag ein schmaler Flur, von dem eine Treppe ins obere Stockwerk führte. Unten lief man geradeaus in einen saalartigen Raum, der fast die gesamte Grundfläche des Hauses einnahm. Aus dem rechten Teil des Gebäudes ertönten laute Stimmen.

Unter einer Tür sah Venray einen schwachen Lichtschein, der von einem Kaminfeuer stammen musste. Sicherlich lagen hinter der Tür die Wirtschaftsräume des Hauses. Er durchquerte den Raum, lauschte kurz und stieß die Tür auf. Mit vorgehaltenem Gewehr betrat er den Raum. Die Situation war schnell erfasst: Es handelte sich um die Küche. Im Kamin brannte ein kleines Feuer. Am Tisch in der Mitte des Raums standen Stühle, und der Tisch war mit Holzschüsseln gedeckt. Offenbar war gerade Essenszeit, ein spätes Nachtmahl. Drei Männer in grober, einfacher Kleidung blockierten einen Ausgang. Sie trugen Äxte und Hämmer als Waffen. Wahrscheinlich waren sie vom Oberst und von Ersterer beim Essen überrascht worden. Einer der Männer schien verletzt. Demnach war der Schuss vom Oberst oder vom Wirt gekommen.

Venray richtete die Waffe auf die Männer und gebot mit lauter Stimme, dass sie sich ergeben sollten. Doch einer der Männer drehte sich schnell um und hatte plötzlich eine Pistole in der Hand, die er sofort abfeuerte. Der Schuss verfehlte nur knapp sein Ziel und schlug über Venray in den Türbalken. Venray drückte den Abzug seines Gewehrs, doch hatte er eine Fehlzündung. Die kurze Irritation nutzte der feindliche Schütze und griff an. Er war groß und ungewöhnlich kräftig – mit einem Kreuz, so breit wie der Schöpfrahmen, den er vermutlich zwölf Stunden am Tag in die Bütte mit der klebrigen Tunke tauchte, um Papier zu schöpfen. Venray hatte gehört, dass ein erfahrener und kräftiger Papierschöpfer mehrere hundert Blatt am Tag erzeugen konnte. Das musste reinste Knochenschinderei sein.

Er machte sich bereit, den Angreifer mit dem Kolben niederzustrecken, da ertönte ein weiterer Schuss aus seinem Rücken. Anna-Maria hatte gefeuert und streckte den Mann mit einem Schulterschuss nieder. Von zwei Seiten angegriffen zu werden verwirrte auch die beiden anderen Männer, die sicherlich keine Kampferfahrung hatten. Sie ließen von der Tür ab.

Augenblicklich nutzte der Oberst seine Chance, trat herein und fiel über die Männer her, dicht gefolgt vom Wirt. Er teilte links und rechts ein paar Schläge aus, dann war das kleine Scharmützel beendet. Die Männer gaben auf.

Während sie gefesselt wurden, betrachtete Venray die Holzschüsseln auf dem Esstisch. Vier dicke Brotscheiben lagen neben einem zerteilten Räucherfisch. Geschälte Zwiebeln. Venray wurde misstrauisch. Er zählte die Holzschüsseln: vier. Ein Mann fehlte!

»Wo ist der Vierte?«, rief er aus.

»Dem galt mein erster Schuss«, erklärte der Oberst. »Ich musste ihn erschießen.«

»Ich will die Leiche sehen«, sagte Venray rasch und verließ die Küche.

Doch als sie draußen kontrollierten und den Leichnam suchten, fanden sie nichts. Das konnte nur bedeuten, dass der Schuss des Obersts nicht tödlich gewesen war. Die Spur des Entkommenen konnten sie nur kurz verfolgen. Dann machte der fallende Neuschnee jede weitere Aktion zunichte. Ob er es schaffte, sich zu retten, war fraglich. Vermutlich lag er nicht weit von hier tot unter dem Schnee begraben. Im schlimmsten Fall jedoch kam er durch und konnte den Eigentümer der Papiermühle warnen.

»Verdammt«, verfluchte der Oberst seine Zielungenauigkeit, »ich hätte schwören können, ihn in der Brust getroffen zu haben. Das muss die Kälte sein.«

Zurück in der Küche, begannen sie, die Papierschöpfer zu verhören. Die Männer schwiegen beharrlich. Selbst mit Gewalt wäre aus ihnen nichts herauszubekommen gewesen. Es waren äußerst zähe Burschen.

Auch wenn die Papierarbeiter schwiegen, konnte sich Venray zusammenreimen, dass die Männer nicht abkommandiert waren, um einen für die Wintermonate verlassenen Betrieb zu kontrollieren. Sie bewachten irgendwas anderes. Nur was? Er äußerte seine Vermutung gegenüber der Apothekerin, die ebenfalls einen Verdacht zu hegen schien, den sie allerdings auch auf Venrays Nachfrage hin nicht äußern wollte.

Venray und Anna-Maria nahmen den Saal des unteren Stockwerks genauer in Augenschein und fanden deutliche Spuren von Festivitäten, die nicht vollständig beseitigt worden waren. Was hatte hier stattgefunden? Es konnte noch gar nicht so lange her sein. Flaschen, Kerzen, Tücher, unachtsam zugedeckte Möbel, umgeworfene Stühle – es war nur halbherzig aufgeräumt worden. Die Überbleibsel hatten noch keinen Staub angesetzt. Vermutlich, weil man gedachte, bald wiederzukommen?

Niklas brachte sie auf eine neue Idee. Schweigsam hatte er eine ganze Weile vor der Treppe gestanden, die ins obere Stockwerk führte. Als sich Anna-Maria zu ihm gesellte, begann er, die Treppen hinaufzusteigen, und wie in Trance verfallen hieß er sie, ihm zu folgen. Venray begleitete sie. Im Haus war es stockdunkel und bitterkalt. Der Oberst folgte kurz darauf und brachte eine Fackel mit.

Die Treppe endete im zweiten Stock vor einer kleinen Luke, die vermutlich zum Speicher des Hauses führte. Niklas blieb davor stehen. Etwas schien ihn aufzuhalten.

»Hier hat Pater Christoph die anderen eingesperrt. Mich hat

er wieder mitgenommen«, erklärte er tonlos und starrte weiter wie gebannt auf den Eingang zum Speicher. Dann raffte er sich auf, öffnete die Tür und ging hinein. Die anderen mussten sich bücken, um einzutreten.

Zunächst erkannten sie nur vereinzelte Gegenstände zur Lagerung. Doch schon bald hörten sie in den tiefen dunklen Ecken des Speichers scharrende, trippelnde Geräusche. Es hörte sich an wie hin und her huschende Ratten. Die Anspannung wuchs. Venray spürte das Unbehagen der anderen angesichts dessen, was sie hier vorfinden würden.

Der Oberst, der mit der Fackel in die Ecken leuchtete, war der Erste, der etwas zu Gesicht bekam. Urplötzlich blieb er wie vom Donner gerührt stehen. »Grundgütiger«, entfuhr es ihm.

Im Schein der Fackel tauchten die verwahrlosten und völlig verschmutzten Gesichter halb verhungerter Kinder auf.

»Wem bei allen Heiligen gehört diese Mühle?«, donnerte Venray mit vor Zorn bebender Stimme.

Der Oberst schüttelte den Kopf und meinte: »Der alte Meiersbronn ist vor knapp zwei Jahren verstorben. Das war der Vorbesitzer. Danach stand die Mühle eine Zeit herrenlos da. Wer sie dann gekauft hat, weiß ich leider nicht. Ein Cölner, habe ich gehört.«

Venray merkte auf, als Anna-Maria hinzufügte: »Ich weiß, wer was wissen könnte.«

11

Bertoldi saß mit einem pelzgefütterten Hausmantel bei Tisch und ließ sich das zweite Frühstück, bestehend aus frischem Brot, Speck und Käse, schmecken. Dazu trank er heißen Gewürzwein. Wer sich überhaupt etwas zu essen leisten konnte, war froh darüber, wenigstens *ein* Frühstück zu haben. Anna-Maria kochte vor Wut, nicht nur wegen ihrer Vorgeschichte mit dem Hofkammerrat, sondern auch, weil sie gerade aus dem Armenhaus kam. Dort gab es lediglich dünnen Haferbrei.

Auch Bertoldi war wenig erfreut, die Apothekerin zu sehen. Venray konnte die Missstimmung zwischen den beiden deutlich spüren.

Kurz nachdem sie im Herrenhaus der Papiermühle die fünf Kinder entdeckt hatten, war ihre Nachhut – eine Abteilung des bergischen Jägercorps – am Hof eingetroffen. Während der Oberst mit seinen Jägern den gesamten Hof durchsucht hatte, waren die geretteten Kinder zum Aufwärmen in die Küche gebracht worden. Die zwei Jungen und drei Mädchen – allesamt ein Jahr älter als Niklas – waren abgemagert, unterkühlt und boten einen bedauernswerten Anblick vollkommener seelischer wie körperlicher Verwahrlosung. Man hatte sie wie Tiere auf dem Dachboden eingesperrt und ohne Nahrung sich selbst überlassen. Und wie wilde Tiere benahmen sie sich auch. Sie sprachen kaum.

Niklas hatte sie sofort wiedererkannt als die Waisen, die von Pater Christoph dorthin gebracht worden waren. Fünf misshandelte und vollkommen geschwächte Mädchen und Jungen zu sehen hatte auch Ersterer und den Oberst entsetzt. Man gab ihnen Decken, setzte sie ans Feuer und reichte ihnen das Essen der Papierschöpfer. Anna-Maria hatte sie untersucht. Danach waren sie alle zusammen mit dem Corps zurück nach Mülheim geritten.

»Ich habe mich die ganze Zeit gefragt«, war Anna-Maria

auf dem Rückweg herausgeplatzt, »wo er sich die Franzosenkrankheit eingefangen hat. Das war doch gleich verdächtig!«

Venray verstand nicht ganz, was und wen sie meinte, doch als Anna-Maria ihm ihren Verdacht offenbarte, erwiderte er kalt: »Dann werden wir dem Hofkammerrat wohl jetzt einen überraschenden Besuch abstatten.«

Und da standen sie nun, in Bertoldis behaglich gewärmtem Speisezimmer. Venray selbst hatte seit Stunden nichts mehr zu sich genommen, und Anna-Maria musste es ähnlich gehen. Bertoldi bot ihnen nichts zu essen an.

Zuerst hatte sich Venray vorgenommen, den Hofkammerrat mit Bedacht zu befragen, auf seinen Stand Rücksicht zu nehmen, denn Bertoldi verfügte über gute Kontakte nach Düsseldorf, und auch wenn er Venray keinen Schaden zufügen konnte, so hatte er zumindest Gelegenheit, Gerüchte zu streuen und den Amtmann schlechtzumachen. Doch angesichts dieser maßlosen Prasserei stieg Zorn in ihm auf, und Venray hätte seinem Gegenüber am liebsten das Rapier an den feisten Hals gedrückt.

»Klebig?«, fragte Anna-Maria und zeigte auf den Pelzmantel.

»Woher wisst Ihr ...?«, erwiderte Bertoldi mit einem Gesichtsdruck, der besagte, wohl zu wissen, dass Anna-Maria sich niemals ein solches Kleidungsstück würde leisten können. Gleichzeitig verwunderte ihn die Tatsache, dass die Apothekerin den Kürschner kannte.

Die überfiel augenblicklich ein schlechtes Gewissen. »Das ist der Kürschner«, sagte sie kleinlaut an Venray gewandt, »von dem Niklas weglaufen ist.«

Venray wusste nicht, wovon Anna-Maria sprach, allerdings verstand er sehr gut, dass sie ihm etwas verschwiegen hatte.

»Ich habe den Kürschner neulich in Cöln aufgesucht und befragt«, erklärte sie weiter, »obwohl –«

Venray hatte genug. Er hatte wahrlich genug gehört, zog sie beiseite und sagte so leise, dass Bertoldi nichts verstehen konnte: »Diese kriminalpoliceyliche Strategie gilt es dringend zu überdenken, meine verehrte Frau Parisi! Und ich dachte, *der* da sollte was gestehen und nicht Ihr!«

Anna-Maria murmelte eine Entschuldigung.

»Habt Ihr mir sonst noch etwas verschwiegen?«, erkundigte er sich ernst.

»Ihm habe ich den Verlust meiner Arbeitserlaubnis zu verdanken«, sagte sie aufrichtig.

»Was wollt Ihr hier?«, mischte sich Bertoldi polternd ein, bevor Venray erwidern konnte, dass er längst eins und eins zusammengezählt hatte. Er fühlte sich völlig überrumpelt und musste erst wieder in die Spur kommen.

»Wenn es um die Arbeitserlaubnis der Apothekerin geht«, erklärte der Hofkammerrat hochmütig, »muss ich Euch beide leider enttäuschen.«

»Um wessen Enttäuschung es hier gehen wird«, fuhr Venray ihn an, nachdem er sich wieder gesammelt hatte, »wird sich *genau* dann herausstellen, wenn ich mit dem Kurfürsten persönlich über Eure Bestechung eines seiner hohen Minister gesprochen habe. Exakt dazu hat Seine Durchlaucht mich beauftragt.«

Bertoldi schluckte. Offenbar wurde ihm klar, dass er diesen Amtmann unterschätzt hatte.

»Immerhin erkennt Ihr mit dem Schreiben den Berufsstand von Frau Parisi an«, sagte Venray, und Bertoldi stutzte. Auch Anna-Maria legte die Stirn in Falten.

»Im bürokratischen Sinne kann nicht abgelehnt werden, was zuvor nicht anerkannt gewesen ist.«

Bertoldi brauchte noch eine Weile, bis er der Logik von Venrays Argumentation folgen konnte. Anna-Maria legte derweil ein überlegenes Lächeln an den Tag.

»Das wird Euch nur äußerst wenig Wohlwollen einbringen, zumal wenn Eure zweite Verfehlung zur Sprache kommt.«

»Wie? Was? Wovon sprecht Ihr?«

Bertoldi versuchte, den Unschuldigen zu spielen. Venray entlarvte sein aufgesetztes Gezeter sofort. Wutentbrannt entglitt ihm die Hand. Er verpasste dem feisten Kaufmann eine

Ohrfeige, die sich gewaschen hatte. Selbst Anna-Maria zuckte vor Überraschung zusammen.

Bertoldi, der niemals damit gerechnet hätte, tätlich angegriffen zu werden, vergaß vor Überrumpelung die Schmerzen samt der Demütigung. Venray selbst erkannte sich nicht wieder. Schläge zählten nicht zu seinen gewöhnlichen Verhörmethoden.

»Geht es Euch gut?«, fragte Venray scharf.

Bertoldi nickte unsicher, da er meinte, der Amtmann spiele auf die Ohrfeige an.

»Ich meine«, insistierte Venray, »seid Ihr krank?«

Bertoldis Augen huschten schnell zu Anna-Maria hinüber, die sich nichts anmerken ließ.

»Bertoldi, schaut mich an!«, sagte Venray weiter. »Wem gehört die Papiermühle eine halbe Stunde die Strunde hinauf?«

»Woher soll ich das –«

»Ohrfeige gefällig?«, knurrte Venray, beließ es aber bei der Drohung. »Was ist in der Mühle passiert?«

Bertoldi fühlte sich derartig bedrängt, dass seine Lippen nur noch nervös bebten.

»Gut, mein lieber Hofkammerrat«, sagte Venray, »Ihr laviert Euch immer mehr Richtung Riff. Ich verliere meine Geduld. Und glaubt mir, wenn Ihr in einer Amtsstube arbeitet, müsst Ihr sehr viel Geduld haben. Was meint Ihr, wie viele unbeantwortete Fragen lasse ich Euch noch durchgehen, bevor ich Euer Schiff auf die Klippen jage?«

»Bitte«, flehte der Mann.

»Habt Ihr dort an einigen Lustfeiern teilgenommen?«, fragte Venray.

Bertoldi schnappte nach Luft, antwortete aber nicht.

»Sagt mir bitte«, mischte sich nun Anna-Maria ein, »wie viele Freudenhäuser gibt es in Mülheim?«

»Wieso wollt Ihr das wissen?«, entgegnete Bertoldi.

Venray schloss die Augen und sagte: »Beantwortet einfach nur die Frage der Apothekerin.«

»In Mülheim gibt es keine Freudenhäuser.«

»Wo ist denn dann das nächste Freudenhaus zu finden?«, setzte Anna-Maria ihre Befragung fort.

»In Cöln«, antwortete Bertoldi.

Venray räusperte sich. »Und wann wart Ihr«, wandte er sich nun wieder an Bertoldi, »zum letzten Mal in Cöln?«

»Im letzten Herbst.« Es war Bertoldi anzusehen, dass er sich auf all die Fragen keinen Reim machen konnte und sie als unzumutbare Aufdringlichkeit empfand.

Anna-Maria griff den Gesprächsfaden auf. »Demzufolge habt Ihr Euch also bereits im letzten Herbst mit der Französenkrankheit angesteckt?«

»Nein«, brüskierte sich der Kaufmann aufbrausend, hielt aber sofort inne, als ihm selbst bewusst wurde, dass er übertölpelt worden war. Über sein ungewolltes Geständnis musste Anna-Maria schmunzeln, so niedergeschlagen blickte Bertoldi drein.

Venray sagte eine ganze Weile gar nichts. Er setzte sich halb auf die Tischkante und ließ sein Gegenüber schmoren. Bertoldi wurde die Situation mit jeder Sekunde, die verstrich, unangenehmer.

»Wisst Ihr eigentlich, was wir in der Papiermühle gefunden haben?«, hob Venray an und berichtete in ausführlicher Weise, dass sie einen Arbeiter erschossen und einen weiteren verwundet hatten. Die Wahrscheinlichkeit, dass die anderen Männer bald geständig wären, sei sehr hoch, sicher würden die Arbeiter auch den einen oder anderen wiedererkennen, immerhin würden sie gerade vom Oberst befragt – was nicht ganz stimmte, sie waren lediglich eingesperrt –, und der Oberst sei nicht unbedingt zimperlich. Vor allem wegen ihres Fundes sei der Oberst, dessen Freund Bertoldi war, besonders ungehalten und unnachsichtig mit den Delinquenten. »Fünf Jungen und Mädchen, geschändet, misshandelt und beinahe zu Tode gequält«, sagte Venray. »Was für eine menschliche Bestie ist dazu fähig?«

Bertoldi wich Venrays Blick aus.

»Wenn der Oberst davon erfährt, dass Ihr etwas damit zu tun habt, könnt Ihr darauf wetten, dass von dieser Freundschaft nicht mehr viel übrig bleibt.«

Bertoldi blickte Venray überrascht an, der fuhr fort: »Eure Frau weiß doch auch nichts von alldem, oder? – Wo ist sie eigentlich?«

Der Kaufmann wurde nervös.

»Bertoldi«, mischte sich Anna-Maria ein, die nicht mehr an sich halten konnte, »wir müssen diesen Mörder finden, diesen Mülheimer Teufel. So sprecht doch und verratet uns, was Ihr über die Papiermühle wisst!«

Endlich löste sich die Zunge des Hofkammerrats, und er begann zu berichten. Was sie zu hören bekamen, versetzte sie in Wut und Abscheu gleichermaßen.

Als Anna-Maria und Venray kurz darauf das Haus verließen, blieben sie, noch ganz unter dem Eindruck von Bertoldis schockierendem Geständnis, vor der Tür stehen. Es hatte zu regnen begonnen, doch weder Venray noch der Apothekerin wollte die besondere Veränderung der Wetterlage anfänglich auffallen.

»Ich zweifle manchmal am Verstand mancher Menschen«, sagte Venray tonlos, »ganzer Menschengruppen.« Wie konnte man Lust empfinden, indem man sich an Kindern verging? Es ekelte ihn, doch er wagte nicht, diesen Gedanken gegenüber der Apothekerin auszusprechen, auch wenn er in ihrer Mimik eine ähnliche Fassungslosigkeit wahrgenommen hatte.

»Was passiert jetzt mit Bertoldi?«, fragte sie.

»Nicht viel, befürchte ich. Es gibt nicht mal ein Gesetz gegen Unzucht mit Kindern.«

Die Apothekerin gab ein resignierendes Stöhnen von sich. »Es ist viel wärmer als sonst«, bemerkte sie plötzlich, »oder täusche ich mich?«

Sie klang verwirrt. Venray hielt besorgt die Hand in den Himmel. Regentropfen nässten seine Handfläche.

»Verflucht«, presste er hervor, »auch das noch. Es taut!« Er dachte kurz nach, dann ließ er verlauten: »Ich muss sofort aufbrechen, ansonsten komme ich nicht mehr über den Rhein.«

12

Akute Schwierigkeiten bei den Deichbauarbeiten machten Venrays Pläne vorerst zunichte.

Nach dem Fund der Kinderleiche hatte Geheimrat Christoph Andreae seinen Arbeitern freigestellt, beim Dammbau zu helfen oder zu Hause zu bleiben und auf die Kinder aufzupassen, bis der Mörder gefasst war. Venray fluchte. Es war ein fauler »Freispruch«, denn an diesen freigestellten Tagen erhielten die Arbeiter keinen Lohn. Trotzdem blieben viele aus Angst um ihren Nachwuchs der Baustelle fern. Andreae hatte einen Weg gefunden, sich nicht an die Abmachung zu halten, um Geld zu sparen, ohne dass man ihm einem echten Vorwurf machen konnte.

Die Kurzsichtigkeit dieses Handelns brachte Venray in Rage. Es wurden nicht weniger Männer gebraucht, sondern noch viel mehr! Kurzum setzte er den Bürgermeister unter Druck, sich für eine neue Verordnung starkzumachen: Venray wollte jeden Mann und jede Frau – einfach alle, die verfügbar wären – auf die Baustelle bringen. Es hatte begonnen zu regnen, und das bedeutete, das Tauwetter stand an.

Wie lange würde es dauern, bis die Temperaturen über dem Gefrierpunkt das Eis so weit aufgetaut hatten, dass es brach? Ein paar Tage vielleicht. Mehr nicht.

Venray beunruhigte auch der plötzliche Temperaturanstieg in ungewohnt hohe Bereiche. Er hatte bereits acht Grad Reaumur über null gemessen. Am Vortag hatte die Gradzahl noch bei unter minus zwölf gelegen. Das entsprach einem sprunghaften Anstieg um zwanzig Grad Reaumur. Nachts fielen die Temperaturen wieder unter den Gefrierpunkt.

Hofbaumeister Kees berichtete mit atemloser Aufregung in der Stimme von den Ergebnissen der Probebohrungen auf dem Rhein, um die Dicke der Eisschicht zu ermitteln. Zwar mussten die Messdaten noch näher ausgewertet werden, brachten sie aber bereits zum Erschaudern, denn nicht nur, dass es die Eisschicht auf eine gewaltige Dicke von vier Klaftern brachte, stellenweise schien der Rhein bis auf den Grund durchgefroren zu sein. Das Bohrgestänge hatte sich an einigen Stellen als nicht ausreichend lang erwiesen.

Das war nicht unbedingt ein besonders seltenes Phänomen, übertraf aber dennoch ihre Erwartungen. Und es hatte verheerende Folgen für die Fischerei. Unter dem Eis konnten Fische überleben, aber nicht eingefroren *im* Eis. Ein Massensterben hatte stattgefunden.

Zu guter Letzt hatte Kees bei einigen Bohrungen Hohlräume unter der Eisdecke entdeckt. Er und Venray debattierten stundenlang, was das für Folgen für die Flut haben könnte. Sie kamen zu keinem Ergebnis, allein weil die Erfahrungswerte fehlten.

Vom Deichbau an den niederländischen Küsten wusste Venray, dass durch Hohlräume Dämme unterspült wurden und dadurch urplötzlich ganze Deichabschnitte einstürzen konnten. Eine Katastrophe in der Katastrophe. Was sollten sie dagegen unternehmen? Ihnen fehlten schlicht die Mittel, etwas zu verändern.

Unterstützung erhielten die beiden planenden Ingenieure von einigen Großkaufleuten und von Oberst Zuccalmaglio. Der kommandierte spontan sein gesamtes Corps zu den Deichbauarbeiten ab. Das waren über zweihundert Mann. Viele Händler und Kaufleute folgten seinem Beispiel und schickten ihre Mägde und Knechte zur gemeinnützigen Arbeit. Es gab sogar einige Honoratioren wie den Gymnasiallehrer Berger, die sich nicht zu fein waren, selbst eine Schaufel in die Hand zu nehmen. Aber das war eher die Ausnahme.

Berger hatte nach Aufforderung vom Hofbaumeister auch begonnen, den Eiswall zeichnerisch zu dokumentieren. Dass die Bauarbeiten nun trotz Andreaes De-facto-Verweigerung weiterliefen, warf kein gutes Licht auf den Fabrikanten, der in jedem Fall die Oberhand behalten wollte. Prompt vollzog er eine Kehrtwende und schickte seine Arbeiter wieder auf die Baustelle.

Zwar hatte Venray erreicht, dass wieder gearbeitet wurde, aber er befürchtete – und Kees stimmte ihm sorgenvoll zu –, dass sie wertvolle Zeit verloren hatten, Zeit, die sie nicht wieder wettmachen konnten, um dem Deich rechtzeitig genügend Höhe zu verleihen, sodass er tatsächlich Schutz vor Überflutung bieten würde.

Das Wetter spielte weiterhin verrückt. Unter dem Pelzmantel wurde es schnell zu warm. Am liebsten wäre Venray hemdsärmelig mit Hut, Stock und Lieblingspfeife am Rhein spazieren gegangen, wie er es sonst gern im Frühjahr tat. Er konnte sich gar nicht mehr vorstellen, wie es sich anfühlte, etwas zu genießen.

Der Anstieg der Temperatur war nach so langer Zeit in absoluter Kälte für viele nicht unbedingt ein Geschenk. Denn der Wetterumschwung, gepaart mit der Ungewissheit, was in den nächsten Tagen passieren würde, legte sich auf die Gemütsverfassung. Überall herrschte eine von Müdigkeit, Anspannung und Reizbarkeit geprägte Stimmung.

Erst zwei Tage nach dem Geständnis des Hofkammerrats Bertoldi konnte Venray seine ursprünglichen Pläne, was die Morde betraf, wieder aufnehmen.

»Was habt Ihr vor?«, platzte Oberst Zuccalmaglio hervor, als er von Venrays Plänen erfuhr, den von Bertoldi preisgegebenen Eigentümer der Papiermühle in Cöln aufzusuchen. »Nach allem, was dort passiert ist?«

Bertoldi hatte von besonders ausschweifenden Feierlichkeiten berichtet, bei denen alle ihrem Gusto und ihrer Lust hatten frönen können, wie es ihm oder ihr gefiel, ohne nachzudenken. Alles, was die Lust befriedigte, war erlaubt. Die Mode der Orgien kam aus Frankreich. Dem einen genügte eine dralle Dirne oder die Gattin des anderen, andere hatten ausgefallenere Wünsche, wieder andere wollten schlicht etwas ausprobieren.

Diesen Bund oder Zirkel auserkorener Teilnehmer verglich Bertoldi mit einer Geheimloge, wie etwa bei den Freimaurern, nur interpretierten sie freiheitliche Gedanken eher als verschwendungssüchtige, rücksichtslose Freizügigkeit. Für

Bertoldis Äußerungen hätte Venray am liebsten Maulschellen verteilt. Anna-Maria hatte ihn mit der Bemerkung, dass manche eben gar nichts lernten, selbst wenn man ihnen die Vernunft einzuprügeln versuchte, davon abgehalten.

Wer das Oberhaupt dieses Geheimzirkels war, wusste Bertoldi angeblich nicht. Er habe diese Lustorgie auch nur ein einziges Mal ausprobiert. Weder Venray noch die Apothekerin kauften ihm diese Behauptung ab. An diesen Lustorgien mussten viele Cölner wie Mülheimer Patrizier teilgenommen haben. Es verwunderte also niemanden, wenn man versuchte – notfalls mit allen Mitteln –, die Geheimhaltung zu wahren.

Pater Christoph hatte die Orgien mit Kindern »beliefert«; ob er das von Anfang an gewusst oder erst später herausgefunden hatte und deswegen sterben musste, war offen. Allerdings verstand Venray nun nur zu gut, warum seine Ermittlungen in Cöln massiv behindert worden waren.

Wem die Immobilie gehörte, in der der erotische Geheimzirkel sich traf, hatte Bertoldi ihnen allerdings verraten. Am 23. Hornung, dem Rosenmontag, brach Venray daher erneut nach Cöln auf. Er wollte das allgemeine Durcheinander des Karnevals nutzen, um unbemerkt in die Reichsstadt zu gelangen. Ein erneutes Zusammentreffen mit diesem Hauptmann der Stadtwache musste er unbedingt unterbinden. Und dieses Mal fuhr Venray nicht allein.

Er hatte einen »Ermittlerstab«, wie er es nannte, zusammengestellt, sowohl zu seinem Schutz als auch zur Tarnung. Ersterer, der Wirt, lenkte den Vierspänner und wechselte sich mit seinem Knecht sowie Oberst Zuccalmaglio ab. Anna-Maria und Niklas saßen in der Kabine der Kutsche, während Venray auf Vidar ritt. Er wollte das Gefährt zur Überquerung des Rheins nicht schwerer machen als notwendig.

Bereits bei ihrem Aufbruch in Mülheim regnete es in Strömen. Die Eisfläche auf dem Rhein stand unter Wasser. Es war spiegelglatt. Ersterer hatte alle Hände voll zu tun, die Pferde ruhig zu halten. Denn auch die Tiere witterten die Gefahr auf dem glatten Untergrund. Sobald Venray vom Pferd abstieg, stand er mit den Stiefeln im eiskalten Wasser. Der Regen mischte sich mit dem Schnee, und es entstand ein klebrig-breiiger Matsch. Wenn gegen Abend die Temperaturen wieder unter null sinken würden, würde das alles zu Eis gefrieren. Kaum auszumachen, wie sie wieder zurückkommen sollten.

Die gegenüberliegende Rheinseite wurde von der Cölner Stadtwache gut bewacht. Bei der Einfahrt in die Stadt durch die Filzengrabenpforte gaben sie sich als von auswärts einreisende Karnevalisten aus. Niemand stellte Fragen.

Ihr Ziel lag nicht weit hinter den Mauern im Georgsviertel, in der Nähe vom Weid Marck. Ersterer hielt die Kutsche im Filzengraben an. Venray entschied, erst mal allein bei dem Eigentümer des Hofes vorzusprechen. Nur bei Schwierigkeiten sollte der Oberst nachkommen. Jeder in Venrays Stab trug Waffen versteckt unter den Redingoten. Zur Sicherheit waren sogar Kostüme im Wagen, um sie vorzuzeigen, falls es Schwierigkeiten gab. Um nicht erkannt zu werden, band Venray sein Pferd an die Kutsche und stieg für den Rest der Strecke zu seinem Stab in die Kutschkabine.

Schon bei der Einfahrt in die Stadt hatte Ersterer darauf aufmerksam gemacht, dass sich Arbeiter in den Kettenhäusern zu schaffen machten. Dicke Ketten wurden herausgeholt und über die Straßen gespannt. Das tat man, um in besonderen Zeiten den Verkehr besser zu regulieren. Und heute war ein ganz besonderer Tag. Die ganze Stadt schien auf den Beinen zu sein.

Venray und seine Begleiter bemerkten sehr schnell, dass die ungeheuren Menschenmengen, die sich durch die Gassen bewegten, zu drei unterschiedlichen Lagern gehörten. Entweder sie waren verkleidet, zechten und feierten, als gäbe es kein Morgen, oder sie wateten in Panik völlig kopflos und bettelnd durch den Schneematsch. Die dritte Gruppe waren die Gläubigen. Wer nicht betete, wollte Besitztümer in Sicherheit bringen. Sicherlich war auch der ein oder andere Raubzug darunter.

Das allgemeine Chaos aus Furcht vor Überflutung, religiösem Wahn und Karnevalsfeierlichkeiten – hierzu strebte man Richtung Neu Marck, wo der große Umzug stattfinden sollte – hätte nicht größer sein können. Stadtwache und Büttel hatten es längst aufgegeben, irgendetwas ordnen zu wollen, und gesellten sich entweder zu den Feiernden oder zu den Betenden, oder sie steckten Bestechungskreuzer von Plünderern ein.

Das Gespann war auf den engen Straßen der Stadt nicht leicht zu handhaben. Zum Glück hatten sie es nicht weit und erreichten bald ihr Ziel. Links zweigte die Straße ab, die Bertoldi ihnen genannt hatte. Ersterer äußerte die Hoffnung, dass die Kettenwärter sie beim Verlassen der Stadt, mit ein paar Stübern versehen, ungehindert passieren lassen würden.

Venray stieg aus der Kutsche und ließ eine Prozession der unbeschuhten Karmeliterinnen passieren. Es waren mindestens fünfzig Nonnen in ihrer unverkennbaren Tracht aus brauner Kutte mit weißem Kragen und schwarzer Haube. Vor allem machten sie ihrem Namen dadurch alle Ehre, dass sie barfüßig durch den Schnee liefen. Sie beteten und sangen und riefen Jesu-Verkündigungen aus. Venray senkte das Haupt, bekreuzigte sich in regelmäßigen Abständen und rief immer wieder »Amen« aus. Genauso wie viele andere Passanten. Wenn er etwas aus seinem letzten Aufenthalt in Cöln gelernt hatte, dann, dass er sich mehr an die religiösen Gepflogenheiten anpassen musste, um nicht unnötig aufzufallen, auch wenn es ihm zutiefst widersprach.

Er sah viele Füße, die unter den weiten Roben gelegentlich hervorkamen. Die nackte Haut war bläulich verfärbt. Häufig sah er Erfrierungen. Wie man sich selbst so verstümmeln konnte, fragte er sich, das war ihm mehr als fremd. Kaum war die letzte Nonne vorbeigezogen, überquerte Venray die Straße. Schon bald waren seine Stiefel durchnässt, und sich durch die Menge zu arbeiten glich eher einem Kampf als einem normalen Gang.

Auf der Seitenstraße zu St. Mathias wurde es ruhiger. Endlich stand er vor der Hausnummer 21, dem Stadtpalais des Papierfabrikanten Johann-Nepomuk Dupois.

13

Margot-Caroline strich die Saiten ihrer Viola da Gamba heute mit besonderer Intensität. Gemeinsam mit ihrem Duettpartner, ihrem Musiklehrer Maximilian, der die Theorbe zupfte, spielte sie eine Suite von Marin Marais, die für sie all das ausdrückte, was ihr momentan verwehrt war: Leidenschaft und Lebensfreude. Sie war aufgebracht und zornig.

Ihrem Lehrer ging es ähnlich. Nur hatte er vermutlich ganz andere Gründe, aufgeregt zu sein. Es war die Leidenschaft seiner Schülerin, die ihm wortwörtlich zu Kopfe stieg: Maximilian spielte diese Suite stets mit puterroten Wangen.

Der junge Mann, nur ein paar Jahre älter als sie, war ein sehr guter Musiker, aber äußerlich genügte er nicht ihren Ansprüchen. Auch standen sie gesellschaftlich auf unterschiedlichen Stufen. Sie vermutete dennoch, dass er in sie verliebt war. Ein paarmal hatte sie bereits geglaubt, ihm ein solches Geständnis zu entlocken, aber dann hatte er sich wohl nicht getraut und geschwiegen.

Sie liebte ihre Viola und genoss es, dass es gesellschaftlich verpönt war, sie zu spielen, besonders wenn Frauen es taten. Dass eine Frau mit gespreizten Beinen dasaß und ein Instrument mit ihren Schenkeln umklammerte, galt als äußerst unschicklich. Genau deswegen spielte Margot-Caroline dieses Instrument. Und genau deswegen trug sie beim Musikunterricht auch stets Blusen und Kleider, die viel von ihrem Dekolleté preisgaben. Sie liebte es, ihren Lehrer in Versuchung zu führen. Eine echte Verletzung der Tugend mit diesem Mann wäre ihr jedoch niemals in den Sinn gekommen.

Heute empfand sie die Leidenschaft und das prickelnde Gefühl der Suite als besonders befriedigend. Hatte ihr Vater doch am frühen Morgen kundgetan, dass er nicht wünschte, dass sie dem Umzug am Neu Marck zuschauen dürfe. Unerhört!

Sie wusste, dass ihr sittenstrenger Vater, dem jedes Interesse an Frohsinn oder gar fleischlicher Lust zu fehlen schien, die Ausgelassenheit des Karnevals schlicht verachtete, aber in der Regel verdarb er ihr nicht den Spaß. Nun hatte er ihr, da die Straßen ungewöhnlich überlaufen seien und Gefahr durch die bevorstehende Flut drohe, eben untersagt, das Haus zu verlassen. Ungeheuerlich!

Ihren Unmut goss sie in die Musik. Was interessierte es denn sie, dass Fischer ihren Vater gewarnt hatten. Man könne nie wissen, wann die Flut komme, aber es sei bald so weit. Die Dupois wähnten sich in ihrem Haus auf der Mathiasstraße in absoluter Sicherheit. Natürlich, auch hier stand manchmal das Frühjahrshochwasser, und die Keller liefen voll, aber viel mehr als das konnte doch wohl nicht passieren.

Maximilian erfand einen Grund, die Suite nochmals zu üben, und sie hatte nichts dagegen. Den Bogen in Schoßhöhe über die Saiten zu streichen kam bei einer Frau, zumal aus gutem Hause, einer zügellosen Frivolität gleich. Die musikalische Leidenschaft, die sie mit ihrem Lehrer teilte, glich einer Liebesaffäre.

Die katholische Kirche verbot Frauen, dieses Instrument zu spielen. Wenn jemand Margot-Caroline etwas untersagte, weckte das nur ihren Widerstand. Natürlich spielte sie hinter verschlossenen Türen. Alles andere wäre gesellschaftlicher Selbstmord gewesen. Und sie und Maximilian mussten vorsichtig sein, denn in der Stadt, die knapp vierzigtausend Einwohner zählte, waren über ein Drittel der Einwohner Priester, Pater, Mönche, Nonnen oder sonstige dem geistlichen Stande zugehörige Menschen. Auch wenn sich ein nicht geringer Teil dieser Geistlichen seine Zeit in den Gasthäusern und Bordellen der Stadt vertrieb, so sagte das noch lange nichts über ihre sittenstrenge Gläubigkeit aus.

Margot-Caroline ließ ihren Gedanken während des Musizierens freien Lauf, doch sie wurde unterbrochen, als sie aus dem Zimmer über ihr nun ein lautes Gepolter vernahm. Es war das private Arbeitszimmer ihres Vaters, und es klang, als hätte jemand einen Stuhl umgeworfen. Dann hörte sie laute Stimmen. Vater und ihr Bruder stritten sich wieder!

Kurz darauf lief jemand eilig die Treppe hinab. Am schnellen Gang meinte sie, ihren Bruder erkannt zu haben. Hatte Vater etwa ihrem Bruder ebenfalls verboten, zum Rosenmontagszug zu gehen? Sie konnte sich das kaum vorstellen. Und noch weniger konnte sie sich vorstellen, dass Hans sich daran halten würde. Aber wo wollte er hin? Wenn sie nur etwas tun könnte, um diese ewige Streiterei zwischen Vater und Sohn zu beenden!

Es dauerte nicht lange, und die Tür zu ihrem dem Studium und Musizieren dienenden Zimmer wurde geöffnet. Ihr Vater trat ein. Er trug seine Perücke mit den strengen, glatt nach hinten gekämmten grauen Haaren. Der graue Gehrock mit der schlicht gebundenen Krawatte am Hemd zeugte ebenfalls von Genügsamkeit. Gelegentlich warf sie ihrem Vater vor, geizig zu sein. Was fiel ihm nur ein, sie mitten im Musikunterricht zu stören?

Er wirkte noch ernster als am Morgen. Ihr Musiklehrer hörte auf zu spielen, aber Margot-Caroline dachte nicht im Traum daran, ihrem Vater nachzugeben. Konnte er es nicht einmal gut sein lassen!

»Margot«, sagte er, wobei er den Namen französisch aussprach. Niemals sprach ihr Vater sie mit ihrem vollen Vornamen Margot-Caroline an, denn Caroline war der Name ihrer viel zu früh verstorbenen Mutter gewesen.

»Ich muss mit dir sprechen.« Und an ihren Musiklehrer gewandt fügte er hinzu: »Ihr dürft Euch für heute entfernen.«

Maximilian beeilte sich, seine Theorbe einzupacken, aber er war einfach ein ungeschickter Geselle in allen praktischen Belangen. Je beflissener er probierte, die Basslaute zu verstauen, umso weniger gelang es ihm. Schließlich verlor ihr Vater die Geduld. Das Instrument in einer Hand, den Koffer in der anderen, verließ Maximilian eilig das Zimmer.

»Kind, wann lässt du es endlich sein, das alberne Instrument zu spielen?«, begann er wie stets, aber er hatte heute ganz andere Sorgen, das sah sie in seinem Gesicht, und so ließ er das Thema der unzüchtigen Viola da Gamba, ein ständiges Reizthema zwischen Vater und Tochter, dann auch fallen.

Er atmete schwer aus und ließ sich auf den Stuhl fallen, auf dem eben noch ihr Lehrer gesessen hatte. Lange sagte er nichts, dann riss er sich mit einer so wütenden wie verzweifelten Geste die Perücke vom Kopf. Ein grauer zerzauster Kurzhaarschopf kam hervor. Margot-Caroline wusste nicht, wann sie ihren Vater zum letzten Mal so privat gesehen hatte. Ein völlig anderer Mann saß neben ihr. Er wirkte alt und gebrochen. Was war nur los mit ihm? Worüber hatten sie sich dieses Mal gestritten? Es musste heftiger als sonst gewesen sein.

»Höre mir bitte gut zu«, sagte er und bemühte sich, liebevoller zu klingen, »ich habe mit Wilhelm Schaafhausen gesprochen. Er will das Bankierswesen in Cöln vorantreiben. Und wir brauchen alle frisches Geld. Es ist also ein äußerst sinnvolles Unterfangen.«

Mit »wir« meinte er die Kaufleute und Fabrikanten, wie er einer war. Sein Lieblingsthema, dachte sie verächtlich – der Handel und wie sehr der Cölner Rat ihn in seiner Entwicklung behinderte. Margot-Caroline stöhnte laut auf.

»Nein, Margot«, sagte er entschlossen, »es ist anders, und es ist sehr ernst. Schaafhausen hat einen Sohn. Fritz-Wilhelm hat dich vor zwei Wochen auf unserem Ball gesehen. Seitdem, sagt der Vater, spricht der Junge nur noch von dir.«

Margot-Caroline konnte sich denken, was als Nächstes käme. Aber das war für sie vollkommen undenkbar. Geradezu lächerlich undenkbar. Sie sprang auf. »Vater, lass uns darüber später reden«, sagte sie ausweichend. »Ich will doch zum Umzug! Hast du es dir anders überlegt? Darf ich?«

Ihr Vater wurde zornig. »Setz dich«, brüllte er ungewöhnlich laut.

Nie schrie er sie an. Nie brachte er ein böses Wort gegen sie zustande. »Vater«, protestierte sie schwach.

»Schluss mit euren verdammten Flausen!«

Sprach er von ihr und ihrem Bruder?

»Wir haben einen sehr schweren Stand in Cöln. Alles, was ich anpacken will, macht uns der Rat zunichte. Es ist ja nicht nur der mangelnde Fortschritt in der Herstellung …«, er brach kurz ab, sprach dann wirre Halbsätze, »ach, was sage ich, selbst meine ›Tribune Colonaise‹ habe ich in ihrem Sinne entwickelt, und wir beschäftigen nur loyale Redakteure, die schreiben, was gerne gehört wird.«

Sie schaute ihn lange an und wurde einfach nicht schlau aus ihm.

»Hinauszögern macht es nicht besser«, sagte er dann gewohnt schroff. »Kommen wir zum Wesentlichen: Fritz-Wilhelm ist ein stattlicher junger Mann« – Margot-Caroline hatte einen einfältig dreinblickenden Schnösel vor Augen –, »und er will um deine Hand anhalten. Die Schaafhausens sind achtbare Katholiken. Sie werden unserer Familie einen besseren Stand in der Cölner Gesellschaft verschaffen. Und immer weniger wird dieser Makel an uns hängen. Du wirst heiraten und den Jungen eines Tages die Manufaktur führen lassen. Bis dahin übernimmst du die Leitung.«

Makel. Jetzt war es raus. Wie sie vermutet hatte. Ungeheuerlich. Margot-Caroline war allerdings der Überzeugung, dass man, egal was man tat, seine Vergangenheit schwerlich verleugnen konnte. Außerdem wusste sie ganz genau, dass sich ihr Vater selbst belog. Tief in seinem Herzen war er immer noch überzeugter Protestant. Aber der zweite Punkt beunruhigte sie noch mehr. »Die Manufaktur? Ich soll die Leitung übernehmen? Was ist mit Hans?«

»Sprich mir nicht von Hans«, entfuhr es ihrem Vater barsch.

Ein Diener klopfte, betrat das Zimmer und meldete einen Besucher.

»Wer kann das sein?«, fragte ihr Vater und wirkte fast ängstlich.

»Fritz-Wilhelm will sich eine Abfuhr einholen.«

»Lass die dummen Scherze.« Ihr Vater schwieg einen Moment, fixierte sie mit giftigem Blick, dann urplötzlich explodierte er erneut vor Zorn. Er sprang auf, fasste sie grob an den Oberarmen. Der Diener verließ den Raum und tat, als hätte er nichts gesehen.

»Ich war nach dem Tod eurer Mutter zu nachgiebig mit euch.

Habe euch alles durchgehen lassen. Nun ist Schluss damit! Wir müssen an den Fortbestand der Familie denken. Nichts anderes zählt.«

Er entriss ihr die Viola und warf sie beiseite. Das Instrument gab scheppernde Töne von sich. Margot-Caroline war entsetzt. Ihr Vater beschädigte ihr geliebtes Instrument! Er fasste sie noch fester, bis es ihr Schmerzen bereitete.

»Schluss, hörst du! Du wirst heiraten! Und dann kann dir dein Ehemann diese Flausen aus dem Kopf treiben.« Er schubste sie grob von sich. »Und jetzt geh nachschauen, wer da an der Tür ist. Egal, wer es ist, wimmele ihn ab. Ich will mit niemandem sprechen.«

Margot-Caroline wollte etwas erwidern, aber ihr Vater fuhr sie an: »Tu, was man dir sagt!« Dann wandte er sich gedankenverloren ab.

Wie verstörend! Margot-Caroline zitterte vor Aufregung. Doch sie musste erst einmal nachdenken und verstehen, was ihren Vater so ungeheuer zornig machte. Wieso hasste er sie auf einmal? Sie konnte sich auf das alles keinen Reim machen.

Während sie die Treppe zur Eingangstür hinunterging, schnürte ihr der Gedanke, einen vertrottelten Patrizierspross – netter konnte sie es nicht ausdrücken – heiraten zu müssen, die Kehle zu. Die Fabrik würde sie wohl leiten wollen, auch wenn das eigentlich ihrem Bruder zustand. Über ihre Zukunft hatte sie sich bisher nur wenige Gedanken gemacht. Doch sie spürte, dass sich das gerade schlagartig verändert hatte. Nun musste sie handeln!

Unten im Flur angekommen, öffnete sie die Haustür. Draußen stand ein großer Herr mit einer pelzbesetzten Kapuze. Er hatte sich seit Längerem nicht rasiert, was geradezu abstoßend unschicklich aussah. Eine Pfeife hing zwischen seinen Zähnen. Sein gesamter Habitus, sein selbstbewusstes Auftreten verrieten ihr allerdings, dass sie es nicht mit einem Dienstboten zu tun hatte.

»Ja bitte?«, fragte sie höflich. »Was wünscht Ihr?«

»Junges Fräulein«, sagte der Besucher, ohne die Pfeife aus

dem Mund zu nehmen, »ich wünsche, dem Fabrikanten Dupois meine Aufwartung machen zu dürfen. Seid Ihr die Dame des Hauses?«

»Die Tochter«, erwiderte sie. »Mein Vater ist leider unpässlich und empfängt heute nicht.«

Eben wollte sie die Tür wieder schließen, da bemerkte sie, wie der Fremde sich anspannte und einen Fuß zwischen die Tür schob. Wollte der Mann etwa hier eindringen? Margot-Caroline bekam es mit der Angst zu tun. Aber sie wusste auch, dass sie diese Angst niemals zeigen durfte. Sie blickte auffordernd auf den Stiefel auf ihrer Schwelle. Der Fremde ließ ihn dort stehen.

»Verzeiht mir mein aufdringliches Verhalten«, erklärte er dann und zog seinen Fuß zurück, »es ist ganz besonders wichtig, dass ich ihn, wenn auch nur kurz, spreche.«

Margot-Caroline entschloss sich, ihre Taktik zu ändern. »Sehr wohl«, sagte sie, »ich werde meinen Vater aufsuchen und ihn bitten, Euch zu empfangen. Kennt Ihr meinen Vater? Seid Ihr gar Geschäftsfreunde?«

»Nichts von beidem ist der Fall. Ich will ihm nur ein paar Fragen stellen, dann bin ich wieder weg.«

»Wen darf ich bitte melden? Und worum geht es?«, fragte sie.

»Amtmann Venray für den Kurfürsten Carl Theodor, und ich möchte mit Eurem Vater über seine Papiermühle an der Strunde sprechen.«

Margot-Caroline war bass erstaunt. Ein hoher Verwaltungsbeamter aus Berg stand unangemeldet vor ihrer Tür. Entweder log der Fremde, oder da war etwas faul. Unter keinen Umständen würde sie ihn einlassen.

»Sehr wohl«, sagte sie freundlich, »ich bin in wenigen Augenblicken zurück. Wenn Ihr bitte hier draußen warten würdet.«

Margot-Caroline schloss mit einem freundlichen Lächeln die Tür. Das wäre geschafft!

Kaum hatte sie sich umgedreht, da tauchte ihr Bruder Hans aus dem Dunkel des Gangs auf, sodass sie heftig erschrak.

»Wer war das?«, fragte er.

Als Margot-Caroline ihm antwortete, fluchte Hans so laut, wie sie es selten von ihm gehört hatte, und rannte zur Hintertür auf den Hof hinaus. Über den Hof gab es einen Zugang zur Gasse, die hinter dem Palais lag.

Margot-Caroline stutzte. Waren denn alle im Haus verrückt geworden?

14

Venray wartete seit Minuten. Er blickte an der Fassade hinauf.
An den Fenstern des dreistöckigen Gebäudes regte sich nichts.
Er nahm die Umgebung in Augenschein. Die Wohngegend
war eindeutig nicht die beste. Einzig das Palais der Dupois
stach aus den schlichten, eher baufälligen Gebäuden heraus.
Oberst Zuccalmaglio, der ein weit besserer Cöln-Kenner war
als er, hatte ihm berichtet, es gebe in der Stadt über zweihundert
Patrizierfamilien. Kurioserweise, hatte Anna-Maria spöttisch
hinzugefügt, deckte sich diese Zahl mit der Anzahl der Kirchen, Basiliken und Kapellen innerhalb der Stadtmauern. Die
Familie Dupois zählte aufgrund ihrer Papiermanufaktur zu
den reichsten Bürgern der Stadt. Warum, so fragte sich Venray,
besaßen sie nicht ein Haus in besserer Wohnlage?

Venray klopfte erneut. Nichts. Diese Tür, da war er sich ziemlich sicher, würde sich für ihn nicht wieder öffnen. Die junge
Frau – Dupois' Tochter – war misstrauisch geworden, und nun
stand er im wahrsten Sinne des Wortes vor verschlossenen Toren.
Er biss kräftig auf das Mundstück seiner Pfeife, bis ihm die Zähne
wehtaten. Er kochte vor Wut über sich selbst. Ein winzig kleiner
Fehler – er hatte ein bisschen zu früh den Fuß zwischen die Tür
geschoben – entwickelte sich zum vollkommenen Debakel.

Er gestikulierte zur Kutsche, jemand solle zur Rückseite
des Hauses eilen. Der Oberst verstand sein Winken und setzte
sich in Bewegung. Wahrscheinlich war es zu spät. Wenn er mit
seinem Auftauchen nicht nur das Misstrauen einer jungen Frau
geweckt, sondern jemanden gewarnt hatte, dann hatte derjenige
längst genügend Zeit gehabt, um durch eine Hinterhoftür zu
verschwinden.

Diese Chance war vertan. Venray begab sich zurück zur
Kutsche und berichtete seinen Mitstreitern, was vorgefallen
war. Auch der Oberst kehrte kurz darauf ergebnislos zurück.
Auf der Rückseite des Palais war alles ruhig.

Nun mussten sie ihre zweite Option ausspielen und den Kürschnermeister Klebig aufsuchen. Nach dem, was Anna-Maria und Niklas berichtet hatten, war sich Venray sicher, dass Klebig mehr wusste. Vielleicht kannte er die Hintergründe und wusste, wer an den Lustorgien in der Papiermühle teilgenommen hatte. Im besten Fall kannte er sogar die Hintermänner und würde diese preisgeben. Sollte er keine Auskünfte erteilen wollen, hatten Anna-Maria und Venray abgesprochen, den Kürschner mit dessen entlaufenem Gehilfen Niklas zu konfrontieren. Bis zu dem Zeitpunkt sollte sich der Junge versteckt halten. Vielleicht würde das unerwartete Auftauchen Klebigs Zunge lockern.

Allerdings lag die Werkstatt des Meisters auf der anderen Seite der Stadt zwischen Neu Marck und Gereonsviertel. Zu Fuß ein weiter Weg. Doch mit der Kutsche kamen sie erst recht nicht weiter. Zu überlaufen waren die Hauptwege, und die Nebengassen waren mit dem großen Gefährt nicht zu befahren. Auch waren Hauptstraßen wie der Filzengraben, auf dem sie momentan standen, verengt, weil sich überall der seit Wochen angestaute Schnee stapelte.

Es blieb ihnen keine andere Wahl, als sich zu Fuß durch die überfüllte Stadt zu kämpfen. Das entsprach gar nicht ihrer ursprünglichen Absicht, möglichst zügig und unerkannt durch die Reichsstadt zu kommen. Ersterer blieb mit seinem Knecht zurück. Die beiden Männer hatten große Mühe, die Kutsche zu wenden.

Der Oberst besaß die beste Ortskenntnis von ihnen, und aufgrund seiner militärischen Vorerfahrung mit der Stadt hatte er in Windeseile den schnellsten Weg vom Kürschner zum Rhein – an der Herrenleichnamskirche und anschließend durch das Ursulaviertel – ausgemacht. Sie verabredeten, dass Ersterer die Stadt wieder verlassen und über den Rhein bis zum nördlichen Tor, der Kunibertstorburg, fahren sollte, um dort auf sie zu warten.

Die mitgeführten Kostüme kamen nun zum Einsatz. Venray ließ seine auffällige Pelzgugel zurück und setzte stattdessen einen Dreispitz auf. Der Oberst, der seine Uniform erst gar nicht angezogen hatte, sondern schlichte Culotten mit Justeaucorps unter dem Reitermantel trug, verzierte sich mit einigen bunten Federn. Anna-Maria setzte eine Gesichtsmaske auf, sie weißte Niklas das Gesicht mit Schminke und band ihm blaue, gelbe und grüne Bänder um. Sie überlegten kurz, was er darstellen sollte, und einigten sich auf einen Harlekin. So tauchten die vier im Trubel der Menge unter.

Sie ließen die Basilika St. Georg und den Weid Marck hinter sich und schlugen sich quer durch die Stadt. Je näher sie dem Neu Marck kamen, umso ausgelassener und dichter wurde die Menge. Die Feiernden und Betenden dominierten mittlerweile vollständig das Stadtbild. Beide Gruppen gebärdeten sich derart exzessiv, dass eine Unterscheidung nur anhand der Kostümierung vorzunehmen war.

Eine Mutter, verzweifelt oder betrunken, das war nicht genau auszumachen, schlug ihr Kind, das einen Knaben-Dreispitz, gekrönt mit Dreimaster, trug. Der Junge nahm die Prügel teilnahmslos hin. Ein Mann mit kariertem Ganzkörperkostüm machte sich plötzlich frei und schiss dort, wo er stand, in den Schnee. Die ihn Begleitenden amüsierten sich darüber prächtig. Überall wurde getrunken. Hin und wieder rauften sich zwei oder mehrere Männer.

Viele Geistliche waren ebenfalls unterwegs, sie erteilten Absolution oder priesen lautstark die Gnade des Herrn. Für die Absolution verlangten sie einen Stüber. Eine Gruppe von ungefähr fünfzig tanzwütigen Pilgern, die sich in ihrer Ekstase mit Geißeln schlugen, übertraf alles bisher Gesehene. Anfangs hatte Venray geglaubt, es handle sich dabei um eine derbe Karnevalsparodie, zumal viele Umstehende die Pilger auslachten und anders verhöhnten. Doch das Blut, die durch die Geißelungen entstandenen Verletzungen waren echt. Die Stimmung wirkte aufgeheizt und aggressiv. Und hörte man den Geistlichen zu, die die Menschen vor dem »Zorn Gottes«, der bevorstehenden Flut, warnten, konnte man fast glauben, dass die Welt vor ihrem Untergang stünde. Die Stadt war außer Rand und Band.

Als sie St. Cäcilia passiert hatten, schlugen sie einen Bogen und betraten von der Lungengasse kommend die südliche Ecke des Neu Marcks. Zu ihrer Linken überragten die drei Türme der romanischen Kirche St. Aposteln die blätterlosen Bäume, die, ein großes Oval beschreibend, den weitläufigen Platz umsäumten.

Auf dem verschneiten Platz war der Rosenmontagsumzug in vollem Gange. Zahllose Wagen mit imposanten Aufbauten und großen Fahnen, geschmückten Pferden oder als Pferde verkleideten Menschen, die den Wagen zogen, fuhren im Kreis. Rot und Weiß waren bei den Verkleidungen die vorherrschenden Farben. Es wurde gesungen, gelacht und laut ausgerufen. Nur die Parade der Cölner Stadtwache blieb einigermaßen geordnet. Einige Kutscher hatten Mühe, ihre scheuenden Pferde ruhig zu halten.

An der Ostseite sah Venray einen Karren, dessen Pferd durchging und mitten durch die Menge raste. Trotz der Gefahr lachten und applaudierten die Menschen. Verschiedene Gruppen von Musikanten spielten auf. An mehreren Stellen brannten große Feuer, darum herum waren Holzhütten aufgebaut, in denen allerlei Getränke und Essen verkauft wurden. Hier fanden sich kaum Betende, bis auf eine Gruppe Geistlicher, die sich auf St. Aposteln zubewegte.

Ohne ihre eigentliche Aufgabe zu vergessen, genossen sie für einen Augenblick die ausgelassene und wunderliche Stimmung des Umzugs. Denn von Aggressivität war hier nichts mehr zu spüren. Die Menschen schienen wenn auch überschwänglich, so doch aufrichtig zu feiern. Und das verlieh der stimmungsvollen Atmosphäre etwas Friedliches.

Venray empfand fast so etwas wie Neid im Angesicht dieser Menschen, die fähig waren, trotz Hunger, Kälte und drohender Flut jeglicher Vernunft zu entsagen und mit ausgelassener Heiterkeit den Feierlichkeiten nachzugehen. Er suchte den Blickkontakt mit Anna-Maria, doch aufgrund ihrer Maske konnte er ihre Mimik nicht erkennen.

Eben passierte direkt vor ihnen ein berittener Spielmannszug, gut und gern dreißig gut gelaunte Musikanten mit ebenso vielen Pferden. Die Musiker spielten auf Trompeten, Schalmeien und Flöten. Sie trugen grün-gelbe Spitzhüte auf dem Kopf, dazu eine Art lange Tunika in strahlendem Rot. Die Musikanten bliesen, was ihre Lungen und Instrumente hergaben. Venray staunte, dass die Pferde angesichts des ohrenbetäubenden Lärms ruhig und sogar freihändig geführt in Formation blieben.

Kaum waren die Spielleute weitergezogen, entstand eine Lücke im Umzug. Direkt gegenüber – keine fünfzig Meter von ihnen entfernt – saß auf einem Pferd ein Soldat der Stadtwache. Sein Zweispitz mit Federbusch zeichnete ihn als Offizier aus. Er fiel Venray deshalb sofort auf, weil er nicht wie die ihn umgebenden Menschen feierte, sondern mit konzentriertem Blick die Menge absuchte und durch die Lücke hindurch schließlich fand, was er suchte. Der Hauptmann zögerte keinen Augenblick und trieb seinem Pferd die Hacken in die Seiten. Das Pferd bäumte sich kurz auf, dann preschte es auf Venray los. Sein Widersacher schien nicht mal überrascht zu sein, was Venray sehr beunruhigte. Woher konnte der Hauptmann denn wissen, dass Venray unerlaubt zurück nach Cöln gekommen war?

Der Gewaltritt wurde von einem neuen Wagen unterbrochen, der sich zwischen die Kontrahenten schob und die Lücke im Umzug schloss. Es war ein großes Schiff mit Rädern, einem ballonartigen Segel in grün-weiß-roten Farben und Fahnen, groß wie eine Häuserfassade, die kräftig im Wind schlugen. Venray nutzte die Deckung und gab Anna-Maria rasche Anweisungen.

»Über die Sache mit dem Zufall müssen wir nochmals ausführlicher reden«, begann er.

»Was meint Ihr?«, erwiderte Anna-Maria belustigt.

»Wir sind aufgeflogen.«

Die Heiterkeit wich aus ihrem Gesicht. »So schnell?«

»Wir müssen uns sofort trennen.«

An den Oberst gewandt, der zugehört hatte, sagte Venray: »Bringt sie in Sicherheit! Auch wenn wir unseren Plan, Klebig aufzusuchen, fallen lassen müssen.«

Das Karnevalsschiff war vorbeigezogen. Eine neue Lücke konnte jederzeit entstehen.

»Flieht!«, rief Venray ihnen zu und lief ebenfalls davon, um die Aufmerksamkeit des Hauptmanns einzig auf sich zu lenken. Er rannte durch die Menge Richtung Osten. Nichts wie weg von Anna-Maria, Niklas und dem Oberst, die der Hauptmann nicht kennen konnte. Nur so hatten sie eine Chance, unerkannt zur Kutsche zurückzugelangen. Er selbst würde sich allein besser verstecken können, um davonzukommen. Denn mit allem, was der Hauptmann ihm beim letzten Mal angetan hatte, war seine Warnung überdeutlich gewesen: Geht und kommt nie wieder!

Doch wohin sollte er laufen? Er riss sich den Dreispitz vom Kopf und versuchte, in der Menge unterzutauchen. Da fiel ihm das Palais des Grafen Nesselrode wieder ein. Sein Quartier während seines letzten Aufenthalts lag an der nordöstlichen Seite des Neu Marcks ganz in der Nähe der Schilderer Gasse. Sicherlich würde man ihm im Nesselroder Hof Unterschlupf gewähren. Wenn er es bis dahin schaffte. Doch in der Menschenmenge würde sein Verfolger es schwer haben, ihm auf den Fersen zu bleiben.

Es waren nur noch wenige Meter bis zur Treppe zum Haupteingang des rettenden Palais. Venray beeilte sich, vermied aber auffälliges Rennen. Vor dem Gebäude lichteten sich die Menschenmassen ein wenig. Eben wollte er die Treppenstufen hinaufeilen, da riss ihn etwas mit Gewalt von den Füßen. Ein Pferd hatte ihn in vollem Galopp gerammt. Einfach umgehauen. Venray wirbelte durch die Luft. Aufgetürmter Schnee dämpfte schließlich seinen harten Fall.

Er versuchte, sich aufzurappeln, da stand der Hauptmann schon über ihm und bedrohte ihn mit der Klinge. Dieser Mann war verdammt schlau! Er musste Venrays Vorhaben, sich im Palais eines bergischen Verbündeten zu verstecken, vorausgesehen haben.

Venray rührte sich nicht. Zwar fielen ihm einige gute Gründe ein, die Herausforderung anzunehmen, aber dieser Kampf käme zur Unzeit.

»Wieso seid Ihr wieder in der Stadt?«, fragte der Hauptmann.

»Ihr behindert meine Ermittlungen«, protestierte Venray und ging zumindest mit Worten zum Gegenangriff über. »Ihr greift in aller Öffentlichkeit einen Amtmann des bergischen Kurfürsten an. Was fällt Euch ein?«

»Ich habe Euch gewarnt. Ihr habt hier keinerlei Befugnisse. Die Schonzeit ist vorbei«, erwiderte der Hauptmann, ohne auf Venrays Einwurf zu reagieren.

»Monsieur, ich suche einen Mörder«, rief Venray mit einem Unterton der Entrüstung, um seinen Gegner zur Vernunft zu bringen.

»Genauso wie ich«, sagte der Hauptmann herablassend und winkte dabei einige seiner Soldaten heran, die in der Zwischenzeit hinzugeeilt waren. Die Antwort verwirrte Venray aufs Höchste. »Festnehmen«, ließ der Hauptmann verlauten.

Die Arroganz dieses Soldaten war wirklich nicht zu überbieten.

Dann eben doch heute, dachte Venray und riss sein Rapier aus der Scheide. Der überraschende Angriff mit links war seine einzige Chance, sich freizukämpfen. Er verpasste dem Hauptmann einen argen Schnitt in dessen rechte Wange. So getroffen, taumelte der Hauptmann zurück. Das musste höllisch schmerzen und würde einen ordentlichen Schmiss geben.

Venray sprang auf die Beine, zog den beschädigten Säbel und signalisierte damit, Genugtuung zu fordern. Doch nun war es der Hauptmann, dem nichts an einem Duell zu liegen schien. Die Schmutzarbeit überließ er seinen Soldaten. Fünf Männer umzingelten ihn, die Bajonette, Piken und Säbel auf ihn gerichtet. Venray wehrte sich erbittert, aber es waren einfach zu viele. Er wurde überwältigt und in den Schnee gedrückt.

Der Hauptmann ignorierte das triefende Blut seiner Wunde, beugte sich über ihn und setzte ihm die Klinge an den Hals. Hasserfüllt spie er Venray an: »Mörder!«

15

Auf den Schmerz war die Taubheit gefolgt. Venray war zu schwach, um etwas zu spüren. Sein Kinn hing auf der Brust. Um den Kopf heben zu können, fehlte ihm die Kraft. Kaum gelang es ihm, die Augen zu öffnen. Immer wieder fiel er in einen fieberhaften Dämmerzustand. Aus seinen nassen Haaren rannen Wassertropfen über die Stirn hinab auf sein Gesicht, bis sie, ausgerechnet an der Nasenspitze hängen bleibend, ein quälendes Jucken verursachten. Natürlich stand das in keinerlei Verhältnis zu den immensen Schmerzen, die er an Armen und Beinen erlitt. Und nicht nur dort, sein gesamter Körper schmerzte so sehr, dass sein Empfinden wie die Flamme eines Kienspans mit jeder Sekunde weiter erlosch. Durch das beständige Dröhnen und Flirren drangen hin und wieder Stimmen an sein nicht mehr diesseitig orientiertes Bewusstsein.

Gelegentlich konnte er die Augen ein wenig öffnen und sehen, wie ein Tropfen von seiner Nase hinab auf den gestampften Lehmboden fiel. Er musste sich im Kellergewölbe eines Gefängnisses befinden. In welchem, wusste er nicht. Der Boden sah dunkel und feucht aus. Eine Pfütze hatte sich gebildet. Denn immer dann, wenn er wieder einmal nicht geantwortet hatte, schütteten sie ihm eiskaltes Wasser über den Kopf. Das Wasser rann über seine Haut, sammelte sich in einigen Hautfalten und bildete bereits erste Eiskristalle.

Sein Körper schwang leicht hin und her. Und da zog ein Gewicht an seinen Füßen. Er selbst hing mit gestrecktem rechtem Arm an einer Seilwinde von der Decke herab. Der linke Arm baumelte wie leblos neben seinem Oberkörper. Wie ein erlegtes Wildtier zum Ausbluten aufgehängt, hing Venray nackt von der Decke. Über sein Geschlecht amüsierten sich seine Folterknechte. Anfangs hatte er versucht, sich mit Erinnerungen an Maayke, seine verstorbene Frau, abzulenken.

»Gestehe endlich, und es ist vorbei«, hörte er.

Selbst wenn er gewusst hätte, was er gestehen sollte, ihm fehlte mittlerweile die Kraft, sich zu artikulieren. Sie hatten ihn so lange gequält, dass nur noch eine Hülle von ihm übrig war, dem jegliches Raum- und Zeitgefühl abhandengekommen war.

Es würde nicht mehr lange dauern, und das Gewicht seines Körpers würde den Arm aus der Schulter hebeln. Dann würden nur noch Muskeln und Sehnen seinen Körper halten. Er war viel zu benommen, um sich vorstellen zu können, was das bedeutete. Dieser Körper fühlte sich schon gar nicht mehr wie sein eigener an.

Immer wieder wurde er mit Eiswasser überschüttet. Jedoch hatten die schleichende Unterkühlung und die hauchdünne Eisschicht, die sich auf seiner Haut ausbreitete, eine Betäubung hervorgebracht, die ihn den Schmerz wieder besser ertragen ließ. Man sprach jetzt über ihn, er hörte unterschiedliche Stimmen.

Wieder untersuchten sie seinen Oberkörper und begutachteten ihn, als wäre er ein Stück Vieh. Weil sein Verstand wie gelähmt war, er vor Erschöpfung und Schmerzen keinen klaren Gedanken fassen konnte, hatte es lange gedauert, bis er begriffen hatte: In Europa – zumal in katholischen Ländern, aber auch Protestanten konnten besonders streng sein – betrachtete man die Körperbemalung, die Venray aus Niederländisch-Indien mitgebracht hatte, als abstoßend, gar gefährlich.

Sein gesamter Oberkörper war mit geometrischen Formen und Blumenranken übersät. Die für andere befremdlichen Zeichnungen erzählten die Geschichte, wie Venray schiffbrüchig im Urwald von einem Indianerstamm aufgenommen worden war. Er hatte nie ganz dazugehört, doch man hatte ihn irgendwann aufgrund seiner Jagdfähigkeiten akzeptiert, und wie bei einheimischen Kriegern üblich hatte man ihn mit Körperbemalungen geschmückt, die die eigene Lebensgeschichte erzählten und besondere Verdienste und Heldentaten für den Stamm hervorhoben. Jede Form, jede Blume, jede Tiergestalt war nichts anders als ein Geheimzeichen. Und jeder, der diesen Schlüssel verstand, das eigene Volk und die benachbarten Stämme, Freund wie Feind, wusste, wer vor einem stand und was er geleistet hatte.

Wie lange er eingekerkert war, seit wann er der peinlichen Befragung unterzogen wurde und warum das alles geschah, wusste er nicht. Bisher hatte man ihm nichts gesagt. Ob Anna-Maria und die anderen es geschafft hatten, aus Cöln zu fliehen?

»Was um alles in Welt bedeutet das wohl?«, hörte er jemanden fragen.

»Die Hure hat recht gehabt«, sagte ein anderer, »sogar sein Rücken ist bemalt!«

Venray verstand, dass das Freudenmädchen, das vor wenigen Tagen seine Tätowierungen entdeckt hatte, von ihnen befragt worden war. Vielleicht hatte sie überhaupt erst den Hinweis geliefert.

»Jesus Christus, was mag das bedeuten?«

»Ich weiß es nicht.«

»Habt Ihr schon jemals so etwas gesehen?«

Der andere antwortete nicht, vielleicht schüttelte er nur den Kopf. Beide Stimmen kamen Venray bekannt vor, aber er konnte sie nicht zuordnen.

»Diese Fratze hier, ist das ein Dämon?«

»Meint Ihr einen Succubus?«

»Woher soll ich das wissen?«, rief der andere erbost. »Ihr seid hier doch der Geistliche und müsstet Euch mit diesen Dingen auskennen.«

»Bei Gott, Dupois, der letzte Hexenprozess ist lange vor unser aller Geburt gewesen.«

»Nun ja, was wir hier sehen, ist doch wohl eindeutig, oder?«
Darauf erhielt er keine Antwort.

»Ich will mit ihm reden. Lasst ihn runter und macht ihn wach!«

»Es ist manchmal besser, sie einfach hängen zu lassen«, mischte sich nun eine neue Stimme ein. »Wenn man sie abhängt und dann später wieder hochzieht, sterben sie oft schneller. Und der da sieht nicht aus, als würde er es noch lange machen.«

Es herrschte einen Moment Schweigen, dann fügte derjenige noch hinzu: »Und wenn ich mir das erlauben darf, Succubus ist ein weiblicher Dämon. Das da« – Venray spürte einen kalten Stich zwischen den Schulterblättern, der nur von einer Messerspitze herrühren konnte – »sieht für mich nach einem männlichen Dämon aus. Die nennt man Incubus.«

Ein Rucken ging durch seinen Körper, der gewaltig schmerzte. Venray schrie auf. Dann ließ der Druck nach, und er fiel auf den Boden, eine Kontrolle über seine Bewegungen hatte er längst nicht mehr. Der kalte Boden fühlte sich fast sanft an. Aber nun begann sein gesamter Körper, an allen Stellen, die zuvor betäubt waren, zu brennen, pochen, ziehen, stechen – Schmerz in allen Erscheinungsformen. Ein großer Kübel eiskaltes Wasser wurde über ihm ausgegossen. Wacher machte ihn das nicht. Die Kälte am Kopf war unerträglich, bereitete hämmernde Kopfschmerzen und benebelte seine Sinne.

»Ihr müsst seine Lebenssäfte am Köcheln halten«, meinte der, der schon einige Ratschläge erteilt hatte, »sonst krepiert er Euch unter der Folter weg.«

Eine Decke wurde Venray übergeworfen. Man pflanzte ihn auf einen Stuhl, auf dem er sich kaum aufrecht halten konnte, und flößte ihm eine heiße, scharf schmeckende Flüssigkeit ein, die er zum größten Teil hustend wieder ausspuckte. Branntwein.

Schließlich kam er so weit zu sich, dass er seine Umgebung genauer wahrnehmen konnte. Er befand sich tatsächlich in einem Gewölbekeller. Ein Verlies, wie er es schon häufig gesehen hatte. Einige Fackeln brannten an den Wänden. Eine Streckbank lehnte neben Ketten und Seilen an einer Wand. In einer Ecke saßen drei Wachen auf Kisten an einem Tisch und spielten Karten. Sie tranken Wein. Ein Kohlebecken mit glühender Holzkohle wärmte ihre Füße.

Jemand tippte mit dem Finger auf seinem Oberkörper herum. »Woher stammt das?«, wurde er gefragt.

»Kalimantan«, antwortete er schwach.

Ob das wirklich stimmte, wusste Venray nicht mal. Der

Name der Insel, vor der er schiffbrüchig geworden war, war auf keiner Karte verzeichnet. Aber nun erkannte er denjenigen, der die Fragen stellte. Es war der Hauptmann, der ihn gefangen genommen hatte.

»Was soll das sein? Ihr lügt, sobald Ihr den Mund aufmacht.« Venray schüttelte den Kopf und ließ einsilbig »Niederländisch-Indien« verlauten.

»Der Jesuitenbruder Joaquim ist auch als Missionar in diesem Gebiet unterwegs gewesen.«

Wieso erwähnte der Hauptmann jetzt einen Jesuiten?, überlegte Venray, aber er war noch viel zu schwach, um sich einen Reim darauf machen zu können.

»Diese Zeichen auf Eurem Körper … Euer gesamter Oberkörper ist damit bedeckt. Wieso habt Ihr diese … diese …?«

»Diese Körperbemalung ist üblich bei Stämmen der Dayak.« Das war eine lautmalerische Wiedergabe des Eingeborenenwortes, das das Volk dort verwendet hatte, wenn es über sich sprach. Wie der Stamm tatsächlich hieß, wo er genau lag, das alles waren weiße Flecke aus Sicht der niederländischen Ostindienkompanie VOC, unbekanntes Territorium, das sie hatte erschließen wollen. Die VOC wollte nicht entdecken, wie der vor fünf Jahren gestorbene englische Seefahrer Cook, der einen anderen Teil des Pazifiks bereist hatte, sondern interessierte sich nur für Dinge, mit denen sie Handel treiben konnte. Selbst die Kartografie war nur dann von Interesse, wenn sie den allgemeinen Geschäftsinteressen der Handelsgesellschaft diente.

»Seid Ihr ein Teufelsanbeter?«

Venray wehrte ab.

»Und ich sage: Ihr lügt!«

»Nein«, widersprach Venray.

»Und was bei allen Heiligen bedeutet dieser Stab in Eurem Aal?«

Venray zuckte mit den Schultern. Er hatte es sich nicht ausgesucht. Man hatte ihm keine Wahl gelassen. Es hatte höllisch wehgetan, und er hatte es über sich ergehen lassen, um sich anzupassen, zu überleben. Für die Dayak war er doch nichts anderes als ein komisches fremdländisches Haustier gewesen. Wie sollte er erklären, was ihm selbst nie erklärt worden war? »Schmuck«, erklärte er schlicht.

»Das glaubt Ihr doch selber nicht«, schrie ihn der Hauptmann an.

So klangen stets diejenigen Leute, die das Fremde und Unbekannte nicht begreifen wollten.

»Das ist eine verdammte Schande«, fluchte der Hauptmann. »Habt Ihr keinen Anstand, Mann! Was sagt nur Eure Gattin dazu?«

Venray erwiderte nichts darauf. Die Wut darüber, dass dieser Hauptmann seine Frau erwähnte, ließ ihn wacher und aufmerksamer werden.

»Warum habt Ihr den Ordensbruder umgebracht?«

»Wie kommt Ihr darauf, ich hätte Pater Christoph getötet?«, erwiderte Venray.

»Bruder Joaquim«, schrie ihm der Hauptmann ins Gesicht, »ich spreche von Bruder Joaquim. Wieso habt Ihr diesen heiligen Mann umgebracht?«

Bruder Joaquim? War das dieser übereifrige Jesuit, der bei seinem letzten Besuch auf dem Rathausvorplatz die besonders blutige Bibelauslegung der Abraham-Geschichte gepredigt hatte? Wieso warb ein Geistlicher für den Mord an einem Kind? Das war doch unbegreiflich.

Auch wenn Venrays lädiertes Bewusstsein nicht mehr viel verstand, so begriff er, dass hier irgendetwas mächtig faul war. »Euer ›heiliger Mann‹ hat sich von einer Hure den Aal lutschen lassen«, konterte er.

Sofort bekam er den Zorn seines Gegenübers in Form eines Faustschlags ins Gesicht zu spüren. »Jeder wird mal schwach.«

»Schwäche ist etwas anderes als scheinheilige Verlogenheit!«

»Der Hochmut wird Euch noch vergehen.«

Vier Arme zerrten ihn hoch. Er war zu schwach, um selbst gehen zu können. Daher schleifte man ihn einfach über den Boden zu einem Tisch in einer Ecke des Gewölbes. Ein Mann, vermutlich eine der Burgwachen, schlug eine Decke zurück.

Darunter lag in seinem schwarzen Ornat der Jesuit. Der Mann war tot und verströmte Leichengeruch.

Venray begriff langsam, wessen man ihn beschuldigte, und er verstand, dass er nicht zufällig in Lebensgefahr schwebte. Er war dem tatsächlichen Mörder in die Falle gegangen. Ein Opfer seines unbekannten Gegners.

»Wann ist er gestorben?«, fragte Venray.

»Gestern.«

Das konnte bei dem Verwesungsgeruch nicht stimmen. Er musste unmittelbar nach Venrays letztem Besuch in Cöln getötet worden sein. »Und wie ist er umgekommen?«, fragte er.

»Stellt keine dummen Fragen«, sagte der Hauptmann. »Ihr wollt nur davon ablenken, dass Ihr selbst der Täter seid.«

»Nennt mir zuvor Euren Namen.«

»Der tut gar nichts zur Sache. Ihr lenkt ab.«

»Wo bin ich? Wo werde ich gefangen gehalten?«

»Ihr seid im Frankenturm, aber das spielt keine Rolle«, erwiderte der Hauptmann, der partout seinen Namen nicht preisgeben wollte. Venray war sich nicht sicher, ob er vorhin den Namen Dupois gehört hatte. Wer war dieser Mann?

Die Wunde im Gesicht des Hauptmanns begann wieder zu bluten. Vorsichtig tupfte er mit einem Tuch Blut weg.

Venray wusste, dass der Frankenturm ein mächtiges Festungsbollwerk am Rhein in Höhe der Dranck Gasse war, die zum Dom führte. Aber im Grunde stimmte er seinem Peiniger in diesem Punkte zu: Es machte keinen Unterschied, wo er sich befand.

»Wie habt Ihr Pater Joaquim ermordet? Und warum?«

»Ich habe das nicht getan.«

»Seht Ihr, Ihr lügt.«

»Ich habe niemanden ermordet.«

»Aber ich habe einen Beweis.« Der Hauptmann hielt ihm eine seiner Pfeifen unter die Nase. Es war die kleine Reisepfeife, die er bei seinem letzten Aufenthalt verloren hatte. Venray schwante nichts Gutes.

»Ist das Eure Pfeife?«

Venray nickte. »Ihr habt sie mir neben anderen Sachen beim letzten Mal abgenommen.«

Venrays Einwand wurde übergangen. »Wie erklärt Ihr es Euch dann«, sagte der Hauptmann, »dass wir diese Pfeife in den Händen des Toten gefunden haben?«

Venray schwieg.

»Bei Eurer frevelhaften Tat hat dieser unschuldige Pater seinen Täter selbst überführt, indem er Euch im Augenblick seines Todes die Pfeife entrissen hat.«

»Wenn das wahr wäre, hätte ich ihm nach meiner angeblichen Tat die Pfeife doch wohl wieder abgenommen, meint Ihr nicht? Haltet Ihr mich für so dumm?«, widersprach Venray.

»Wer weiß schon, warum Ihr das nicht getan habt«, wurde sein Einwand abgetan.

»Wie ist er gestorben? Lasst mich raten: ein gezielter Stich ins Herz, vermutlich mit einem Rapier ausgeführt.«

Ein Schatten huschte über das Gesicht des Mannes. Venray konnte sich nicht erklären, wieso.

»Das war Euer Geständnis. Nur der Mörder kann das wissen.«

Die anderen Männer nickten.

»Nein, hört doch zu –« Weiter kam Venray nicht.

»Dasselbe Rapier, mit dem Ihr mir eine Narbe verpasst habt.«

Weder war ein Langdolch eine ungewöhnliche Waffe, noch war es selten, dass man im Zweikampf mit ebenjener Klinge verletzt wurde. Der Hauptmann stellte es anders dar und versuchte damit, die anderen Männer zu überzeugen.

»Hört zu, Ihr verdächtigt den Falschen.« Trotz seiner Situation bemühte sich Venray, dem Mann mit vernünftigen Argumenten beizukommen. »Es muss einen weiteren Täter geben. Ich will den Mörder finden.«

Aber der Hauptmann hatte eine ganz andere Lösung im Sinn. Kalt erwiderte er: »Anscheinend bin ich Euch wieder einen Schritt voraus: Ich habe bereits den Mörder überführt. Nämlich Euch!«

»Was habt Ihr mit mir vor?«, spie Venray mit letzter Kraft hervor.

»Mörder kommen an den Galgen. Das dürfte Euch bekannt sein. Und Ihr seid ein Mörder, der mit dem Teufel im Bunde steht. Aber wir bringen es schnell hinter uns. Eine Hinrichtung morgen früh und alles ist vergessen«, erklärte der Hauptmann. »Gott erlegt uns derzeit viele Prüfungen auf. Der leibhaftige Satan ist zurückgekehrt. Gott erbarme sich unser!«

Venray begriff: Wenn die Kirche diesen Prozess übernahm, um aus einer Mordverhandlung einen Hexenprozess zu machen, dann hatte er kaum Chancen, aus dieser Angelegenheit lebendig herauszukommen. Die Kirche würde sich das Ansehen durch einen Schauprozess über einen angeblichen Teufelsanbeter nicht nehmen lassen. Denn das würde auch wachsenden Einfluss bedeuten, von dem der bei Cölner Beschlüssen nahezu entmachtete Erzbischof profitieren würde. Steckte die Kirche hinter alldem?

»Das hier ist mein Gefängnis«, meldete sich nun der Dritte zu Wort. »Ich bin der Burggreve. Und eine Hinrichtung liegt nicht in unserer Entscheidung. Ohne den vom Rat bestimmten Gewaltrichter und einen ordentlichen Prozess lasse ich keine Hinrichtung in meinem Gefängnis zu.«

Die drei Männer setzten ihre Beratungen über Venrays Schicksal fort.

»Wir brauchen eine Lösung, die auch das Volk zufriedenstellt. Der Pater war besonders beliebt«, erklärte der Hauptmann. »Die drohende Flut und die extremen Einschränkungen durch den Winter, das alles setzt den Menschen zu. Nun noch dieser Mord. Ich fürchte, es könnte Aufruhr geben, wenn wir keine schnelle Lösung finden. Besondere Zeiten erfordern besondere Lösungen. Ein Prozess wird die Menschen ablenken.«

»Die Kirche wird sich erkenntlich zeigen«, meinte der Geistliche.

Venray hörte das klimpernde Geräusch von Münzen. Eine dicke Geldkatze wechselte den Besitzer.

»Nun, das ist sicherlich eine angemessene Anzahlung«, erwiderte der Burggreve kühn.

»Anzahlung«, protestierte der Geistliche.

»Wer viel will, muss bereit sein, viel zu geben«, erklärte der Greve in priesterlichem Tonfall. Als Burggreve stand er gesellschaftlich deutlich unter dem Hauptmann und dem Priester. Dennoch ließ er sich nicht von ihnen ausbooten. Die Skrupellosigkeit, mit der über sein Leben verhandelt wurde, machte Venray wütend und ohnmächtig zugleich.

»Erwartet die Zahlung der gleichen Summe bei Prozessbeginn«, bot der Geistliche an.

»Morgen früh oder ich verständige den Gewaltrichter.«

Der Geistliche ließ sich Zeit, dann willigte er ein.

»Nun gut«, sagte der Burggreve, »wie wollt Ihr einen Hexenprozess angehen? Dazu muss der Beschuldigte die Hexerei gestehen. Und er muss lebendig sein. Der Schauwert ginge der Kirche durch eine übereilte Hinrichtung verloren.«

»Da muss ich dem Burggreven zustimmen«, sagte der Geistliche.

»Ist die Schuld nicht offensichtlich bei den dämonischen Bemalungen?«, gab sich der Hauptmann widerwillig.

»Sicher«, stimmte der Burggreve zu, »aber ein Geständnis wäre dennoch besser.«

Der Mann kannte sich aus. Er wollte nicht Venray das Leben retten, sondern finanziellen Vorteil aus der Sache ziehen.

Nach einer längeren Pause fügte er hinzu: »Es gibt noch andere Wege, ein Geständnis zu erwirken.«

»Und das wäre?«, fragte der Hauptmann.

»Habt Ihr schon mal von der Tränenprobe gehört?«

Beide Männer verneinten.

»Nun, dem der Hexerei Beschuldigten wird während der Befragung die Probe auferlegt, ob er weint oder nicht. Wenn das Auge trocken bleibt, ist er schuldig.«

»Wenn er weint, ist er schuldig!«, mischte sich ungefragt einer der zechenden Wächter ein. »Aber er ist ganz nass. Schwer zu sehen, ob er weint oder nicht.«

»Egal wie, der Beschuldigte hat die Tränenprobe nicht bestanden«, wies der Greve seinen Wächter zurecht.

»Was ist mit Euch? Habt Ihr nicht Literatur zu diesem Thema?«, fuhr der Hauptmann den Geistlichen an.

»Ich werde mich natürlich vor Prozessbeginn in die Thematik einlesen«, meint der Angesprochene. »Das lasst ruhig meine Sorge sein.«

»Als letztes Mittel gilt meines Wissens auch: Stirbt der Delinquent unter der Folter, dann wird der Tod als Schuldeingeständnis, Hexerei begangen zu haben, gewertet«, ergänzte der Burggreve.

»Aber das wäre für die Kirche unnütz«, erklärte der Geistliche entschieden. »Er muss am Leben bleiben. Sorgt dafür!«

Der Hauptmann wirkte einen Moment verärgert. Dann lachte er kurz auf. »Gut, dann sind wir uns ja einig«, stimmte er zu. Und an den Burggreven gewandt fügte er an: »Ich überlasse ihn Eurer Obhut.«

Damit warf er einen letzten verächtlichen Blick auf Venray und verließ in Begleitung des Geistlichen die Folterkammer.

16

Die Kerzen waren nahezu vollständig heruntergebrannt. Es war früher Morgen, aber man bemerkte kaum einen Unterschied zur Nacht, so düster war es draußen. Es regnete ohne Unterlass. Das war fürchterlich ungemütlich. Feuchte Kälte breitete sich aus. Wenn es schneite, dachte Margot-Caroline, hatte es wenigstens etwas Schönes an sich. Schnee verbreitete einen gewissen Glanz, der nun völlig fehlte.

Das Feuer im Kamin war ebenfalls heruntergebrannt, und die Diener waren nach der Nachtruhe noch nicht wieder aufgestanden, um Holz nachzulegen. Margot-Caroline bemühte sich selbst. Doch das feuchtkalte Wetter drückte von draußen auf den Kamin, sodass das neu gefachte Feuer mehr qualmte als üblich. Sie fächelte Luft hinzu. Endlich griffen die Flammen über und vertrieben den Rauch.

Margot-Caroline setzte sich wieder an den Schreibtisch im heimatlichen Arbeitskontor ihres Vaters im zweiten Stock des Hauses, an dem sie seit letzter Nacht dessen Papiere über die Papiermanufaktur durchging. Wenn sie die Leitung übernehmen sollte, musste sie wenigstens eine Ahnung haben, was sie alles besaßen.

Bisher hatte sie sich nicht wirklich für die geschäftlichen Belange ihres Vaters interessiert. Mit seiner Ankündigung vor zwei Tagen hatte er ihr gründlich die Feierlaune und auch sonst jede Unbeschwertheit verdorben. Wenn ihr Bruder die Manufaktur nicht führen sollte, so musste sie das eben tun. Aber auf gar keinen Fall würde sie heiraten! Und erst recht nicht diesen katholischen Tunichtgut!

Dabei ging es ihr gar nicht ums Heiraten. Sie sehnte sich förmlich nach diesen Belangen, wollte berührt werden, geküsst, geliebt werden, aber sie wollte sich auf gar keinen Fall von jemandem in ihr Leben dreinreden lassen. Niemals würde sie es zulassen, dass irgendjemand anderes über sie bestimmte als sie selbst. Und daran trug auch ihr Vater seine Mitschuld, denn er selbst hatte sie stets ermutigt, eigenständige Entscheidungen zu treffen. Er hatte sie zur Selbstständigkeit erzogen. Warum sollte das plötzlich nicht mehr gelten?

Seit der Karneval beendet war, wurde in der Stadt nur noch über zwei Dinge gesprochen: die bevorstehende Schmelzwasserflut und den Mord an einem Jesuitenpater. Beides beschäftigte sie nicht sonderlich. In der Regel kam es mit der Frühjahrsflut weit weniger schlimm als vorhergesagt. Dieser Jesuitenpater hatte in ihren Augen eine geschmacklose Position vertreten, die ihr entschieden zu weit gegangen war. Mehr als rein christliches Mitleid wegen seines gewalttätigen Todes wollte bei ihr daher nicht aufkommen. Und so machte sie sich wenig Sorgen darüber, auch wenn in der Zeitung, die ihr Vater verlegte, der Mord als Hexerei und die Flut als Apokalypse bezeichnet wurde.

Sorgen bereitete ihr, was sie über die Papiermanufaktur Dupois und die vielfältigen Geschäftsbeziehungen ihres Vaters herausgefunden hatte. Allerdings verdiente er, anders als viele andere Fabrikanten oder Großkaufleute, die häufig ihr Vermögen mit zwei, drei oder mehr Geschäftsfeldern machten, sein Geld fast ausschließlich mit Papier. Und zwar mit der Ausfuhr von Papier. Seine Zeitung »La Tribune Colonaise« erwirtschaftete, obwohl populär und in einer hohen Auflage erscheinend, kaum ihre Unkosten. Aber das Papier, das die Manufaktur Dupois herstellte, wurde überallhin verkauft – Preußen, Niederlande, Venedig, Flamen, Bayern sowie im gesamten Kaiserreich bis nach Wien. Zu Dupois' Kunden zählte jedoch nicht die Cölner Geistlichkeit, keine Kirche, kein Kloster, keine einzige Gemeinde. Keine katholische Einrichtung innerhalb Cölns schrieb auf Dupois'schem Papier. Und das war doch besonders bedauerlich, denn wo, wenn nicht bei den Geistlichen, war der Bedarf an Papier besonders hoch? Lag es daran, dass die Katholiken nicht beim ehemaligen Protestanten Dupois bestellten, oder war es genau andersrum, dass ihr Vater keine Katholiken beliefern wollte? Letzteres konnte sie sich kaum vorstellen, denn bei jeder Gelegenheit versuchte sich ihr Vater bei katholischen Geschäftsleuten beliebt zu machen, ja geradezu einzuschmeicheln.

Herrgott, fluchte sie innerlich, diese gesamte Gazette war doch nichts anderes als ein Anbiedern an den Katholizismus! Nichts anderes wurde vom Cölner Rat geduldet. Warum gab es hier eigentlich keine einzige protestantische Kirchgemeinde?

Besonders nachteilig an dem reinen Ausfuhrgeschäft waren die sehr hohen Transportkosten. Das schmälerte den Gewinn. Und zwar so sehr – wie Margot-Caroline schnell überblicken konnte –, dass es fraglich war, wie lange die Firma ohne mindestens ein, zwei in Cöln ansässige Großkunden überleben konnte. Vater kämpfte wie verrückt darum, sein Papier auch innerhalb der Stadtmauern zu verkaufen.

Das alles schien ein Fass ohne Boden zu sein. Denn sie hatte noch weitere Dinge entdeckt, die ihr tatsächlich erhebliche Kopfschmerzen bereiteten.

Über die besagte Papiermühle im Bergischen Land hatte sie bis auf die Besitzurkunde – der Kauf war auf das Frühjahr des letzten Jahres datiert – nichts gefunden, wonach der fremde Amtmann sich hätte erkundigen wollen. Eventuell lagen dazu mehr Unterlagen in Vaters Kontor in der Manufaktur. Margot-Caroline vermutete, dass ihr Vater im Bergischen versucht hatte, die Modernisierungen im Produktionsablauf der Papierherstellung einzuführen, die ihm Rat und Zunft hier in Cöln seit Jahren vehement verwehrten.

Wo hatte ihr umtriebiger Vater nicht überall seine Finger im Spiel: Er hatte, und das sah ihm besonders unähnlich – oder sollte sie besser sagen, dass sie diese Seite an ihm nicht kannte? –, einen großen Betrag, immerhin zwanzig Reichstaler, an den katholischen Orden der Redemptoristen, die ein kleines Kloster in Mülheim führten, gespendet. War das wieder der Versuch, sich bei katholischen Einrichtungen lieb Kind zu machen?

Auf der Kopie der Spendenquittung stand sogar ein Verwendungszweck des Geldes, nämlich, »die Armenrechte zu erwerben«. Und hier hatte sich eine seltsame Verbindung aufgetan: Auch in Mülheim war ein Pater ermordet worden, und zwar der Prior des besagten Ordens. Das hatte im Artikel der Gazette über den Mord an Bruder Joaquim gestanden. Es wurde die Vermutung geäußert, dass es sich dabei um ein und denselben Täter handeln könnte. Es sei sogar ein möglicher Täter am Rosenmontag – man stelle sich vor, ausgerechnet während des Umzugs – von der Stadtwache unter Hauptmann Dupois, ihrem Bruder, arretiert worden. Wie spannend! Wie unvorstellbar!

Hans machte Fortschritte als Hauptmann, auch wenn ihm sonst nichts leicht von der Hand ging. Mit vielen Dingen, außer mit dem Fechten, tat er sich sehr schwer. Vater hatte ihn ihr gegenüber als »nicht lebenstüchtig« bezeichnet. Hans würde das von Großvater aufgebaute und ihrem Vater einst zur Blüte geführte Unternehmen innerhalb kürzester Zeit ganz in den Ruin treiben, vor allem in extrem schwierigen Zeiten, wie sie momentan herrschten. Hans konnte mit Zahlen so wenig anfangen wie ihr Vater mit dem Fechten. Nämlich gar nichts.

Und dann fiel ihr noch ein beunruhigender Hinweis in die Finger. Ihr Vater, der – ob man ihn nun nicht ließ oder ob er nicht wollte – kaum Geschäfte mit Katholiken tätigte, hatte in der hauseigenen Druckerei der Dupois, wo sonst die Zeitung gedruckt wurde, ausgerechnet die Flugblätter dieses Bruders Joaquim gedruckt, deren Inhalt für Aufsehen gesorgt hatte. Des Jesuiten, der nun ermordet worden war.

Aufgebracht las Margot-Caroline das Flugblatt, in dem dargestellt wurde, dass Gott – zum Wohle der Menschheit – Kinderopfer annahm. Die Aufklärer der Stadt, wenn auch wenige an der Zahl, hatten über die brachiale Neuauslegung der Bibel nur noch verständnislos den Kopf geschüttelt, während die Eiferer kaum aus dem Lob herauskamen. Außerdem stärkten derartige Lügenmären die ohnehin weitverbreiteten Verschwörungstheorien, nach denen etwa Juden Kinderblut tranken. Wie sie ihren Vater kannte, hielt er ganz und gar nichts von derartigen Dingen. Juden zählten zu Vaters Freunden und Geschäftspartnern.

Wieso unterstützte er diesen radikalen Jesuitenpater? Hier musste entweder viel Geld geflossen sein, oder es gab einen anderen Grund, den Margot-Caroline nicht verstand. Eigentlich war es die Geschäftspolitik ihres Vaters, mit jedem Handel zu betreiben, sofern es korrekt zuging. Und zwar moralisch wie finanziell korrekt.

Das Hauptproblem der Papiermanufaktur Dupois lag, wie sie schon festgestellt hatte, jedoch in der fehlenden Kundschaft innerhalb der Stadtmauern. Bereits im Oktober letzten Jahres waren die Lieferungen über Land aufgrund des einsetzenden Schneefalls unterbrochen worden. Bis heute war nicht abzusehen, wann der Überlandverkehr wieder aufgenommen werden konnte. Die Produktion selbst war stark zurückgefahren worden. Es würde dauern, bis das Lager wieder gefüllt wäre. Gäbe es im nächsten Herbst einen erneuten vorzeitigen Wintereinbruch mit ähnlichen Folgen wie in diesem Jahr, spätestens dann wäre besiegelt, was sich jetzt schon abzeichnete: Die Papiermanufaktur Dupois war bankrott.

Was würde dann aus ihnen werden?

Ein Geräusch ließ sie hochfahren. Im Türrahmen stand ihr Bruder in voller Uniform. Sie hatte ihn nicht kommen gehört. »Hast du mich erschreckt«, fuhr sie ihn leicht verärgert an.

Wenn auch übermüdet, so sah er doch gut aus, wie er dastand in seiner Uniform. Sollte sie ihm etwas von ihren Entdeckungen sagen? Sie entschied sich dagegen. Er hatte gerade andere Dinge um die Ohren.

»So früh auf und schon so fleißig«, erwiderte er, ohne auf sie einzugehen. »Wo ist Vater?«

»Bei einem Termin.«

»So früh am Morgen?«

»Was weiß ich?«, sagte sie. »Hans, was willst du? Ich habe hier zu tun. Können wir später reden?«

Hans betrat das Zimmer, er wirkte nachdenklich und gleichzeitig übernächtigt. Er ließ sich Zeit mit seiner Antwort.

»Nein, wir müssen reden«, sagte er. »Ich war die ganze Nacht im Gefängnis bei einer Gefangenenbefragung. Jetzt brauche ich dringend ein paar Stunden Schlaf, dann muss ich wieder hin und die Befragung fortsetzen. Vorher müssen wir etwas absprechen!«

Margot-Caroline blickte ihn fragend an.

»Es ist wichtig«, fügte er hinzu. »Wir müssen über Vater reden. Ich glaube …« Hans suchte nach den passenden Worten, »sagen wir mal so, es besteht die Möglichkeit, dass Vater etwas sehr Schlimmes getan haben könnte.«

Margot-Caroline durchfuhr ein Schock der Erkenntnis. Es könnte tatsächlich wahr sein. Es passte zusammen. »Was sollte Vater denn getan haben?«

»Beruhig dich! Ich habe noch keine eindeutigen Beweise«, wich Hans aus, »aber fest steht, wir müssen ihn beschützen. Vor sich selbst. Wir müssen die Familie schützen!«

»Aber sag mir doch, was er getan haben soll!«

Hans wehrte vehement ab. »Besser, du weißt keine Details, dann kannst du auch nichts verraten. Aber ich arbeite an einer Lösung.«

Das gefiel ihr ganz und gar nicht. »Hans«, insistierte sie kurz. Mehr brauchte sie nicht zu sagen.

»Von mir aus, aber sage mir nachher nicht, ich hätte dich nicht gewarnt«, lenkte er ein. Dennoch wand er sich hin und her, wollte mit der Wahrheit nicht rausrücken. »Er ist nicht ganz bei Sinnen«, sagte er schließlich. »Hat er dir irgendwas über mich gesagt?«

»Die Manufaktur sollst du nicht übernehmen«, antwortete Margot-Caroline zögerlich.

»Genau das meine ich: Ist das nicht Wahnsinn?« Ihr Bruder reagierte sehr aufgebracht. In solchen Situationen war es klug, ihm nicht zu widersprechen.

»Aber Hans, das heißt doch nicht, dass Vater dich enterbt, sei doch kein Dummkopf!«

»Du willst also die Leitung übernehmen, was?«

»Warum nicht?«, entgegnete sie.

»Margot-Caroline, sei bitte nicht so unvernünftig. Du bist eine Frau.«

Sie schwieg. Die Abfälligkeit, mit der Hans sprach, verletzte sie. Interessant, dass ausgerechnet er von Vernunft sprach. Hätte er sich früher um die Belange der Fabrik gekümmert, statt das Vermögen zu verprassen, stünden sie eventuell nicht vor einem Scherbenhaufen. Sie blickte ihn vorwurfsvoll an, ohne ihre Gedanken auszusprechen.

Doch er schien sie zu erraten und schnaubte verächtlich. »Zumindest scheint unser Vater gut daran zu tun, dich zu verheiraten.«

Gegenseitige Vorwürfe brachten sie nicht weiter. Genauso wenig wie eine vermeintliche Lösung durch ihren Bruder. Darauf war kein Verlass. Seine folgenden Worte bestätigten ihre Befürchtungen.

»Wenn Vater das getan hat, was ich momentan vermute, dann könnte das schlimmste Konsequenzen für die gesamte Familie haben.«

Er sagte ihr immer noch nicht die ganze Wahrheit!

»Bitte, Schwesterherz, du musst mir vertrauen. Ich habe einen Plan, der Vater reinwaschen wird. Ich lasse es so aussehen, als hätte jemand anderes Vaters Taten begangen.«

Hans hatte einen Täter geschnappt. Aber der war unschuldig!

»Wer ist es?«

»Der Mann, der gestern hier war. Vielleicht hat er Vater erpresst. Ich weiß es nicht.«

Eine logische Erklärung hatte sie dafür nicht, aber diese Antwort hatte sie vorausgesehen, und es behagte ihr nicht. »Bist du sicher, dass das ein guter Plan ist?«, bemerkte sie bemüht neutral.

»Ich wüsste keinen besseren!« Hans klang müde, beinahe resigniert, aber auch wild entschlossen.

Margot-Caroline ließ sich Zeit mit ihrer Antwort. »Na, siehst du«, log sie leichthin, »was gibt's dann noch zu besprechen? Beruhigen wir uns erst mal! Es wird schon wieder alles in Ordnung kommen.«

Hans ließ den Kopf hängen. »Ja, du hast recht«, sagte er schließlich, »ich leg mich schlafen.« Damit ging er.

Kaum hatte Hans das Zimmer verlassen, hielt sie nichts mehr auf ihrem Stuhl. Margot-Caroline sprang auf. Es gab keinen Grund mehr, ihre innere Unruhe und Sorge zu verbergen. Sie war so aufgewühlt wie noch nie zuvor in ihrem Leben. Hier stimmte etwas nicht! Hier war etwas faul.

Sie erkannte mit Schrecken, dass sich seit Rosenmontag – seit vorgestern! – ihr gesamtes Leben verändert hatte. Umgekrempelt von einem auf den anderen Tag. Ihre unbeschwerte Jugend als Spross aus vermögendem Haus, die Leichtigkeit, sie waren vorüber. Sie hatte sich in ihrer naiven Unvernunft noch nicht an diese neue Rolle gewöhnt. Doch dazu blieb auch keine Zeit. Sie kannte ihren Bruder nur zu gut. Hans war nicht zimperlich. Er würde einen fremden Menschen opfern, um Vaters angebliche Schuld zu bereinigen.

Das war der Weg, den Unmenschen wie Bruder Joaquim wählten. Sie wollte einen anderen Weg beschreiten. Doch wie?

War es denn wirklich möglich, dass ihr Vater gar verrückt geworden war über die unzähligen Demütigungen, die er in Cöln erlitten hatte? Vater war Protestant durch und durch. Dennoch hatte er von seinem Glauben abgelassen. Gebessert hatte sich dadurch nichts. Wahre Katholiken ließen Konvertiten ihr Anderssein spüren. Sie würden niemals als echte Katholiken akzeptiert werden.

Die Dupois waren reich – ein Sitz im Rat war im Grunde längst überfällig, ebenso ein Ehrentitel wie Geheim- oder Kommerzienrat für die besonderen Verdienste auf dem Gebiet des Zeitungswesens sowie der Papierwirtschaft. Anders als andere Protestanten waren sie nicht nach Mülheim ausgewandert, als man sie aufgefordert hatte zu konvertieren. Vater war Cöln immer treu geblieben. Doch bekommen hatte er dafür nichts.

Das war alles so verwirrend! Wie sollte sie die Wahrheit herausfinden? Wohin sollte sie sich wenden? Wem konnte sie vertrauen? Der Zunft, dem Rat, der Kirche? Ihr Vater pflegte in solchen Fällen zu sagen: »Traue niemandem, der aus dieser Situation einen Vorteil ziehen kann. Jeder kocht sein eigenes Süppchen.«

Margot-Caroline dachte darüber nach und kam zu dem Schluss, dass es nur eine einzige Person gab, die wenig, wenn nicht sogar gar keinen Vorteil aus dieser Situation zog und deshalb vermutlich wie sie nur an der Wahrheit interessiert war. Sie musste zumindest herausfinden, was diese Person wusste, damit sie sich ein eigenes Bild von der Situation, in der ihr Vater steckte, machen konnte.

Ihr Vater hatte Geheimnisse, die das Wohl der gesamten Familie gefährdeten. Es war höchst gefährlich. Es war absurd. Doch hatte sie eine andere Wahl?

Margot-Caroline rüstete sich. Sie überzeugte sich, dass Hans in seinem Zimmer lag und schlief. Sie achtete darauf, dass die Diener nichts mitbekamen. Sie beeilte sich. Niemand sollte wissen, wohin sie ging. Dann schließlich verließ sie, gegen das Verbot ihres Vaters verstoßend, das Palais durch die Hinterhofpforte.

Anfänglich wollte sie den Weg über den Heu Marck einschlagen. Doch dann entschied sie sich dagegen und nahm den kürzesten Weg hinunter zum Rhein. Dabei bemerkte sie nicht, dass ihr jemand folgte.

Teil IV –
Jahrtausendhochwasser

Donnerstag, 26. Hornung – Dienstag, 2. Lenz 1784

1

Margot-Caroline brauchte nicht lange zu überlegen, wohin sie sich wenden musste: Der Kacks, auch Pranger genannt, stand mitten auf dem Alter Marck. Das nächstgelegene Gefängnis war der Frankenturm am Rheinufer. Sie war sich sicher, dass sie dort Antworten auf ihre Fragen finden würde. Dorthin lenkte sie ihre Schritte.

Es war früher Morgen, in der Stadt waren noch nicht viele Menschen auf den Beinen. Erst als sie die Stadtmauer passierte, wurde es lebhafter. Zwischen den Werften, Kaimauern und zahllosen Schiffen der Schifferstadt tummelten sich viele Fischer, Kaufleute, Arbeiter und Schiffer, die Waren hin- und herschleppten oder versuchten, ihre Schiffe gegen die Flut zu befestigen. Durch die Fischpforte betrat sie wieder die Stadt und wandte sich am Fischmarkt Richtung Norden. Zu ihrer Linken lagen Sankt Brigida und die Klosterkirche Groß Sankt Martin. Sie ging vorbei am Fischkaufhaus und am Schlachthaus, das zu jeder Jahreszeit ein grausiges Bild bot. Der Schnee um den Eingang herum war blutgetränkt. Nun mischte sich der rote Schnee mit dem Regenwasser. In regelrechten Sturzbächen kam es aus allen Gassen gelaufen und strömte zum Rhein.

Auf der Straße Am Bollwerk gab es mehrere Badestuben. Doch die waren zu dieser Jahreszeit geschlossen. Endlich erreichte sie das wehrhafte Eingangstor zum Frankenturm. Einen Plan, wie sie dort hineinkommen wollte, hatte sie nicht.

»Ich möchte zu meinem Bruder«, eröffnete sie grußlos dem Burgwächter, der ihr, nachdem sie geklopft hatte, nun das Tor öffnete.

Der Mann wirkte verschlafen. Sie musste ihn aus den Träumen geholt haben. Beim Anblick einer jungen Dame vor seinem Tor bekamen seine Augen einen Glanz, den sie sonst verachtet hätte, sich aber nun zunutze machen wollte.

»Madame, wer ist denn Euer werter Bruder?«

»Hans-Balthasar«, erwiderte sie unschuldig.

Es dauerte eine Weile, bis der Wächter dem Vornamen eine Person zuschreiben konnte, dann stand er plötzlich stramm und sagte: »Der Hauptmann ist nicht hier.«

»Nicht hier«, rief sie viel zu laut aus, »wie kann das sein? Er sollte doch hier sein!«

Der Wächter blickte besorgt zurück in den Flur des Turms. »Schreit bitte nicht so laut! Ihr weckt mir alle auf! Es war eine lange Nacht, und alle wollen ruhen.« Er trat nach draußen, um das Tor hinter sich etwas zuziehen zu können.

Verdammt, dachte Margot-Caroline, das ist der falsche Weg, um hineinzukommen. »Ist er wieder ins Freudenhaus gegangen?«, improvisierte sie.

Der Mann gehörte anscheinend zu den weniger grobschlächtigen Burschen seiner Zunft, denn als die junge Dame vor ihm ein Bordell erwähnte, war ihm das sichtlich unangenehm.

»Gott behüte, davon weiß ich nichts.«

»Wenn das unsere Mutter erfährt«, log sie. Ihre Mutter war seit vielen Jahren tot, als moralische Instanz konnte sie trotzdem herhalten.

Ihr Gegenüber kratzte sich verlegen am Kopf. Er wusste wohl nicht, wie er mit ihr umgehen sollte. Die Damen der Oberschicht ließen sich nicht so einfach herumkommandieren.

»Er wollte mir doch diesen Gefangenen zeigen, den er verhört hat. Dieser gemeine Schuft!«, protestierte sie mit traurigem Unterton. »Er hat es versprochen!«

»Bitte, weint nicht«, sagte der Wächter.

Diese Masche schien besser zu funktionieren.

»Welchen Gefangenen meint Ihr denn? Den Hexer?«

»Hexer? Heißt er so?«, fragte sie eifrig.

»Wie er heißt, weiß ich nicht. Ist wohl ein hoher Herr, aber mit imposanten Bildern auf dem ganzen Körper«, erklärte der Mann.

»Ja, den will ich sehen«, wagte sie einen Vorstoß.

»Nein, nein, das geht nicht«, blockte der Wächter ab. »Ich darf niemanden hereinlassen.«

»Bitte, mein Bruder hat es mir doch versprochen!«

Margot-Caroline griff in ihre Manteltasche und steckte dem Wächter vier Albus zu. Sie wusste nicht, ob sie ihm gerade den Lohn eines ganzen Halbjahres gab. Mit Bestechungsgeldern musste man vorsichtig sein, gab man zu wenig, wurde man ausgelacht, gab man zu viel, wurde der Bestochene schnell gierig.

»Das ist zu viel«, stellte er schlicht fest. Er fühlte sich tatsächlich in seiner Ehre verletzt.

Margot-Caroline erkannte ihren Fehler, der als purer Hochmut ausgelegt werden konnte. »Es tut mir sehr leid«, säuselte sie. »Aber es sind so harte Zeiten, Ihr könnt es sicher gut gebrauchen.«

Endlich ließ sich der Wächter erweichen und schickte sich an, das Tor zu öffnen, um Margot-Caroline eintreten zu lassen. Für ihre Zwecke ließ sich das Schmiergeld gut verkraften!

»Aber bitte«, sagte er, »ich habe Euch gewarnt. Es ist kein schöner Anblick für eine feine Dame. Und seid leise! Alle schlafen!«

Weiter kam er nicht. Plötzlich entstand ein Tumult. Mehrere dunkel gekleidete Gestalten tauchten auf und überrumpelten Margot-Caroline. Die Fremden schoben sie und den Wächter in den dunklen Vorhof des Turms. Sie sah eine Klinge aufblitzen.

»Ein Mucks«, bedrohte eine entschlossene Stimme den Wächter, »und ich entmanne dich direkt vor den Augen der jungen Dame.«

Der Wächter begriff sofort, dass er es nicht mit kleinen Räubern zu tun hatte.

Im Durcheinander wurde Margot-Caroline zu Boden gestoßen. Vier kräftige Hände stellten sie wieder auf ihre Füße, als wäre sie eine Puppe. Sie zählte sechs Männer, die Gesichter vermummt. Was wollten sie?

»Wie viele Wachen?«, fragte einer der Männer.

»Drei«, antwortete der Wächter nach einer kurzen Pause.

»Du lügst«, erwidert der Angreifer und ritzte dem Wächter mit dem Dolch ins Gesicht. Er schrie auf. Sofort hielt der Angreifer ihm den Mund zu und fauchte ihm ins Gesicht: »Wie viele? Noch mal frag ich nicht!«

»Neun.«

Der Unbekannte setzte ihm die Klinge an den Hals. Margot-Caroline wurden die Knie weich. Wollte der Mann dem Wächter die Kehle durchschneiden? Sie hatte noch nie gesehen, wie jemand vor ihren Augen getötet wurde.

»Neun«, winselte der Wächter, »ich schwöre es beim Leben meiner Kinder!«

»Die Schwüre kenn ich«, höhnte der, der ihn bedrohte. »Wenn sich rausstellt, dass du gelogen hast, komme ich zurück und schlitze dich auf wie ein Schwein.«

»Wo wird der gefangen gehalten, den du eben ›Hexer‹ genannt hast?«, mischte sich nun einer der anderen Männer ein.

Der Wächter antwortete nicht, vermutlich verunsichert darüber, was hier gespielt wurde. Doch er blickte auf die Treppe, die in den Keller führte, und verriet sich damit. Margot-Caroline merkte auf. Die Angreifer wollten ebenfalls zum Gefangenen ihres Bruders! Was mochte das bedeuten?

Mit einem kräftigen Hieb eines Gewehrkolbens wurde der Wächter bewusstlos geschlagen und gefesselt. Einer hatte eine Fackel entzündet. Zwei mickrige Laternen glommen in unterschiedlichen Ecken. Mehr Licht gab es hier nicht.

Fünf Fremde stürmten die Treppe zunächst hinauf. Sie waren bis an die Zähne bewaffnet mit Pistolen, Gewehren und Säbeln. Einer blieb bei Margot-Caroline und bewachte sie stumm. Von oben hörte man Gerumpel und Kampfgeräusche. Aber es dauerte nur kurze Zeit, dann schienen alle Wachen überwältigt, denn fünf Männer kamen zurück.

Nachdem sie das Erdgeschoss kontrolliert hatten, arbeiteten sie sich schweigend und mit Hochdruck weiter vor in den Keller. Margot-Caroline wurde mitgezogen, als wäre sie ein Sack Mehl. Ihr wurde klar, dass es bei dem Überfall nicht um sie ging. Aber man hatte sie ausgenutzt. Hatte man sie beobachtet? Gar verfolgt?

Die Männer schienen zu allem entschlossen, und deshalb

entschied sie sich, keinen Widerstand zu leisten. Was hatte sie sich nur dabei gedacht, die Heldin spielen zu wollen?

Am Ende der Treppe befand sich ein kurzer Gang, von dem etliche eisenbeschlagene Türen abgingen. In den Zellen darbten im Dunkeln armselige, halb tote Gestalten. Es stank entsetzlich nach Blut, Schweiß und Kot. Den Gefangenen wurde ins Gesicht geleuchtet, doch es handelte sich anscheinend bei keinem um den Gesuchten, denn stumm setzten sie ihre Tätigkeit fort. Schließlich erreichten sie die letzte Tür. Der Vorderste riss sie auf und stürmte mit vorgehaltener Pistole in den dahinterliegenden Raum.

Es war, anders als die vorhergehenden kleinen Zellen, ein weitläufiger Kellerraum. Der Folterkeller! Panik bemächtigte sich ihrer. Margot-Caroline wollte sich weigern mitzukommen und begann zu strampeln, aber ihr Aufpasser packte sie so grob am Arm, dass es sie schmerzte, und schob sie weiter in den Raum.

Die Folterkammer des Turms – derartige Dinge kannte sie nur aus Erzählungen. Schon allein der Anblick der martialischen Sägen, Schrauben, Klingen, Ketten und anderen Instrumente ließ ihr das Blut in den Adern gefrieren. Drei völlig überraschte Wächter saßen auf Fässern in einer Ecke und spielten Karten. Als sie der Eindringlinge gewahr wurden, sprangen sie auf und zogen ihre Dolche.

»Es muss keiner sterben«, verkündete der, der schon oben mit dem Wächter gesprochen hatte.

Doch die Männer hatten sich mit Wein Mut angetrunken und griffen sofort völlig kopflos an. Mit drei Schüssen wurden sie niedergestreckt. Einer überprüfte, ob die Wachen tot waren, die anderen vier machten sich augenblicklich an dem Gefangenen zu schaffen, der an der Decke baumelte wie ein Stück Schlachtvieh. Man hatte ihm einen Hocker unter die Füße gestellt. Der Gefangene sollte gequält, aber nicht getötet werden.

»Herr Oberst, schnell«, rief die zweite Stimme, die nach einem alten Mann klang.

Sie schnitten den Gefangenen los.

»Gott sei gepriesen«, rief der, der Oberst genannt worden war, »er lebt!«

Erst jetzt fiel Margot-Caroline auf, dass sie fast knöcheltief im Wasser stand. Was hatte das zu bedeuten? Der Gefängnisturm stand keine dreißig Meter vom Rhein entfernt. Sein Keller musste auf Höhe des Flusses, wenn nicht sogar unter der Wasseroberfläche liegen.

Der Gefangene erwachte, war aber viel zu schwach, auch nur einen Schritt zu tun. Kaum erkannte sie den Mann wieder, der erst vorgestern an ihre Tür geklopft hatte und den sie so brüsk abgewiesen hatte. Was war seitdem nicht alles passiert!

Margot-Caroline sah, dass der Mann völlig verdreckt und über und über mit einer hauchdünnen Eisschicht belegt war. Die Folterknechte sowie ihr Bruder hatten ganze Arbeit geleistet. Sein Zustand und der Anblick solcher Tortur ließen sie erschaudern. Konnte der Mann das überleben? Er war nackt. Und auf einmal wurde ihr klar, dass sie zum allerersten Mal ein männliches Geschlecht deutlich zu Gesicht bekam. Als sie bemerkte, dass sie genau dorthin starrte, wo eine Dame nicht hinschaute, schoss ihr das Blut ins Gesicht. Aber niemand bemerkte etwas, weil niemand ihr Beachtung schenkte.

Die fremden Angreifer waren damit beschäftigt, den Gefangenen zu versorgen. Sie pellten das Eis von dem Mann, als wäre es die Schale von einem Frühstücksei. Einer holte Wasser und reinigte die Wunden, ein anderer holte Verbandszeug hervor. Im Schein der Fackel sah sie, dass der gesamte Oberkörper des Gefangenen mit wundersamen und eindrucksvollen Zeichnungen bemalt war. Wilde Ranken bogen sich um geometrische Formen oder ergaben Phantasiegestalten – Bestien mit großen Augen, Reißzähnen und Hörnern –, die sie noch nie zuvor gesehen hatte. Kein Wunder, dass man ihn Hexer nannte! Diese Malereien waren ebenso furchteinflößend wie faszinierend. Am liebsten hätte sie seine Haut berührt.

Auf einmal flackerten seine Augenlider: Der Gefangene kam wieder zu Bewusstsein!

Venray hätte die Augen viel lieber geschlossen gehalten. Auf dieser anderen Seite war es auch nicht schlecht. Er wollte sich gerade auf die Suche nach seiner Familie begeben. Warum wieder leben? Sollten die Peiniger doch machen, was sie wollten. Nachgeben würde er nicht.

Irgendjemand rüttelte an ihm, schlug ihm ins Gesicht. Sie setzten also die Folter fort. Doch dann hörte er eine Stimme: »Henrik, wach auf!«

Immer wieder nannte die Stimme ihn beim Vornamen. Wie lange es her war, dass ihn jemand so angesprochen hatte. Er konnte sich gar nicht daran erinnern. Das musste seine Frau gewesen sein. Aber diese Stimme klang gar nicht nach seiner Frau. Gleichwohl schien sie ihm vertraut. Das war eigenartig und machte ihn neugierig.

»Henrik, mein Junge, was haben sie dir angetan?«

Venray schlug widerwillig die Augen auf. Das alte, zerfurchte Gesicht, in das er blickte, kam ihm bekannt vor.

»Ja, da ist er wieder«, rief der Alte erfreut. »Schnell, deckt ihn zu.«

»Wir müssen hier weg«, hörte Venray eine andere Stimme sagen, »und zwar schnell!«

»Er ist zu schwach, um zu laufen.«

»Dann müssen wir ihn tragen.«

»Wartet«, sagte Venray nun.

Er hatte eine Person wahrgenommen, die ihm bekannt vorkam. Erst konnte er die junge Frau nicht einordnen. Doch als die Erinnerung an den Fuß zwischen der Tür und die überfreundliche Bitte, sich ein bisschen zu gedulden, wiederkehrte, erkannte er auch das Gesicht der Fabrikantentochter wieder.

»Wittib«, sagte er mit schwacher Stimme, »bei Gott bin ich froh, dich zu sehen! Wo, verflucht, warst du so lange?«

»Wir wussten nicht, wie wir Euch finden sollen.« Es war der Oberst, den Venray nun erkannte. »Ich habe Eure Verhaftung beobachtet. Aber ich konnte nicht herausfinden, wohin man Euch gebracht hat. Erst durch Glück hat uns das Fräulein Dupois den Weg gewiesen.«

»Zuccalmaglio«, dankte Venray schwach, und der Oberst nickte bewegt.

Die vier anderen Befreier waren zwei seiner Landreiter, sein Adjutant Prins und ein junger Bursche, dessen Name ihm momentan nicht entfallen wollte. Venray wusste aber, er hatte mit ihm Seite an Seite im oberbergischen Weiler gekämpft. Zwei weitere Männer kannte Venray nicht. Es waren bestimmt Freiwillige des bergischen Corps.

»Was machen wir mit der Frau?«, fragte sein Adjutant.

»Knebelt sie und lasst sie liegen«, meinte der Oberst.

Die Gemeinte protestierte laut. »Ich habe die Lage falsch eingeschätzt«, ergriff sie entschlossen das Wort. »Mein Vater ist in all dies irgendwie verwickelt. Ich weiß nicht, wie, aber es wird ihn ruinieren. Und ich will herausfinden, was los ist.«

»Lasst mich sie befragen«, erklärte Venray und wollte sich aufrichten. Er benötigte Hilfe dazu. Als seine Füße im eisigen Nass landeten, schrak er zurück.

»Überall in Mülheim ist das Grundwasser gestiegen«, erklärte der Oberst. »Der Deich hält, aber wir hatten die Meldung, dass das Wasser schon bis zum Kamm steht.«

»Die Stadt wird volllaufen. Wie zu Beginn des Jahres. Die Flut wird über Land von Westhoven kommen«, sagte Venray, dem das Sprechen immer noch sehr schwerfiel. »Wir müssen nach Mülheim.«

»Nun hört ihn euch an, halb tot, und er macht weiter, als wäre nichts passiert«, murrte Wittib. »Befragungen, der Deich ... haben Euer Hochwohlgeboren noch nicht genug gehabt?«

Venray erkannte, dass sein Diener nicht nur murrte wie üblich. Die Sorge und Furcht um sein Wohlergehen waren echt. Außerdem hatten sich seine fünf Retter selbst in größte Gefahr gebracht, die nicht vorüber war, solange sie in Cöln weilten. »Du hast recht«, sagte Venray zum Alten.

»Ich habe die Befürchtung, dass mein Vater erpresst wird«, erklärte die junge Frau. »Ich bin Margot-Caroline Dupois, die einzige Tochter meines Vaters und –«

»Dupois? Einzige Tochter?«

»Mein Bruder ist Hans, Hans-Balthasar Dupois. Er ist Hauptmann der Stadtwache und vermutlich verantwortlich für all die Geschehnisse. Er hat mir eben gestanden, dass er seinen Gefangenen, womit er Euch meinte, für die Fehler unseres Vaters opfern will. Er will Euch anhängen, was mein Vater getan hat.« Margot-Caroline berichtete kurz von den Verwicklungen ihres Vaters und der schlechten finanziellen Lage der Manufaktur.

»Das könnte ein Motiv sein«, überlegte Venray laut. »Könnte Euer Vater«, sprach er sie nach einer kurzen Pause geradeaus an, »einen Mord begehen?«

»Bis gestern hätte ich ihm das niemals zugetraut«, antwortete sie aufrichtig, »aber nun bin ich mir unsicher. Ich weiß gar nicht mehr, wer mein Vater ist! Die großen Sorgen vor einem Bankrott und die ständigen Demütigungen durch den Rat, was können die aus einem Menschen machen?«

»Wir müssen dringend aufbrechen«, ermahnte der Oberst.

»Eine letzte Frage«, sagte Venray, während sie sich bereit machten. Wittib half ihm, sich anzukleiden. »Habt Ihr auch etwas über die Papiermühle in den Unterlagen gefunden?« Venray berichtete in kurzen Worten von den Lustfeiern in der Papiermühle und dem grausamen Mord an einem Jungen. »Diese Opferung ähnelt dem, was der ebenfalls ermordete Bruder Joaquim in seinen Predigten propagiert hat.«

Margot-Caroline war zutiefst geschockt. »Ich hatte ja keine Ahnung«, erklärte sie atemlos. »Ich wusste, dass mein Bruder auf dem Irrweg ist, Euch dafür verantwortlich zu machen.«

»Kann ich Euch vertrauen?«, fragte Venray.

»Geköpft wurde das Kind, sagt Ihr?«

Venray nickte.

Dann erklärte sie: »Ich helfe Euch!«

Venray dankte ihr und erhob sich. »Wir kehren nach Mülheim zurück –«

»Ihr könnt nicht übers Eis«, unterbrach sie ihn. »Seit es taut, hat der Rat verboten, das Eis zu betreten. Zu viele Menschen gingen darauf promenieren. Und das Ufer wird streng bewacht!«

Der Oberst und Wittib fluchten. Sie waren selbst im Schutz der Dunkelheit über den Fluss gekommen.

»Wir müssen bis zur Dunkelheit warten«, sagte Wittib. »Ihr seid auch noch viel zu schwach für eine Fahrt.«

Margot-Caroline hatte eine Idee. »Ich kenne eine Schifferfamilie, die wird Euch aufnehmen. Sie transportieren sonst unsere Waren, sind aber mit ihrem Schiff eingeschlossen im Eis. Dort könnt Ihr Euch bis heute Abend verstecken. Es sind ehrliche Leute, von denen kein Verrat droht.«

Margot-Caroline dachte einen Moment nach, dann fügte sie hinzu: »Vater geht dort jeden Abend zur Messe.«

Venray blickte sie fragend an.

»Die Levens stellen ihr Schiff für protestantische Messen zur Verfügung. Das ist natürlich absolut geheim.«

»Könnte das ein Druckmittel gegen Euren Vater sein? Wird er erpresst?«

»Ich bin die Einzige, die davon weiß. Selbst mein Bruder ahnt nichts davon. Und ich weiß es nur durch Zufall.«

Von oben war ein Gepolter zu hören. Sofort machten sich seine Retter kampfbereit. Doch es passierte nichts weiter. »Los jetzt«, sagte Venray, »bevor der Hauptmann oder sonst wer zurückkommt.«

»Ich habe noch eine letzte Bitte an Euch«, hielt Margot-Caroline ihn auf. »Ich weiß, es ist schwer angesichts dessen, was man Euch angetan hat. Egal, was Ihr herausfindet, behandelt meinen Vater bitte gut, wenn Ihr auf ihn treffen solltet.«

2

Die protestantische Messe fand unter hohen Sicherheitsvor-
kehrungen statt. Nicht einmal der Pfarrer lüftete seine Kapuze
so weit, dass man sein Gesicht eindeutig hätte erkennen konnte.
Es versammelten sich kaum mehr als eine Handvoll Gläubige.
Niemand sprach mit dem anderen. Jeder blieb in stiller An-
dacht für sich. Venray wartete in einer dunklen Ecke auf das
Erscheinen des Papierfabrikanten.

Eine protestantische Messe abzuhalten war im erzkatho-
lischen Cöln streng verboten. Andersgläubige wurden nicht
toleriert. Ein offenes Ausleben einer anderen Religion als der
römisch-katholischen war nicht erwünscht und nahezu unmöglich. Die wenigen in Cöln verbliebenen Juden oder Protestanten hatten kaum eine Chance, ein ordentliches Leben,
geschweige denn ein gutes Geschäft zu führen. Wer nicht kon-
vertierte oder längst ausgewandert war, existierte einzig unter
schweren Repressalien.

Die aus Holland stammende Schifferfamilie Leven, auf deren
Schiff die Messe stattfinden sollte, war unglücklicherweise im
Oktober des letzten Jahres, ehe sie nach Rotterdam zurückkehren konnte, vom vorzeitigen Wintereinbruch überrascht und
hier im Eis eingeschlossen worden. Die vierköpfige Familie war
jüdischen Glaubens, was sie streng geheim hielten. Auch äußerlich war ihnen nichts anzumerken. Einzig ihr wahrer Name
hätte Rückschlüsse auf ihre Glaubenszugehörigkeit geboten.
Aus diesem Grund hießen die »Levis« in Cöln auch »Leven«.
Vater und Schiffskapitän Salomon Levi nannte sich Johannes
Leven, und niemand schöpfte Verdacht. Sie waren Verfechter
der freien Ausübung von Religionen, weshalb sie auch der
protestantischen Minderheit den Dienst erwiesen und deren
Messen auf ihrem Schiff zuließen.

Das Schiff der Levis war eine zweimastige holländische Samoreuse. Ein großes Segellastschiff mit einer Kajüte im Heck.

Das Schiff diente dem Lasttransport wie dem Passagierbetrieb. Samoreusen hatten einen breiten, aber flachen Rumpf, konnten auch im küstennahen Wattenmeer fahren und wiesen damit eine gewisse Seetauglichkeit auf. Das große Gaffelsegel am Hauptmast, zuvor wochenlang steif gefroren, hing nun durchnässt herab und musste erst einmal trocknen, bevor es wieder eingeholt werden konnte.

Die Levis hatten Venray und seine Retter bereitwillig aufgenommen. Um an einer Messe teilzunehmen, musste man ein Codewort wissen, das jede Woche geändert wurde. Margot-Caroline kannte von ihrem Vater die Parole für diese Woche und hatte sie weitergegeben. Nur wer das Erkennungsstichwort wusste, kam überhaupt an Bord. Es war eine Zeile in Anlehnung an die Johannes-Passion von Bach: »Von den Stricken meiner Sünden befreie mich, oh Herr.«

Namen wurden nicht genannt. So konnte keiner den anderen verraten. Margot-Caroline hatte Venray erzählt, sie habe ihren Vater nur ein einziges Mal zu einer Messe begleiten dürfen. Am Ende, hatte ihr Vater behauptet, sei es aber viel zu gefährlich und leichtsinnig, wenn sie dort beide erwischt würden, und so hatte er ihr einen erneuten Besuch – wie so vieles andere – verboten. Die Parole hatte sie ihm trotzdem Woche um Woche entlockt. Ihrem Bruder Hans war es nie erzählt worden, um ihn wegen seiner Dienstpflicht nicht in einen Gewissenskonflikt zu stürzen. Denn streng genommen hätte Hans seinen Vater in Kenntnis darüber, dass er einer geheimen Messe der Protestanten beiwohnte, verhaften müssen.

Die Levis hatten schnell erkannt, was Venray widerfahren war, und ihm eine Lagerstatt angeboten. Die Apothekerin hatte ein starkes, opiumhaltiges Schmerzmittel mitgegeben, das Wittib seinem Herrn verabreichte. Man legte den völlig geschwächten, unterkühlten und gepeinigten Venray in die Nähe eines Ofens und ließ ihn ruhen und zu Kräften kommen. Er hatte die Stunden bis zur Dämmerung geschlafen. Wenn Wittib ihn nicht geweckt hätte, hätte er den Beginn der Messe verpasst.

Erst in der Dunkelheit trafen die ersten Gläubigen ein. Die Gesichter waren unter weiten Hutkrempen und Kapuzen verborgen oder mit einem Schal verhüllt. Sie kamen nach und nach, um bei den umliegenden Schiffern kein Misstrauen zu erregen. Auch wenn in der Schifferstadt eigene Regeln und Gesetze galten, wollten die Levis niemanden dazu anregen, sich eine Belohnung durch Denunziation einzuheimsen.

Ansonsten duldeten die Schiffer hier die Gesetze des Rates nur dann, wenn es ihnen in den Kram passte. Und das traf eigentlich nie zu. Die Schifferstadt war wie Grenzland, ein Ort fern aller sonstigen obrigkeitlichen Ordnung. Ein Ort der heimlichen Geschäfte, auch wenn die Schiffe nicht im Eis eingeschlossen waren. Denn Schmuggel, Hehlerei und andere kriminelle Machenschaften waren von jeher eine Haupteinnahmequelle neben den offiziellen Transportgeschäften der Schiffer. Wer die Schifferstadt betrat, begab sich an einen Ort, den die Stadtwache mied. Wie alle Seeleute waren auch die Binnenschiffer ein völlig eigener Schlag. Venray kannte die Mentalität gut. Sie galten als rau und brutal. Ein Knüppel oder ein Messer waren schnell zur Hand. Nicht nur, weil die »Stadt« außerhalb der Stadtmauern Cölns lag.

»Wie erkenne ich ihn?«, hatte Venray Margot-Caroline gefragt.

»Sosehr Vater Veränderungen und Neuerungen in der Produktion und im Handel herbeisehnt, so sehr hasst er sie im Alltäglichen«, hatte sie erklärt. »Er besteht mit geradezu pedantischem Nachdruck auf immer gleiche Routinen: Er frühstückt immer zur gleichen Zeit, er trinkt immer vor dem Zubettgehen einen Krug heißen Met, und er sitzt immer hinten rechts!«

Seit Wittib ihn kurz vor der Dämmerung geweckt hatte, fühlte sich Venray deutlich besser. Was vermutlich nur an dem Schmerzmittel lag. Sein geschundener Körper hätte viel mehr Ruhe und Pflege gebraucht. Aber dafür war keine Zeit. Er hatte seine Begleiter allein in der Kajüte im Heck zurückgelassen und sich unter Deck in den Bug des Schiffs begeben. Dort vorn war ein kleines Abteil durch aufgestapelte Ware vom übrigen Teil des Laderaums separiert worden. Hier lag er nun an die Bordwand gedrückt auf der Lauer.

Es gab keinen Altar und kein Kreuz, nichts sollte auf eine Messe hindeuten. Man saß auf Brettern, die von niedrigen Fässern gestützt wurden. Endlich betrat eine männliche Gestalt in dunkler Redingote den Altarraum. Das Gesicht wurde von einer Kapuze verdeckt, die von einem Dreispitz gehalten wurde. Der Mann nahm hinten rechts Platz. Laut den Beschreibungen von Margot-Caroline musste das ihr Vater, Dupois senior, sein. Wenn sie die Wahrheit gesprochen hatte. Venray kam aus der Deckung und setzte sich neben ihn.

Es war abgesprochen, dass der Oberst mit seinen Männern in der Zwischenzeit die Ausgänge des Schiffs blockierte, um ein mögliches Entkommen zu verhindern. Keiner sollte gehen dürfen, bis der Gesuchte gefunden war. Aber sie wollten keine Aufmerksamkeit erregen und die anderen Besucher auch nicht unmäßig beunruhigen.

Die Messe selbst verlief kurz und äußerst unspektakulär. Es gab weder eine richtige Predigt, noch wurde gesungen. Es war eigentlich nicht mehr als ein gemeinsames Gebet, angeleitet durch einen reformierten Pfarrer. Flüsternd beteten die Gläubigen. Die Atmosphäre hatte etwas Unbestechliches und Andächtiges. Nur ein Kerzenlicht erhellte den engen Raum im Bug. Venray dachte unterdessen darüber nach, wie enorm der Druck des Eises von außen auf die Schiffsplanken sein musste. Ein Wunder, dass sie standhielten.

Jeder der Anwesenden wagte viel, indem er hierherkam. Dieses Risiko nahmen nur wenige auf sich. Das meinte Venray auch in der Intensität des Gebets zu spüren. Selbst er, der dem Glauben mit Misstrauen begegnete, fand nach der Tortur der letzten Tage nun auch Trost im Gebet. Am Ende erteilte der Pastor den Segen und entließ die kleine Gemeinde. Einer nach dem anderen verließen die Anwesenden den Raum. Als sich der Mann neben ihm erheben wollte, sprach Venray ihn an.

»Ich muss mit Ihnen reden«, sagte er.

Angespannt verharrte der Angesprochene in seinen Bewegungen.

»Dupois?«

»Wer will das wissen?«, bekam Venray zu hören.

Daraufhin nannte er Dupois seinen Namen.

»Ein Amtmann? Und Sie suchen mich hier auf? Wenn das kein Zufall ist, müssen Sie mit meiner Tochter gesprochen haben. Sie ist die Einzige, die davon weiß. – Das ist doch sehr ungewöhnlich.«

»Ungewöhnliche Vorfälle verlangen ungewöhnliche Maßnahmen«, meinte Venray.

»Was für Vorfälle?«, erwiderte Dupois aufgebracht.

Nach allem, was Venray über Dupois wusste, nahm er ihm die Unwissenheit nicht ab. Trotzdem berichtete er dem Fabrikanten in ruhigen Worten von den Morden an Patern, dem brutalen Mord an einem Kind sowie davon, dass er aus einer Papiermühle im Bergischen, die laut seinen Informationen den Dupois gehörte, Kinder befreit hatte. Keiner wisse angeblich, von wem oder wieso sie dort gefangen gehalten wurden. Was aber nicht stimmen könne, denn immerhin wurden die Kinder bewacht.

Er berichtete auch von Anna-Maria, die dies schmerzlich erfahren hatte, als sie bei der Entdeckung der Papiermühle niedergeschlagen worden war. Venray konfrontierte Dupois mit allem, was er wusste. Sprach er mit einem Eingeweihten? Einem Zeugen? Gab es hinter Dupois einen Mächtigeren, der ihn erpresste? Oder war er tatsächlich der Täter?

Nachdem Venray seine Erklärungen beendet hatte, wirkte Dupois wie weggetreten. Er antwortete nicht. Wittib ließ sich kurz blicken und drängte Venray zur Eile.

»Zu guter Letzt hat mich Euer Sohn gefoltert und der Hexerei sowie des Mordes beschuldigt. Wieso wollte mich Euer Sohn aus dem Weg schaffen, was meint Ihr?«

Dupois antwortete nicht. Venrays Ungeduld wuchs, bis es ihm zu bunt wurde. Tatsächlich war ihm gerade selbst erst richtig deutlich aufgegangen, welcher enormen Gefahr er entronnen war. Man hatte ihn töten wollen. Und einer der Hauptverdächtigen, wenn nicht gar der Schuldige, der Fabrikantenpatriarch Dupois vor ihm, schwieg sich aus. Geschah dies aus Scheinheiligkeit?

»Reden Sie, Dupois«, ging Venray ihn härter an, indem er ihm Hut und Kapuze vom Kopf zog und ihm den Ellbogen auf die Brust drückte. Jede Bewegung schmerzte Venray. Er blickte in ein altes, von Gram und Sorgen faltig gewordenes Gesicht.

»Ich war zu schwach«, brachte Dupois endlich hervor.

Was war das? Ein Geständnis?

»Meine Schuld ist –«

Ein gewaltiger Donnerschlag ließ ihn augenblicklich verstummen. Der Kanonendonner war stromaufwärts von weit her aus dem Süden erfolgt, aber angesichts der nächtlichen Ruhe besonders gut zu vernehmen gewesen. Es folgten weitere Kanonenschüsse. Kurz darauf wurden sie aus Cöln erwidert. Nun war es ohrenbetäubend laut, und es begannen auch schon die ersten Trommeln zu rasseln. Das Signal zog weiter stromabwärts. Es waren Signalschüsse!

»Das Eis bricht«, entfuhr es Venray.

An allen Orten erhoben sich Stimmen, die alsbald zum Tumult wurden. Er hörte auf Deck Tritte von hin- und herlaufenden Menschen. Sie versuchten, letzte Vorkehrungen zu treffen, um sich und ihre Habe vor der Flut zu schützen.

»Der Zorn Gottes ereilt uns«, verkündete Dupois mit schwacher Stimme.

Das religiöse Gebrabbel machte Venray wütend. Er hatte große Mühe, an sich zu halten. Sich mit heuchlerischem Gerede aus der Verantwortung zu stehlen und einem Gott die Schuld an allem zu geben! Anstatt die Sache aufzulösen, den Schuldigen an anderer Stelle zu suchen!

Aber momentan hatten sie ganz andere Schwierigkeiten. Sie waren in Lebensgefahr und mussten hier so schnell wie möglich weg.

Venray verließ den Messeraum, um sich mit seinen Begleitern abzusprechen. Die empfingen ihn bereits in großem

Aufruhr. Besonders der Oberst hatte es eilig, nach Mülheim zurückzukommen. Er sorgte sich um seine Familie.

»Wir brechen sofort auf«, entschied Venray, »Dupois kommt mit uns. Ich muss ihn weiter befragen. Gut möglich, dass wir unseren Täter haben. Auf jeden Fall weiß er mehr, als er zugibt.« Den Landreitern befahl er: »Holt ihn her und nehmt ihn in Gewahrsam!«

Die Männer beeilten sich, in den kleinen Messeraum zu kommen, kehrten aber kurz darauf ohne den Verdächtigen zurück.

»Er ist weg!«, verkündeten sie.

3

Johann-Nepomuk Dupois war durch die Bugluke geklettert und damit den aufdringlichen Fragen des Amtmanns entkommen. Die Kanonen kündeten weiterhin vom Aufbrechen der Eisdecke. In den Donner mischten sich nun verstärkt laute Stimmen und wilde Rufe. Bald würde die Flut die Stadt erfassen. Dass ihn seine Häscher verfolgten, erwartete er daher nicht. Auch sie hatten nun andere Sorgen. Scheinbar in aller Seelenruhe schlenderte er am Rheinufer entlang. Doch von innerer Ruhe keine Spur. Die Schuld wog so unendlich schwer!

Das Gedränge und den Aufruhr um ihn herum ignorierte er. Überall lagen Gegenstände herum. Hier eine zerbrochene Leiter, dort ein umgestürzter Wagen. Vereinzelt liefen Schafe und Schweine umher. Immer wieder wurde er von einem der panisch hin- und herlaufenden Menschen angerempelt. Beinahe wäre er über einen halb vom Schneematsch verdeckten Anker gestolpert. Der Regen hatte etwas nachgelassen. An den wenigen Stellen, an denen der Schnee bereits vollständig weggetaut war, kam morastiger Boden zum Vorschein.

Alles, was er getan hatte und was er mit wachsender Verzweiflung zu verhindern versucht hatte, war schließlich doch aufgedeckt worden. Es war alles – verloren! Unwiderruflich. Wie ein Schlafwandler taumelte er vorwärts. Sollte die Flut nur kommen.

Dupois betrachtete die vielen unterschiedlichen Schiffe, die hier vor Anker lagen. Er liebte Schiffe. Vor allem die großen Segler, aber auch die Flussschiffe. Denn Schiffe, egal welcher Form und Größe, symbolisierten für ihn genau das, was er im Leben liebte und verehrte. All das, wonach er strebte: den Handel mit fernen Ländern, Entdeckermut und den damit verbundenen Fortschritt, Wohlstand und Prosperität. Mit einem Wort – Reichtum.

Das war nun vorbei. Würde dieser Amtmann aufdecken,

was er zu verheimlichen suchte, würde ihm und seiner Familie alles genommen werden.

An die herannahende Gefahr dachte er nicht.

Dupois überlegte: An welcher Weggabelung hatte er in seinem Leben die falsche Richtung beschritten? Und vor allem, wann hatte diese stolze Stadt ihren Kurs verloren? Denn immerhin hatte das auch verursacht, dass er selbst die Orientierung verloren hatte. Wann war das Ruder der mächtigen Reichsstadt, des heiligen nördlichen Jerusalems, gebrochen? Und wieso trieb die einst strahlende Stadt nun ohne Kurs wie ein Narrenschiff umher? Eine ganze Stadt verharrte wie schiffbrüchig im Alten. Wieso begriffen die Menschen nicht, dass man sich nur bewegen musste, um Reibung zu erzeugen? Nur durch Reibung würde schließlich ein Feuer entfacht werden ...

Und nun rollte eine Flut, unabwendbar wie die Apokalypse selbst, auf die Stadt zu. Vielleicht war es gut so. Vielleicht sollte es so sein. Es scherte ihn nicht. Nicht mehr!

Erneut donnerten die Kanonen und trugen die Warnung weiter Richtung Norden. Sie rissen ihn aus den trüben Gedanken. Der Trommelwirbel schwoll an. Wo die Trommler sich befanden, konnte er nicht sehen. Vermutlich oben auf der Stadtmauer. Die eh schon völlig verschreckten Menschen gerieten immer mehr in Aufruhr und Panik, sodass keiner mehr wusste, wohin er eigentlich laufen und wo er sich in Sicherheit bringen sollte. Immer wieder blieben vereinzelte Menschen wie gelähmt stehen, schauten voller Furcht Richtung Süden den Rhein hinauf, woher die Flut kommen musste.

Allmählich verbreitete sich die Kunde, dass höhere Lagen innerhalb der Stadt aufgesucht werden sollten. Ein großer Teil der Menschenmasse strömte nun wieder in die Stadt zurück und lief – egal wie – in westliche Richtung. Weg vom Rhein. Woher sie schließlich – von den Kanonen aufgeschreckt und aus ihren Betten gestürzt – gekommen sein mussten. Das alles war bekannt – jahrein, jahraus erprobt. Es war die Neugier, die die Menschen wider besseres Wissen ans Ufer getrieben hatte. Gehässig dachte Dupois: Sollten sie doch alle ersaufen. Nichts anderes hatten sie verdient. Vor allem diese edlen verlogenen Ratsherren!

Wie viel Zeit nach den Kanonenwarnschüssen noch blieb, bis die Scheitelwelle der Schmelzwasserflut hier eintreffen würde, war nicht auszumachen. Noch hielt die Eisdecke. Doch wenn man genauer hinhörte, konnte man über den Lärm der panischen Menschen ein unheimliches Rumoren und Knacken – dumpf, tief und allgewaltig – hören, das vom Eis ausging.

Dupois nahm das alles hin, als wäre es schon passiert. Gleichgültig, wie abgestorben.

Das Schiff vor ihm, das vertäut an der Kaimauer lag, war ein großer rheinländischer Bönder mit zwei Masten, riesigem Heckruder, breitem Rumpf und geringem Tiefgang. Im Rheinland wurden diese Schiffe auch »Keulenaar« oder »Cölnische Aak« genannt. Am Vorstag hing schlaff das Klüversegel. Segel ohne Wind waren für Dupois wie ein Siebrahmen ohne Papier. Das gehörte sich einfach nicht!

Weiter unten, zum Filzengrabentor hin, standen zwei holländische Segelyachten mit prunkvollen Aufbauten. Eine golden verzierte Laterne hing weit über dem Spiegel des Hecks. In einer Laterne brannte sogar Licht. Am merkwürdigsten fand er stets den altertümlichen, aber immer noch geläufigen Schiffstyp des Oberländers. Das Deck des Lastkahns war schräg, und zwar nach vorn hin zum Bug. Wo sich auch ein großes Ruder befand. Die spitz zulaufende Kajüte am Heck, die an eine Pyramide erinnerte, war in seinen Augen eigentlich der vordere Teil des Schiffs. Aber das war natürlich widersinnig. Denn Oberländer waren ausschließlich für den Warenverkehr auf dem Rhein gebaut und fuhren unter gänzlich anderen Bedingungen als hochseetaugliche Dreimaster. Am Mast hing auch kein Segel, sondern diese Schiffe wurden gerudert oder getreidelt.

Dupois ging weiter am Rheinufer entlang. Immer öfter blickte er dorthin, woher die Flut jeden Augenblick kommen musste. Ja, er sehnte sich danach, dass die Katastrophe die Stadt überrollen würde.

Zu seiner Linken passierte er das Stapelhaus. Unmengen an Ballen, Kisten, Fässern und anderen Waren türmten sich dort im schmelzenden Schnee, die man im Winter zu verräumen versäumt hatte. Nun begannen etliche Männer damit, die Waren fortzuschaffen. Sie packten sie auf Handkarren, wobei es vollkommen unwahrscheinlich war, dass sie die Karren problemlos durch den Schneematsch schieben konnten. Wollten sie sich und die Ware in Sicherheit bringen, oder wurde Dupois gerade Zeuge von Plünderungen im Angesicht der bevorstehenden Überflutung? Normalerweise hätte er den Büttel gerufen oder mit seiner bestimmenden Art selbst für Ordnung gesorgt. Doch genau das, die Ordnung, die er so sehr liebte, war schon seit geraumer Zeit aufgegeben worden. Innen wie außen befand sich alles in Auflösung. Wie sehr es ihn schmerzte und er doch frohlockte, sowohl Zeuge als auch Ursache des Untergangs zu sein – oder ergriff der Wahnsinn nun völlig von ihm Besitz?

Dann gewahrte er eine plötzliche Veränderung der Natur. Vogelschwärme zogen aufgeschreckt und mit lautem Gezeter in den Norden. Das war ungewöhnlich für die Jahreszeit. Zumal viele Tiere im Winter verendet waren. Die Menschen schienen ruhiger zu sein. Viele blickten angespannt auf den Rhein nach Süden. Hunde kläfften mit eingezogenem Schwanz. Eine Katze fauchte und versteckte sich unter einem umgedrehten Boot. Ob der Wind zuvor geweht hatte, wusste er nicht, aber nun war es gespenstisch windstill. Der Regen setzte aus. Die ganze Welt hielt den Atem an.

Es war leichenstill.

Und dann sah er etwas. Erst glaubte er, es müsse sich dabei um eine Sinnestäuschung handeln, denn es sah aus, als würde da aus dem Süden eine breite Nebelfront heraufziehen. Da es dunkel war, konnte er nicht genau erkennen, was es war. Aber es war bedrohlich!

Und genauso urplötzlich, wie die Stille gekommen war, war sie nun wieder vorbei. Die Eisdecke hielt dem Druck des unter ihr anschwellenden Wassers nicht mehr stand. Das Eis – oftmals mehrere Meter dick – hob sich gewaltig an und wurde schließlich aufgesprengt, als hätten Unmengen Pulverfässer auf dem Grund des Rheins sie zur Explosion gebracht. Tonnenschwere Eisbrocken wurden wie Herbstlaub durch die Luft gewirbelt. Wie zerstörerische Geschosse schlugen sie auf Häuser und Schiffe ein. Markerweichende Schreckensrufe wurden laut. Dupois stand wie gelähmt da, unfähig, sich zu bewegen. Andere begannen zu zittern und zu weinen, während sie auf die Knie fielen und Gott um Gnade baten.

Von weit draußen näherte sich die gewaltige Wand, die nun aussah, als würde eine breite Wolkenfront aus nebeligem Schneeregen heranziehen. Wie breit und hoch sie tatsächlich war, konnte man nicht exakt ausmachen. Irritiert stierte Dupois nach Süden: Lagen dort auf der anderen Seite des Rheins nicht eigentlich die Fischerdörfer Poll und Porz? Es müssten doch Lichter zu sehen sein. Das war nicht der Fall. Was dort unten heranjagte, war die Scheitelwelle der Schmelzwasserflut.

Erst sah es aus, als würde die Welle nur langsam heranrollen, und das kam Dupois merkwürdig vor. Bis ihm klar wurde, dass sie ungeheuer hoch sein musste. Außerdem war sie noch recht weit entfernt. Denn das, was er anfänglich für den Beginn der Wolkendecke gehalten hatte, war in Wirklichkeit der eisbedeckte und vor Gischt schäumende Kamm der Welle. Ihr gesamtes Ausmaß verlor sich im Zwielicht der Nacht.

Aus der Ferne zog ein Lärmen und Dröhnen herauf, wie er es vor langer Zeit auf einer seiner Geschäftsreisen am Rheinfall in Schaffhausen gehört hatte – nur sehr viel lauter! Schleichend war auch der Wasserstand gestiegen und umspülte nun schon seine Füße.

Die Beklemmung bemächtigte sich seiner nun doch. Und als ihm mit aller Macht aufging, was für eine ungeheure Masse, welche Gefahr da auf die Stadt und auf ihn zurollte, da wurde aus der Beklemmung schlagartig noch nie verspürte Todesangst.

Diese Welle – das war das Ende.

Dupois gelang es, sich aus seiner Lähmung zu lösen. Durch die Fischpforte wollte er sich hinter den Stadtmauern in Sicherheit bringen. Er wandte sich links Richtung Heu Marck und watete durch das stetig ansteigende Hochwasser.

Auf der Salzgasse stoppte ein ungewöhnlich lautes Poltern vor der Stadtmauer seinen Gang. Er blickte zurück. Der Wald aus Schiffsmasten befand sich in heillosem Durcheinander. Die Masten brachen ab, als wären es dürre Zweige. Mehrere Schiffsrümpfe wurden mit lautem Getöse gegen die Mauer geschleudert, andere riss die Flutwelle mit sich fort. Es knirschte und knarzte und polterte, dass es Dupois in den Ohren wehtat.

Das vor der Pforte angeschwemmte Holz schien den Durchgang wie ein Damm zu verstopfen und das Wasser daran zu hindern, die Stadt zu überfluten. Dupois schöpfte kurz Hoffnung. Doch dann, mit einem gewaltigen Krachen, wurden die Schiffe zwischen Mauer und den heranrückenden Eisschollen aufgerieben und zerquetscht. Zersplitterndes Holz wirbelte umher, Teile der Mauer brachen zusammen. Durch die Reste der Salzgassenpforte ergoss sich ein sprudelnder Sturzbach aus Wasser, Trümmern und Eisschollen in die Stadt. Nichts konnte die Flut jetzt noch aufhalten.

Blankes Entsetzen nahm ihm die Luft zum Atmen. Er stand auf der Straße und sah das Wasser auf ihn zukommen. Etliche Menschen sowie Schafe und Ziegen wurden inmitten all der Trümmerteile vom Wasser erfasst und hinfortgespült. Viele Menschen retteten sich in die oberen Stockwerke der Häuser. Eine Kuh strampelte in höchster Not mit den Vorderhufen, dann wurde sie von einem umhertreibenden Eisbrocken unter Wasser gedrückt.

In seiner Verzweiflung floh Dupois in den erstbesten Hauseingang und rettete sich in den ersten Stock hinauf. Doch er hatte ausgerechnet ein kleines, baufälliges Haus aufgesucht. Das Wasser stieg und stieg. Bereits nach kurzer Zeit musste er in den zweiten Stock hinauf. Wo die Bewohner waren, konnte er nicht sagen. Er war ganz allein. Und ihm wurde klar, dass er hier nicht sicher war. Eisschollen und Trümmerteile schlugen mit brachialer Gewalt gegen die Häuserwände. Nur solide Bauten würden das auf die Dauer überstehen. Doch wo sollte er hin?

Dupois kauerte sich mit dem Rücken an die Wand. Die Todesangst wich der Erschöpfung. Er fror bitterlich und fand keine Erholung. Nach einiger Zeit kehrte die Angst zurück. Das Gebäude gab Geräusche von sich. Der Mörtel löste sich auf. Steine und Holz kamen in Bewegung. Wie lange er hier gekauert hatte, konnte er nicht sagen, aber nun musste er weg. Er blickte aus dem Fenster auf die überflutete Salzgasse.

Die allererste Sturzflut war vorüber. Unter ihm blickte er auf gurgelndes, mit Eis und Trümmern versetztes Braunwasser. Aus einer der rheinnahen Seitengassen bog ein Fischerkahn auf die Salzgasse und kam auf den Wellen tanzend auf ihn zu. Das war seine Rettung! Im Bug wie im Heck des Nachens standen zwei Männer mit Staken. In der Mitte des Fischerbootes saß eine Frau. Sie trug ein reich verziertes französisches Kleid mit Chemise und Reifrock, der sie mächtig aufplusterte. Eine Perücke auf dem Kopf, blickte die Frau voraus, als ginge sie das alles hier nichts an.

Dupois rief die Fischer an. Bereitwillig nahmen sie ihn mit. Er stieg vom Fenster in den Kahn. Man sprach nicht, sondern half sich. Dann setzten die Männer die Fahrt fort. Die Strömung der Flut zog sie Richtung Heu Marck, den sie überqueren wollten.

Ein Dreispitz trudelte im Wasser wie eine Fregatte im Sturm. Dort noch einer. Und noch einer. Zahllose Hüte führten ein lustiges Ballett auf den Flutwellen auf. War hier nicht ein bekannter Hutmacher gewesen, dessen Geschäft jetzt irgendwo dort unter Wasser lag? Oder hieß die Straße nur Unter Hutmachern? Diese alltäglichen Dinge, die wollten ihm immer schnell entfallen …

Der Nachen schaukelte in wilder Fahrt über den Heu Marck. Überall sah er Menschen in den höheren Stockwerken aus den Fenstern schauen. Andere saßen auf den Dächern und riefen um Hilfe. Keine Nahrung, kein Feuer. Das Wasser würde so schnell nicht zurückgehen. Viele würden erfrieren.

Ein Lastkahn mit Stoffballen war wie aus dem Nichts aufgetaucht und hätte sie beinahe gerammt. Ein Händler versuchte in letzter Sekunde, seine Ware in Sicherheit zu bringen. Eine Kutsche trudelte mit den Rädern nach oben im Strom. Die Pferde im vollen Geschirr konnten sich kaum über Wasser halten. Wie sollte man ihnen helfen? Ein Mann versuchte, eine Frau aus dem Wasser zu ziehen, und fiel stattdessen selbst hinein. Beide zog es unter Wasser, und sie tauchten nicht wieder auf. Dupois war entsetzt angesichts der grauenvollen Szenen, die er mitansehen musste.

Ungefähr dort, wo sich sonst der Malzbüchel befand, stießen sie gegen ein herrenloses Floß. Kurz entschlossen nahm Dupois es in Besitz. Er bedankte sich bei den Kahnführern und stieg um. Beinahe wäre er dabei ins Wasser gestürzt. Nach beschwerlicher und abenteuerlicher Fahrt über den Mühlenbach erreichte er schließlich sein Haus. Erschöpft, durchnässt und halb erfroren stieg er über ein Fenster im oberen Stockwerk ein. Das Floß wurde von der Flut mitgerissen und verschwand in der Nacht.

Die Bediensteten waren offenbar geflohen. Sorgen bereitete Dupois, was mit seiner Tochter geschehen war. Er betete zu Gott, sein Kind, seine Tochter Margot-Caroline, möge von weiteren Schicksalsschlägen verschont bleiben. Sie war klug und würde sich hoffentlich irgendwo in Sicherheit gebracht haben.

Dupois stieg bis ganz oben und blickte aus dem Dachfenster seines Hauses im vierten Stock. Von hier konnte er weit über die Stadt blicken. Richtung Rhein sah er beinahe nichts anderes als Wasser. Das war beängstigend. Nicht einmal 1740 war das Wasser so hoch gestiegen. Er kannte die Geschichten dieser schlimmsten Flut der Stadtgeschichte nur vom Hörensagen, denn er war damals noch zu klein gewesen, als dass er sich noch daran erinnern könnte. Eines stand schon jetzt fest: Heute wurde die Geschichte neu geschrieben!

Die Stadt war ein einziger See, bestehend aus umhertreibenden Eisschollen und regelrechten Eisbergen, Schiffen und Booten, Holzhütten, Kutschen und Fuhrwerken sowie unzähligen Einrichtungsgeständen wie Schränken, Tischen, Türen, Brettern, Bohlen, Fässern und vielen anderen zertrümmerten

Gütern. Dazwischen wurden hilflose Menschen und Tiere, die sich verzweifelt an entwurzelten Bäumen oder etwas anderem festzuklammern versuchten, durch die Straßen gespült. Und der Wasserspiegel stieg noch weiter an.

Der Augiasstall wurde gründlich ausgemistet.

Dupois fasste einen Entschluss. Seine gesamten Ersparnisse, die eiserne Notreserve, bestehend aus zwei Beuteln, prall gefüllt mit Reichstalern, holte er aus dem Schrank in seinem Arbeitszimmer, in dem sie gewöhnlich lagerten, und versteckte sie aus Angst vor Plünderern im Schornstein. Er hinterließ seiner Tochter eine geheime Nachricht im Instrumentenkoffer ihrer Viola, wo das Geld zu finden war. Er fühlte sich einsam.

Zwei Geistliche waren tot und ein Kind bestialisch enthauptet. Die Schuld daran trug er ganz allein. Nicht jede Tat konnte vergeben werden. Im Herzen war er stets Protestant geblieben und die Hölle eher ein katholisches Glaubensfundament. Doch das hier, das war die Hölle.

Was hatte er in den letzten fünfundzwanzig Jahren, seit er die Papiermanufaktur von seinem Vater übernommen hatte, nicht alles unternommen, um das Leben, den Handel, diese Stadt zum Erblühen zu bringen! Alle Bemühungen waren erfolglos geblieben. Sein Versagen war kolossal. Niemals hätte er erdulden sollen, dass das, was passiert war, geschehen konnte. Die Schuld, die er auf sich geladen hatte, war enorm. Nur gut, dass er seinem Häscher entwischt war.

Doch für die dunkelsten Seiten seiner Seele würde er auf immer und ewig in der Hölle schmoren. Und mit ihm eine ganze Stadt!

Seit unzähligen Jahren war Cöln geprägt von Unruhe und Aufruhr an allen Orten, was letztendlich zu Stillstand geführt hatte. Nichts ging mehr. Es war ja nicht nur dieser Winter oder all die anderen schlechten Winter, die der Stadt den Todesstoß versetzt hatten. Das hätte Cöln auch allein geschafft, spottete er in Gedanken.

Es war ein beständiges Kämpfen und Anfeinden: Der Rat gegen den Rat, die Zunft gegen den Rat, der Rat gegen die Bürger, die Bürger gegen die feinen Ratsherren, die Zünfte gegen Fremde, die Zünfte gegen die großen, adligen Patrizierfamilien, die Reichsstadt gegen den Kaiser, Cöln gegen Mülheim, der Rat gegen den Kurfürsten und nicht zuletzt der Erzbischof gegen den Rat und umgekehrt – am Ende hieß es: alle gegen alle, jeder gegen jeden, und jeder war sich selbst der Nächste, um sich und seine Sippe zu bereichern.

Es gab nur Freund oder Feind. Abschottung gegen alles Neue und Fremde war die allgemeingültige Devise. Wie konnte man überhaupt nur so feindselig sein? Es wurde nichts besser; wenn überhaupt, verschlechterte sich die Lage. Die Anzahl der Bettler beispielsweise war derartig gestiegen, dass man nirgendwo mehr durch die Stadt gehen konnte, ohne in Scharen auf sie zu stoßen. Diese notleidenden armen Teufel, die nun vermutlich zu Hunderten in der Flut ersoffen, ohne dass jemals einer die Toten zählen würde. Was hatte die Stadt bezüglich der Bettler unternommen? Statt etwas gegen die Ursachen zu tun, hatte man Armenhäuser gebaut. Immer mehr. Ein ganzes »Armenwesen« war daraus entstanden, an dem sich mancher Patrizier seine Taschen füllte. Eine Zukunft hatte nur, wer reich, katholisch und ratstreu war.

Diese Stadt war von Grund auf gescheitert. Nun musste mit dieser Flut etwas Neues, ganz anderes kommen. Es war mehr als nur ein Zeichen Gottes!

Dupois trat erneut an die Dachluke und blickte hinaus. Im Kirchturm von St. Maria Lyskirchen flackerte ein gelblicher Schimmer. Höchstwahrscheinlich hatten sich Menschen dorthin gerettet und in ihrer Not ein Feuer entzündet. Die Lyskirchens! Einst eine bedeutende, einflussreiche Patrizierfamilie, war das Geschlecht längst ausgestorben. Was würde von seiner Familie, den Dupois, bleiben?

Er war sich sicher, dass Gott diesen Ort trotz all seiner Frömmigkeit schon vor langer, langer Zeit verlassen hatte. Und nun kam die Sintflut. Auch für ihn selbst gab es einen Weg, einen sehr qualvollen Weg, Sühne für seine Todsünden im ewigen Fegefeuer zu erhoffen.

Johann-Nepomuk Dupois wandte sich ab. Im Hausflur stieg er im Dunkeln langsam die Treppenstufen hinab. Das Wasser kam immer näher. Bis weit über die erste Etage war das Haus überflutet. Hatte hier nicht ein Gemälde seiner viel zu früh verstorbenen Gemahlin gehangen, das die Flut fortgerissen haben musste? Nun würde er folgen.

Auf dem Treppenabsatz zur ersten Etage stand bereits das dunkle Wasser. Dupois blieb nicht stehen. Er ging einfach weiter ins Wasser hinab, Stufe für Stufe, erst bis zu den Knien, dann zur Brust, bis er schließlich vollständig von den eiskalten Fluten verschlungen wurde.

4

Die Nacht brach vollends herein, als Venray vom Lastschiff stieg. Im Westen besaß das letzte schwache Licht der hinter dem ewigen Wolkenschleier verborgenen Sonne gerade noch die Strahlkraft, dass Venray vage die Schemen und Umrisse seiner Umgebung ausmachen konnte. In höchster Eile verließen er und seine sechs Retter die Schifferstadt.

Sie flohen über das am Abend wieder erstarrte Eis des Stroms. Eine riskante Aktion. Keiner hätte vorhersagen können, wie lange die Eisdecke tatsächlich noch hielt. Heftiger Eisregen prasselte nieder und erschwerte die Orientierung.

Die vereisten Regentropfen klangen lauter als gewöhnlicher Regen, wie eiserne Pfeilspitzen, die millionenfach ins Eis pickten. Es stach wie Hagel auf nackter Haut. Innerhalb kürzester Zeit waren sie durchnässt, und die nasse Kälte wurde unerträglich. Frierend und niedergeschlagen zogen sie im Gänsemarsch zum rechtsrheinischen Ufer. Dort, im Osten, legte sich über das gesamte Firmament eine beängstigende Finsternis, die einem den letzten Mut rauben konnte. Musste diese Flut die Menschen denn ausgerechnet mitten in der Nacht ereilen? Not und Elend, das ganze Unglück würde dadurch noch beträchtlich größer ausfallen.

Venray war zu schwach, um allein zu laufen. Die Landreiter fassten ihm unter die Arme. Sie trugen ihn mehr, als dass er ging. Der Oberst lief vorweg. Wittib bildete die Nachhut. Dabei beäugte der Alte misstrauisch die Cölner Stadtmauern. Aber ihre Flucht blieb unbemerkt. Es war zu dunkel. Außerdem hatte die Stadtwache zur Stunde wohl andere Sorgen.

Venray war entkräftet von den Strapazen der letzten Wochen. Doch vor allem schmerzten die durch die Folter erlittenen Wunden. Die Wirkung des opiumhaltigen Mittels, das Anna-Maria für ihn mitgegeben hatte, ließ bereits nach. Was sich während der bevorstehenden Katastrophe ereignen würde, in welche Gefahren sie geraten würden, war ungewiss, und das machte nicht nur mürbe, es versetzte das Gemüt auch in zerreißende Spannung. Und nicht zuletzt nagte die erneute Niederlage an ihm. Der Täter war ihm entkommen.

Dupois hatte – wenn auch nicht mit eindeutigen Worten – seine Schuld eingestanden. Er hätte den alternden Papierpatriarchen lediglich ein wenig länger und intensiver befragen müssen. Das Motiv lag im Ungewissen. Angesichts der religiösen Äußerungen vermutete Venray auch im Glauben liegende Beweggründe für die Morde und andere Verbrechen.

Irgendetwas stimmte mit dieser Familie nicht. Margot-Caroline schien die Einzige zu sein, die bei klarem Verstand war. Ihr Bruder, der Hauptmann, hatte ihn mehrfach auf übelste Weise attackiert. In seiner seltsam verschrobenen Vorstellung, seine Stadt beschützen zu müssen, wäre er sogar so weit gegangen, Venray zu töten. Jedes Mittel war ihm recht. Momentan war Venray viel zu schwach, aber er war sich sicher, dass sein Zorn darüber noch aufflammen würde.

Dass ihm der alte Dupois entwischt war, konnte er nur als eigenes Versagen einstufen. Manche Verbrecher waren in ihrer Verschlagenheit einfach nicht zu überbieten. Sein Scheitern war höchstens damit zu erklären, aber nicht zu entschuldigen, dass er aufgrund der Folter nicht ganz bei klarem, wachem Verstand gewesen war. Und dass eine lebensbedrohliche Gefahr den Rhein hinaufjagte, die alle anderen Belange und Sorgen für den Moment in den Schatten stellte. Er würde seinen Fehler später korrigieren. Nun galt es tatsächlich erst einmal, zu überleben, sicher nach Mülheim zurückzukommen und zu gesunden.

Unter ihnen in den tiefen Schichten der Eisdecke rumorte es gewaltig. Und das Grollen wurde stetig lauter. Immer wieder konnten sie ein dumpfes Krachen vernehmen. Auf dem Eis hatten sich viele Pfützen gebildet, die nun bei sinkender Temperatur in der einbrechenden Dunkelheit wieder anfingen zu gefrieren. Es war stellenweise gefährlich glatt, als hätte jemand die Eisflächen wie das edle Tafelbesteck für den Königsbesuch mit Inbrunst auf Hochglanz gewienert. Mehrfach rutschten sie aus und schlugen schmerzhaft hin. Sie mussten geduldig sein und noch langsamer und umsichtiger vorwärtsgehen.

Allmählich flackerten an vielen höher gelegenen Stellen längs des linken wie rechten Ufers Feuerstellen auf. Schnee und Eis reflektierten die Helligkeit der Flammen und entzogen der Nacht somit die alles verschlingende Schwärze. Ihr Ziel lag weiter nördlich von der Deutzer Feste. Dahin wendeten sie sich.

Insgesamt wurde es nicht so eisig kalt, wie Venray es von diesem Winter gewohnt war. Die Temperatur musste lediglich knapp unter null Grad Reaumur gesunken sein. Ein gefährlicher Zwischenzustand – es war nicht eisig genug, um das Wasser wieder hart gefrieren zu lassen, aber auch nicht warm genug, um beständig aufzutauen.

Dort, wo sie jetzt liefen, war die Eisdecke tagsüber bereits angetaut und aufgebrochen, sodass sich tückisch scharfe Kanten und Spitzen auftaten. Der Oberst verletzte sich leicht an der spitzen Abbruchkante einer Eisscholle. In aller Eile banden sie sich ein Seil um; falls einer von ihnen einbrechen würde, konnte derjenige nicht verloren gehen. Sie beschleunigten ihre Schritte wieder. Das unheimliche Grollen des Eises jagte sie vorwärts. Es rückte immer näher heran und wurde beständig lauter.

Endlich tauchten am gegenüberliegenden Ostufer zwei Gestalten auf, die Blendlaternen schwenkten. Dahin lenkten sie ihre Schritte. Das musste Ersterer mit seinem Knecht sein, die ihnen die Richtung leuchten wollten. Als sie näher kamen, erkannte Venray die Positionslichter der Kutsche. Schließlich schälten sich auch die Umrisse der Pferde und der Kutschenkabine aus der Dunkelheit. Zum ersten Mal seit vielen Stunden glomm so etwas wie Hoffnung in ihm auf.

Ersterer stand am Ufer und empfing den kleinen Trupp mit seiner Laterne. Laut dankte er Gott dafür, dass sie zurück waren und dass ihr Coup, Venray zu befreien, geglückt war. Der Mann harrte hier seit unzähligen Stunden aus. Er hatte überhaupt nur warten können, weil die Temperaturen es zugelassen hatten. Doch als Venray mit den Landreitern nun in den Lichtkreis der Laterne rückte, entfuhr ihm ein heftiger Schreckensschrei: »Bei Gott, was ist denn mit Euch geschehen?«

»Später«, erklärte Venray knapp. »Wir müssen weiter. Die Flut kommt.«

Venray wurde in die Kutsche verfrachtet. Die Kohlenschale war noch warm. Ersterer ließ die Peitsche knallen, und die Pferde setzten sich in Bewegung. Trotz der Glätte riskierte er einen schnellen Trab.

Sie waren noch nicht lange unterwegs, da bemerkte Venray, der vor sich hin dämmernd aus dem Fenster der Kutsche spähte, wie sich etwas auf dem Eis bewegte. Erschrocken richtete er sich auf und schaute genauer hin. Nein, es bewegte sich nicht etwas auf dem Eis. Es war das Eis selbst, das sich bewegte.

Irritiert und verwundert starrte Venray auf den Rhein, um festzustellen, was da vor sich ging. Es sah fast so aus, als würde sich das Eis eigenartigerweise aufblähen. War es möglich, dass sich die gesamte Eisdecke anheben konnte? Erst hielt er es für eine Sinnestäuschung, doch dann wurde ihm schlagartig klar, was passierte. Die Flutwelle!

Die Kraft der heranrollenden Wassermassen war so unglaublich gewaltig, dass sie das Eis von unten anhoben. Schließlich waren Druck und Kraft zu groß, und die Flutwelle ließ das Eis zerbersten. Das Grollen und Krachen holte sie mit unglaublicher Geschwindigkeit ein und wurde zu einem explodierenden Donnern. Das berstende Eis gab Laute von sich, wie Venray sie noch nie zuvor gehört hatte. Unwillkürlich rief er seine Begleiter an, denen es nicht anders erging. Alle Männer schrien angstvoll auf. Völlig verunsichert von dem, wovon sie gerade Augenzeugen wurden, pressten sie sich mit den Händen die Ohren zu.

Auf dem Kutschbock ließ Ersterer erneut die Peitsche knallen und trieb damit die Pferde an. Nichts wie weg! Wenn die Scheitelwelle der Flut sie erreichte, war es äußerst fraglich, ob sie nicht auf der ufernahen Chaussee von der Flutwelle erfasst werden würden. Die davor gelegene Aue jedenfalls war als Überschwemmungsgebiet bekannt. Doch es war bereits zu spät. Der Pegel stieg, anfänglich schleichend und nun mit beunruhigender Schnelligkeit. Ein deutliches Anzeichen dafür, dass die Flut nahte.

Den höher gelegenen Teil der Chaussee hinter ihnen erreichte das Wasser kaum, aber die Gebiete, auf die sie zusteuerten, lagen tiefer. Schon bald war auch die Straße vor ihnen überflutet, sodass Ersterer die Orientierung verlor und den Verlauf der Chaussee nur noch erraten konnte.

Indes platzte das Eis des Rheins vollends auf. Tosende Wasserfontänen breiteten sich aus. Das Wasser schoss mit ungeheurer Geschwindigkeit stromabwärts, trug Eisschollen und Eisbrocken wie Geschosse mit sich. Das Getöse war allgegenwärtig und urgewaltig. Venray erschrak bis ins Mark. So etwas hatte er noch nicht einmal bei Sturm auf See erlebt!

Die Kutsche hatte das auf der gegenüberliegenden Seite liegende Cöln noch nicht vollständig hinter sich gelassen, als die Scheitelwelle auf dem Rhein sie einholte und binnen weniger Sekunden überholte, nur um unaufhaltsam weiter Richtung Norden zu ziehen. Angesichts dieses unbeschreiblichen Naturschauspiels vergaß Venray für wenige Augenblicke seine Furcht.

Die Kutsche blieb von dieser ersten Welle verschont. Ihr Glück war, dass der Sog der Welle Wasser vom Land abzog, das aber bald mit noch mehr Kraft zurückströmen würde.

Venray blickte über die haushohen, tosenden Wassermassen auf die andere Rheinseite und sah Feuer und Laternen auf dem nördlichen Stadttor, der Kunibertstorburg, brennen. Die Eisflut überrollte das mächtige Gebäude und fegte es mit einem Satz hinfort. Dass starkes Mauerwerk wie mit einem Fingerschnipp zerstört werden konnte, war unfassbar. Unwillkürlich musste Venray wieder an die Geschichten seiner Jugend denken: Ragnarök war gekommen. Die Eisriesen griffen an!

Immer wieder hatten die göttlichen Asen die Thursen, die

Riesengeschlechter, hintergangen oder ihre mit übernatürlicher Schönheit gesegneten Gattinnen verführt. Denn in den Sagen galten die Eisriesen, die Männer, als besonders hässlich. Und nun nahm Bergelmir mit seinen kampfeslustigen überlebensgroßen Recken den Rachefeldzug gegen die Götter aus Asgard auf: Wie Bauklötze flogen auf der anderen Rheinseite Steine und Mauerteile durch die Luft, wurden in alle Himmelsrichtungen auseinandergesprengt. Das Dach wurde von der Gischt verschluckt. Wände brachen weg. Die Kunibertstorburg mit ihrer Ark galt als eine der größten und mächtigsten Torburgen der Reichsstadt, und jetzt stürzte sie in sich zusammen, wurde von der Eisflut zerstört, als wäre sie ein Papierschloss. Die letzten Feuer wurden gelöscht, und alles um das, was einstmals die Torburg gewesen war, versank in nächtlicher Dunkelheit. Nie würde die Torburg wiederaufgebaut werden.

Das Donnern des Einsturzes hallte noch weit über das Tosen der Flutwelle. Es klang in Venrays Ohren wie das Hohngelächter der Riesen über den Hochmut der Menschen und Götter. Der unvorstellbare, noch nie zuvor vernommene Lärm ließ die Pferde scheuen. Die Tiere gingen durch. Mit schreckgeweiteten Pupillen fielen sie in den Galopp, sodass die Kutsche mit vollem Tempo auf das tiefer gelegene überschwemmte Land zuraste. Ersterer konnte nichts daran ändern. Er hatte die Kontrolle verloren.

Die Kutsche schlitterte hin und her. Die Passagiere wurden wild durcheinandergewirbelt. Das Kohlebecken wurde umgeworfen. Glühende Kohlen verteilten sich in der Kabine und trafen die Insassen. Zeit, über den schmerzhaften Beschuss zu klagen, blieb nicht. Die Kufen verloren die Bodenhaftung, der Wagen drohte umzukippen. Die Tiere galoppierten ins Wasser hinein und verlangsamten ihr Tempo erst, als der Widerstand der Wassermassen zu stark wurde, um vorwärtszukommen. Das Gewicht der Kutsche machte sich bemerkbar. Schwer wie Blei stoppte sie und zerrte am Geschirr. Die Pferde blieben abrupt stehen. Ersterer und sein Knecht, die auf dem Kutschbock saßen, wären durch den unfreiwilligen Halt beinahe in die Fluten geschleudert worden.

Für einen ganz kurzen Augenblick war alles trügerisch ruhig. Doch es war noch lange nicht vorbei. Venray bemerkte, wie sich die Kutschkabine leicht anhob. Irgendetwas schob das Gefährt samt Pferden wenn auch langsam, so doch stetig vorwärts. Schnell wurde Venray klar: Der Sog der Strömung hatte die Kutsche erfasst und drohte sie auf den Fluss hinauszuziehen. Sie schwebten in höchster Gefahr. Abgetrieben zu werden wäre mit Sicherheit ihr Tod.

»Raus hier!«, befahl Venray. Trotz der Schwäche und der Schmerzen hieß es, die Zähne zusammenzubeißen.

Gegen den Wasserdruck von außen ließ sich die Wagentür nur mit großer Kraftanstrengung öffnen, weil die Strömung ab einem gewissen Punkt hinter das Türblatt griff und es wegriss. Die Kraft war so gewaltig, dass das Türblatt gleich zersplitterte. Wasser war schon durch Ritzen eingedrungen, aber nun überflutete es die Kabine innerhalb weniger Wimpernschläge. Die verteilt im Wagen liegenden Kohlen wurden zischend gelöscht. Niemand achtete darauf. Die Männer kletterten aus der Kutsche nach vorne auf den Kutschbock. Doch was nun? Wo sollten sie hin? Ratlos und verzweifelt blickten sie sich um. Dann hatte der Oberst die rettende Idee.

»Auf die Pferde«, schrie er.

Einer nach dem anderen sprangen sie vom Kutschbock auf die Rücken der hinteren Pferde und arbeiteten sich vor. Sie kappten die Verbindungen zur Deichsel und spornten mit Gewalt die Pferde an.

Da ihr kleiner Trupp insgesamt aus neun Personen bestand, sie aber nur fünf Pferde zur Verfügung hatten, saßen sie zu zweit auf dem Rücken eines Tieres. Venray hätte ohnehin der Hilfe bedurft, und den kräftigen Friesen machte das Mehrgewicht nur wenig aus. Weder hatten sie Sättel, noch half das Zaumzeug des Gespanns, die schweren Zugpferde zu kontrollieren.

Dennoch, es war ihre Rettung. Ohne Kutsche waren sie

leichter und kamen schnell genug vorwärts, um nicht von der Strömung mit fortgerissen zu werden. Venrays Kutsche jedoch war rettungslos verloren. Die Wassermassen drückten sie auf die Seite, dann riss der Sog sie davon. Venray blieb nicht mal Zeit, das zu bedauern. Sie hatten alle Hände voll zu tun, sich aus dem Wasser zu befreien.

Es gelang ihnen schließlich, sich auf weiter östlich gelegenes höheres Terrain zu schlagen, bis die Pferde wieder trockenes Land unter den Hufen hatten. Bis Mülheim war es nun nicht mehr weit. Doch sie mussten sich beeilen, denn die nächste Flutwelle würde nicht lange auf sich warten lassen.

Venray schickte mehrere Stoßgebete gen Himmel, der Deich möge gehalten haben. Wenn der erst überflutet wurde, und für Venray gab es angesichts der um ihn tobenden Wassermassen gar keinen Zweifel, dass das passieren würde, dann hätten sie keine Chance mehr, die Stadt zu erreichen. Das Wasser würde ihnen den Zugang abschneiden, und sie wären, eingekreist von der Flut, rettungslos verloren.

Der Wind trug laute Rufe und wildes Geschrei zu ihnen herüber. Es kam vom Rhein. Venray spähte hinaus in die Nacht auf den Fluss, wo kein Unterschied zwischen Gischt, Eis und Flutwasser zu erkennen war. Doch dann erblickte er im Schein einiger Fackeln oben auf oder mitten in all diesen Wellen – es war nicht auszumachen – die große Pontonbrücke, die Deutz mit der Rheinmetropole verband. Fortgerissen und auf ewig verloren. Etliche Schiffer darauf hielten sich in Todesangst an Schoten fest.

Er zählte auch fünf Aaken inmitten der Wellen. Sie schaukelten unheilvoll hin und her. Dass sie nicht direkt zerquetscht wurden, war ein Wunder. Die Menschen an Bord schrien um Hilfe. Eines der Schiffe konnte die Samoreuse der Levis sein, die sie noch vor kurzer Zeit beherbergt hatte. Sein Bauchgefühl wie auch die Erfahrung, selbst schiffbrüchig und in zahllosen Stürmen gesegelt zu sein, verriet ihm, dass man diesen Ritt auf den Flutwellen unmöglich überleben konnte. Ihm blieb nichts anderes übrig, als den Schiffern einen schnellen, schmerzlosen

Tod zu wünschen. Seine Begleiter bekreuzigten sich. Nichts hätte den armen Menschen helfen können.

»Bei Gott, das ist die reinste Hölle«, japste der Oberst.

»In der Hölle«, schnaubte Wittib verächtlich, »wäre es wenigstens warm!«

Venray schwieg. Das war erst der Anfang. Keiner wusste, was passieren würde, wenn sowohl der Deich als auch der Eiswall auseinanderbrächen.

5

Kurze Zeit später erreichten sie endlich die Randbezirke der Stadt. Aus der Ferne sah Venray, dass die erste Scheitelwelle dem westlich vom Mülheimer Ufer gelegenen Eiswall nur wenig anhaben konnte. So gewaltig die Zerstörungskraft gewesen war, der Wall hatte standgehalten. Doch in absehbarer Zeit würde der beständige Druck des Wassers zu groß werden. Der Wall würde nachgeben, und die vielen ineinandergeschobenen Eisschollen würden losbrechen.

Wassermassen, die im Süden bei Westhoven nicht über den Hauptarm des Rheins abfließen konnten, suchten sich einen Weg über Land. Der Fluss tat dabei nichts anderes, als einem alten, längst versiegten Flussarm zu folgen. Im weiten Bogen um Deutz herum erreichte das Wasser schließlich die östliche Landseite Mülheims. Dort sollte Venrays Deich die Flut stoppen. Doch die Wassermassen ließen einfach nicht nach. Beständig stieg der Pegel, bis sie schließlich den Deichkamm erreichten und überschwappten.

Die Stadt lief langsam von der Landseite her voll. Das war besonders heimtückisch. Denn es würde vielen Menschen den Fluchtweg abschneiden. Und es würde nicht lange dauern, bis das Wasser bei diesem Druck die Erde des Deichs so weit aufgeweicht hätte, dass das gesamte Konstrukt brechen würde.

Bei seiner Rückkehr in den »Goldenen Wagen« erfuhr Venray von der Wirtin, dass Anna-Maria nicht im Gasthof weilte. »Aber wo ist sie denn hin?«, hakte er verwundert nach.

Die Wirtin meinte nur: »Zur Apotheke vielleicht.«

Die Frau hatte Dringenderes zu erledigen, als sich um den Verbleib der Apothekerwitwe zu kümmern. Im Gasthof mussten sämtliche Einrichtungsgegenstände sowie der Vorrat im Lager vor der Flut in die oberen Stockwerke in Sicherheit gebracht werden. Die Wirtin hatte lange Zeit vergeblich auf die

Rückkehr ihres Mannes gewartet. Der Gasthof lag noch außerhalb des Überschwemmungsgebietes. Dennoch rechneten sie damit, dass die Flut auch bis hierher kommen würde. Nun tat besondere Eile not.

Venray bat Wittib und die Landreiter, den Wirtsleuten zu helfen. Der Abschied vom Oberst war kurz verlaufen. Sein Haus lag auf der oberen Regentenstraße und war damit wie der Gasthof nicht im unmittelbaren Gefahrengebiet. Dennoch hatte es Zuccalmaglio besonders eilig, zu seiner Familie zu kommen und ihr beizustehen. Venray selbst wollte sich auf die Suche nach Anna-Maria machen.

Er entledigte sich der nassen Sachen und zog trockene Kleidung an. Alle Bewegungen fielen ihm schwer und waren schmerzhaft. Er hätte ins Krankenbett gehört, aber es kam ihm gar nicht in den Sinn, Anna-Maria im Stich zu lassen. Denn wenn sie wirklich zu ihrem Haus gegangen war, bestand die Gefahr, dass sie längst von der Flut eingekesselt war und nicht mehr wegkonnte. Wittib bestand anfänglich darauf, seinen Herrn zu begleiten. Doch seine Hilfe wurde im Wirtshaus dringender benötigt, und so machte sich Venray allein auf den Weg zur Apotheke.

Es war dunkel, und es herrschte überall Aufruhr. Die Menschen waren auch hier in Mülheim zur Nachtzeit von den Kanonen aufgeschreckt worden und brachten sich und ihre Wertsachen eiligst in Sicherheit. Nur Fackeln und Laternen spendeten kleine Lichtinseln in der undurchdringlichen Nacht.

Auf der Regentenstraße, in der sie sich vorhin vom Oberst verabschiedet hatten, stand kaum Wasser. Doch die Bewohner sahen aus ihren zum Teil beleuchteten Fenstern und harrten gespannt der Dinge, die da kommen würden. Venray ging weiter, und nun nässte Rheinwasser seine Füße. Schon wieder! Er fluchte und ging beschwerlich voran. Aufgeben und Umkehren kam nicht in Frage.

Je näher er der Buchheimer Straße kam, umso höher stieg der Pegel. Ab dem Rossmarck wäre ein Boot ein besseres Fortbewegungsmittel gewesen. Das Wasser reichte ihm inzwischen bis übers Knie. Es war eiskalt, und die tückische Schwärze des Wassers hatte eine unheimliche Ausstrahlung. Auf der Stöckergasse blickte er bis zum Rhein, wo er besorgt registrierte, dass der Eiswall, der der ersten Scheitelwelle erstaunlicherweise standgehalten hatte, in der Dunkelheit aussah, als würde er ganz leicht vibrieren. Eine unheilvolle Vorahnung trieb ihn eilig weiter. Er watete bereits hüfttief durchs Wasser. Schon wieder war er nass und völlig durchgefroren. Er hatte Schmerzen, und jeder Schritt fiel ihm schwer. Trotzdem ließ er nicht nach und kämpfte sich weiter vor.

Als er endlich die Apotheke erreichte, begannen seine Zähne zu klappern. Doch er wusste inzwischen, dass das aufhören würde, sobald sich sein Körper an die Kälte gewöhnt hatte. Er watete ins Haus hinein, rief mit aller Kraft, die er noch hatte, die Namen von Anna-Maria und Niklas, erhielt jedoch keine Antwort. Der gesamte Hausrat trieb im dunklen Wasser. Die Arzneimittelgefäße waren aus dem Repositorium gespült worden. Entweder sie trudelten im Wasser oder waren bereits untergangen. Chaos überall.

Da er nicht bis zum Grund gucken konnte, trat er auf ein untergegangenes Gefäß oder eine andere Gerätschaft, strauchelte und wäre beinahe ins Wasser gefallen. Gerade eben konnte er sich noch halten. Er entschied sich, in den oberen Etagen seine Suche fortzusetzen. Eventuell würde ihm eine Decke oder etwas anderes, womit er sich ein wenig aufwärmen konnte, unter die Finger kommen.

Am Treppenabsatz stolperte er erneut über einen Gegenstand unter Wasser. Dieses Mal verfing sich sein Stiefel in etwas Weichem. Er konnte nichts sehen, aber er hielt es für einen Lederriemen, der am Geländer eingeklemmt war. Er hatte beim eiligen Kleiderwechseln eben im Gasthaus vergessen, ein Messer einzustecken. Nun musste er lange mit den Händen unter Wasser tasten, und auch sein Oberkörper war wieder nass. Nach langem Ziehen und Zerren hatte er sich endlich befreit. Er fischte den Gürtel einer Redingote aus dem Nass. Nicht auszudenken, das hätte leicht zur tödlichen Falle werden können!

Im Obergeschoss rief er wieder nach Anna-Maria, doch es blieb gespenstisch still. In den Räumen des ersten Stocks fand er niemanden. Venray war erleichtert, denn das konnte hoffentlich nur bedeuten, dass Anna-Maria das Haus wieder verlassen und sich mit Niklas irgendwo anders in Sicherheit gebracht hatte. Denn der Junge war auch nicht im Gasthof geblieben. Das hätte Venray auch verwundert, wich Niklas doch seit seiner Rückkehr keinen Schritt mehr von Anna-Marias Seite. Das immerhin beruhigte Venray ein wenig, denn er wusste, dass Niklas geschickt und kräftig für sein Alter war. Er würde Anna-Maria beschützen.

Inzwischen war sein Empfinden derart abgestumpft, dass die Schmerzen erträglicher wurden. Die Kälte wirkte, wie vorhin bei ihrem Ritt nach Mülheim, wie ein Betäubungsmittel. Es war natürlich nur ein trügerischer Schein. Am Ende würden die Schmerzen umso heftiger wiederkommen. Und seine Kraftreserven waren aufgebraucht.

An der Garderobe vor dem Schlafzimmer fand er einen Mantel, der vermutlich Anna-Marias Gatten gehört hatte. Das Kleidungsstück half ihm nicht. Es war viel zu klein. Missmutig ließ er es liegen. Er war bereits im Begriff, die Treppe wieder hinabzusteigen, als ihn ein Geräusch von weiter oben innehalten ließ. Versteckten sich etwa Menschen auf dem Dachboden? Am Ende ein Plünderer?

Vermutlich war es nichts, doch Venray entschloss sich, es trotzdem zu überprüfen. Seine Augen hatten sich an die Dunkelheit gewöhnt. So stieg er die schmale Treppe hinauf, bis er die Deckenklappe zum Dachboden erreichte. Der helle Lichtschein einer Blendlaterne traf ihn. Er blinzelte und hörte, wie jemand das Steinschloss eines Vorderladers spannte. Venray wusste sofort, dass er keinen Dieb aufgeschreckt hatte.

»Langsam raufkommen«, wurde ihm befohlen.

»Ich bin unbewaffnet«, erklärte er und kletterte mit erhobenen Händen umständlich durch die Dachbodenluke auf den Speicher. Kaum war er oben, erhielt er einen Schlag ins Gesicht. Er ging zu Boden und legte schützend die Arme um den Kopf.

Die Laterne erhellte den Dachboden. Seine Augen gewöhnten sich langsam an den Lichtschein. Anna-Maria und Niklas hockten nur wenige Meter von ihm entfernt auf dem Boden. Beide waren gefesselt und geknebelt. Bei ihnen war auch die Tochter des Papierfabrikanten, Margot-Caroline Dupois. Auch sie war gefesselt und mit einem Knebel zum Schweigen gebracht worden. Doch alle drei gaben Laute von sich, brüllten in den Stoff, der ihnen in den Mund gesteckt worden war. Sie blickten ihn mit panischen Augen an, als wollten sie ihn warnen.

»Das hat aber lange gedauert. Wir warten schon seit einer halben Ewigkeit auf Euch«, bekam er zu hören.

»Dupois«, rief Venray und versuchte, in den dunklen Ecken etwas auszumachen, »wo versteckt Ihr Euch? Ich bin unbewaffnet. Kommt raus!«

Erst sah Venray die Mündung eines auf ihn gerichteten Gewehrs auftauchen, dann trat dahinter eine Gestalt in den Lichtschein. Es war nicht der Papierfabrikant. Es war sein Sohn, der Hauptmann der Stadtwache. Venray war verwirrt.

»Ihr?«

»Wen habt Ihr erwartet?«

Venray antwortete nicht darauf. »Was wollt Ihr hier?«, erkundigte er sich stattdessen. Wollte der Sohn den Vater decken?

»Ihr seid aus meinem Gefängnis entwischt«, erklärte der Hauptmann und klang beinahe belustigt.

Venray zeigte auf Niklas. »Wer ist so niederträchtig und knebelt sogar ein Kind?«

Der Hauptmann reagierte nicht. Die Frage schien ihn zu verblüffen.

»Jemand, der auch fähig ist, ein Kind zu töten, nicht wahr?«, sagte Venray, dem nun dämmerte, wer vor ihm stand.

Dupois junior zuckte mit den Schultern, dann lächelte er kalt. Der Hauptmann strahlte eine hinterhältige Kaltblütigkeit aus, die Venray schon vorher aufgefallen war. Er hatte das aber für den Hochmut eines vom Wohlstand verzogenen Sprosses gehalten. Nun ging ihm auf, dass es sich dabei um die Skrupellosigkeit eines Mörders handeln musste.

Er musste sich eingestehen, dass er den Mann völlig falsch eingeschätzt hatte. Venray hatte immer geglaubt, der Hauptmann wolle sich mit seinen übereifrigen drastischen Maßnahmen lieb Kind beim Rat machen. Den Ruf erwerben, Cöln mit besonderem Pflichteifer zu beschützen. Stattdessen wollte er mit seinem Verhalten nur seine eigenen Schandtaten und Verbrechen verbergen.

»Seid so anständig und nehmt wenigstens dem Kind den Knebel aus dem Mund«, forderte Venray.

Dupois schien zu überlegen, dann tat er, worum man ihn bat.

Kaum kam Niklas wieder zu Luft, da rief er aus: »Er ist der Mann, der mich bei Meister Klebig abholen und töten wollte.«

Venray blickte überrascht von Niklas auf den Hauptmann. Der schlug dem Jungen mit der Faust ins Gesicht. Anna-Maria schrie in den Knebel. Auch Margot-Caroline machte Anstalten, auf ihren Bruder einzureden. Doch man konnte sie nicht verstehen.

»Warum hast du das nicht früher erzählt?«, schalt Venray Niklas.

»Als er bei Klebig auftauchte«, begann der Junge, »hab ich es mit der Angst bekommen. Sie haben die Köpfe zusammengesteckt und getuschelt. Dabei habe ich begriffen, dass es irgendwie um mich gehen muss. Vor allem, weil ich ihn wiedererkannt habe.«

»Wiedererkannt?«, hakte Venray nach.

»Na, von der Papiermühle«, erklärte Niklas. »Er war an der Mühle, zu der Pater Gerhart uns gebracht hat.«

Endlich ergab alles irgendwie Sinn. Venray erfasste den Hauptmann mit einem strafenden Blick.

»Ihr seid doch klüger, als ich dachte. Habt mich manipuliert, um den einzigen Zeugen sprechen zu lassen … Und der Junge ist auch nicht auf den Kopf gefallen«, erwiderte Dupois.

»Es ist ganz selbstverständlich für Verbrecher, alles um sie herum einzig und allein nur aus ihrem Blickwinkel zu betrachten. Mit den Tatsachen hat das oftmals nichts zu tun«, sagte Venray und fügte hinzu: »Ihr gebt es also zu.«

»Ach, Gott, ja! Ich gebe es zu.« Dupois lachte höhnisch. »Was denn überhaupt?«

In der Zwischenzeit hatte sich Venray im Lichtschein von Dupois' Laterne in der niedrigen Dachkammer umgeschaut. Nichts war ihm aufgefallen, womit er sich hätte verteidigen können. Dupois hingegen trug neben seinem Pallasch noch eine Pistole. Die Muskete hatte er an die Wand gelehnt. Was er sonst noch unter der Redingote verborgen hielt, konnte Venray nur mutmaßen. Der Spross der Papierfabrikantenfamilie Dupois war eindeutig im Vorteil.

»Ich werde Euch töten, Dupois«, verkündete Venray. Er hatte nicht die geringste Ahnung, wie er seine vollmundige Behauptung in die Tat umsetzen sollte. Aber sie blieb nicht ohne Wirkung.

Hans-Balthasar Dupois blickte seinen Gegner überrascht an. »Solltet Ihr nicht ein wenig nachsichtiger mit dem Mann sein, der Eure Komplizin und deren Mündel bedroht?«

»Ihr habt Euch selbst die Antwort gegeben: Ihr seid hierhergekommen, um zu töten. Ihr bedroht zwei Frauen und ein Kind. Alle unbewaffnet. Keiner hat Euch etwas getan. Genauso wenig wie ich, der ebenfalls unbewaffnet vor Euch steht. Allein dass ich mit Euch rede, ist meine Form der Nachsicht. Mehr habt Ihr nicht verdient.«

Dupois hielt seiner geknebelten Schwester den Lauf seiner Pistole an den Kopf. Gleichzeitig starrte er sie an, als wäre sie ihm das Liebste und Teuerste auf der Welt. Dann ließ er die Waffe sinken und umarmte seine Schwester heißblütig. Margot-Caroline fing an zu schluchzen. Nichts davon schien Venray gekünstelt. Dupois liebte seine Schwester. Aber es war weit mehr als geschwisterliche Liebe. Margot-Caroline schien von seinen Avancen wenig zu halten. War diese unerfüllte Begierde der Antrieb all seiner Handlungen? Venray musste mehr erfahren.

»Ihr seid eine verzweifelte, armselige Gestalt«, erklärte Venray, der wahrgenommen hatte, dass es Niklas anscheinend gelang, sich von seinen Fesseln zu lösen. Er musste Dupois noch ein wenig hinhalten und ablenken. Vielleicht konnte der Junge wenigstens sich und die Frauen retten. »Aber von mir aus«, lenkte er zum Schein ein, »lasst uns reden. Erklärt mir Eure Motive.« Dupois sollte sich ruhig überlegen fühlen.

»Doch hört mir erst zu«, ließ Venray weiter verlauten. »Warum sollte ich irgendwas beschönigen? Wir müssen hier weg. Die Flut kommt. Sonst werden wir alle hier sterben.«

Diese unbestechliche Ehrlichkeit entwaffnete Dupois. Er wirkte verwirrt. »Wir bleiben«, entschied er.

Venray hatte mit nichts anderem gerechnet. »Ursprünglich wolltet Ihr Niklas töten. Der Junge ist Euch entwischt. Zum Glück hattet Ihr noch Waisenkinder für Eure Lustorgien in der Papiermühle versteckt. Hat es sich so ereignet?«

»Ein Opfer für die Flut«, sagte Dupois nur.

»Was meint Ihr damit?«, fragte Venray. »Wart Ihr es, der den Jesuitenbruder Joaquim angestachelt hat, diese neue Geschichte von der Opferung von Abrahams Sohn zu erzählen?«

»Wir waren uns einig, dass irgendwas passieren müsste. Es konnte so nicht weitergehen. Der Rat, die Katholiken, die Zünfte, der Stillstand und die unfähige Obrigkeit – die richten Cöln zugrunde –«

Ein markerschütterndes Getöse ließ Dupois verstummen und erschrocken zusammenfahren. Venray erinnerte sich an den Lärm, den die einstürzende Kunibertstorburg hervorgerufen hatte. Es war der unverkennbare Lärm von tosendem Wasser, Eisschollen und einstürzenden Gebäuden. Er warf Anna-Maria einen besorgten Blick zu, die schien seine Gedanken zu erraten und begann nahezu hysterisch und doch erfolglos, zu strampeln und sich in den Fesseln zu winden. Es nutzte nichts. Doch was sollten sie tun? Venray musste sich dringend etwas einfallen lassen.

»Wenn Ihr Euch jetzt sofort ergebt und diese drei dort laufen lasst, werde ich nicht Gleiches mit Gleichem vergelten. Ihr sollt ein anständiges Verfahren bekommen.«

Dupois presste als Antwort den Lauf seiner Pistole an den Kopf seiner Schwester, die zu jammern begann. Hilflos ausgeliefert. Ihrem Bruder schien das zu gefallen. Lüstern und zugleich angewidert starrte er sie an.

Venray musste etwas anderes probieren. Wäre er doch nur nicht so stark angeschlagen! Er hätte einen Kampf provozieren können, um den Frauen und Niklas die Flucht zu ermöglichen. Doch vermutlich war das tatsächlich die einzige Möglichkeit, um eine Reaktion zu erzwingen.

»Ich kenne Euch verkommenes Dreckspack nur zu gut«, griff er den Hauptmann an, um ihn mit Beleidigungen herauszufordern. »Ihr verlangt Respekt, habt aber nichts dafür getan, respektiert zu werden. Ihr nutzt alles und jeden nur für Euren eigenen persönlichen Vorteil aus. Respekt muss man sich verdienen. Ihr und Euresgleichen, Ihr seid Emporkömmlinge. Ihr ruht Euch auf den Lorbeeren aus, die andere – wie vermutlich Euer Vater – vor Euch durch Mut und Tatkraft errungen haben.«

Zu einer unvorsichtigen Attacke ließ sich Dupois dadurch nicht verleiten. Aber er hatte große Mühe, seinen Zorn im Zaum zu halten. »Ich will mich an den Katholiken rächen«, sagte er. Er klang fast hilflos.

»Seid still«, schrie Venray kühn zurück, »mich interessieren Eure Motive nicht! Ihr habt es nicht verdient, Eure kranken Handlungen zu erklären! Seid endlich ein Mann! Greift an! Kämpft!«

»Ihr seid krank«, schrie Dupois unsicher zurück. »Ihr seid ja völlig irre! Wieso kümmert Ihr Euch um den Tod von einem Pater und ein paar Waisen? – Ich habe meine Schwester geliebt. Ihr habt sie mit Euren Nachforschungen dazu gebracht, mich zu verraten. Sie hat Euch zur Flucht verholfen. Ich habe sie im Frankenturm kurz nach Eurer Flucht überrascht und bin mit ihr nach Mülheim aufgebrochen, um Euch zu stellen. Gefunden habe ich die da!«

Er zeigte auf Anna-Maria und Niklas. Margot-Caroline schüttelte den Kopf und rief etwas Unverständliches in ihren Knebel. Hatte sie »Vater hat dich durchschaut« gesagt? Dupois schien es verstanden zu haben, denn er blickte seine Schwester

in Hassliebe an. Er war hin- und hergerissen, sollte er sie töten oder befreien und umarmen? Venray schätzte, dass seine
Qualen echt waren.

Er nutzte die Gelegenheit und warf sich auf Dupois, doch
der wich geschwind aus und schlug Venray mit dem Pistolen-
knauf nieder.

»Und um die Flut zu verhindern und die Obrigkeit wach-
zurütteln, tötet Ihr ein Kind?«, rief Venray geschwächt, als er
sich wieder aufrappelte.

»Das war Bruder Joaquims Idee. Er kannte dieses Ritual
aus Asien. Dieser Junge war eine armselige Zecke, die sich an
den Titten des Wohlfahrtswesens satt säugte. Für irgendwas
müssen Bettler und Waisen doch gut sein.«

Niklas bewegte sich. Doch Dupois schien abgelenkt und
bemerkte das nicht.

»Ihr seid widerlich«, sagte Venray, bemüht, die Aufmerksamkeit auf sich zu lenken. »Ihr habt den Jesuiten getötet, um
mir die Tat anzuhängen.«

»Gut erkannt.«

»Aber warum?«, fragte Venray, der wirklich nicht verstand.

»Ihr wart im Begriff, meinem gesamten Vorhaben auf die
Spur zu kommen. Wieso seid Ihr nach Cöln gekommen? Hättet
Ihr nicht einfach in Eurem Bezirk bleiben können!«

Nach längerem Schweigen gestand Dupois: »Und Vater hat
mich nie verstanden.«

»Dann hat also nicht Euer Vater die Taten begangen. Er
hat versucht, seinen missratenen Sohn zu decken«, erwiderte
Venray, während er hörte, wie draußen das Krachen und Lärmen der Eisflut näher rückte. »Wie viel wusste Euer Vater?«,
erkundigte er sich mit Blick auf Margot-Caroline, die gespannt
den Worten ihres Bruders lauschte. Auch für sie musste das
alles ziemlich neu sein. Doch Dupois verfiel wieder in ein
schwermütiges In-sich-gekehrt-Sein, das mit seiner aggressiven
Kaltblütigkeit abwechselte. Die Geräusche draußen nahmen
zu. Venray fühlte immer mehr die Notwendigkeit, eine Entscheidung zu erzwingen.

»Vater wusste nicht viel«, erklärte Dupois mehr seiner Schwester als dem Amtmann. »Er hat mich in der Papiermühle schalten und walten lassen. Doch irgendwas von meinen Plänen, ein Kind zu opfern, muss Bruder Joaquim ihm verraten haben. Wer weiß, warum. Joaquim war so hochmütig. Er hielt sich für unbesiegbar. Ihn zu töten war leicht. Es war ein guter Plan, mit dem Aberglauben der Betenden zu spielen. Und dann sollte die Flut die Katholiken erfassen und bestrafen.« Das schien Dupois zu amüsieren.

»Eine wirklich gute Seite hat die ganze Angelegenheit. Vor allem für Eure Schwester!«, sagte Venray nun. »Sie kann nichts für die Verkommenheit ihres Bruders. Und es ist weit weniger belastend, einen missratenen Bruder vergessen zu müssen. Es wäre schlimmer, wäre es der Vater, der Stammvater der Familie. Dann wäre die ganze Familie verdorben, nicht wahr? Die Flut wird Euch fortspülen und nicht, wie Ihr wolltet, die Katholiken.«

»Was Ihr da sagt –«, wollte Dupois sich brüskieren, aber er wurde augenblicklich unterbrochen.

»Schnauze«, brüllte Venray ihn derb an. »Ich verhandle nicht mit Kindermördern!«

Endlich zeigten seine Äußerungen Wirkung. Dupois verlor die Beherrschung. Venray richtete sich auf, um den Hauptmann erneut zu attackieren. Doch bevor es dazu kam, betätigte der den Abzug. Allerdings musste das Steinschloss feucht geworden sein. Es schlug nicht genug Funken, um den Schuss zu lösen. In diesem Moment warf sich Niklas aus der anderen Ecke auf Dupois. Das traf ihn völlig unvorbereitet. Jedoch gelang es ihm schnell, den Jungen abzuschütteln.

Inzwischen hatte sich Venray aufgerappelt und nutzte die Gelegenheit, um anzugreifen. Dupois war kurz irritiert, reagierte dann aber blitzschnell. Er ließ die Schusswaffe fallen, griff in seine Redingote und zog sein Rapier. Auf diese Weise musste er den Mitwisser Pater Christoph getötet haben. Ein gezielter Stich ins Herz.

Gerade noch rechtzeitig hatte Venray erkannt, was sein

Gegner plante, und ließ sich einfach auf den Boden fallen. Mit voller Wucht ging Dupois' Stich ins Leere. Der Hauptmann stolperte. Wie ein Tollpatsch stürzte er über Venray hinweg und schlug sich mit seinem gesamten Körpergewicht den Kopf am Dachbalken. Benommen landete er auf dem Boden und blieb dort liegen. Rasch nahm Venray ihm die Pistole ab und schlug Dupois mit einem kräftigen Schlag mit dem Knauf der Waffe bewusstlos. Dann nahm er ihm den Pallasch und das Rapier ab.

Er durchschnitt Anna-Marias und Margot-Carolines Fesseln.

»Ich habe schon befürchtet, Ihr wäret tatsächlich nicht ganz bei Verstand«, sagte Anna-Maria zu Venray, kaum dass er ihr den Knebel aus dem Mund entfernt hatte.

Als auch Margot-Caroline wieder zu Atem gekommen war, setzte sie zu einer Erklärung an. »Er hat mich im Frankenturm überrascht, kaum dass Ihr weg wart. … Er muss mir gefolgt sein.«

»Wir müssen hier sofort raus.« Venray versuchte, aus den durchgeschnittenen Seilen eine neue Fessel für Dupois zu knoten. Das würde nur notdürftig halten. Rasch klopfte er den Mann ab, fand aber auf die Schnelle keine weiteren versteckten Waffen.

Die vier beeilten sich, die Treppen hinab ins Erdgeschoss zu kommen. Dort erwartete sie eine Überraschung, denn in diesem Moment stieg der Wasserspiegel rasant an. Es entstanden gurgelnde Strudel. Durch den Hausflur schoss Wasser wie ein Wildbach.

»Verdammt, auch das noch«, rief Venray aus. »Der Deich ist gebrochen.« Das war zwar nur eine Vermutung, aber eine andere Erklärung für die derart verschärfte Lage gab es nicht.

»Dann schwimmen wir«, sagte Anna-Maria, aber Niklas und Margot-Caroline blickten sie nur ängstlich an. Vermutlich konnten sie nicht schwimmen.

Auch Venray schüttelte abwehrend den Kopf: »Nein, wenn wir ins Wasser gehen, reißt uns die Strömung mit sich fort, und wir sind bei der Wassertemperatur innerhalb weniger Minuten erfroren.«

»Tot sind wir sowieso«, meinte Anna-Maria.

Darüber erschrak Margot-Caroline und rief aus: »Was sollen wir tun?«

»Wir sind hier gefangen«, antwortete die Apothekerin.

Venray dachte nach. Er war nicht bereit aufzugeben, auch wenn er viel zu schwach war und sich am liebsten einfach auf die Treppenstufen gesetzt hätte, um eine Pfeife anzuzünden.

»Ich habe eine Idee«, verkündete er schließlich. »Kommt mit nach oben!«

»Nach oben? Aber wo wollen wir da hin? Und was ist mit Hans?«, fragte Margot-Caroline. Sie zitterte vor Angst.

Oben angekommen, lag Dupois immer noch bewusstlos dort, wo sie ihn verlassen hatten. Das musste vorerst genügen. Venray blickte sich auf dem Dachboden um. Als er nicht fand, was er suchte, rief er verzweifelt aus: »Wo verdammt noch mal ist das Dachfenster?«

»Mein Haus hat keines«, erwiderte Anna-Maria. Sie klang fast ein wenig pikiert darüber, dass Venray einen baulichen Missstand ihres Hauses ansprach.

Venray stöhnte auf. »Na gut«, riss er sich zusammen, »dann halt anders.«

Er ergriff den nächstbesten Gegenstand, einen alten Stuhl, und schlug mit Urgewalt auf das Dach ein. Der Stuhl gab nach. Venray nahm ein abgebrochenes Stuhlbein und stocherte wie wild auf der rückwärtigen Seite in den Dachschindeln herum.

Die anderen schauten ihn verwundert an.

»Wenn wir nicht unten rauskönnen, müssen wir oben raus«, erklärte er.

Endlich begriffen sie seinen Plan, und Niklas eilte ihm zu Hilfe. Auch die beiden Frauen halfen. Als die erste Schindel zerbrochen war, gaben die nächsten schneller nach. Endlich war das Loch groß genug. Als Erster kletterte Niklas hindurch, dann Anna-Maria und Margot-Caroline. Venray folgte zum Schluss. Als er zurückblickte, sah er, dass Dupois langsam wieder zu Bewusstsein kam. Eile war geboten.

»Aufs Dach!«, rief er.

Die Schindeln waren klapprig und boten wenig Halt. Eis und Schnee hatten das Holz brüchig werden lassen. Es war höllisch glatt, und der Schnee war noch lange nicht abgetaut. Unsicher tappten sie vorwärts. Margot-Caroline brach ein und blieb mit dem Fuß im Dach hängen. Sie begann zu weinen und ließ ihren Gefühlen freien Lauf, während sich Venray ständig auf die Zähne biss, um seine eigene Furcht und die Schmerzen nicht zu zeigen. Anna-Maria erging es ähnlich, immer wieder hörte Venray sie tief seufzend ein- und ausatmen, als hätte sie gerade eine schlimme Nachricht erhalten. Beide griffen sie ins Dach, um Schindeln herauszubrechen, bis sie Margot-Caroline wieder befreit hatten. Doch die Blendlaterne, die Anna-Maria mitgenommen hatte, glitt ihr aus der Hand und fiel vom Dach ins Wasser. Jetzt spendeten wieder nur Eis und Schnee eine spärliche Helligkeit in der ansonsten rabenschwarzen Nacht.

Überhaupt brannten wenige Fackeln, die Menschen brauchten wohl alle beide Hände, um sich auf den Dächern zu halten. Sosehr man sich auch anstrengte, man erkannte in der Umgebung nur Schemen. Lärm hallte laut und weit über die Stadt, dass man sich kaum verständigen konnte. Von überallher ertönte ein markerschütterndes Knirschen und Knarzen, man hörte das Zerbrechen von Holz sowie das Einstürzen von Mauern. Von irgendwo erklang wie Todesschreie das verzweifelte Brüllen von ersaufendem Vieh.

Langsam tasteten sie sich auf dem Dach vorwärts – nur wohin sollten sie gehen? Was genau den Höllenlärm verursachte, was neben einem genau passierte, ließ sich lediglich erahnen. Wurde ein Schrank zerquetscht oder zersplitterte ein Boot? Wurden Fenster von herumtreibenden Trümmerteilen zerschlagen? Vorläufig blieben sie auf dem Dach hocken, auch weil sie befürchteten, beim nächsten Schritt ins Leere treten zu können.

Doch dann passierte etwas, was seit Monaten nur noch selten eingetreten war: Wie ein kleines Wunder riss der böige Wind die Wolkendecke auf. Das Licht des weiß leuchtenden Mondes ließ das Eis erstrahlen. Erst atmeten sie auf. Doch als sich Venray umblickte, war er sich gar nicht mehr sicher, ob das Licht ihre Lage verbesserte. Denn nun konnte er sehr deutlich sehen, was passierte. Und was sie sahen, ließ sie alle vier angstvoll erstarren.

Mülheim war zu einem einzigen Eissee geworden. Wohin sie blickten, strömte Hochwasser, das Eisschollen trug, durch die Stadt. Einen solchen Eisgang hatten sie noch nie gesehen. Aus dem alten Flussarm trieben die gewaltigen Wassermassen von Osten in die Stadt, doch statt den Eiswall auf den Rhein zu drücken, entstand ein Sog, der das Eis mit all seiner Zerstörungskraft in die Stadt trieb. Sie trauten ihren Augen nicht. Wie messerscharfe Rasierklingen schliffen gewaltig große Eisschollen ganze Häuser in Sekunden bis auf die Grundmauern. Die höher gelegene St.-Clemens-Kirche blieb verschont. Alle anderen Bauten versanken in der Eisflut.

Die Massen an Eisschollen und Eisbrocken waren so unvorstellbar groß, dass sie sich Platz verschaffen mussten. Druck und Wasserkraft entfesselten ein noch nie da gewesenes Zerstörungschaos. Vereinzelt brachen größere Eisbrocken vom Eiswall ab und gingen wie Eisberge im Ozean auf große Vernichtungsfahrt in der Stadt. Der Wall zerfiel immer mehr in einzelne kleine und größere Stücke und wälzte sich durch das Viertel, als wäre er ein Lavastrom. Und er näherte sich unaufhaltsam!

Ein gigantisches Poltern und Tosen ließ sie erschrocken herumfahren. In ihrem Rücken war die Eisflut, die die Kemmerlingsgasse überflutet und die Mühlen zerstört hatte, nun bis zur Apotheke herangerückt. Die Schollen zerdrückten das Haus. Rasch retteten sie sich auf das nächste Dach. Keine Kanonenkugel hätte eine solche Zerstörung innerhalb so kurzer Zeit vollbringen können. Mit fassungslosem Entsetzen schaute Anna-Maria zu, wie ihr Haus in sich zusammenkrachte und vom Wasser unwiederbringlich verschluckt wurde. Venray erkannte, dass sie von zwei Seiten eingekesselt wurden.

»Weiter! Kommt«, rief er, selbst ohne Hoffnung, dieser Vernichtungsflut entkommen zu können. Dann wurde auch das

Nachbarhaus, auf dessen Dach sie sich eben gerettet hatten, vom Eis zerstört.

Am Ende der Häuserreihe blickten sie über den Ortgang des Daches in den Schlund der Eisflut, dort, wo noch vor wenigen Stunden die Stöckergasse gewesen war. Ihr Fluchtweg war jäh abgeschnitten. Es gab kein Vorwärtskommen und kein Zurück mehr. Von allen Seiten rückte die Flut näher.

Anna-Maria zeigte auf den Turm der reformierten Kirche. Keine hundert Meter von ihnen entfernt. Oben brannte sogar Licht, das vielleicht von Laternen oder einem Feuer herrührte. Folglich hatten es Menschen geschafft, sich dort in Sicherheit zu begeben. Angesichts der Zerstörung, die rundherum stattfand, war sich Venray gar nicht sicher, ob der Turm die Flut überstehen würde.

Erst jetzt gewahrte er, dass es vielen anderen Menschen wie ihnen erging. Verzweifelt um ihr Leben kämpfend, kletterten sie aus Fenstern und auf Dächern herum. Im gegenüberliegenden Haus suchte eine junge Frau, die ein kleines Bündel im Arm wiegte, nach einem Ausweg für sich und ihren Säugling. Anna-Maria starrte Venray an. Doch was sollten sie tun? Wie sollten sie hinübergelangen, um der Frau zu helfen?

Von irgendwo rief eine schwache Mädchenstimme nach den Eltern. Mehrere Boote, Fischerkähne und Nachen trieben zum Teil herrenlos in der lebensgefährlichen Flut. Auf den Ästen eines entwurzelten Baumes, der im Wasser hin und her geschleudert wurde, saß ein Hahn. Ein einzelner Kahn tanzte auf den Wellen. Vorn im Bug leuchtete eine Laterne. Im Heck kämpfte ein Mann mit einer Stake gegen den Sog des Wassers. War er kühn oder lebensmüde?

Sie konnten einfach gar nichts tun. Tatsächlich war es ungewiss, ob sie die nächsten Minuten überleben würden. Niklas schien die Gefahr nur am Rande als Bedrohung wahrzunehmen. Die Kletterei auf dem Dach bereitete dem Jungen offenbar sogar Freude.

Ein Eisbrocken, fast so hoch wie das Haus, auf dem sie sich befanden, trieb vorbei und drückte sich durch die Mauern des gegenüberliegenden Gebäudes. Es hätte auch sie treffen können. Das Haus stürzte ein. Mutter und Kind waren von einer Sekunde auf die nächste verschwunden. Anna-Maria wandte sich entsetzt ab. Margot-Caroline blickte in Schockstarre versetzt ins Leere. Venray war klar, dass es vermutlich nur eine Frage von Augenblicken war, bis es ihnen ähnlich ergehen würde.

»Ich möchte meine letzten Minuten nicht in Angst verbringen«, sagte Anna-Maria plötzlich.

Sie umarmte Niklas und bedeutete Margot-Caroline und Venray, näher zu kommen. Sie fasste die junge Tochter des Papierfabrikanten an der Hand und blickte dann direkt in Venrays Augen. Ich mag dich, las er in ihrem Blick. Mit allem hätte Venray gerechnet, nur nicht damit, dass die Apothekerwitwe ihm hier und jetzt diese Gefühle offenbarte. Er nickte zum Zeichen, dass es ihm genauso erging. Dabei traten ihm Tränen in die Augen. Er legte den Arm um Anna-Marias Schulter und schloss die Augen. Zeit für ein letztes Gebet. Abschied für immer.

In diesem Moment geschah etwas Außergewöhnliches. Die Temperatur, die zuletzt angestiegen war, sank innerhalb weniger Augenblicke wieder merklich, vom zweistelligen Plusbereich unter den Gefrierpunkt, schätzte Venray. Diese enorme Temperaturschwankung war ein äußerst seltenes Wetterphänomen. Bei der plötzlichen Kälte öffnete er die Augen und blickte sich um. Sie konnten förmlich zuschauen, wie das Wasser schlagartig an Strömungskraft verlor und zu einer geschlossenen Eisdecke erstarrte. Es dauerte ein paar Schrecksekunden, bis sie begriffen, was das bedeutete. Rettung! Ihre letzte Chance.

Niklas, mutig genug, war der Erste, der vom Dach über einen Klafter tief auf die zugefrorene Gasse sprang. Anna-Maria rief ihm angstvoll hinterher, doch die Eisdecke hielt.

Niklas blickte nach oben. »Kommt«, rief er ihnen zu.

Einer nach dem anderen sprangen sie vom Dach. Anna-Maria rutschte bei ihrer Landung aus und stieß sich schmerzhaft an der Kante einer Eisscholle. Margot-Caroline erging es nicht viel anders. Venrays Beine hatten nicht genügend Kraft, seinen Fall abzufangen. Er schlug auf den Rücken, sämtliche Luft wich aus seinen Lungen, und ihm wurde vor Schmerzen schwarz vor Augen.

»Schnell zur Kirche«, sagte Anna-Maria, als Venray sich wieder aufrichten konnte. Niklas lief vorweg.

Sie waren bereits in Sichtweite der überschwemmten Kirche. Das Eingangsportal stand unter Wasser, das momentan eine gefrorene Eisdecke war. Dort war kein Hineinkommen möglich. Sie würden durch ein zerstörtes Fenster in den Innenraum steigen müssen.

Plötzlich schrie Margot-Caroline hinter ihnen auf. Venray drehte sich um. Dupois war ihnen tatsächlich gefolgt und hatte sie nun eingeholt. Er zog seiner Schwester hasserfüllt an den Haaren.

»Wieso läufst du vor mir weg? Ich bin doch dein Bruder!«

»Ich weiß nicht, was du bist«, erklärte sie offen.

»Wie ist der Teufel nur aus dem Haus gekommen?«, fragte Anna-Maria fassungslos.

»Bringt Ihr Euch in Sicherheit«, erwiderte Venray und zog den Pallasch des Hauptmanns. Entschlossen näherte er sich dem Mörder.

»Dupois«, begann Venray, »haltet ein. Es ist sinnlos. Lasst Eure Schwester gehen. Oder wollt Ihr sie tatsächlich töten?«

Venray hatte ihm alle Waffen abgenommen, ihn durchsucht, gefesselt. Trotzdem war es ihm gelungen, sich zu befreien. Und zu allem Überdruss zog Dupois nun unter seinem Mantel ein kurzes Rapier hervor. Venray konnte es sich nicht erklären.

Ohne zu zögern, griff Dupois an. Die Stärke seines Gegners machte Venray vom ersten Augenblick an zu schaffen. Der Hauptmann war ein besserer Fechter und in sehr viel besserer körperlicher Verfassung. Venray fiel es schon schwer, den Pallasch hochzuhalten und die wütenden Schläge zu parieren. Beständig wich er zurück.

Margot-Caroline flüchtete sich zu Anna-Maria. Sie wollten

sich eben in der Kirche in Sicherheit bringen, als Anna-Maria sah, wie Dupois Venray mit einem Streich niederstreckte. Sie schrie auf. Venray lag auf dem Eis und rührte sich nicht mehr.

Niklas hatte begonnen, Dupois mit spitzen kleinen Eisbrocken zu bewerfen. Als er ihn am Kopf traf, machte das Dupois nur noch wütender. Er kam bedrohlich rasch auf die beiden Frauen zu. Verzweifelt blickte sich Anna-Maria nach irgendetwas um, womit sie sich verteidigen könnte, und erblickte ein Ruder, das zu ihrem Glück nur an der Oberfläche festgefroren war. Sie zerrte an dem Holz, das sich widerspenstig gab. Gerade rechtzeitig konnte sie das Ruder vom Eis befreien und hielt es abwehrend Dupois entgegen, der mit dem Stahl wütend auf sie eindreschen wollte. Das Ruder splitterte, und Dupois setzte zu einem letzten tödlichen Schlag an. Urplötzlich erstarrte er. Aus seiner linken Schulter trat eine stählerne Spitze hervor.

Venray blutete an der Seite und hielt sich kaum auf den Beinen. Doch er hatte sich aufgerafft und Dupois mit dem Pallasch durchbohrt, der nun schwer verwundet aufs Eis fiel. Auch Venray brach zusammen. Niklas rannte hinüber, um ihn zu stützen. Während Margot-Caroline in Wehmut und Abscheu bei ihrem verletzten Bruder verharrte, beeilte sich Anna-Maria, zur Kirche zu gelangen, um ihrem Häscher endgültig zu entkommen.

Auch andere Bewohner hatten die Chance ergriffen und flohen über das Eis. Wie zuvor setzte ohne Vorankündigung ein erneuter rasanter Wetterumschwung ein. Dieses Mal stieg die Temperatur an. So wie die Eisflut erstarrt war, so brach das Eis nun wieder auf und setzte sich in Bewegung. Venray und Niklas hielten sich auf einer großen Eisscholle, die recht stabil war. Anna-Maria hatte sich auf ein festgefrorenes Boot gerettet, doch auch um sie herum begann das Eis zu schmelzen. Nur Dupois und seine Schwester befanden sich auf einem äußerst wackeligen Stück Eis. Als Dupois sich bewegte, um sich auf einer größeren Eisscholle in Sicherheit zu bringen, verlor er den Halt, er ruderte wild mit dem unverletzten Arm, um nicht ins Wasser zu stürzen. In seiner Verzweiflung wollte er sich an seiner Schwester festhalten und drohte sie mit sich zu reißen. Die fasste all ihren Mut zusammen und schlug ihrem Bruder die Hände weg.

»Stirb endlich, du Bestie«, schrie sie sich ihre Wut auf den eigenen Bruder aus dem Leib.

Entsetzen und Enttäuschung zeichneten sich in seinem Gesicht ab. Hans-Balthasar Dupois rutschte ab und wurde von zwei Eisschollen zerquetscht. Sein Blut färbte das Eis rot.

Des Gegengewichts beraubt, drohte nun Margot-Caroline ihrerseits den Halt vollends zu verlieren. Die Eisscholle kippte um und riss sie mit sich ins eiskalte Wasser. Wild strampelte sie mit Armen und Beine, um sich über Wasser zu halten, aber das glatte Eis um sie herum bot nicht genügend Halt. Das schwarze Wasser verschluckte sie.

Venray stürzte vorwärts. Er warf sich an den Rand seiner Eisscholle und griff, halb liegend, ins Wasser. Panisch tasteten seine Hände im Nass herum, bis er schließlich etwas zu fassen bekam. Niklas hatte sich auf Venrays Beine gelegt, um zu verhindern, dass er ins Wasser fiel, und so konnte Venray Margot-Caroline an die Oberfläche ziehen. Sie klammerte sich an den Rand der Eisscholle und schnappte panisch nach Luft. Anna-Maria näherte sich mit dem Boot, in das sie sich gerettet hatte. Mühselig schafften sie und Venray es, Margot-Caroline hineinzuhieven. Dann kletterten Niklas und Venray selbst von der kippeligen Eisscholle ins Boot.

Nass, frierend und erschöpft ruderten sie mit letzten vereinten Kräften gegen die Strömung durch ein zerstörtes Kirchenfenster in den Sakralraum. Es war gespenstisch, dort zu rudern, wo sonst Messen gehalten wurden. An der Empore wurden sie von anderen Überlebenden empfangen. Dicht gedrängt saßen oder hockten die Menschen, wo sie Platz fanden, bis in den Kirchturm hinauf. Vereinzelt brannten kleine Feuer, die ein wenig Wärme spendeten.

Ein Rabbiner betete im Kreis einer kleinen Gruppe. Er bat seinen Gott um Verzeihung dafür, dass es ihm nicht gelungen war, die Thorarolle vor den Fluten zu retten. Das kleine Gotteshaus der Juden, nahe der Brüggengass unten am Ufer gelegen, war sicherlich vollständig zerstört. Ein evangelischer Priester stand neben dem Rabbiner und betete stumm. Ein seltenes Bild der Brüderlichkeit über die Konfessionen hinweg. Andere teilten sich eine Decke oder spendeten sich Trost, indem sie sich gut zusprachen.

Man erkannte sofort, dass Venray blutete und verwundet war. Vor allem Margot-Caroline war nass bis auf die Haut. Bereitwillig ließ man die vier nahe ans Feuer rücken. Jemand legte der bibbernden Margot-Caroline eine Redingote um.

Die Nacht verbrachten sie alle in beständiger Angst und Furcht, ob die Kirche den Fluten standhalten würde. Immer wieder hörten sie den Lärm eines einstürzenden Hauses. Venray nahm Anna-Maria in den Arm. Erst in den frühen Morgenstunden wurde es ruhiger, und sie fanden sogar ein wenig Schlaf.

6

Es dauerte zwei Tage, bis das Hochwasser langsam begann, sich aus der Stadt zurückzuziehen, und der Rhein wieder größtenteils in seinem Flussbett floss. Die abebbende Flut hinterließ ein chaotisches Trümmerfeld. Die Häuser südlich der Buchheimer Straße waren von den Eisschollen bis auf die Grundmauern geschliffen worden. Das Rathaus, die Lutherische Kirche, von der nur noch der Turm stand, die kleine Synagoge, die meisten Mühlen am Strunder Bach waren vollständig zerstört. Weiter nördlich, von der Freiheit bis zur Wallstraße, waren die Verwüstungen immer noch schwer, aber nicht ganz so verheerend wie im Zentrum der Stadt nahe der Strunde. Denn hier hatte die Überlandflut von Westhoven, die den Deich zerstört hatte, ihr Vernichtungswerk gemeinsam mit der Hauptflut vom Rhein her geleistet.

Auf den Turm der Lutherischen Kirche hatten sich ebenfalls viele Menschen gerettet und die Katastrophe auf diesem Weg überlebt. Nur die weiter östlich und damit höher gelegenen Stadtbezirke, oberhalb der Regentenstraße, waren verschont geblieben. Nahezu der ganze Ort musste wieder neu erbaut werden.

Überall in der Stadt – in dem, was einmal die Stadt gewesen war – lagen zwischen Schlamm, Erde und Morast Mauerreste, zersplitterte Holzteile, zertrümmerte Einrichtungsgegenstände, totes Vieh oder entwurzelte Bäume. Alles war grau und schmutzig. Dieser mit Fäkalien vermischte Unrat auf den Straßen stank entsetzlich. Den Schnee hatte es zum größten Teil weggespült, aber das schwerere Eis war liegen geblieben. Die Eisschollen und Eisbrocken inmitten der zerstörten Stadt boten einen unvergesslichen Anblick. Vereinzelt fand man Tote, doch sprach man allgemein von einem Wunder, dass nicht weit mehr Menschen in den Fluten zu Tode gekommen waren. Vermisste gab es viele. Venray vermutete, dass die gezählten Opfer nicht der wahren Zahl entsprachen. Vor allem die Anzahl an hinfortgespülten Armen und ertrunkenen Bettlern durfte beachtlich sein.

Die ersten Aufräumarbeiten hatten begonnen. Mit Leiterwagen versuchte man, die Eisschollen aus der Stadt zu schaffen. Die großen Eisbrocken ließ man liegen. Wer wusste schon, wie lange es dauern würde, bis sie weggetaut waren? Andere liefen in den Trümmern umher, suchten verzweifelt nach einem Angehörigen oder ihrem verloren gegangenen Hab und Gut. Nicht wenige hatten alles verloren. Die Stimmung war von Trauer geprägt.

Unter denen, die besonders schwer getroffen worden waren, war auch der Fabrikant Andreae, dessen Manufakturen dem Erdboden gleichgemacht worden waren. Andreae stand vor dem Aus. Doch Venray war sich sicher, dass der umtriebige Geschäftsmann Mittel und Wege aus der Misere finden würde. Warum sonst hatte Geheimrat Andreae ihm direkt einen versiegelten Brief für den Kurfürsten mitgegeben? Was darin stand, wusste er nicht, aber sicher enthielt er die dringende Bitte um finanzielle Unterstützung in Zeiten der höchsten Not.

Aus Cöln kam eine großzügige Spende für die notleidenden Mülheimer. Protestantische Kaufleute spendeten einhundert Laibe Brot. Der Erzbischof erließ ein Dekret, in dem es hieß, keine Flut sei durch Massengebete zu verhindern, und daher sei eine derartige Ankündigung zukünftig strikt verboten und aus christlicher Barmherzigkeit zu unterlassen. Angesichts der Massengebete, die zuvor im Namen der Kirche stattgefunden hatten, war das durchaus als eine Kehrtwende kirchlicher Indoktrination zu verstehen. Aber auch als ein geschickter Schachzug gegenüber dem Cölner Stadtrat, der nun als untätig dastand.

Venray war abreisebereit. Seine Wunden schmerzten und bluteten immer wieder. Bis zur vollständigen Genesung war es noch ein weiter Weg. Für seine Rückreise nach Düsseldorf hatte ihm Ersterer eine Kutsche zur Verfügung gestellt, die

Wittib nun mit den wenigen Koffern und Kisten seines Herrn bepackte.

Wittib hatte in den wenigen Tagen zuvor den Grinkenschmied im Wald von Buchheim aufgesucht und Venrays zerbrochenen Familiensäbel wieder neu schmieden lassen. Das Erbstück hing an Venrays Seite, als er sich nun auf den Weg durch das zerstörte Mülheim machte, um sich von Anna-Maria zu verabschieden. Auch hatte er von Margot-Caroline Dupois Nachricht erhalten. Die junge Frau plante, alle Cölner Besitzungen der Familie zu veräußern, darunter auch das Palais an der Mathiasstraße. Ein Spezerey-Kaufmann hatte bereits sein Kaufinteresse bekundet. Sie wollte Cöln so schnell wie möglich verlassen und nach Mülheim übersiedeln, ihren protestantischen Glauben wieder annehmen, und sie dachte nicht im Traum daran, sich zu verheiraten. Sie würde vorerst das Herrenhaus der Papiermühle bewohnen, die in Verruf geratene Mühle neu beleben und langsam die bergische Papierproduktion vorantreiben. Auch die »Cölner Zeitung« gedachte sie zu verkaufen. Diese Überlegungen hatte sie bereits in der Nacht der Flut im Kirchturm der Reformierten Kirche geäußert. Stets begleitet von den Worten: »Wenn ich das hier überlebe, werde ich ganz neu anfangen.«

Als er durch die von chaotischen Zuständen, Wiederaufbaustimmung und tiefster Not und Verzweiflung geprägten Straßen mehr kletterte als ging, durchfuhr Venray ein seltsames Glücksgefühl. Beinahe wäre er hier gestorben. Die Menschen um ihn herum hatten alles verloren. Ihre Bleibe, ihre wenigen Besitztümer. Und wann würden sie wieder ihrer Arbeit nachgehen können, die sie ernährte? Wie sollte ihnen all der Verlust ersetzt werden?

Cöln hatte die Zerstörungswut der Flut schwer getroffen. Auch aus anderen Städten entlang der deutschen Flüsse kamen Nachrichten von schweren Hochwasserschäden. Doch nirgendwo schien die Katastrophe so unerbittlich und verheerend zugeschlagen zu haben wie in Mülheim. Der Schock saß tief. So etwas hatten die Menschen hier noch nie erlebt.

Dennoch hatte Venray auch von großer Solidarität gehört, die über die Konfessionen hinwegging. Ob die Stadt sich jemals von diesem Schlag erholen würde, war zu diesem Zeitpunkt noch ungewiss.

Anna-Maria stand in ihrem Haus, das bis auf die Grundmauern abgerissen war, und hielt die Reste eines zerstörten medizinischen Laborgeräts in den Händen. Dann warf sie es beinahe verächtlich zurück auf den Schutthaufen, aus dem sie es gezogen hatte. Sie wirkte unendlich traurig und verstört. Ob sie sich über sein Erscheinen freute, konnte er nicht sagen. Es schien schwer, an die während der Flut geteilte Innigkeit wieder anzuknüpfen.

Als Niklas ihn erblickte, kam der Junge auf ihn zugelaufen. Venray drückte ihm liebevoll die Faust ans Kinn. »Was für ein Recke! Springt einfach aufs Eis und rennt los!«

Niklas lachte, als wollte er sagen: Was soll's?

Venray näherte sich Anna-Maria. Er sagte lange nichts, ließ ihr Zeit, selbst das Wort zu ergreifen. Aber das tat sie nicht.

»Darf ich Euch bei Eurem Vornamen ansprechen?«

»Das tun wir doch schon längst«, antwortete sie kurz und schaute ihn kaum an.

Er nickte, suchte nach Worten, fand aber nicht die richtigen. »Ich werde nun abreisen«, erklärte er dann.

Sie blickte ihn bewegt und mit schmerzvoller Miene an. Ob die Gefühle ihm oder mehr ihrer Situation galten, war für ihn nicht zu ersehen.

»Wo wolltet Ihr in den nächsten Wochen nächtigen?«, richtete er endlich die Frage an sie.

Anna-Maria zuckte mit den Schultern. Sie hatte die letzten Tage auf Venrays Kosten im Wirtshaus gewohnt.

»Ich habe mit Ersterer gesprochen«, erklärte er, »Ihr könnt dort wohnen bleiben.«

»Ich möchte Eure Almosen nicht.«

Venray hob beschwichtigend die Hände. »Das dachte ich mir. Deshalb habe ich mit den Wirtsleuten ausgemacht, dass

Ihr dort auf Kredit wohnen könnt. Frau Ersterer freut sich auch über Hilfe im Haushalt. Niklas kann Holz holen. Zahlt es mir irgendwann zurück oder spendet es dem Armenhaus. Wie Ihr wollt.«

Sie nickte dankend. »Hört mir zu«, erklärte sie bemüht gefasst. »Ich weiß nicht, wie es weitergehen soll. Ich habe einfach keinen Kopf für …« Sie brach ab, erklärte nicht, wofür sie keinen Kopf hatte.

»Da Ihr gerade davon redet«, hob Venray mit leichtem Trotz in der Stimme an. »Ich habe auch schon mal alles verloren. Im Hungerwinter 1770, meine Frau und meine Kinder. Es ist vierzehn Jahre her, aber es vergeht kein Tag, an dem ich nicht an sie denke.«

»Das wurde mir erzählt«, sagte sie.

»Ich bin auch Witwer.« Kaum ausgesprochen, empfand er seine Aussage als einfältig. »Was ich sagen wollte, ist Folgendes«, setzte er neu an. »Mein Haus in Düsseldorf ist groß genug. Ich wohne dort mit Wittib, meinem Knurrhans, und einer Köchin ganz allein. Es ist reichlich Platz vorhanden. Auch mehrere Personen können dort wohnen, ohne dass wir, also ich meine, die entsprechenden Personen, sich gegenseitig stören würden. Wenn Ihr wollt, könnt Ihr mit mir kommen. Unten im Haus gibt es sogar ein leer stehendes Ladenlokal. Dort könntet Ihr, wenn Ihr das wünscht, eine Apotheke einrichten. Aber um ehrlich zu sein, ich glaube nicht, dass Ihr dafür Zeit haben werdet.«

»Weil ich mich um Euch kümmere?«, fragte sie brüskiert, nachdem sie anfänglich mit deutlichem Interesse gelauscht hatte.

»Nein«, erwiderte Venray, »obwohl ich schon denke, dass Niklas viel Aufmerksamkeit und Geduld bei der Erziehung und Bildung benötigt. Er sollte eine Schule besuchen. Jedes Kind sollte das! Lesen, schreiben, rechnen.«

»Der Junge kommt mit?«

»Natürlich!« Zu Niklas sagte Venray: »Wir üben im Garten gemeinsam mit der Steinschleuder jagen. Als Kind war ich ganz gut darin. Mein Vater fand es fürchterlich. Er hat es mir verboten, weil es nicht standesgemäß war. Aber ich habe nicht auf ihn gehört. Ich glaube, du könntest ein vortrefflicher Schütze werden! Und Wittib bringt dir bei, wie man mit dem Säbel ficht.«

Niklas' Augen begannen vor Begeisterung zu leuchten. Er wusste nicht, was er sagen sollte, nickte eifrig und blickte Anna-Maria erwartungsvoll an.

»Nicht zu früh freuen«, mahnte sie den Jungen und wandte sich wieder an Venray. »Äußerst geschickt von Euch, Niklas auf Eure Seite zu ziehen und mich damit moralisch unter Druck zu setzen. – Womit bin ich denn dann beschäftigt?«

»Mit Eurer neuen Arbeit.«

»Die da wäre?«

Venray erklärte: »Ich möchte eine ganz neue Behörde ins Leben rufen. Eine Art Abteilung für kriminalpoliceyliche Ermittlungen und Verbrechensbekämpfung. Eine Behörde, die Verdachtsmomente nachgeht, um so Verbrechen zu verhindern, bevor sie begangen werden. Ich würde Euch bitten wollen, eine medicinalpoliceyliche Abteilung dieser Behörde aufzubauen und zu leiten. Dieser Fall hat gezeigt, wie wichtig Eure Arbeit ist. Nur aufgrund Eurer Gründlichkeit haben wir überhaupt von dem Mord Kenntnis bekommen. Vermutlich wäre niemand sonst Dupois auf die Schliche gekommen. Die Leichenschau ist ein wichtiges Instrument bei der Überführung von Mördern.«

Sie blickte ihn mit funkelnden Augen an, blieb aber dennoch skeptisch. »Den Mörder überführt habt aber Ihr«, meinte sie. »Was wird weiter geschehen?«

Venray verstand, dass sie nicht von seinen Plänen sprach. »Dupois, der Täter, ist tot«, erwiderte er. »Der Vater wird vermisst, ist vermutlich auch tot, schrieb mir Margot-Caroline. Die Familie ist ruiniert. Gleichwohl hat der Hauptmann es brillant verstanden, Menschen zu manipulieren. Er hat ein feines Netzwerk der Intrigen gesponnen, das selbst über seinen Tod hinaus wirkt. Nichts anderes hat er mit seinen Lustorgien bewirken wollen. Ein Täter wie Dupois ist mir noch nie untergekommen. Diese seltsame Mischung aus roher Brutalität, Vergeltungsdrang und Hass auf Katholiken … Erfahrung und Bauchgefühl sagen mir, dass das Schule machen wird.«

Anna-Maria guckte ihn entsetzt an, dann nickte sie bestätigend. »Diese Verkommenheit hat mir gezeigt, dass wir eine Policey benötigen würden, die wirksamer reagieren kann. Bestechung und anderes gewohnheitsmäßiges Unrecht sollten besser bekämpft werden können.«

Venray verstand ihre Anspielung auf die Machenschaften, die zum Verlust ihrer Arbeitserlaubnis geführt hatten.

Dann erklärte sie: »Dupois hat gleich mehrere abnorme Neigungen in sich vereint. Er spielte geschickt auf der Klaviatur zwischenmenschlicher Manipulation wie kein anderer.«

»Das habe ich in Cöln selbst erlebt«, bestätigte Venray, »bei meinem ersten Besuch. Als er mir höhnisch vorgespielt hat, er sei schließlich auch ehemaliger Protestant und wolle mich eigentlich nur retten.«

Anna-Maria dachte einen Moment nach. Dann sagte sie: »Diese Lust am Töten war mir bisher unbekannt. – Wie ein in die Ecke getriebener Dämon. Täter und Opfer in einer Person.«

Venray nickte. Ihre Gedanken faszinierten ihn. »Gänzlich unbekannt ist sie indes leider nicht«, ergänzte er. »Es gibt Berichte über den französischen Adligen Gilles de Rais, der Hunderte von Kindern getötet hat. Für diese Art Täter gibt es noch gar keine Bezeichnung. Aber ich sehe, wir verstehen uns«, erwiderte Venray. »Leider wird die Cölner Obrigkeit versuchen, die weitere Aufklärung zu verhindern. Genauso wie im Herzogtum mein Statthalter Graf Gollstein. Auch diese neue Behörde wird er intern zu bekämpfen versuchen. Der Täter ist tot. Fall geklärt. Mehr interessiert Gollstein nicht. Die Komplizen und Mittäter oder Teilnehmer der Lustorgien werden sich wohl kaum selbst stellen.«

Anna-Maria dachte einige Zeit nach, dann fragte sie geradeheraus: »Was bietet Ihr mir an – eine Arbeit oder eine gesellschaftliche Stellung?«

Venray schluckte. Die Katze war aus dem Sack. Ein weiteres Drumherumreden kam nicht in Frage.

»Ich habe schon gesagt, dass ich meine Frau und meine Kinder bis heute liebe«, erklärte er offen, »aber ich war lange genug Witwer und würde gerne einen Neuanfang wagen. Insofern dürft Ihr dies hier als eine Art Doppelantrag ansehen. Allerdings bin ich ein Verfechter von Freiheit und Gleichheit: Ihr dürft entscheiden, wie Ihr wollt, und keine Entscheidung bindet Euch an irgendwelche Verpflichtungen mir gegenüber!«

Anna-Maria schüttelte mit zusammengezogenen Augenbrauen den Kopf, dann begann sie herzhaft zu lachen. »Meine Güte, du bist schrecklich kompliziert.«

Venray zog eine Grimasse.

»Wo ist der Haken an der ganzen Sache?«, fragte sie. »Wie dein Diener mir erzählt hat, bist du ein rastloser Mensch und nicht oft zu Hause. Wann bekomme ich den Antragsteller dann zu Gesicht?«

»Das werde ich ändern«, grummelte Venray, der sich vornahm, bei seiner Rückkehr zur Kutsche Wittib ins Verhör zu nehmen.

Plötzlich kam Anna-Maria näher und küsste ihn. Das kam überraschend. Venray brauchte ein paar Sekunden, bis er realisierte, dass ihre Lippen auf seinen real waren, und den Kuss erwiderte.

»Und dann erkläre mir das«, hob sie erneut an und schob ihn von sich weg. »Zweimal fährst du nach Cöln. Beide Male gerätst du in Lebensgefahr. Einmal warst du sogar im Bordell!«

»Aber nur beruflich«, protestierte er.

»Keine Widerrede: Commissare leben gefährlich. Und was wird erst passieren, sollte dich ein Fall nach Paris führen?«, brachte sie einen neuen Einwand vor. »In Frankreich gibt es schon länger eine Art Kriminalpolicey, wie du sie aufbauen willst. Vermutlich musst du schon alleine deshalb mal nach Paris reisen ...«

»Vermutlich. Ich kenne Paris, und ich kenne die Opiumhöhlen in Batavia. Beides hat seinen Reiz für mich verloren, ganz im Gegensatz zu dem außerordentlichen Vergnügen, mit dir ein vernünftiges Gespräch zu führen.«

»Aber das Leben besteht nicht nur aus Worten.«

»Das hoffe ich auch«, sagte er sanft.

Anna-Maria küsste ihn erneut. Venray ließ es gern geschehen.

»Dann kommst du also mit mir?«

»Lass mir noch ein paar Minuten Zeit, zu überlegen.«

»Überleg nicht zu lange. Die Kutsche wartet.«

Damit wandte sich Venray ab. Anna-Maria sah ihm nach und lächelte.

Keine Fake Fiction –
zum historischen Hintergrund von »Eisflut 1784«

Am 27. und 28. Februar 1784 ereignete sich in Deutschland eine der schlimmsten Naturkatastrophen der Frühen Neuzeit. Nach einem Extremwinter rollte eine noch nie da gewesene Schmelzwasserflut mit Eisgang die deutschen Flüsse hinab und führte an vielen Orten zu schweren Zerstörungen.

Die damals noch nicht zu Köln gehörende kleine Stadt Mülheim – gegenüber am rechten Rheinufer gelegen und heute ein Stadtteil der Rheinmetropole – wurde durch diese Eisflut nahezu vollständig zerstört. 161 Häuser sollen laut Quellen dem Erdboden gleichgemacht worden sein, viele weitere schwer beschädigt. 21 Menschen ertranken. Von Köln wird berichtet, dass noch Tage nach der Flut unterspülte Häuser einstürzten und Menschen unter sich begruben.

»Eisgang« entsteht, wenn die Eisdecke eines zugefrorenen Flusses im Frühjahr aufbricht und auf dem Wasser getragen wird. Es ist ein ganz normaler Vorgang beim jährlichen Hochwasser durch Frühjahrsschmelze. Die Rheinländer und alle Städte, die an einem Fluss liegen, kennen den alljährlichen Kummer der Überschwemmungen gut. Eine Eisflut, wie sie sich 1784 zugetragen hat, ist weder vorher noch nachher verzeichnet worden. Am 27. Februar (damals Hornung) 1784 betrug der Hochwasserstand 13,84 Meter. Dieser Negativrekord ist bis heute unübertroffen. Eine wahre Jahrhundertkatastrophe.

Das alles geschah in schweren Krisenzeiten. Die Gesellschaft war gekennzeichnet von Wandel, Missständen und besonderen Entbehrungen. In dieser Zeitenwende des ausklingenden Ancien Régime traf die Aufklärung auf den Absolutismus. Dieses Aufeinanderprallen gipfelte nur wenige Jahre später gewaltsam in der Französischen Revolution.

Vor 1784 hatten bereits seit einigen Jahren besonders strenge Winter geherrscht. Eine späte Aussaat, verbunden mit einer frühen Ernte, führte über Jahre hinweg zu immer weniger

Erträgen. Die Nahrung wurde knapp. Zuvor war im Sommer 1783 der Ausbruch der Laki-Krater erfolgt. Die Aschewolke der Eruption soll die gesamte nördliche Erdhalbkugel Europas, den Atlantik und Nordamerika verdunkelt haben. Zur selben Zeit ereignete sich auch im asiatischen Raum mindestens ein sehr heftiger Vulkanausbruch mit den gleichen Folgen wie auf der anderen Seite der Erde – der Himmel wurde verdunkelt. Es muss ähnlich, aber vermutlich sehr viel schlimmer gewesen sein als im Jahr 2010, in dem der Ausbruch des Eyjafjallajökull zeitweise den Flugverkehr über Europa zum Erliegen brachte.

Im Falle des Extremwinters 1784 können wir von einer globalen Katastrophe sprechen. Schätzungen zufolge müssen allein die Hungertoten in die Hunderttausende gehen. Belegbare Zahlen existieren natürlich nicht oder kaum. Über die Flut gibt es einige detaillierte Berichte. Die Zeit selbst erfreut sich keiner besonderen Beliebtheit in der wissenschaftlichen Aufbereitung.

Wo sollte man sich aufhalten bei dauerhaften Minustemperaturen von unter 20 Grad Reaumur, das heißt –25 Grad Celsius? Kirchen, Theater, Bäder – wie sollten sie beheizt werden? Und jeder weiß, sobald das Feuer ausgeht, verpufft die Wärme. Wie wurde Wäsche gewaschen, wenn alles ständig gefroren war?

Die Gesellschaft des Ancien Régime war von einer sehr strengen Ständeordnung geprägt. Was den Tod betraf, war nur das Verscheiden eines Adeligen, Klerikers oder maximal noch das eines reichen Kaufmanns relevant. Der größte Teil der Bevölkerung muss beständig gehungert und gefroren haben. Doch wen kümmerte der Tod eines Handwerkers, einer Bäuerin, von Waisen?

Die tatsächliche Ursache des »ewigen« Winters 1784 war auch eine Folge der »kleinen Eiszeit«, einer erdgeschichtlichen Kaltperiode, in der Anna-Maria Parisi, Amtmann Venray und ihre Zeitgenossen lebten. Diese beiden Figuren sind frei erfunden. Nicht aber ihre Funktionen. Eine Polizei, geschweige denn Kriminalpolizei, wie wir sie heute kennen, befand sich noch nicht einmal im Aufbau. Ein Amtmann hatte weitreichende Funktionen: Er war Ermittler und Richter in einer Person.

Vermutlich waren viele Amtmänner nicht so fortschrittlich und menschenfreundlich orientiert wie meine Hauptfigur.

Es gab eine Vielzahl von Ordnungskräften, zum Beispiel die Landreiter, den Kurwächter, den Bettelvogt oder den Gerichtsdiener. In Köln gab es den Gewaltrichter. Und natürlich gab es Gesetze, viele strikter als heute. Dennoch galt hauptsächlich das eine Recht, nämlich desjenigen, der Macht und Einfluss hatte. Er bekam im Falle eines Prozesses recht. Und natürlich desjenigen, der bezahlen konnte. Gerechtigkeit war in erster Linie käuflich. Genauso wie Ämter. Beides erhielt also in der Regel nur derjenige, der es sich leisten konnte.

Kriminalistische Begriffe wie Tatort, Beweise, Motiv und so weiter wird es sicherlich damals noch nicht gegeben haben, beziehungsweise sie hatten nicht die Bedeutung, die wir ihnen heute üblicherweise zuschreiben.

Manche Kölner werden es nicht gerne hören: All der Filz, die Trägheit, die Klüngelei, die wir auch heute noch aus Kölner (und anderen) Verhältnissen gut kennen, müssen im Ancien Régime derart desolat und massiv gewesen sein, dass es gesellschaftlich wie wirtschaftlich zum absoluten Stillstand gekommen ist. Hier sei nur auf den viele Jahre dauernden Streit der bürgerlichen Deputatenschaft in Köln hingewiesen.

Die Gesellschaft war gespalten in Anhänger des Ancien Régime und Vertreter der Aufklärung und Moderne. Deshalb ist die Situation in Köln im Roman auch keineswegs überspitzt dargestellt. Köln hatte zu der Zeit den denkbar schlechtesten Ruf, den man sich vorstellen kann – intolerant, durch und durch korrupt und innovationsfeindlich.

Sehr viele Begebenheiten, die ich im Roman beschreibe, sind historisch belegt, beispielsweise die Schifferstadt, der Wetterumschwung und schnelle Temperaturschwankungen während der Flut, die Situation der Bettler, der Flugblattverteiler, die Sesselsänften, die Angriffe von Wölfen auf Menschen. Aberglauben, Standesdenken und Dünkel müssen noch in einer Weise prägend gewesen sein, wie wir es uns heute nicht mehr vorstellen können. Eine Frau besaß nahezu keinerlei Rechte.

Fast alle Nebenfiguren wie der Fabrikant Andreae, Oberst Zuccalmaglio oder der Hofkammerrat Bertoldi sind historisch belegte Personen. Bertoldi wurde in der Tat nur wenige Jahre später Bürgermeister von Mülheim. Er durfte bei einem Besuch Napoleons »seine« Stadt repräsentieren. Auch die Figur des Venray geht auf ein historisches Vorbild zurück. Nämlich den Düsseldorfer Ingenieur Bilgen, der beauftragt war, den besagten Deich in Mülheim zu bauen.

Historische Nachforschungen sind immer aufwendig. Für die »Eisflut« habe ich über zwei Jahre recherchiert. Neben einer Vielzahl anderer Bücher möchte ich hauptsächlich fünf Quellen nennen: »Geschichte der Stadt Mülheim am Rhein« (Johann Bendel); »Köln im Ancien Régime« (Gerd Schwerhoff); »Der Amtmann im 17. und 18. Jahrhundert« (Carl-August Agena); »Lebenslust und Frömmigkeit. Kurfürst Carl Theodor (1724–1799) zwischen Barock und Aufklärung« (zweibändiger Ausstellungskatalog) sowie »Policey in lokalen Räumen« (André Holenstein u.a.).

Ein Dank gilt all den Personen, die mich bei der Arbeit am Roman unterstützt haben.

Die Handlung ist frei erfunden. Alles andere ist fiktionalisierter Fakt, man könnte auch sagen: Fact-Fiction.

Marco Hasenkopf
Köln, 30. Juni 2021

Marco Hasenkopf
KÖLN 300°C
Broschur, 368 Seiten
ISBN 978-3-7408-0792-4

Eine Serie von Brandanschlägen hält die Domstadt in Atem. Judith
Mertin und Markus Kaiser vom KK 11 stoßen an den Tatorten auf
das seltene Metall Tantal, das in pulverisierter Form hochexplosiv
und wichtigster Bestandteil der Telekommunikations- und Medizin-
technik ist. Auf dem Weltmarkt ist der verrufene Stoff Milliarden
wert, und Industriekonzerne gehen für ihn über Leichen. Die blutige
Spur des kostbaren Guts führt Judith Mertin in die Kölner Innen-
stadt – und bis in ihr Heimatland Kongo.

www.emons-verlag.de